小倉山房詩文集

四部備要

集部

中華書局據原刻本校刊

桐鄉陸費逵總勘
杭縣高時顯輯校
杭縣吳汝霖輯校
杭縣丁輔之監造

古文凡例

一古文本無例也自杜征南有發凡起例之說後人因之例愈繁文愈敝德州盧氏刊金石三例蒼崖止仲諸君所考甚詳亦不過引韓比歐依樣標的而已並無獨見然既已有之不可廢也否則口實者多故作凡例

一古人編集都無一定韓先雜著柳先論歐分四集是也倉山文稿編者誤以碑板居先後見顏魯公集亦然遂仍而不改

一碑傳標題應書本朝官爵昔人論之詳矣至行文處不可泥論或依古稱太守觀察牧令刺史等名或依俗稱制府藩司臬使等名考古大家皆有此例其從古稱者如渾瑊以金吾衞大將軍扈駕而權文公碑稱公以大司馬翼從奚陟薨贈禮部尚書而劉禹錫碑稱追贈大宗伯宋子京馮侍講行狀稱大理寺爲廷尉平歐公許平墓志稱經略爲大帥皆從古稱也以故歸震川張元忠傳稱某知縣爲錢唐令洧南居士傳稱某知府爲某太守其從俗稱者如李珏牛僧孺碑稱宋申錫貶郡佐郡佐者唐時之司馬也韓文公鹽法

條議稱院監巡院院監巡院者唐時之度支使鹽池監也歐公桑懌傳稱閤職閤職者宋時之六部架閣也伊川伯淳行狀稱漕司漕司者宋時之發運使轉運使也皆從俗稱也以故朱竹垞楊雍建傳稱總督爲制府施愚山袁業泗傳稱按察使布政使爲藩臬兩司凡此在行文中不一而足至于權文公唐相也唐人宰相官名應書平章事同中書門下而韓公神道碑竟以故相二字標題沈璧建安知縣也而震川墓志竟以建安尹三字標題宋知某縣事與知縣有京朝官之分非今之知縣也而竹垞蔣君墓志竟以知伏羌事標題是則古人率意處猶之史記標題忽稱魏公子忽稱平原君也未敢援以爲例

一碑傳標題必書本朝地名亦昔人所論也然行文中亦難泥論歐公李公濟碑稱南昌曰豫章若以宋論當稱隆興震川王震傳稱震爲京兆尹若以明論當稱應天府尹湯文正施愚山墓志曰典試中州若以　本朝論當稱河南

一官名地名行文處隨俗用省字法考古大家俱有此例其序官用省字法者如昌黎劉昌裔碑應書檢校尚書左僕射云云而標題單摘統軍二字韓紳卿墓志應書錄事參軍而序事只稱司錄君三字孔戣墓銘稱容桂二管一容州總管一桂州總管省却兩州字兩總管字又稱桂將裴行立容將楊旻亦省却州字總管都督字樣宋人文集中所稱三司三班一府二府者俱包括無數官名歐公劉先之墓志稱與州將爭公事及後將范公至云云亦猶今之稱前督稱後撫也以故施愚山李東園墓志稱督撫汪鈍翁郝公墓志稱司道稱參遊稱撫提稱副左歸震川章永州墓志稱院司皆不稱全官

一其序地名用省字法者如歐公伊仲宣銘稱歷知汝州之葉不稱葉縣鄭州之滎陽不稱滎陽縣東坡趙康靖公碑稱呂溱守徐蔡襄守泉趙小二寇盧壽王荆公王比部墓志稱願得蘇常閒一官曾南豐錢純老墓志稱爲尉于秀婺鄧云云皆省却一州字以故歸震川李按察碑稱滇民乞留葉文莊公碑稱公在廣湯文正張尚書墓志稱楚撫先府君碑稱斌在虔聞之官名地

名皆省却數字
一本朝官行文書有不得不從俗者汪鈍翁乙邦才傳取太守結狀以報人嫌結狀二字不典案昌黎鹽法議有脚價脚錢之稱歐公曾致堯墓銘有支差添解之號陳琳檄吳將部曲文稱如詔律令任昉彈劉整文稱充衆準雇皆結狀類也正宜從俗以存一朝文案
一非史臣不應爲人立傳昔人曾有此論然柳子厚引箋奏隸尚書以自解歸震川則直言古作楚國先賢傳襄陽耆舊傳者皆非蘭臺館閣之臣公羊穀梁亦未聞與左邱明同爲某國之史臣也此論出而紀事之例始寬
一黃梨洲言行狀爲請謚而作者不書子女及謚法爲請墓志而作者書之今請謚之狀久不行矣唐宋諸大家行狀無不書婚娶及謚法者合從之
一滿洲姓氏與唐虞三代相同其冠首一字非其姓也元許有壬作鎮海碑題曰右丞相怯烈公姚燧作博羅驩碑題曰平章忙兀公集中亦倣此例閣峯尚書師健中丞本富察氏故均書富察公雪村中丞本姓白故書白公至若

鄂尹兩文端公其冠首一字父子相承有類于姓宜因其俗稱若溯所由來尹祖居關外章佳地方因以爲氏當稱章佳公然以標題猶可也若行文處稱尹爲章佳公將舉世不知爲何人矣要知周公孔子亦非本姓秦始皇本姓嬴生於趙遂姓趙以故方望溪佟法海墓志稱法公未爲過也

一編古人已定之集碑傳中貴賤男女可以以類相從若自編其未竟之文則先後撰成有不得不參錯互見者

一古人文無圈點方望溪先生以爲有之則筋節處易于省覽按唐人劉守愚文冢銘云有朱墨圍者疑卽圈點之濫觴姑從之

一古人無自梓其文者梓集百卷始于和凝爲人所嗤然唐以前文多傳鈔非板而行之可見古人文之不梓亦由風氣未開非盡從謙也慮門人子弟有所竄改不得不自蹈詅癡符之誚第古書有卷無頁故每篇皆連屬成文今既付之攻木之工矣倘仍用古人編卷法則改一篇全篇皆動故各自爲篇亦用今法

一文章有餘意未盡者書之於後始於韓文公宋元人有自記之例蓋示人以行文繁簡之法也集中倣之凡未竟之意不入本文者別署紙尾

一集中議論文字有偶異先儒獨抒己見者拘士頗以爲驚恭讀　皇上　御批顏魯公祠堂記云今之學者一字一句與程朱不相似則引繩批根曰此異端也及考其行乃與流俗無異又曰今上智之士謦咳偶異於聖人卽擯之不得爲吾徒而中才以下反可以口說得之則學問之道將淪胥以亡較不講學之時晦冥尤甚大哉　王言洵萬古讀書之準則也

序

文莫古於經而經之註疏家非古文也不聞鄭箋孔疏與崔蔡並稱文莫古於史而史之考据家非古文也不聞如淳師古與韓柳並稱其他藻語俚語理障語皆非古文則　本朝望溪先生言之也詳鹿門八家之說襲真西山讀書記中語雖非定論要爲不失文章正宗後世遵之者弱悖之者妄惟吾友子才太史掃羣弊而空之記敘用斂筆論辨用縱筆敘事或斂或縱相題爲之而大槩超超空行總不落一凡字此其志也千載而下當有定論同徵老友杭世駿序

後序

初先生以制舉文震海內後生小子爭摹倣句調以弋科名者如操券取也惟轂芳爲童子時頗不以先生文爲然逮乾隆癸酉館金陵謁先生於隨園之小倉山房每談及時義卽歉然以少年刊布流傳爲悔而深以予之不然其文者爲知己於是驚歎先生之虛懷好學不可及而世之媚人之文以求知於人者其必爲先生之所唾棄也久矣時先生正以詩古文詞樹壇坫江南欲收致四方才俊士與之共商史漢文章之正統而外閒科舉之說盛行徒知有先生之時文而已不知有古文也其或借先生爲聲援者亦徒知有先生之詩而已不知有古文也而於舉世不知之時又惟轂芳知之最早而好之也爲尤篤卽轂芳之好古文而敢執筆以爲之也亦實因先生之教而後毅然不搖於俗見至於今蓋二十有一年矣然則先生之文集轂芳烏可以無言乎哉蓋嘗論文章之道有三曰理學之文曰經濟之文曰辭章之文所謂理學者非皮傅儒先空談性命亦非綴緝訓故注疏之瑣瑣者相考證已也其所謂經濟又不得以浮

誕無實坐而言不克起而行者當之至於辭章則亦必有物有序而誇富麗矜淹博者不與焉予觀古今以來其有兼三者而一之之人乎無有也乃今讀先生之集而知其爲信能兼之者矣疑者曰隨園之辭章不必言經濟尚可於其吏治信之若目以理學毋乃阿所好而失於誣乎予曰不然夫言必求肖於周程張朱而后爲理學噫此世之所以多僞君子也隨園於同時之講經而株守漢學（見與惠棟論學書）講道而虛崇宋儒（見與是鏡書）必爲文以闢之不遺餘力俾支離穿鑿迂闊無用之學自呈其僞以不使溷吾學之真故其見於文者無一字及於經而無非經之精華也無一字及於道而無非道之充實也誠諸中者形諸外噫夫豈可以襲而取與故予因其文而審其爲人性情脫灑和而不流非卽周茂叔之吟風弄月者乎早年高隱不慕榮進而又篤於友誼不以窮通生死易心卽尹和靖之奉母終身蔡季通之爲友遠謫何異焉凡此皆見於諸論著中讀者試一一按而求之當知隨園之學與年俱進而德亦與年俱劭者固非昔日所聞風流才子之隨園而真爲今日兼理學經濟辭章而一之之隨園也然

則予之言豈有阿乎彼猶以爲阿者必前之徒知有先生制舉之文者也不知
先生者也不知文者也弃不知予非媚人之文以求知於人者也然則予之言
亦惟先生知之而已宣城宗後學轂芳

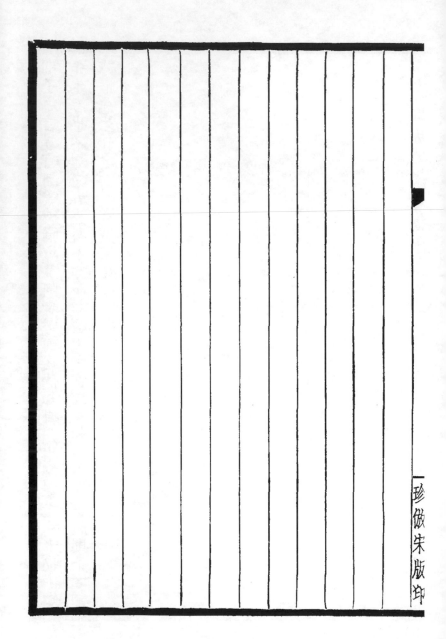

讀隨園文題辭

我讀隨園文太史之官徒紛紛四百年來作者存屈指中郎多虎賁依傍門戶襲笑顰豈不皮傅但失真先生棄官抱典墳胎息元氣藏精神靜觀萬物求其根嶽峙瀆流手挹捫天結地搆心吐吞我文之法如是云庶幾成吾一家言百年數事代數人特筆傳志臣見聞達者貴者功德尊卑者賤者志業勤孝義節烈困戹羣正氣鬱律生苦辛端嚴疎密氣象陳旁見側出鬚眉新石渠金匱遺佚頻公爲存之待討論丞相卿尹大將軍削牘論事開螺紋明體達用言可循利弊得失毫毛分規抑上官直氣伸亦嚴亦婉理道醇君子受之迴怒瞋取而施行何其仁循吏指畫皆宜民用之廟堂風益淳文人之文斯可焚讀書論世平反申一洗俗眼千年塵自言序記別有遵緊嚴峭潔荊公倫辨才豪氣至此馴玩之信然無跡痕天授此筆回千鈞輔以學識成彬彬染羽屢入緇緅纁練絲沃盎塗宿因角榦三液膠必均鮑人治革緩急勻篇成讀之覺恂恂數易稿本誰策勳我望海洋雖退奔字字暖我陽和温我翁志節埋九原言行完美憂

終淪叩頭陳狀淚泫泫倘賜表著公之恩傷哉賤子亦史臣乞因其子憐其親

館後學蔣士銓題

題辭

文章代興協元會道比姚姒承黃農屬辭比事肇盲左嗣有遷固昌其宗起衰八代賴韓子元和復振西京風降及北宋祗數子落落泰華恆衡嵩厥後豈無著作手繪畫不稱乾坤容帝恐人間久寥闃五百年後生我公公年弱冠即名世赫若旭日昇於東鞭霆馭風織雲錦更鑿混沌開鴻濛上清小謫出爲吏異續瑣屑傳吳儂鳳凰來儀偶一見安可久集虞廷中名園奉母謝祿養著書矻矻無春冬積累三十年富敵邱山隆先出駢體文一掃徐庾空詩集別專行授梓尚未終獨將古文編排分卷二十四寸心得失五十年琢金千鎔賦本古文詞冠首實類從體格用相如不與唐律同碑銘狀表及傳誌義貴紀實非褒崇如衡量物鏡取影國史徵信垂無窮昌黎此體推第一尚恐諛墓難爲雄書則儷歐陽纏綿馨深衷上規大府下勗友閭閻侃侃告以忠匡時論古不忍默力挽元氣迴春融記序關掌故不涉小品誇雕蟲論必歸大醇眉山雄辯猶虛鋒其餘雜著盡超絕妙諦無上惟天通至哉原士篇治術首辟靡析弊到秋毫鑄

鼎稱神工何當縣此文上列於學宮百年樹人得至計元愷復出襄時雍國初諸老事帖括健者聲律兼磨礱汪朱獨治古文學已覺鸑鷟鳴梧桐體裁茂密固閎贍未免駿積由裁縫邇來學者知嗜古高挹賈鄭思希蹤著文亦以訓詁濟陷陣欲假偏師攻茲文一出正鵠定真面乃幸廬山逢我朝藝苑譬合樂諸子一器公黃鐘卓然不朽冠一代公所自致天無功京江舊兩懷蔣詡首先寄示煩郵筒賤子款三徑驚怪騰白虹搜覽得公文目懾光熊熊粲然新若手未觸意似不甚珍璜琮攜之竟出不返顧荊州借得還無庸韓文舊本共寶惜枕祕吾可驕蔡邕飢來一字不堪煑賴挾此卷忘飧饔佛燈將燼漏四鼓兀坐據案方伊喁颯然陰風忽入戶雲霧晦冥驅豐隆徑恐六丁下搜取急誦萬遍藏諸胸年家子萬應馨

小倉山房文集目錄

卷十八

卷十九　書

續

卷二十五 賦神道碑墓志

卷三十 書 書後

卷三十一

小倉山房文集目錄

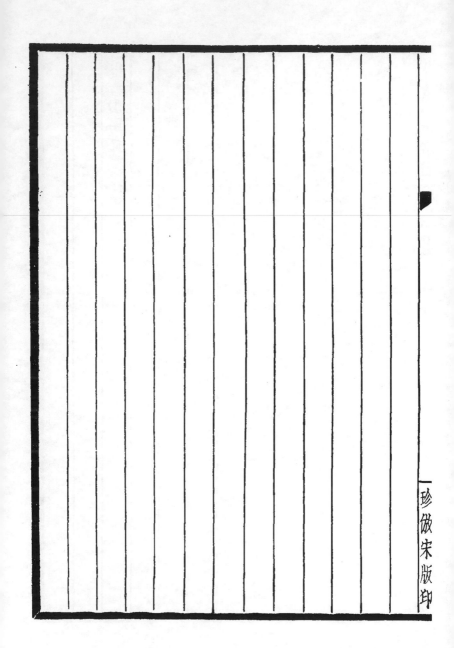

錢唐袁枚子才

長沙弔賈誼賦

歲在丙辰予春秋二十有一於役粵西路出長沙感賈生之弔屈平也亦爲文以弔賈生其詞曰何蒼蒼者之不自珍其靈氣兮代紛紛而俊英前者既不用而流亡兮後者又不用而挺生惟吾夫子之於君臣兮淚如秋霖而不可止前既哭其治安兮後又哭其愛子爲人臣而竭其忠兮爲人師而殉之以死君固黃農虞夏之故人兮行宛曼於先王不知漢家之自有制度兮乃嘐嘐然一則曰禮樂二則曰明堂夫固要君以堯舜兮豈知其謙讓而猶未遑彼絳灌之黕黕兮召儒生而恆東向見夫子而吠所怪兮以弱冠而氣淩其上曰丁我躬而未諳夫人世兮未免貧孤姿而抱絕狀當七國之妖氛將發兮彼社稷臣無一語徒申申其排余兮余又見木索箠笞而憐汝蒸兩愛而莫知所爲兮終不知千古之孰爲龍而孰爲鼠彼俗儒之寡識兮謂宜交驩夫要津使詭遇而獲獸

兮吾又恐孟軻之笑人聖賢每汶汶而蹇屯兮歷萬祀而不知其故也吾獨悲吾夫子兮爲其知而不遇也明珠耀於懷袖兮忽中道而置之淑女歡於衾席兮媵妒譖而棄之夫既干將之出匣兮胡不淬清水而試之蒙召見於宣室兮泣鬼神於前席蓀拳拳而託長沙王兮終不忍使先生之獨受此卑濕欲嘉遯乎山椒兮感君王之恩重圖効忠於晚節兮鵩鳥又知而來送己之薄命固甘心兮又累梁王而使之翻輕傷爲傅之無狀兮自賢人之忠愛也三十三而化去兮恐終非哭泣之爲害也彼顏淵之樂道兮亦時命之不長賢者不忍其言之驗兮宜其身先七國而亡誤鳳凰爲鵭鵄兮覽德輝而竟去駟玉虬以上升兮知九州之不可以久駐逝者既蕭曼以雲征兮名獨留乎此處亂曰瀟湘之春水浩浩兮有美一人涉遠道兮忽見芳草生君之廟兮咨嗟涕洟感年少兮

不繫舟賦有序

望山尚書再莅兩江之四年政行化和風物恬美署之西小園夾池屋形如舟公葺其舊而顏之曰不繫夫舟之義取乎濟川其繫與否非舟之所能自

爲也昔人稱謝太傅功高百辟心在一邱公之謂矣枚宰江寧從公遊而賦焉其辭曰

渺三山之在望登一室之如舟水搖光於摶壁月照影於承霤牕影影兮簾卷庭冉冉兮雲留偶摳衣於綠野恍遺世於丹邱步乍入而雙鳧欲化首欲回而四顧難休爾乃八達崇期三楹藻梲半榻中儐一琴旁列但栽薄媚之花略綴飛來之石雖不泊於江湖儼橫陳而待涉體靜而櫓槳無聲心虛而波濤不入右則斷橋鵠峙小渚霜清望舒涼室錦淙烟庭靈瑣槃停而霧捲重橑屈笮以天成左則牟首斜臨康圭遙踞宜啓背以納涼可倚襟而拾絮高軒象君子之懷踈落得野人之趣牆低則遠景皆收樹老則斜陽不去當夫夏始春餘井欄石畔竹密畫陰草多蛙亂鳥應節以聲移葉辭條而律換唯茲舟之隆然偃長虹於天半不因急雨以回帆不逐浮萍而傍岸篙工欲撼以難搖錦纜將牽而未斷洵足以解巾遐矚退食澄懷意行緩帶小憩流杯坐繞芝蘭之契手栽桃李之材覩籬落而心殷稼穡聽波聲而夢繞黄淮晝戟香而空堦花墮牙旗颺

而水面風來然而事本無常舟原不繫星自移宮泉非擇地攬物化之推遷歎人生之如寄朝雖扢乎中流夕不知其所至當前之峯影常青此後之跫音孰繼鼓沙棠之楫豈料重登賦苦葉之匏還期共濟舟之泊也共萬物以安恬舟之行也聽江風之位置何況傍舟之草附舟之蟲本乘泭之賤質涉宦海之飄蓬攀慈航而難再空揭厲於波中其能無挽紼纚而詠志託雲物以歌風也哉

青山招主人賦 有序

余去隨園一載辛未閏五復來棲遲見石留蕪穢屋宇黯剝書史十蠹七八嘆人可離園而園不可離人憮然久之時家居四紀餘祿蕩然故人戚里有以仕易農之勸余又懼茲園之不能久居也乃託爲青山招主人之賦以自訟而自尤焉其辭曰

主人去兮胡不歸寧不見山中之窔廈蒙宲廇以呻蝛主人歸兮胡欲行寧不聞山中之猿鶴將馳檄於烟庭憶峨峨兮空谷跨兩龍兮抵伏河雖囊兮無梁茅誰鬋兮無屋忽婉僤兮馳象輪馬沛艾兮來夫君召鯱俞兮測風呼謳癸兮

執矩藻兼爲之運斤兮獿人爲之削楮極承塵摶壁之詭文回波兮復單極落時之庌風而攜兩君欲採兮果在林君欲釣兮魚在渚君欲觀大江之波濤兮吾則聳巑峯而高舉君欲吸九霄之沆瀣兮吾則吐朝霞而待取此豈不足於君所兮胡長行而踽踽自客秋之騰裝兮車哼哼而東去山鬼喜而聱耴兮白鹿愁而局顧予能忍而終古兮恐美人之遲暮也世翻覆而興雲雨兮余青青其如故也百花兮春陽滿山兮嚴妝盼夫君兮不見極思心兮悵悵書厥陳兮千束待君兮悅目君繙帑兮無時走白蟫兮彳亍遝然兮稅駕山之靈兮如雲老槐起而守宮兮薇蘅搖而掃塵危石犖确以挺其去路兮山膏申申而詈君曰宣聖之皇皇兮年七十而返尼山使哲人而無此年兮何六經之能刪陶潛之掛冠兮知食祿之不如飲酒使五柳之早植兮寧不多飲乎一斗彼歸妹之翩翩兮可筮於有黃將推車之蟬攫兮保無厭迮於康莊誰轉斆以相召兮忽許由之瓢動寧陝輸其營魂兮乃尹氏之多夢使果伊優與世利兮余胡傌傌以強留恐素襟清尙之倓然兮何能夸毗以體柔欲蘇世而居正兮韜沂竟一

（六）

發而難收忍所惡而甘就兮舍所愛而他求謝元祺之初志兮睎頹光之西流
及少壯之不登臨兮老教窣而何以上高邱君欲知余之不忍別兮請聽此鳴
鳥之啁啾

秋蘭賦

秋林空兮百草逝若有香兮林中至既蕭曼以襲裾復氤氳而繞鼻雖脉脉兮
遙聞覺熏熏然獨異予心訝焉是乃芳蘭開非其時寧不知寒於焉步蘭陔循
蘭池披條數萼凝目尋之果然蘭言稱某在斯業經半謝尚挺全枝啼露眼以
有待喜采者之來遲苟不因風而棖觸雖幽人其猶未知于是舁之蕭齋置之
明窻朝焉與對夕焉與雙慮其霜厚葉薄黨孤香瘦風影外逼寒心內疚乃復
玉几安置金屏掩覆雖出入之餘閒必褰簾而三嗅誰知朵止七花開竟百日晚
景後凋含章貞吉露以冷而未晞莖以勁而難折瓣以斂而壽永香以淡而味
逸商飆爲之損戚涼月爲之增色留一穗之靈長慰半生之蕭瑟予不覺神心
怖覆深情容與析佩表潔浴湯孤處倚空谷以流思靜風琴而不語歌曰秋雁

回空秋江停波蘭獨不然芬芳彌多秋兮秋兮將如蘭何

老而無子賦有序

余與魚門舍人齊年交好俱五十無兒聞其小妻獲雄爲之心開乃今秋書來又已凫殀揆其心志悼恾可知乃託爲元白相慰之言作賦寄之用廣其意亦聊以自解云爾

白太傅龜兒不存楊枝遺嫁病染風痹不怡中夜廬山之佛殿藏詩海上之仙龕待駕乃喟然而嘆曰謂地至厚謂天至仁惟混元之不處運萬物而相因是故青曾黃頭綿綿無垠元蟲剛須息息洪鈞蛾猶術子竹且生孫何況至眩者姓至貴者人寶兮遺種莊說傳薪小者肯播肯構大者爲鳳爲麟且莫言恩澤之侯百世箕裘之學千春但使仳催主器童昏應門亦足逐主喪之里尹而安登屋之游魂翳我何人傫然孤獨免乳者殤將孅者殰雞林則萬首流傳犬子則一雄未卜有九服之英名無半行之骨肉爾乃石樽客散琴臺雨濛半欄斜照一個衰翁意斟愖其若失魂充充如有窮齊國乏負牀之穎趙家斷炊火之

宗一髮之懸崖太險千年之得姓將終耳羨梁間乳燕慈烏之語心驚身後梨花寒食之風未病而巖牆生乎四體非雲而孤影蕩於空中況復池北樓臺池西書庫彝鼎鱗列牙籤雲布白樸百篇青箱十部莫不物物心裁絲絲手護甲乙丹黃研朱滴露董安于之牆壁半煉蒿銅晏平仲之房楹深藏竹素門交替與何人儼橫陳於道路于是愛先生者代為禖祝而望商瞿之得晚息焉憎先生者嘲怪荒侯而疑展氏之有隱慝焉元相公聞而笑曰是何以造物為拘拘而不證之詩書耶夫侯龜四兆神理萬殊箕疇五福子嗣本無宣尼大聖早喪伯魚齊桓公有子六人而幹掩揚門之扇田成子有子七十而身為寄豭之徒愍隸轉尸功臣隱痛練裙葛帔名士嗟吁是故賢夸嬴博之札達稱東門之吳曾怒西河之泣孔辭顏路之車彼夸語兒之鄉而登望子之臺者盍亦鑒於斯乎且莫言子不孝則如龍欄氏之忘情子不祭則如公索氏之亡牲就使惠種非狂胞衣盡紫高陽八才姜支三趾亦勢必暮授經書朝布筵几女聘姬姜師延崔李飴含不足犢舐無已振振殷殷孳孳娓娓猶恐縱婦勃谿誚翁軟抵責

珍倣宋版印

善不祥冠笞非禮教詔則頭觸屏風視病則竟夕十起俟婚嫁之將畢亦人生之已矣故曰爲人作父非易居之名買奴得翁亦偶然之理又安得如此日之從容暮景孤吟青霞攘羊不懼尻背無諱帶益三副禾呼百車雖在世而出世視有家如無家投懷者明月趨庭者落花承懽者猿鳥繞膝者桑麻爲樂不憂兒輩覺放言不驚長者差施半菽則戚里拜德捨一宅則佛子矜夸無後爲名二婢夾我而非罪有官不仕一月不醒而何嗟靜言思之老而無子福耶非耶而況心靜思精身閒學廣述作非凡知音必賞安知後世不鑄范蠡之金他邦不畫朱穆之像宗我學者卽兒孫傳我文者皆族黨又何必爲孺子牛負阿侯襁褓樹嫛婗懸弧擾攘盜委順於兩儀奪真珠而在掌夫然後謂之有子哉太傳聽猶未畢心曠神全如逃禪而悟徹如御風而登仙重開玉甕再理冰絃子來不拒子去不憐終日陶然改字樂天

山問

隨園先生倉山結隣住一十有一載年方四旬山神怪之不能無言乃面先生

而問曰余託體爲山與混沌俱所見隱士百千萬餘如先生者與人人殊山實惑焉願布區區昔巢由之號稱首隱也吾見其蓬累而行耦俱無猜心忘顙額與天往來先生則早登金門身踐玉堂臨歧矩步指會規翔撤金蓮爲婚燭含鷄舌作星郎夫豈蒲衣石戶之徜徉者乎其次鴟夷泛舟赤松辟穀蜀市青盲東海黃鵠是有所託而龍蟠非無所爲而雌伏先生又治比吳公表薦葛龔吏澤如春民望如風聽琴者願展伯牙之指觀射者思彎飛衛之弓譬如四時之序方春方夏而並非秋冬之成功再其次原憲以甕牖語人於陵則谿刻自處瞿鉶披裘東郭纖屨爲聾嚾翁因瘖守圉避苑就枯索居孤露或能薄而閉關或足躄而却步先生又輷錄其躬斧藻其德髮若植竿瞳如點漆音響遏雲眉間容尺山立時行揚休玉色誦東方之四十萬言奪戴憑之五十餘席可以坐而謀起而決備君子之九能傲明廷之三揖是又非熒魂曠枯冥行坎窞者之所能髣髴是以後乎先生者方且縹纓天關持衡要津觝項交跖魁壘冠倫竊杜銓之文資其解褐疑蘇秦之名原是古人前乎先生者方且豨膏棘軸赴選

里鄉魋顏曷鼻僵仆巖廊希飛蟲之弋獲忘日暮而途長先生胡爲乎有冠不彈無雪早臥髮長心短退勇進惰雉膏不食匏瓜空大袖巧手而看拙匠之傷沉慈航而閱千帆之過秋蛇赴穴竟失其節雄雞司晨不鳴何聞曷不就明夷之占吉而答玉女之洪鈞乎先生曰若山神所言可以語下未可以語上也徒論其理未曉其象也則獨不見夫麋鹿乎厥角嶷嶷野心濯濯騎之者身顛牽之者足躅此石隱之流非我也又不見夫舞象乎黃帔而蹲載寶而朝一浴之外無時逍遙此朱紱之困非我也惟夫駃騠蒲捎騄耳駼騊對天長嘶顧影自豪非不知近㯬栔和鑾鑣非不能登天閑舞簫韶然其所愛者則在乎渥洼之水黃池之沙崑崙洗鬣瑤臺銜花固不能久齕乎芻豆而羈縶夫王家余實慕之是耶非耶且夫君子之立身也才欲其大志欲其小能欲其多事欲其少故名成而身樂心安而境好其處世也居前必令人輊居後必令人軒故湖上不賣魚山中不鬻薪當今堯醲舜醺夔拊龍言禮明樂備雲動雷屯家家鶴膝處處瑤琨來未必有我去未必無人不少北山南仲戴星鞅掌只少康衢華封鼓

琴擊壤不少槧人伎曲霑項漸襟只少執鍼司草治粟縫衽與其搏幣扶翼知尋布肘曷若勇夫重閉聖人不手與其王孫自厲執鐸將扳曷若中年病忘養空而游我是以立身乎黠癡之半食飲乎清濁之間神劍小割慶雲偶鮮董父一蘇而不上卞彬十擲而仍韃周鼎著倕而齕其指楚焞改卜而全其天竹素供奉烟雲周旋逢衣淺帶糟邱老焉是既不愧夫鷾鴯之宿智而亦何愁乎胡老之華顛至於沒世無稱君子所恥是有命焉何病乎己且夏四百年商六百年豈無其人自健自賢卒皆爲而無考事而無傳我獨何人而獨憔然山神聞之冰襟而出踞觚而歌曰山之高不如子之超山之靈不如子之明將子毋悶吾失吾悶收雲反風請與子終

原士

士少則天下治何也天下先有農工商後有士農登穀工製器商通有無此三民者皆養士者也所謂士者不能養三民兼不能自養者也然則士何事曰尚志志之所存及物甚緩而其果志仁義與否又不比穀也器也貨之有無也可

考而知也然則何以重士曰此三民者非公卿大夫不治公卿大夫非士莫爲惟其將爲公卿大夫以治此三民也則一人可以治千萬人而士不可少正不可多舜有五臣武王有亂臣十人豈多乎哉雖然其所以教之者則甚多矣古者黨有庠家有塾國有學春夏學詩書秋冬學羽籥又有三物六行六藝之名又有移郊移遂東棘西寄之法天下人知士如此其難爲也爲士者如此其不苟也於是農者安農工商者安工商相與登穀製器通化居以事其上而僥倖與逸游者無有焉士既少故教之易成祿之易厚而用之亦易當也後世不然凡古所以教士者一切皆廢而所以取士者又寬而易售讀四子書習一經皆曰士其四子書與一經又不必甚通也稍涉焉亦皆曰士既曰士皆可以爲公卿大夫十室之邑儒衣冠者數千在學者亦數百天下人見士如此其易爲也爲公卿大夫又如此其不難也於是才僅任農工商者爲士矣或且不堪農工商者亦爲士矣既爲士則皆四體不勤五穀不分而妄冀公卿大夫冀而得居之不疑冀而不得轉生嫉妬造謗誹而怨上之不我知上之人見其然也又以

爲天下本無士而視士愈輕士乃益困嗟乎天下非無士也似士非士者雜之而有士如無士也然則士何自而少曰廣索之而嚴取之天之生才不必一類而其真者皆不甚多如五金然皆適於用合沙礫而渾之金銀猶多汰沙礫而擇之銅鐵且少然則慮其遺賢奈何曰與其倖進毋寧遺賢賢者今歲遺之明歲未必遺也惟有倖而進者既進之以爲公卿大夫矣公卿大夫皆任取士之責者也以彼其才取彼其類夫然後倖倖相承而賢乃愈遺然則詩歌濟濟多士何歟曰惟其少也故夸多而豔稱之以見周室人才之盛如祝堯之多福多壽多男子以福壽男子皆不易得故也使盡人而可得亦奚以祝爲予閔士之太多而失先王所以治世之意作原士

周末士多故秦散三千金而天下之士相與鬭漢末士多故頌王莽功德者四十二萬人宋末士多故淳熙景德間三學之權與宰相抗史嵩之丁大全等皆畏之及賈似道作相加以餐錢而上書者即稱賈爲周公召公士習之陋一至於此皆多之故也不知漢盛時每郡戶口十萬裁舉孝廉

一人吳公所薦止賈生一人文翁所遣張叔等亦不過十餘人善養士者不在多也唐設八十一科未免過雜鄙意法温公十科取士而參以舒元輿一議其庶乎自記

子產不毀游廟頌

奕奕游廟南道而居將葬簡公黼荒難驅繼爲火社馬更契需葬除蒐除豈子產私鄭當官而行毀之毅如乃有太叔操具而立似毀不毀探刺顏色冀危得之毋乃用術子產過時有睟其容閒不毀故感動於中顧曰舍之以妥其宗一之已甚太叔乃再恃巧干仁愚者亦怪子產不然稱心而待寧墮彼術以行吾愛嗚呼子產隆赫嚴明凶人必殺刑書必成火焚不動龍鬬不驚乃至毀廟肫肫其情爲國教孝匪己求名展如之人孔子所敬執國之法順人之性其死也哀其生也慶借頌爲箴今之從政

曹黃門孔先生像贊

倓然之容義然之狀想見峨冠立金階上惟

聖人建極四門首闢公逢其時爲邦司直奮筆奮舌佗佗矜矜吾以吾鳴匪詭隨是爭惟大猷是經

帝爲傾耳略見施行未竟其用左遷奪俸如華堂榱棟如朝陽喪鳳人皆爲惆枚曰不然苟於世有補徐樂一書已足千古而況公文有集如許

朱栩贊

漢有朱栩爲董賢吏賢既倮尸栩獨收視犯莽有禍葬董無名栩豈不知而損其生栩曰不然吾行吾情聖卿雖佞媞媞可矜巨君作賊篡漢有形哀賢毒莽識所重輕借曰私恩愈見至誠嗚呼世人惟勢是附竇其翟公客所景慕勢盛勢衰客來客去來時何恩從從馳騖去時何仇悠悠陌路但有避趨而無好惡奚況於賢伊誰肯赴栩之所爲義同欒布班史大書子浮隆隆當建武時爲大司空惟人至庸惟天至公嗚呼世人鑒此高風

卜式司馬相如贊

易曰知幾其神乎幾者一人知之衆人不知也衆人不知則雖千百世後亦不

知當日之能知之者爲何人也而其人既已知之矣見幾而作矣則所存乎史冊閒者不過其迹而已推其迹以得其心吾於卜式司馬相如有獨契焉當武帝時中國耗矣帝之雄心未已此楊可告緡之事所必有者也法網密矣帝之猜心未已此淮南賓客之誅所必有者也卜式知家財之難保而先輸之於官即陳平之裸而刺船也相如知仕宦之難爲而愛閑多病即子房之善藏其用也帝知其無可告之緡則轉以黃金賜之知其有未盡之才則且於遺稿求之似要福也而不知其避禍似避禍也而不知其要福以武帝之雄猜落兩人度內而不悟而其忠愛之心持正之氣則未嘗不一白於朝廷又能各因其分以立言而仍不蹈批鱗之忌式官已尊寵已固故有烹宏羊天乃雨之言何其犯也相如官尙卑資尙淺故僅有諫獵之章奏雅之賦何其婉也嗟乎使式戀其財而不獻必爲郭解之徒而相如仕宦不止又安知不爲壽王主父之續乎讀史至此爲發其覆而又笑世之鄙卜式而薄相如者眞淺士矣故爲之贊其詞曰

天之生才代不絕賢何建元五十四年而意寂然此如驕陽當天百草萎焉或陷於法或遯乎田陷法遯田名皆不宣一式一長卿獨察機先毀家家存病身身全一信乎君而以危言讜論著一忘乎世而以高文典冊傳較之汲生之戇曼倩之仙竟別開一徑而無愧色於其間嗚呼欲知人先論世如二公如其智如其智

東閣大學士張文和公像贊公名允隨原任雲南總督

昔有羲叔分宅南交平訛敬致克襄帝堯穆穆張公繼羲而作秉圭卅年不離南服維彼滇南實開新疆歷漢晉唐高山始荒驅鷹作鳩牧狼爲羊疇是羯羠而不叛亢急之挺矣緩之梗矣萬洞驛騷兵在頸矣公來至止勿弛勿震曷帥以威參和以仁如古黔羸手奓混敦如古夷隸與鳥獸言鉥昭通路五百餘里俾彼鋒車周道如砥鐵金沙灘百有三十俾彼方舟安行枕席蚖蕎杜松九施上平既艾奧草靡穀不登張立駢牢胥蹠塴粥商旅僧然駢肩疊轂侁侁有苗金環花衣夷歌僸佅媚於侯蠻狉狉荒服罔敢寇災嬰壞邊埄于于其來地不

愛寶五金坌湧鈎考褒虢鞭笞桑孔赤側既鑄如泉環流八省輸銅歲省萬牛
經算妓極不可計籌 天子曰咨卿實元功可坐論道以相朕躬六十坰殿二
肆歌鐘與卿樂之其風雍雍公拜殿上民泣滇中朝有聖相滇無神公五期三
名未竟其施遽殞旗翼而乘雲螭於人未慊於公無惱如此哀榮得歸亦好巍
巍遺像琛版星冠盱衡振色泰表戴于華嶽立隼高梧翔鸞望而氣肅對之神
寒公第五子與枚通書命作贊語以永終譽枚無金管敢寫淩烟再拜稽首倣
班孟堅寸莛鐘撞撮土河填匪質時賢質公在天

儉戒

某尚書撫浙以儉率下過三元坊見圬者妻紅裓補簪花立而目公公命將某
婦詰轅前騶擁之去圬者故新娶也號泣從之伺轅三日探刺不得信乃棄其
屋舁其妻之屋得二十金賄中軍中軍爲之請公笑曰吾幾忘引婦之中庭而
高呼夫人婦瞠視俄而有蓬首持畚衣七緵之布從竈觚來者曰此夫人也已
公立婦而訓之曰夫人封一品服飾如是汝家圬者而若是華妝行見飢寒之

將至矣吾召汝者以身立教俾語而夫知也飯脫粟而遣之婦歸已無家矣乃雉經死袁子曰儉美德也自矜其儉便爲凶德蓼蟲食苦而甘彼自甘之與人無與也必欲率天下人而爲蓼蟲悖矣尙書亟表己之儉故幷戟轅之尊且嚴而亦忘之有所矜乎此者必有所蔽乎彼也故曰克己之謂仁

嚴蔽

某大府御下嚴巡鳳陽奚奴召謳者侑飲事發穀其頭氂意以警衆也嗣後每巡羣奴挾妓而博強索州縣錢箕坐大呶大府竟不聞袁子曰是嚴之蔽也漁者謹提其綱而網疏焉故常得巨魚或捉搦於鰍鰕間則吞舟者逃天下人善不善而已其善者見一罪發即一人死有所不忍則專務爲隱匿縱捨其不善者知罪小死大亦死均死也則寧爲其大以自溢於法之外而姑快吾意故橫益甚然則上之嚴將禁惡也而乃生惡慮失入也而反失出豈非有所蔽歟既蔽之將幷其嚴而失之然則宜如何曰多其察少其發此御下者之法也匪重匪輕適協其平此用刑者之經也

釋名

名非聖人意也聖人者乘其時之得爲行其心之所安歿齒而已矣伏羲畫卦使民知陰陽蒼頡造字使民備遺忘非爲名也然則名何始曰自尙書毛詩始其人皆慕聖人情不能已然後詠歌而紀載之蓋以傳聖人之名而非自爲其名也故堯典禹貢關雎葛覃皆不著作者姓氏即論語一書亦是孔子亡後弟子之弟子記之孔子所不知也使孔子若存若知之必不教作也何也孔子望其道行則有之矣爲萬世師非孔子意也故作論語者亦卒無姓氏下此孟荀老莊皆著書皆列姓名然而非聖人矣余每讀史書若三國若南北朝僅數十年而其間之英傑才俊可喜可愕之事繁富若此然則夏四百年商六百年周之末有世本左氏以前其時事迹俱付之冥冥可嘆也今儒生握管動求傳後豈以爲夏商周千餘年之人皆不己若乎嘻愚矣然則余之好有所著也如何曰察士無思慮之事則不樂蠶之爲絲也終日綿轉不絕死而后已彼豈望人之朱綠之玄黃之袞冕而被服之哉亦不自知其何所爲而爲之耳余欲明余

之無所爲而爲之之意作釋名

釋官一篇送李晴江

心天官也耳目口鼻五官也公卿大夫百官也天官五官豈我有哉天與之百官豈我有哉人與之以偶然之有逢不可必與之數而又未有而求之既有而昵之業已無有而思之是制於與不與也夫與不與彼又有所制也天制於氣數而不敢與不敢不與人制於天而不能與不能不與吾又受制於所受制之天與人而望其與震其不與吁其惑哉雖然有天官而后有五官有五官而后有百官以公卿大夫易耳目口鼻愚者不爲也以耳目口鼻易其心愚者亦不爲也乃以公卿大夫之故而累其身并累其心是以千金之珠易土苴也李先生搖組鳴轂之乎中州不逾年解果其冠傈然坻矣則又搖組鳴轂之乎江南不逾年解果其冠傈然坻矣邦之人甚怪之甚避之子才子曳先生之背披先生之胸暴之乎項氏之園大暑日中而眡之曰嘻先生其有道者歟始吾見先生之頭棄其蟬冕以爲頭無官也先生之身解其印綬以爲身無官也今日光

燿先生之方寸蕩蕩然榮華之不知奥渫之不分然則先生之臟腑百竅俱無官也以無官之先生而人必與之官先生不辭以有官之先生而人不與之官先生不惋吾知之矣我之生也是天之有求於我也畀之耳目口鼻以粉飾太虛而非我有所求於天也我之仕也是人之有求於我也畀之爵祿車馬以受其利濟而非我有所求於人也赤子之哭不願生也初生之哭是則將死之哭非矣丹穴之逃懼爲君也人君之逃是則人臣之不逃非矣今之人已無求於先生今之天猶有求於先生於是有鼻而且甘乎椒桂有目而且玩乎白雲有耳而且耽乎松泉有口而且論乎是非而且耳不隨人聽目不隨人視四支不隨人約束臥可也坐可也居可也行可也一日可也百年可也不以百官病其五官而五官全不以五官病其天官而先生全言未畢先生蹶然與曰吾聞中民之士榮官吾非中民也而子又奚稱

小倉山房文集卷一

錢唐袁枚子才

文華殿大學士太傅朱文端公神道碑

乾隆元年秋九月十四日
今天子命　車駕　親臨大學士朱公第視疾又四日公薨　天子再奠於其第加贈太傅諡文端冬十月公長子通政使右通政必堦次子翰林庶吉士塏輿機歸葬剛日已卜求文其貞珉以光揚休命枚伏考史冊堯學於子州父舜學於務成昭古之聖人皆有所從遊以增崇其欽明二臣者雖訏謨無聞而要其能爲堯舜之師其人必邁臯夔而上公奉
世宗詔侍　皇上青宮最久　皇上登極未一載仁言聖政重累而下九州八陔靡不異音同歎慶堯舜復生然則公啓沃之功可以想見而公之風槪又豈可求諸唐虞下哉公諱軾字若瞻號可亭世居江西高安縣公宣髮廣顙音中黃鐘鬚數十莖羅羅可數康熙癸酉舉人甲戌進士入翰林改知湖廣潛江縣

事治獄忤總督某巡撫劉公殿衡至曰吾久聞朱令賢今觀所爭獄益信爲解
於督臣而薦之遷刑部主事轉郎中督學陝西尹奉天再遷左都御史巡撫浙
江　世宗登極累遷吏部尚書文華殿大學士故事宰相涖任必詣翰林衙門
公去而復至海內榮之其撫浙也浙西瀕海衢洋石墩多風魚之災公楗老鹽
倉淤中小亹諸夏蓋山功成坻廬大安其任風憲也大將軍年羹堯以大逆誅
父遐齡年八十餘法當從坐九卿俱畫諾矣公不署名
世宗責問公奏以子刑父非法也臣簿錄年氏家書遐齡訓其子甚嚴子不能
從以陷於罪罪在子不在父
世宗頷之遐齡竟免其辦治直隸營田也以漳衞諸河爲經以趙北口兩淀爲
咽喉穿壤引泉凹坻衞隄溉田六千頃其督振陝西也安流庸禁遏糴勸糶粟
請留漕立醫廠增驛夫兩隨禱降民與災忘公潛躬味道神識凝然而於孜贊
軍國靜密詳審朝廷倚如金城故爲都御史時請終父喪　聖祖勿許在營田
所請終母喪

世宗勿許公雖斯徒跣洵涕力請至於批鱗叩閣章三四上黃門近御皆咋舌瑟縮奪毀奏稿九卿大臣慰勸者相環而公陳之愈力萬不得已則引古墨經禮請從征西戎　兩聖人愛其忠難須臾離閔其孝重違其意乃　詔如怡賢親王居母喪故事勿朝會勿吉服勿補原官　國家有大事公卿詣廬中咨謀性介而和病門生某餽蔘公呼謝者再開封稱量畢仍還之曰以束脩問先生於誼甚古受之無所爲非第書不云乎享多儀儀不及物吾體未羸無藉於蔘故稱量之則已受汝儀矣奚必及物耶　今上在藩邸時聞公講生民休戚歷朝治亂尤悉既卽位凡所陳奏無不張施公自知道可大行輔志弊謀如恐不及乾隆元年首陳除開墾省刑罰兩疏其他語祕外不盡知然公已七十二歲鬢頹秃且盡　天子恐用公晚一切大事虛己咨詢公亦忘身殉國竭毣毣之思卒以成疾輔　新君九閱月而薨其遺表曰臣遭盛世入綸扉既老且疾口垂閉矣伏念國家萬事根本君心所重者理財用人而已臣核　國儲經費綽然後有言利之臣倡爲加增者幸勿聽之至於君子小人之辨尤易混淆倘書

逆於汝心遜於汝志二語願　皇上時以爲念則臣魂魄長逝永無遺憾章上海內傳誦之所著有春秋詳解三禮纂名臣循吏等傳夫人陳氏先公亡合葬某

銘曰惟天以　聖清有德篤生良弼惟　帝以聖相有肅恩始榮終奕奕太傅學爲儒宗禔躬何約艾物何豐孤終既協陰陽就宮燮醻養瘠休我王風凡彼百工倖倖衝衝成才之忌或感名之攻至於太傅而曰君子竟罔不僉同梁木壞矣心支明堂舟楫朽矣慮海波之或揚讀公遺表惓惓　君王身墜泉底心立殿旁皐謨說命餘音琅琅配於　太廟祀於太學書於旗常葬於磽确松柏丸丸羊虎躍躍永峙一碑以伉五嶽

戶部尙書兩江總督高文良公神道碑

公諱其倬字章之先世自高密遷鐵嶺父瞻庵累官口北道生五子公其仲也十八歲舉於鄉十九歲登進士入詞林

聖祖奇公狀貌欲試以外事會四川有獄未決　命公往訊歸　上問打箭爐

形勢公口陳手畫沉詳不煩　上器之命典試蜀中督學山西累遷內閣學士巡撫粵西鄧橫苗叛公單騎入寨曉以威德萬衆投刀乞降
世宗登極遷雲貴總督公奏西藏用兵中甸乃進藏咽喉請調鶴麗劍川兵鎮撫之開墾陸涼州屯穀儲偫改哀牢山土司爲流與苗大小戰三十有二所平魯魁茅洞諸寨所擒呼呼腦兒刀光煥等以功襲拜他拉布哈番福建饑民變調公督浙閩公道浙卽奏姦民不可不誅饑民不可不養請撥溫台倉穀七萬石運閩寬臺灣米禁濟漳泉二府　上從之閩人大和閩自朱一貴反後番不納餉小不順輒攻刦焚殺公立民夷界趾碑移與泉道駐廈門設哨船巡之苗夷讋服生番阿密氏反公遣臺灣道吳昌祚參將何勉從竹脚寮南投峙兩路進兵擒之　上聞喜曰卿在閩朕無南顧憂矣會福建巡撫某不識字見人倨忌者欲傾之密奏福建倉穀全虧而公又與所親山東按察使白映棠私言江浙清查無益恐累民白奏之　上以公袒同官沽名罔上不道遣內大臣史貽直等馳驛料簡閩穀而調公督兩江會雲南普思苗叛貴州廣西猺猓應之乃

命公總督三省公到滇卽率提督蔡成貴等討平之仍回兩江權巡撫事
今上登極公首劾淮關榷使年希堯人以爲仁者之勇尋遷戶部尚書入都過
寶應薨諡文良年六十三公揚休玉色進止凝重目瞻焉不能遠視然長寸餘
無事輒睞開則精光射人性端靜包涵蘊含一本於自然人相對如臨山海光
明之中廣大無所極每奏事　天語褒寵或忤　旨旦夕禍不測而公施施如
平時雖家孥賓僚欲窺公顏卜主眷盛衰不可得也　世宗深知公性寬不能
捄之使奮代人匿瑕藏疾至累及終不悔然於國憲民瘼大綱必舉且望重治
行終長者故雖詔書迫責而封疆重任十三年如一日西師大事必密與謀阿
喇蒲坦降　上問公公奏宜減兵不宜撤兵宜加戍糧以彈壓兀魯特喀爾喀
兩部落降人和羅爾邁逃　上又問公公奏有之不爲多無之不爲少宜撫其
不逃者愧其逃者　上嘉納之孫文定公嘉淦少時殺人報仇公督學時爲脫
其罪故終身執弟子禮惟敬李敏達公衞爲滇南布政使與安南爭鉛廠河
上切責公引咎絕不言李李感折骨後李眷日隆　上疑公叢歴問李李奏

高其倬勤過臣太慎故少遲緩耳又短視終日胸摩文案生肉胼起可驗也逾
年公入覲奏事畢　上命褫公衣公驚以爲將刑侍衞摩公胸奏曰李衞不欺
上大笑補熙提督松江　上猶慮公在江久不無稗政命補察劾　旨甚嚴
補唯唯到江南聞人人稱公賢乃以實奏　上喜曰熙不迎合朕樸誠可嘉即
遷總漕嗚呼公與補俱不可及而　世宗之神聖誠何如也公於學靡不窺天
文地理皆洞悉而詩尤工所著奏疏十卷堪輿家言四卷味和堂詩集八卷行
世繼配蔡夫人亦能詩公以定萬年吉地功賜男爵葬大興縣秀才營之原子
某

銘曰泰山之雲崇朝而亙何卽之不高而探之莫竟扶桑之枝浴日而行何風
吹似柔而雷焚不驚惟公秉夷姤之性行恢台之政抒端右之才慰閫左之懷
始任戴冠來扶王風赤霄冒頂素手捫空導帝九阬罔弗棣通悅尼來遠有睟
其容歸邪星出白澤神通蚰矛丈八鼉鼓一中使猱村狗國區人鼈封靡不書
雲奉歷橫草成功徵衣旁旅其聲喁喁　帝曰汝太將牢而弗操刺宜淬其鋒

以持劍臘公拜稽首黎收而答臣持者心臣亭者法七年教民三百先甲百辟

欽之高山仰兮九乾竺之終德賞兮冢象祈連高一丈兮所謂大臣盡置以爲

像兮

禮部尚書太子太傅楊公神道碑

乾隆元年九月禮部尚書楊公薨於位

天子震悼加贈太子太傅崇祀賢良公諱名時字賓實一字凝齋其先出關西

明初以軍功襲鳳陽勳衛家懷遠徙江陰世無顯者及公貴三代俱贈如公官

公湛深聖學自布衣至爲尚書言動措施敷奏一不外於孔孟以事被譴人懼

且不測而公搆殘火治詩禮如平時　聖祖時宰相李文貞公嘗薦公爲第一

流康熙庚午舉人辛未進士入翰林督學直隸典試陝西歸授直隸巡道當是

時直隸無兩司官巡道司刑名所屬見憚迎奉者相夸以多金幣出巡則餽夫

錢驛費者重足錯轂而至公壹切禁絕牢籍書吏僅通食飲姦不得發每讞決

多所平反居月餘天下稱其廉　上聞喜曰楊名時不特官清且好也遷貴州

布政使尋巡撫雲南時征西藏滿洲兵集省城公慮擾民爲爵茅葺屋撤牙門西廊使居而中隔以垣遣官巡之庌其馬夏不宛暍順時覘士教民農桑穀畜饑寒者收穀之所劾官雖有罪必助其歸較巡道時尤多仁惠曰昔專乎巡今兼乎撫故也在滇二年而　聖祖崩　世宗憲皇帝即位雍正三年遷雲貴總督五年題豁鹽課獲譴六年受代公既以道自任不與時合或以危事中公新撫朱綱來鞫不得毫毛罪坐他事修城雍正十三年冬　今天子受　世宗遺詔即位召用向所廢置故老大臣公首被召天下想望丰采滇黔人狂走懽告老幼相率觀公或張酒宴羅拜繼以泣至環馬首不得前既入覲　天子召對良久命以課皇子造人才秩典禮數大事既出尋賜馬賜第時公年七十六矣以禮部尚書兼管國子監祭酒事初康熙時江南翰林非二甲前勿與公獨以三甲得故事直隸學政非宮坊不與公獨以檢討往至是　天子命公教習庶吉士時未館選而　詔先下公受恩三朝異數皆此類也公既用益陳利害諸朝臣言可採者爲代奏聞所定滇省事有弊即請報罷時　天子銳意太平於

藩邸時深知公公亦感　上責望重欲盡所學以報諸仁政將次施行而公遽
病閱庶常卷勞患手足痛　上醫問不絕公具冠帶草遺表薨壽七十七娶劉
夫人無子以弟子應詢爲子葬某
銘曰何聖非儒何事非書學之不至或拘或迂道果能宏沛然有餘穆穆楊公
其學粹如禮士敬容仁人貴際大賁無色大羹無味薰薰熙熙口噓元氣用之
則行投之無戾　天子曰咨汝弼三朝如彼卿雲久爛丹霄惟汝余輔以帥百
僚伯夷彤伯班序顛毛公拜於殿民賀於郊惜哉冬日雖和晷短逖矣春風雖
歸澤遠蒼蒼九乾茫茫五施兩楹兩廡魂無不之古書黑石罔或磨治路過者
勿馳大賢在玆
刑部尚書富察公神道碑
公諱傅鼐字閣峯世居長白山號富察氏祖額色泰從　太宗文皇帝用兵有
大功子四人次子驃騎將軍噶爾漢輔
聖祖致太平生公公眉目英朗倨身而揚聲精騎射讀書目數行下年十六選

入右衛侍　世宗於雍邸驂乘持蓋不頃刻離雍正元年補兵部右侍郎年羹堯以大逆誅窮其黨公謂廷臣曰元惡已誅脅從罔治彝事上久能知　上之用心倘諸公心知某冤而不言非　上意也諸王大臣以公語平反無算岳與阿者九門提督隆科多子也隆柄用時禮下於公公不往及隆敗公爲上言岳無罪　上疑公與隆有交故爲岳地謫戍黑龍江公聞命負書一篋步往率家僮斧薪自炊先是公在上前嘗論準噶爾情形　上不以爲然用兵數年所言驗乃　召公還予侍郎銜命往軍前參贊未行仍命入宮侍起居　上違和醫藥事皆公掌之十二年春命公觀兵鄂爾多斯部落中途偵賊數萬掠地西走公卽赴拜達理請於大將軍馬爾賽曰賊送死可唾手取也彝遠來雖兵疲猶能一戰惟馬力稍竭願大將軍給輕騎數千助彝事成歸功將軍事敗彝受其罪馬嘿然再三云不應公憤激自率所部出與賊戰大敗之獲輜重牛畜萬計卒以馬病不能窮追事聞　天子大悅賜孔雀翎移佐平郡王軍謀斬大將軍馬爾賽徇於軍會賊有求降意而盈廷諸臣皆欲遣使議和罷兵　上問公公

叩頭曰此社稷之福也　上意遂定即命公同都統羅密學士阿克敦往時戰
爭連年虜氣甚惡窮沙萬里雪沒馬鼻行者迷向認人畜白骨而行公聞命不
辦嚴徑上馬馳抵策凌部落策凌坐穹廬紅氍毹爲褥金龍蟠疊五尺高侍者
貂蟬持兵女樂數行彈琵琶獻酒公從容宣　詔音響如鐘酋讋伏地觀者以
萬計皆膜手指夷言曰果然中國大皇帝使臣好狀貌也　詔劃阿爾泰山爲
界策凌曰阿爾泰不毛之地中國奚用且我先人披荊棘厲血刃與喀爾喀爭
來之地寧忍棄之公曰以爲若不念先人耶若肯念先人更善昔我　聖祖征
噶爾旦通好於若國若國主伐叛助順縛噶爾旦送來在途病死若國震於天
誅即獻阿爾泰地方中國受之置驛設守已有年矣今猶以爲言是非背　大
皇帝乃是背其先人豈非大不祥乎策凌語塞思以利害動公乃集十四鄂託
十四宰桑合而見公曰議不成公不歸矣鄂託宰桑者華言十四路頭目也公
叱曰出嘉峪關而思歸者庸奴也某思歸某不來矣今日之議事集萬世和好
不集三軍暴骨一言可決而譊譊如兒女子吾爲而王羞也諸酋相目以退翼

曰策淩如約繕表求公轉奏幷遣宰桑同來獻橐駝明珠等物　世宗大悅赦詔下加公三級晉秩都統　世宗崩　今上登極遷刑部尚書以誤舉參領明山失察家人兩事落職入獄病吏部尚書孫公嘉淦奏請就醫私第許之薨於家年六十二葬西山獨樹里子三人長昌齡官編修次科占次查訥俱有父風公寬於接下太雜剛於事上太戇伉爽自喜好聲矜賢簡節而疎目以故無平不陂福與禍俱丙辰會試榜發公奏請搜落卷　上允之復取中三十餘人有廣東劉起振者年八十八以公薦入翰林爲一時盛事所居稻香草堂有白鴈峯鶖峯東皐南莊諸勝積書萬卷招四方人與遊性理經史詩文醫人日者悉萃集焉果親王任事時謦欬所及九卿唯唯公在坐侯王發聲聽未畢輒迎拒曰王誤矣王不能堪　世宗責公曰汝知果親王何語而又誤耶公亦不能答也

銘曰公如劍其干將乎誰不欽以其光乎卒以折毋乃剛乎迷陽迷陽傷吾足乎固不如赤堇之錮而南山之藏乎

光祿大夫禮部尚書王公神道碑

禮部尚書王公葬黃岡陽羅六十年墓無碑其孫廷泰來言曰先祖遺命弗爲碑碑缺至今廷泰出先生門下讀先生金石文字於古無讓然則安知非先人之靈不欲以姓名爵里草草託人必待後世之能與夫班馬爭者然後紀傳之耶銘我先人補子孫之憾先生其奚辭余謹按其狀而書之曰公諱澤宏字涓來一字昊廬家本瑯琊十世祖東平侯遷於黃岡公父用予崇禎進士任淮安推官內擢檢討以公故封光祿大夫禮部尚書有子五人公其長也玉色揚聲風采儁異八歲侍封公於淮封公指簿案戲曰兒他日亦掌是乎公搖首別手一書曰兒讀此願掌此擲之禮經一部也翁乃大奇之年十四補博士弟子中崇禎壬午副榜當是時流賊四起黃岡氛甚惡公避亂九江路遇賊劫其家屬公逃深箐中三日不食譚爾恆者九江豪也夜夢采鳳翔竹間旦伺得公餓色焦然憐而衣食之公說譚曰某祖父母父母俱陷賊中某義不獨生公仁人能活某一家乎譚問計公曰賊衆烏合無遠志又無刁斗之設每夕豬啼而囂必

置酒高會乘其醉襲之克矣譚許諸糾鄉勇百餘雜持鋤盾公操戈而先衆從之直斫賊營賊大驚手不及格皆逃公殺數十人扶祖父母父母出其他子女得脫者泣謝環拜求見主帥就視乃書生儒冠奐而文者也時公年二十一矣

甲申

世祖章皇帝登極天下大定公歸里讀書辛卯舉於鄉乙未成進士入翰林督學京畿再遷吏部侍郎左都御史禮部尚書既貴爲譚爾恆納粟得官同知所以報也立朝專持大體御史某奏流人宜徙烏喇公不可

聖祖駁問公奏稱烏喇死地流非死罪果罪不止流當死死不必烏喇罪不當死故流流不可烏喇舉朝無以難事竟寢後

聖祖巡烏喇嘆曰此非人所居王澤宏其引朕於仁乎先是江西徵漕每米石輸水岸費若干相沿爲正供會江督奏入九卿議者多持兩端公力言洪都地瘠民貧除之便　天子以爲然歲省浮額十餘萬西江稅關舊設湖口湖口灘石森立商舟待驗往往漂沒公奏移九江關後泊者晏然無他虞往來商爲建

生祠癸未以老辭位歸居金陵之大功坊角巾散服徜徉山水若忘其爲國老者然　鑾輿南巡公三逢盛典每見則賜坐賜蔘藥勞問優渥鄉里以爲榮年八十三薨子六人長材升次材任己未進士官副都御史次材成官江西南康令次材獻材信材振材振卽廷泰父也先娶陳氏繼周氏俱封夫人

銘曰天開虞廷先生鳳鳥來舞來儀爲國初老公之誕生神骨珊然禮儀三百幼願學焉　帝曰嘉汝汝作秩宗曷帥以敬克相朕躬瓢齎築鬻罔或不供吉凶軍嘉必度於本末而後立衷公拜稽首含舒憲章斟酌六典損益百王執大琰圭而佐烝嘗亦咸有一德以格於穹蒼侃侃霜肅澄澄水止無赫赫之功不沾沾自喜老而安焉三山二水廷泰甚文黃中通理補徵元石永光萬里祖德訪孫碑文助史公侯之裔必復其始

和碩簡親王碑

乾隆十四年簡親王神保住以事削爵

天子命鎭國將軍德沛襲封王名德沛字濟齋祖福臘闥封貝勒父福存封貝

子王以嫡出應襲封鎮國將軍讓與從子恆𩆜而已託足疾入西山讀書
世宗以果親王薦　召見問所欲曰願側身孔廟分特豚之饋
世宗重之授兵部侍郎遷古北口提督巡撫甘肅
今上登極遷湖廣總督調浙閩再調江南王面赬無鬚髯頤霤如矢道氣盎然
服侍皆內監宦者每見屬吏南面坐監司以下長跪白事外於周孔仁義一不
關口聞人善則信聞人過則疑以和顏接士士之曉經術能吏治者尤篤愛如
子弟然甘肅歉收多不上聞王到兩月不雨報旱普賑之甘肅報災自王始衡
永郴道某修枕桿州於洞庭湖便文自營夫役多溺死前總督邁柱庇之某故
大俠有氣力知王來必不相容走關節京師凡貴人識王者聽請書月以百數
王積尺許一切不開視先劾奏某褫職擒問服罪然後聚而焚之御史朱續晫
劾福建巡撫某受韶州守某贓　上疑不實命朱往會同王鞫時巡撫與太守
俱未解任聞朱來歎其孤遺猾吏鉗伺之風影甚危人亦疑王與巡撫同城不
先舉發而為朱所奏必護前朱以小臣犯衆怒行萬里外勢必不能自脫王竟

自伏失察罪奏直朱而置巡撫太守於法天下服其公越俗尚禨有五通神爲
祟王毀其像將軍隆升貪縱王劾去之民大懽爲建生祠乾隆七年淮揚大水
王慮漕粟往民不及炊乃娓餅千艘蔽河而哺兩岸喧聲若流菜色立變謂府
縣放手開倉庫賑寧役侵可重領可務使恩流於民凡留養資送責糜張厰加
恤各色目靡不舉是歲奏動地丁關稅鹽課銀共一千萬官吏震駭或色不相
許王輒奮曰堯舜在上必不以活民獲罪縱爲活民故罷歸於心不更安耶論
者謂江南是年災實非常然數百萬札瘥捐瘠鮮溝壑死又不相寇災賊殺非
王之勇不能肩非　皇上之仁不能容也議河事與總河高文定公不合召補
吏部侍郎兼國子監祭酒尋遷尚書封王一年薨王宅心遊目恆在三代上入
學謁聖必摩挲其俎豆鐘簴懷而慕思不忍訣捨居恆危坐番番雖矜莊而虛
己已甚常詣成均講大學橋門俯聽者千餘人皆悅服獨助教王之銳前曰猶
未盡王請益曰自天子以至於庶人一節聖經畢矣其本亂云云須重申之以
見吾儒所以異於二氏之義王欣然下階三肅而謝助教者河間人所稱仲穎

先生者也袁枚宰江浦時王過境傔從索供頓勢甚張枚以實啓王嚴檄禁督嗣後肅然以此受知尤深王所著有周易解八卷實踐錄二卷薨年六十九諡曰儀無子以從子恆質嗣

銘曰彤魚昌僕分姓羲軒河間東平卓爾不羣惟王兼之爲　國宗親聖涯稅駕元淵澡身吁荼萬物拱押天人純終領聞愔愔好學六埶陰陽三雍禮樂咸精其能爲民先覺洽日九披卿雲五采高掌遠蹠皇於四海天災已極乃見帝力　帝座難通乃見王功羣黎報王立廟烝嘗王不能到王在孔廟温明祕器八紼龍輦同哀共嘆葬王幽燕遙知冢旁太極流泉定無雜草靈蓍芊芊

吏部侍郎魏公神道碑

枚幼時見里巷坐八九十翁說賢太守必曰魏公或新太守甫涖里魁過必問得如魏公否枚問公政何若曰公至海不波旱必雨浮糧捐盜賊竄野無停柩寺無少尼嘗過市有旗厮強匄毀器拆屋拘之不服曰我固山子也公怒命縛輿後吾將訴於將軍輿夫急馳牽烈日中公肅賓謁廟故紆其道固山子不能

堪叩頭曰願受公責毋訴將軍公曰公子安可責哉且公子世家知禮義當不爾必家奴教之耳杖其奴四十徇於市自後八旗肅然撫軍黃叔琳獲罪有蜚語稱其弟叔璥爲御史巡臺灣過杭擾民民罷市　世宗命將軍總督會訊訊日觀者如堵牆黃公囚服噤齘將軍呼三木脅之公率錢塘楊令歷階上抗聲大言曰府縣司地方地方市罷而府縣不知請先劾府縣再訊叔璥且　天子惟不信風聞故命大臣窮竟若奏不實而周內之是欺　天子也竊以爲不可今孩兒老母萬千在庭下辱將軍玉聲一問則叔璥與府縣俱無所逃罪將軍目外望諸百姓匍伏呼曰如魏公言黃竟得釋公所行此其犖犖大者枚聞而識之後十餘年枚知江寧公爲安徽布政使得朝夕見矜寵甚盛公時年六十餘朴而和疑不稱其風力者蓋公之爵已尊年已高養愈粹也今年公薨將葬其次子內閣侍讀允迪來曰子先君竹馬兒童也長又受先君知然則銘先君惟子是屬枚惶恐辭讓懼文不稱德爲贔屭羞繼又思銘公可無愧詞而枚文或將藉公增重及按其狀而書之曰公諱定國字步于號慎齋大父諱菁官中

書舍人居江西建昌之水斗砦鼎華時守將欲屠砦素善舍人給契箭一枝曰保而家舍人不可曰願與全砦同死將誼而許之活者千餘家子方泰官禮部侍郎生公公舉康熙乙酉科登進士宰應城得民和他郡訟者走應城如鶩大府知之遇民變必檄公往雲夢孝感皆以守令故閉城罷市他官徘徊不得入望見應城縣旗幟呼曰魏青天至矣皆解散羅拜事聞擢知冀州　世宗登極遷守杭州再遷河南按察使當是時督臣田文鏡政尚猛上蔡令某怙田勢併張公首劾之田怒力未有以傷會調直隸與布政使張适拷人致死謫戍黑龍江先是兵部尚書傅鼐謫焉公到之前夕傅夢魏徵來翌日公至傅心敬之而未言亡何同步江上一丈夫來汲熟視公曰公毋姓魏乎曰然丈夫跪叩頭泣曰民冀州人也公刑我公不記耶公曰然則應恨我而何以泣曰民從人爲盜法當死公爲減流雖遣發公意猶若其不欲遣發者然故感公語畢再泣再叩頭傅亦愴然不自禁直前握手曰殺之不怨公孔明耳豈僅魏元成哉乃述前夢大歡笑　今上元年公與楊名時魏廷珍等同召見授西安按察使大將軍

查郎阿從蘭州歸衆官郊迎日已暮查下馬問誰是魏觀察公趨而前查手燭
照示衆官曰此傅閣峯爲我言八年塞外友刑人而人感者容顏尚未老也再
陞山東布政使調安徽先是司胥居奇苛駁各屬冊籍公命代造檄發乃相視
閣手州縣奏銷輒以尾數被部議公代解而催還之遷安徽巡撫入爲刑部侍
郎再轉吏部以老乞休歸七年薨壽七十有八公在浙時浙有南北關南關課
贏南司請撫臣入奏公在坐曰不可若以稅贏爲殿最則今年南勝北明年北
勝南如物力何汪景祺以大逆誅子女坐流一女許配中表大府以無媒故欲
坐之公不可曰中表爲婚何事於媒爲除其名其持大體如此夫人曾氏再娶
蕭氏長子涵暉知鎮遠府孫若干以某月日葬某
銘曰一檄擒斬四十賊一歲殺虎七百隻公之吏術廉且傑赴道若渴義若爇
即之温温如不克巽之委順震之決西江之西巖巖石其生也榮爲公碣

小倉山房文集卷三

錢唐袁枚子才

文華殿大學士尹文端公神道碑

乾隆三十六年二月文華殿大學士尹公薨於位

天子震悼加贈太保諡文端崇祀賢良次年三月公子慶玉等扶柩葬於遼東遵公遺命墓勿爲碑其門下士袁枚泣而言曰古勳華之盛皆於皐夔之訏謨中見之我國家治隆唐虞天生文端公熙　帝之載垂五十年四夷九州聞公慕公萬頸胥延矣倘生平忠勛灕然就湮於公謙德可也其何以佐　聖清之光明哉第公奏稿盡焚密勿語外罔聞知而枚又生晚靡能記憶謹就受業以來隅坐時齒牙所及諸軍民屬吏所祝稱者鋪揚之以聲於貞石或亦左氏所謂違而道者耶諸公子曰唯唯乃撫其梗概而銘之曰公諱繼善字元長晚自號望山滿洲鑲黃旗人世居遼東父泰罷祭酒家居　世宗爲藩王祭長白山召與語悅之問有子仕乎曰第五子繼善舉京兆曰當令見我及公試禮部將

謁雍邸而
聖祖崩　世宗即皇帝位乃中止公亦登雍正元年進士引見　世宗喜曰汝即尹泰子耶果大器也選入翰林而召祭酒公爲工部侍郎尋遷東閣大學士怡親王請公爲記室　上許之天寒衣羊裘從王王憐其貧賜青狐一襲奏署戶部貴州司郎中當是時廣東總督孔毓珣與巡撫楊文乾不相中肇高廉道王士俊者楊所薦也伺楊入覲劾王下獄公承　命往鞫得其情　世宗深嘉之未復命授廣東按察使甫抵任遷副總河未半年還江蘇巡撫仍兼河務事時雍正六年也江蘇漕政抗弊公奏衞丁州縣費各有需嗣後請米一石收費六分先給官丁使無不足然後一裁以法又奏平糶盈餘非公家之利應存縣庫又奏撤水師營而增沙船巡海又奏鹽院伊拉齊不法請褫職擒問　世宗悉允所請懽聲接於衢七年署河道總督九年署江南總督未一年雲南元江苗反調雲貴廣西三省總督公白晳少鬚豐頤大口聲清揚遠聞著體紅瘢如硃砂鮮目秀而慈長寸許釋褐五年即任封疆年裁三十餘遇事鏡燭犀剖

入面瑩徹而和顏接物雖素不喜者亦必寒暄周旋常一月間兼攝將軍提督

巡撫河漕鹽政上下兩江學政等官九印彪列簿書填委而公判決恢然無痒

容亦無驕色猶與諸生論文課詩以故民相傳折服聞呼騶過爭欣欣然走一

二里追輿望影以爲天人其督南河也　上命開天然壩公不可適浙督李衛

入覲過清江傳　旨嚴飭且云衞已奏明黃水小開固毋妨公覆奏李衞不問

河身之深淺而但問河水之小大非知河者也倘河淺壩開宣流太過則湖水

弱難以敵黃之強方草奏時幕中客齊爲公危有治裝求去者公不爲動　世

宗喜曰卿有定見朕復何憂輟　御衣冠賜公而加公太子太保其調雲貴入

覲也江南災河東總督田文鏡欲夸所屬之豐請漕東粟助賑按察使唐綏祖

密奏東省亦災粟宜留　世宗問公公奏如綏祖言　世宗曰如卿言山東誠

災第綏祖田文鏡所薦不宜異議公曰臣聞古人有申公憲以報私恩者若臣

作田文鏡只知感愧不知嫌怨時唐禍幾不測以公解得免而公初不識唐也

公既到滇知前督高其倬雖受譴而老成有識乃虛己諮詢高亦感公意備告

款要遂率總兵楊國華董芳等分路進兵破之擒其魁老常小等元江平今
上登極之二年補刑部尚書四年教習庶吉士五年總督川陝八年江南災調
兩江十三年調廣東不果補吏部尚書協辦大學士金川用兵乘傳與忠勇公
傅恆詣軍前受降畢仍督川陝十六年調兩江十九年河決 命督南河河平
命視師伊里半途追還仍督兩江二十九年 上召公爲慶七十賜讌於第
拜文華殿大學士仍攝總督次年還朝相 天子七年薨公毅而能擾機牙四
應 上深知之凡糾紛盤錯事他大臣能了者不命公既命公則皆棋危枕險
萬口禁聲人方怯公無下手處而公紆徐料量如置器平地靡不帖妥又如東
風吹枯頃刻改色凡一督雲貴三督川陝四督江南而在江尤久前後三十餘
年民相與父馴子伏每聞公來老幼奔呼相賀公亦視江南如故鄉渡黃河輒
心開臨入閣時吏民環送悲號公不覺悽愴傷懷過村橋野寺必流連小住慰
勞送者不侵官不矯俗不畜怨不通苞苴嚴束傔從所涖肅然將有張施必集
監司以下屬曰我意如是諸君必駁我我解說則再駁之使萬無可駁而後可

行勿以總督語有所因循也以故公所行鮮有敗事所理大獄雍正間江蘇積欠四百餘萬乾隆間盧魯生僞稿及各郡叛逆邪教等案皆株引萬千而公部居別白除苛解嬈不妄戮一人先是十六年　天子南巡黃文襄公盱衡厲色供張辦二十二年至三十年公三迎　鑾熙熙然民不知徭役供張亦辦人以是服公之敏也公清談干雲而尤長奏對　世宗嘗詔公曰汝知有督撫中當學者乎李衛鄂爾泰田文鏡是矣公應聲曰李衛臣學其勇不學其粗田文鏡臣學其勤不學其刻鄂爾泰大局好宜學處多然臣亦不學其愎也江蘇布政使某妄奏司胥侵歷年正供自矜嚴察公偏劾其寬縱曰某既知庫虧百萬而不能科別窮治何耶　上意釋命大學士劉統勳會同按覆事果虛俗傳公貌類佛而不喜佛法聞人才後進則傾衿推轂提訓孳孳每公餘一卷一燈如老諸生寒暑勿輟詩成喜人吟聽至頓挫處手爲拍張或半字未安必嚴改乃已以故清詞麗句雖專門名家自愧不如　上嘗下詔云本朝滿洲科目惟鄂爾泰尹繼善二人嗚呼榮哉故事宰相抵任在翰林衙門公入相時所坐處卽公

先人之位公母徐氏側室也以公貴封一品夫人公側室張氏以第二女爲
皇八子妃亦封一品夫人充丙戌會試總裁先一年而降　旨皆異數也公本
姓章佳氏先娶郎氏再娶鄂氏俱封夫人子某某
銘曰一事未行懽聲雷鳴問厥所由相感以誠一令裁布趨迎滿路我知其故
信之有素大哉夫子金粹玉温仇怨低首羌戎扶輪五行中土四時中春惟其
育物所以歸仁公嘗訓人人如履地不留有餘鮮不顛躓人亦指公公如大樹
安寢其下使人可據羊腸業業公能游之虎目獰獰公能柔之匿瑕藏疾公亦
憂之摘果未熟曰且留之及其覆矣轉相咎矣公亦無言笑而受矣貴且彌恭
耄乃益聰乾乾日稷扶我皇風大鐘勿考大廉勿表官久胡貧惟天了了十事
要說姚崇忠愛公欲云云探懷有待元齡遺表諫征高麗公竟生前抗顏陳詞
易簀猶視殘編斷紙曰性所耽惟文與史七十七年大星歸矣如彼宣尼可止
則止有子十三鄧家金紫罔不束脩敦詩說禮遼水湯湯繞公墓堂江水悠悠
望公來遊二水之間知公俱到所到孰多江南有廟

武英殿大學士忠勤伯太保黃公神道碑

公姓黃名廷桂字丹崖正黃旗人年十九以材官引強從

聖祖出塞獵控飛猱落雙雕者二十餘年

世宗登極授宣化總兵四川提督甫至官即奏設局辦治鎗礮鉛丸時西土無事而公豫籌同仕者笑之未幾西藏阿爾布托反公往敵干敹甲軍容山立賊大驚散走事聞　世宗知公可大用命討雷波土司楊明義等擒其魁餘黨悉平亡何滇苗阿驢反圍參將謝某於赤衣臺七日公率兵入大小涼山攻殺降下之乃還秋滇省烏蠻又反公軍川滇接壤處四路堵遏卒縛其酋　世宗大悅命總督四川川省地丁每兩耗二錢民苦之公請每兩減一奏上報可即

今皇上即位之元年也俄而總督缺裁署天津總兵還古北口提督再遷甘肅巡撫其時邊省倉空地屢震新渠寶豐幾不毛矣公符縣買耔種耕牛招民授田浚昌潤渠灌之行二年兩邑富如初十三年春署陝甘總督冬調江南十六年仍調陝甘十八年調四川二十年加太子太保補武英殿大學士仍督陝甘

當是時　國家禽達瓦齊方開闢伊里威震萬國而投誠之阿睦爾撒納叛入
哈薩克回虜竊發襄勤伯鄂容安兵部尚書班第死之　天子震怒命大將軍
永常兆惠等相繼出兵公以爲先安內而後攘外外夷跳梁國無大損若因軍
需驛騷致內地有事則金甌玷矣乃命運糧車十家抽一厚其值許帶什物貿
鬻民踴躍爭先慮牛運妨農奏買騾分布口內外民耕如常又以爲凡事豫則
立糧待盡而後運則士饑馬待缺而後補則戰衄乃命安西至哈密沿路開池
畜豆馬到行且餵以故馳千餘里愈壯駐防臺站月需米數千曰吾前撫蘭時
曾買穀三百萬石分貯河東西正爲此耳識者方知公遠謀董安于不是過也
逆酋已瑪等叛截臺臺信不通沙克都爾慢吉一支就賑蘭州逼近肘腋巴里
坤大震公遽發兵三千鎮撫之奏出半月而
命下如公言布政使蔣炳共事肅州公檄令回蘭州督賑奏出四日而
命下如公言公又擬奏大將軍兆惠以孤軍守阿克蘇無益宜早令回軍相機
再進奏未出而

命下如公言公每有謀算動符　聖意雖隔萬里如在目前以故
眷寵日隆加太保封忠勤伯世襲雲騎尉賜紅寶石頂四團龍補服公素患咯
血旣理軍務中夜輒起或張目達旦致積勞成病病劇譫語猶以馬駄糧運進
剿擒賊諸務喃喃不絶官吏文武繞榻環聽爲之涕泣漏下一鼓而薨年六十
九　天子震悼賞賻無算柩還　車駕親奠謚文襄崇祀賢良公陰重強毅常
稱事英主有法若先有市惠好名黨援諸病爲　上所知便行一好事不得故
生平寡笑語所在芒角專以招怨謗忤權貴爲務孤行一意奉　主而已及事
關重大旁人平素舒緩養名者束手不敢動而公輒以一疏得之或直薦其戚
里或保留人於臨斬決時或請豁軍需數百萬奏上即行海內駭服貌清奇長
身鶴立額上瘤起如佛頂懸珠者然見屬吏無温顏質确其過高坐不冠斜睨
而涕唾司道以下寒毛惕伏甚至股弁然喜人強項愈駁辨愈喜理屈則從之
或以此受目色督西川時外夷准噶爾入關熬茶有誤奏入寇者　天子命公
發兵公封還詔書奏不可已而果以誤聞調肅州馬駐防兵倚將軍勢或不時

給公奏之　上命滿洲三品以下官許公杖決由是令無不行居恆無他嗜好
放衙畢手通鑑一編而已子一人某福建糧道先公卒以某年某月葬公於某
銘曰吾未見剛歿莫如猛惟我文襄秉此以逞起宣化終涼甘利西北不利東
南莫⿰犭焉獅付崔楷貉子過老羆臥天縱其鋒爲李橫衝孤捧紅日以行於空如
繫虎鬚牽不得動嗚呼竟以始終世之過人不履影而先豫奪常者其視此華
表之穹隆

文淵閣大學士史文靖公神道碑

乾隆五年
天子命刑部尚書史公教習庶吉士枚習　國書免課而公命擬奏疏一通褒
許甚慼嗣後趨函丈不待啓輒入得與聞　本朝文獻
仁廟
世廟兩聖人所以致太平之隆與公生平受知恩遇談洋洋盈耳於古大臣中
酷愛姚元之蓋自況也後十年枚再拜公於　賜第時公已作相而枚起病入

都公教之曰聞汝宰江寧有善政誠不負所言惜杜牧之未免風流耳遠到者宜戒也嗚呼言猶在耳而公自此訣矣今年五月十三日公薨於位　天子贈太保諡文靖命翰林立傳樹碑於墓公之勳　天子爲揚其聲光銘公者有大手筆在何俟門下一舊史官哉然弟子傳其師各有所心得而不能自已謹廣其事於狀外而擬爲銘曰公諱貽直字敬弦號鐵崖系出東漢溧陽壯侯世居湖埭里徙夏莊父夔官宮詹以文學清望伏海內公貴贈如公官公十歲能詩十八舉京兆十九登進士入翰林典試於滇督學於粵所至有聲爲掌院湯公右曾所抑由檢討而贊善而諭德而侍講而庶子而學士優游清祕不辵一級者二十三年雍正元年大將軍年羹堯平青海歸勢張甚黃韁紫騮絕馳道而行王公以下膝地郊迎年過目不平視獨公長揖年望見大驚遽翻鞍下曰是吾同年鐵崖耶扶上己所乘馬而己易他馬並轡入章益門翼日補吏部侍郎尹順天　世宗晝日三接咨詢優獎公亦布露所畜勤施於四方乘傳訊雁平道王寵閩令梅庭謨清釐直隸河南積案甄別閩省官雖事祕外不能知而考

覈平反輿論翕然公在　世宗時總督福建再督江南授都御史巡撫陝西在
今上時總督湖廣再督直隸加經筵講官戶工刑兵吏五部尙書文淵閣大
學士仍兼吏部尙書公生而徇通神識超妙周巡六曹出入九鎮又復六十餘
年以故所涖處如日破黑湯沃雪批亢窾要動中機宜常言天下辦事人多解
事人少深刻非明懈弛非寬交際非私協恭非黨故公爲政行己無心寬猛恥
矜苛廉一以持大體安社稷爲務先是戍臺灣兵武弁送往動索番社頓遞公
改委臺鎮本標弊遂絕漳泉卑溼穀易朽公奏臺灣例給兵米即以四府穀運
廈門碾發嗣後無角尖耗西安無屯倉公請軍需剩穀十六萬爲貯歲饑屯民
受賑如一苗盜蒲寅山據梘頭山叛積十稔未平公設方略命總兵李椅擒其
魁餘黨悉散容美土司稅輕改歸流後稅增公請仍征原額獠猺歡呼督直隸
未半年所題結事九千六百餘　今上登極公首奏停開墾以杜浮冒禁勸捐
以正國體循資格以息奔競用科目以重科道吏禮四衙門疏數千言　上在
藩邸習聞　世宗稱公及是愈信其賢悉允所奏因公入謁　梓宮召見温諭

良久賜　世宗所遺鵝黃蟒衣四團龍補服曰此　先帝意也今朕君臣所共
事耶　先帝事也卿其始終一致公感謝嗚咽　上亦泣下不止公清標玉立
眉目如畫舉止詳華靴塵不沾衣圭袍褶式皆內裁性強記尤善清言雖莊語
危論必多譬引饒風趣每早朝立宮門槐柳下諸王貝勒卿貳翰詹環聽鐵崖
相公道　三朝舊事者臣言行以至輿服車騎之儀適羅縷明暢如鳳鳴九霄
下風傾耳聞所未聞他大臣或懼言溫室言吶吶不宣而公肆意逞詞談啁流
速忌者亦不能中也乙亥歲次子奕昴署甘肅布政公通書於巡撫鄂昌事聞
　天子休公於家公出學舍後未嘗家食至是乃得掃墳墓到兒時釣弋處召
族人數千分俸置酒爲二疏故事里中負蓑笠者見公鄉音如故嫺睦有加咸
從從奔趨來看真宰相乃未幾而　天子南巡仍召公入閣矣公尤長奏對年
羹堯伏誅窮治黨與　世宗問汝亦年某薦乎公免冠應聲曰薦臣者年羹堯
用臣者　皇上　世宗默然常奏事拜起舒遲　上問卿老憊乎公曰　皇上
到臣年當自知之　上大笑時公年八十一矣公少時撤金蓮燭成婚中年督

兩江開府鄉里晚年再宴鹿鳴瓊林周科目六十年之數　天子賜詩褒美祝
太后萬壽入九老會圖形內府近古以來所未有也上蔡令張球誣陷同官
邵言綸總督田文鏡庇之　世宗命公往豫案覆發其奸田大慚大學士邁柱
請開楚丹河運米公力持不可浙督李衛約爲兄弟公嫌其不學也謝之三人
方柄用時攖其鋒者皆慴公獨棘棘不阿其守正如此晚年　恩禮愈隆肩輿
入紫禁城陪祀不與大寒暑不入閣湯沐小休即賚物賜於家患風熱數日曰
吾本無疾而此中竭矣即繕遺表薨子三人長奕簪官翰林次奕昂廣東布政
使次奕瓌知潞安府夫人許氏先公卒合葬某

銘曰天球河圖西序雙陳阿衡太師朝不兩人奕奕史公維嶽降神逋峭風骨
華重冠巾天生公來作百官表表上頭銜公身可考　帝賜公履作九州圖圖
中禹甸公盡馳驅勿矯勿隨有猷有爲雷霆之下談笑指麾垂老雍容黃扉供
奉　主聖臣逸物希寵重堯禹盤匜羲軒露甕但歌於庭四方風動何必瑣瑣
再叩其用伏波談論王公意消奚斤老去善說先朝八十二年委化而卒帝子

奠酒千官執紼太常大烝與國無極惟予小子奉　詔受經隅坐請業有訓則聽褒其文才揚於王廷小謫蓬山公爲涕零望舊澠池以振厥聲一朝星隕吾將安仰絲竹前生山河音響見而知之典型不爽私製碑銘以質泉壤

廣西巡撫金公神道碑

乾隆元年春枚起居叔父於廣西巡撫金公幕下見公公奇枚狀貌命爲詩大異之當是時

天子詔舉博學鴻詞之士四方舉者每疏累數人多老師宿儒公獨專爲一奏稱某年二十一歲賢才通明羽儀景運應此選克稱語多溢美天下駭然想見其人廣西自高爵以下至於流外驚來問訊亡何枚報罷公亦以事去官後二年枚乞假歸娶拜公於安肅會日暮天大雪公聞其至也喜曳杖走出及門迎且笑曰果然翰林耶枚再拜公答拜命入見夫人五年枚再入都公之兩子來曰珽玉振玉等不孝不能延先君之年今先君蕘葬有日矣惟貞石之未書翰林其銘先君哉枚乃泣而言曰公仕宦垂三十年勳業若干枚與兩郎君俱年

少知之難文之尤難雖然就所聞以光幽宮翰林事也亦門生志也不敢任亦不敢辭謹按公諱鉷字震方一字德山祖友勝本姓金襲明金帶指揮世居山東登州流賊破城友勝死之存三歲兒名延祚太夫人余氏將死屬諸側室趙氏曰守節經也存孤權也我行經汝行權趙氏泣而頷之挈兒至遼陽轉適郭氏既長從　本朝入燕歷任工部侍郎生公及公貴始復姓公通易理善兵法爲粵西布政使奏州縣向例雖有繁簡兩調而於所治處分析未備則人地難相宜請分衝繁疲難四條許督撫量才奏請　上嘉納焉今直省所行自公始西隆州八達寨苗反公討平之奏免泗城六年舊稅以汛兵少粵土蕪不治乃行屯田法設都司官駐柳州與民牛招之耕教之技勇每名給水田十畝公田一旱田三十畝公田二存公田租於社倉行之期年粵萊田萬餘於是天下人皆曰公以一廣昌知縣莅任五年蒙　世宗皇帝擢太原知府纔三年遷廣西按察使纔一月遷布政使纔三月遷巡撫今入粵者望氣葱葱然政行民和大異疇昔然則　世宗非用人之驟也其知人之深也公之自太原入覲也方廷

議耗羨歸公公獨奏不可　世宗不悅曰朕已定養廉矣汝在官私官乎公叩頭曰臣非爲官游說也從來財在上不如財在下州縣爲親民之官寧使留其有餘養廉者養其家使知廉恥也家有大小所定數詎能胥足一遇公事動致侜張　皇上之意豈不曰凡是官辦皆許開除正供但從司院案覆以至戶部層層隔閡報銷甚難從此州縣恐多苟且之政　皇上意在必行臣請養廉外多增公費或存縣或存司倣北宋留州之法庶於事有濟會左都御史沈近思持論與公合　世宗乃勅山西巡撫核公費章程巡撫希　上意定數較他省爲優公撫廣西九年　今上登極召補刑部侍郎治行時印券借司庫千金後任巡撫楊超曾劾之罷職雜治居月餘楊捃摭不已　上怒曰朕以金鉷撫粤久恐有他故故置之獄今楊超曾數來奏皆極細事是金鉷平日無可奏也免鉷罪以所借銀賜之卽日寧公於家五年春薨薨後　天子念公賢授河南布政使吏部以爲公存也文書下其家叩門不應鄰一叟出曰公亡三月矣乃奏明收　詔嗚呼罪之雪也雪之者必有人而公以加擠而得脫黜而起也起之

者必有人而公以身死而得官然則公之孤直與　天子之明聖可以見矣性
仁儉而靜置古鐘一枚擊之以招僮豎侍者聞鐘聲始往遣人至大同買妾詢
爲宦家女厚其資歸之嘗謂雲貴總督鄂公爾泰曰改土歸流非計也異日當
思我言公享年六十有三先娶繳氏再娶陳氏俱誥封夫人
銘曰得一少年薦於皇天我愧賈後公居吳先公之勳庸寰海所知灘水湯湯
我初見之牙旗兩收南衙晝長每接從官竊窺簾旁口畢王事誦我文章行止
儀狀瑣屑夸張辯裝非過借祿非貸受彼攝捨甘茲折挫　天子有恩用公之
魂豫民泣涕待公不至僂指平生第一知己豈圖報公如是而止嗚呼蒼天使
我如此我心匪石墜於泉底
湖北巡撫唐公神道碑
惟唐氏世居海陵再遷揚郡唐公季如知靈山縣鼎革時輸金贖兵中子女天
祐有德大昌厥宗再傳生公公行六諱綏祖字孺懷號莪村諸昆歷翰林觀察
司馬諸官而先生官尤尊舉康熙丁酉科宰封邱受知河東總督田文鏡從縣

令還歸德守濟東道山東按察使田以苛廉聞天下而公又精神淵著修下而馮人望見畏之以故共事者爭相搆嫉凡四落職三對簿沒產頌繫勢洶洶疑不能再脫而公卒無恙卒起用以官壽終知封邱時兩漁戶報盜失一袴一斧公疑之拘漁戶往勘漁戶卽盜也柘城盜供火伴某公疑之命侍者易衣就質盜指曰是也公大笑鞫之乃爲役所教並盜非是守歸德時濰縣民羅二被殺妻張氏訴賀某仇害獄已具矣公廉得張與叔姦手絞其夫賀得釋聊城民傅世友攜兒摘棗傷臥道旁過者詢之曰俺兒聾終氣絕人縛其兒鳴官獄已具矣公廉得樹主所毆呼俺兒者戀其子也兒免極刑爲山東按察使時郯城某殺人詭家奴自縊獄已具矣公疑券新鞫他奴死者故石匠非奴也毆非縊也冤始雪爲廣西布政使時粵西桑江苗叛巡軍獲僞軍師黃某議遣官招安公不可曰彼若執官而欲易其軍師奈何遂進兵既而諜者言苗已張繩待矣撫軍欲還外城民爲堅壁清野計公不可曰苗不薄會城也若還民而示之弱將薄城矣從之苗果平公雖出田公門而遇事不阿江南災田奏運穀助賑夸東

省之豐也公密奏東省亦災穀宜留
世宗疑公負田恩沽名命白衣領職漕粟江南會雲貴總督尹公繼善入覲奏
山東災重於江南事得釋入爲太常寺少卿　今上登極出爲廣西按察使尋
遷布政使公在山東時劾濟南知府金允彝後金弟榮爲桂林同知搆公於撫
軍伺公入覲劾公公歸官罷家籍沒矣　天子命廣東總督策楞往訊事得釋
起用爲浙江布政使浙撫常安匿災公爭之常爲總督喀爾吉善所劾疑公反
劾公公官罷家籍沒矣　天子命大學士訥親總河高斌往訊事得釋起用爲
江西巡撫調湖北湖北布政使嚴瑞龍老而耗公不禮焉嚴搆公於總督永興
劾公公官罷家又籍沒矣　天子命河南巡撫鄂容安往訊事得釋起用爲西
安布政使未二年薨年七十嗚呼非公清節無虧百務有條必不能行險衢如
康逵至於再至於三循環終身而無咎非生遇　聖明亦不能太陽麗空沉冥
必雪然公能知人用人能得人死力在朝卿貳在外岳牧州郡其賢者有意氣
者靡不通縞紵序慇懃寠人子苟有才必折節下之噓枯吹生悱惻肫摯未幾

所目色提挈蜚雲蒸豹變百不失一雖日者筮人皆自愧不及而公亦頗以能

相士爲己任枚弱冠試鴻詞下第落魄長安天大風雨雪衣縑單衣謁公於順

治門里第公與語奇之次日屬今學士朱公佩蓮來欲妻以女枚以聘定辭而

公憐之益甚每過必賜食且撫盂曰毋寒乎每暑必賜浴且以指攪盆曰湯未

温宜少待是時公爲太常卿朱公亦未第事隔二十三年至今枚爲人言猶泣

下公葬邗江某原夫人吳氏祔焉子三人長宸衡官同知次倚衡官南安知府

再次秉衡蔭生

銘曰誤海爲深疑山必險鬪者嚬嚬使公屯蹇公曰聽焉禮義不愆福自天祐

禍爲道遺人望巨航忽沉忽瀁誰知舟子其心蕩蕩人驚寶鏡忽涅忽磨惟其

如斯光乃益多坐如舒雁行必圈豚言無枝葉腹有精神以人事君可謂大臣

而況其才揮忽紛綸謂余不信視此銘文

協辦大學士吏部尙書孫文定公神道碑

公諱嘉淦字錫公一字懿齋故爲太原縣民自代遷與居邑之臨河里父天繡

以俠聞殺人吏持之急公年十八與其兄日行三百里出奇計脫父於獄中康熙癸巳進士雍正元年公以檢討上封事三曰親骨肉曰停捐納曰罷西兵世宗壯之立召對授國子監司業遷祭酒再遷順天府尹工部侍郎先是工部吏奏銷爲姦公頒工程科比而先以物價咨外省督撫臨期料覆披籍而已吏相弔於家十年遷吏部侍郎仍兼祭酒事薦教習某 世宗不用公爭益堅世宗擲紙筆與之曰汝書保狀來公持筆欲下大學士某呵曰汝敢動 御筆乎公方悟捧筆叩頭 世宗怒反縛置獄擬斬已而謂大學士某曰孫嘉淦太戇然不愛錢可銀庫行走公出獄不抵家徑趨庫所果親王疑公故大臣黜必嗛於懷不屑會計事又聞蜚語謂公沽名收銀有縮無贏乃出不意突至庫視公公方抱持衡傴僂稱量與吏卒雜坐勞苦均共問所收銀有不足乎曰某所收別置一所請覆之王辜榷良久無絲毫縮贏如衡而止王大奇之卽爲轉奏上亦愈重公命署河東鹽院 今上元年擢左都御史上三習一弊疏大旨以爲人君耳習於所聞則喜諛而惡直目習於所見則喜柔而惡剛心習於所

是則喜從而惡違自是之根不拔則機伏於微而勢成於不可返黑白可以轉色東西可以易位臣願　皇上時時事事常存不敢自是之心引文王望道未見孔子可以無大過爲喻　天子嘉納之遷刑部尚書三年轉吏部尚書總督直隸直隸旗民雜處多豪強聞公往先聲讋服引水溉田開五百八十支河使溝水通道道水通河河水通淀交注遞洩無所滯留晉州小兒被殺同村紀某衣污豆汁有司誤爲血刑訊誣服最後真定府知府陳浩來白公而勾決之旨已下公奏雪之又奏直省酒禁太嚴以日用飲食之故使天下驛騷非政體也弛之便一時解縲絏者三千餘人又奏給旗人屯田墾治古北口山海關外荒土數萬頃六年調湖廣總督前撫開横嶺三洞議者以路太險欲棄之公曰此地於國家原無所可惜但諸苗俱入版圖而獨留此巢穴或不逞者聚焉則震驚寶靖城綏矣奏設參將募兵鎮撫羣峒肅然調撫福建以前訊糧道謝濟世事不實免九年冬補宗人府丞公請老許之十四年　召補副都御史尋遷吏部尚書協辦大學士公內峻外和相對者如登泰華坐春風非不陽和熙熙

貯在顏閒而業已將人置青雲上雖有下界誣諑語不特不敢出於口亦弃不能生於心好靜坐退食之餘一經相對兩朝　聖人知公所學深能扶文運故命再督學五典鄉試兩總裁禮闈四任分校再領成均再任翰林掌院教習庶吉士充經筵講官行走上書房又　命日進經義一章纂毛詩折衷成復命註易傳象爻甫畢而公病矣門下士卿貳百辟布列中外銘旌歸送者縞素如雲朝爲之空彰義門內外車馬塡塞數十里皆舉音以過喪　天子震悼命皇子奠酒諡文定公既負直聲屢躓屢起晚年物望愈隆朝中略有建白天下人咸曰得非孫公耶遂有匪人僞奏疏一紙語甚悖託公所爲窮治經年裁得主者名　天子知公忠無他腸寵遇益隆而公終不自安以爲捨他人而我假必其致之者有自自此食不甘寢不寐情懷忍忍一切所以補塞晏寥密勿者彌口不宣即家庭閒亦寂然無復聞知故所狀公者止於此薨時年七十二子孝愉廕刑部主事葬某

銘曰繁星爛宵卿月孤明峨冠盈朝儒者孤行穆穆孫公惟嶽降靈目營四海

心醉六經摧剛爲柔惟誠故形三揖在下九奏在廷咸有欽式閣手仰成北鎮幽燕南臨荊楚如泰山雲膚寸而雨　皇帝曰來卿學如古古聖有心交朕與汝汝其發明朕爲汝主公晝夜頷頷精思探取易極連藏詩窮齊魯宵夢孔周旦質堯禹每奏一經黄封旁午孔明淡泊豈喜聲聞無如民愛溢美紛紛以致名尸走索其門讕語譸言直達九閽　帝曰徐之俾是究是陳鏡涅愈瑩絲漚愈純保一个臣終始於恩惟予小子受知最早欲永公名金石是考所聞者稀所書者少嗚呼恐大行山高不如華表

太子太師禮部尚書沈文慤公神道碑

乾隆三十四年九月七日禮部尚書太子太傅沈文慤公薨於家余三科同年也故其子種松來乞銘余按其狀而不覺嗚咽流涕曰詩人遭際至於如此感矣哉古未嘗有也在昔卿雲賡歌則有八伯喜起賡歌則有臯陶卷阿矢音則有召公其人皆公侯世卿非藉詩進者唐人或以單詞短句受知而目色偶及恩眷已終即晚遇如伏生桓榮亦不過蒲輪一徵几杖一設而其他無聞焉惟

公以白髮一諸生受　聖人知三十年位極公孤家餐度支遠封榮祖近蔭貴孫薨後　皇情紆眷賜諡賜祭賜葬賜誄贈太子太師崇祀鄉賢嗚呼如公者古何人哉古何人哉然而皆天也非人也公諱德潛字碻士自號歸愚吳郡長洲人弱冠補博士弟子丙辰薦博學鴻詞廷試報罷戊午舉於鄉己未登進士入翰林壬戌春與校同試殿上日未昳兩黄門捲簾　上出賜諸臣坐問誰是沈德潛公跪奏臣是也文成乎曰未也　上笑曰汝江南老名士而亦遲遲耶其時在廷諸臣俱知公之簡在　帝心矣越翼日授編修屢和　上詩稱　旨遷左中允少詹事典試湖北歸　召入上書房再遷禮部侍郎校戊辰天下貢士公自知年衰薦齊召南自代而己請老　上許之命校　御製詩畢乃行上賦詩以賜曰朕與德潛可謂以詩始以詩終矣歸後眷益隆三至京師祝皇太后　皇上萬壽入九老會圖形內府而　皇上亦四巡江南望見公　天顔先喜每一晝接必加一官賜一詩嗟乎海內儒臣耆士窮年兀兀得片語存問覺隆天重地而公受　聖主賜詩至四十餘首其他酬和往來者中

使肩項相望不可數紀常進詩集求序　上欣然許之於小除夕坤寧宮手書以賜比以李杜高王海外日本琉球諸國走驛券索沈尚書詩集盛矣哉古未嘗有也然公逡巡恬淡不矜矯不干進不趨風旨下直蕭然繩菲皂綈如訓蒙叟或奏民間疾苦流涕言之或薦人才某某展意無所依回或借詩箴規吁堯咈舜務達其誠乃已諸大臣皆色然駭而　上以此愈重公公既老所選詩或不能手定庚辰進　本朝詩選體例舛午　上不悅命廷臣改正付刊而待公如初此雖　皇上優老臣赦小過使人感泣而亦見公之朴忠有以格天之深也公嘗訓其孫惟熙曰汝未冠蒙　皇上欽賜舉人亦知而翁十七次鄉試不第乎公鄉舉時已六十有六其時雖綺夢幻想必不自意日後恩榮至此而從來人主之權能與人爵未必能與人壽倘　皇上雖有況施而公不能引其年以待之則亦帝力於公何有矣觀公之九十七歲方薨然後知蒼蒼者有意鍾美於公以昌萬古詩人之局而　皇上與天合德先天而天不違公之年與恩俱亦有莫之爲而爲者嗚呼此豈人力也哉公醇古淡泊清矍蘁立居恆恂恂

如不能言而微詞雋永無賢不肖皆和顏接之有譏其門牆不峻者夷然不以爲意詩專主唐音以温柔爲教如絃匏笙簧皆正聲也所著古文詩各三十卷詩餘一卷先娶俞氏後朱氏均贈夫人以庚寅二月二日葬元和之姜村里銘曰古松得天讓萬木先雖槁暴於前而償以後澤之綿綿則較夫早達者轉覺贏焉皤皤沈公杖朝而走 帝曰懋哉朕知卿久朕有文章待卿可否殿上君臣詩中僚友公拜稽首老淚浪浪從古傳人半仗君王蒙 陛下將臣置日月旁以星雲色爲名姓光生論定矣死何勿彰吁嗟乎宮爲君商爲臣宮商應聲先生之詩之神

江蘇巡撫雨峯徐公神道碑

公諱士林字式儒號雨峯世居山東文登縣父農也公幼聞鄰兒讀書聲慕之跪太夫人膝前曰願送兒置村塾中許之遂舉康熙辛卯孝廉癸巳進士補中書遷刑部主事知安慶府再遷江蘇按察使以失察私鑄左遷汀漳道漳俗鬬殺人捕之輒聚衆據山或請用兵公曰無庸命壯丁分扼要隘三日度其食且

盡遣人深入詭以好語曰垂手出山者免如其言果逐隊出乃伏其仇於旁仇大呼曰爲首者某也立擒以徇衆驚散嗣後捕犯犯無據山者還江蘇布政使丁父憂　詔奪情巡撫江蘇公不起服闋入都

天子問山東直隸麥收如何曰旱且萎問得雨如何曰雖雨無益問何以用人曰工獻納者雖敏非才昧是非者雖廉實蠹　上深然之補江蘇布政使尋遷巡撫未一年病病中念太夫人年高不能迎養三上疏乞歸　上許之行至淮安薨　天子震悼命崇祀賢良壽五十有八公要路不通一刺而於鄉會師門惓惓不忘曰此人生遇合之始也治獄如神任刑部時有二人伐木塞外木摽乙斃有司訊結矣越三月乙弟以謀殺控甲甲逃公曰置當場死者之妻子不問而以三月後局外之人與獄乎甲逃懼累非懼罪也甲聞即出獄果虛知安慶時宿松孀田氏事姑孝兄公利其產逼嫁之與羣匪篡焉婦刎於途誣以墜水公坐堂上見黑衣女子啾啾如有訴召兄公質之則毛髮析灑口吐情實公深愧以鬼道設教而滿庭胥隸皆有見聞不能掩也凡讞決憲於轅垣絕人影

射守令謁者具獄命判試其才教曰深文傷和姑息養奸戒之哉夫律例猶醫書本草也其情事萬端如病者之經絡虛實也不善用藥者殺人不善用律者如之性廉儉而絕不自矜賀長至節天寒裘禿霜與涕俱臬使包括以貂假公公披之如忘涕唾交揮家人耳語曰此包公衣也公大慚謝過少頃論公事快揮洒如初聽訟飢大呼點心家人供角黍且判且啖少頃髭頤盡赤蓋誤硃為飴糖筆箸交下不能復辨晚坐白木榻一燈熒然左右案可隱人手批目覽雖除夕元辰勿輟幕下客憐之具美膳邀公公猛噉不問是何名色其平素精神夢寐偃仰唾涕知愛民憂國惟日不足而已故於服食居處人以是供公以是受不容心於豐亦不容心於儉也聞覺禪師來江南督撫將軍以下負韉矢屈膝公長揖呼和尚織造海保入獄五月猶狐裘公進葛衣大府呵之公曰罪雖重於律五月不衣裘也如以為嫌請劾臬使楚鹽不運　詔命會同鹽政核議或勸讓鹽政主稿公笑曰問心公私耳何嫌之避請加息以惠商時內外大臣噎媢不前而公章先上乃附紙尾以進公子一人名朝亮生十四年而公薨妻

張氏誥原缺

銘曰昔湯文正爲政江南民化其儉苦節成甘後有繼者諄諄訓詞民不能從且相謷訾隔五十年徐公至止宴滄浪亭五簋而已蘇城翕然儉且中禮惟余小子憎人講學聞先生風恍然夢覺同言而信信在言前同禱而應應在禱先至誠動物其中有天羊質虎皮頮然不然嗚呼徐公今無其倫來非戀爵去非要君儉非矯俗仁非市恩始於立身終於事親正色爲秋微笑爲春不愛公勤愛公之醇不敬公清敬公之真爰爲公銘以示後人

太子少傅工部尚書裘文達公神道碑

公姓裘名曰修字叔度一字漫士江西新建縣人康熙刑科給事中思補公之第五子也乾隆元年以廩生薦博學鴻詞舉順天鄉試四年中進士改庶常八年　天子親試翰林擢公高等驟遷侍讀學士轉詹事府少詹遷兵部侍郎調吏部侍郎充經筵講官軍機房行走公貌清整眉有濃翠顧盼間精神淵映居恆喜賓客工諧謔搜奇語怪了無倦色而遇事神解超捷每詰一曹受一職手

文書嘿然數日後判決如流二十一年　王師征伊里公面奏軍務機宜　天
子大悅即賜　御衣冠乘傳至巴里坤傳宣　聖意會逆酋莽阿里克遣弟某
詭稱押送諸番探信卡倫公與哈密總兵祖雲龍縛畀總督發其姦哈密兵少
有赴巴里坤種地者七百人公請暫留為衛撥沙洲五衛麥石添備支發其剩
餘者分散各路塘站平糶之　上皆獎許公以一書生冒矢石行萬里外與陝
甘督撫滿洲諸將軍討議密勿而能下協邊情上符　睿算近代儒臣所未有
也調戶部侍郎署倉場總督攝順天府尹充丙戌科會試總裁擢禮部尚書調
刑部尚書降府尹尋遷工部尚書年六十二病噎　天子賦詩存問醫藥不絕
於道加太子少傅　詔下二日而薨　賜諡文達入賢良祠公聰強機警受大
任舉重若輕　天子愛其敏倚若股肱初為胡中藻事罷官逾月起用再為捕
蝗事降官逾月復故凡有事於四方與大學士劉統勳先後奔走前　命未復
後　命又至半途回車堨堨東西雖侍　內廷領六部而英蕩款關足迹常半
天下二十三年　命在工所訊邳州知州某短發車價事二十四年　命往太

倉訊王閶冒家主事二十五年　命往蘭州訊縣丞崔琇擅動驛馬事二十九年　命往福建訊總督楊廷璋受陋規事三十七年　命往盛京查旗地事五主鄉試一至湖北兩至江南浙江入勘水利三至河南兩至江南四至直隸公所讞決無苛嚴亦無縱捨衡文得士心尤善治水常奏治水宜先審其受病之由再論治病之法就一縣一府而言病有其處合一省而言則不然就一省而言病有其處合數省而言又不然若僅於一處受病處治之而下流之去路未清則爲患滋甚　上深然之所治黃淮泗濟伊洛沁汜等共九十三河疏排濬瀹貫穿原委俱有成效可爲後法善應變捷若轉圜而立意矜矜偏於慈惠從盛京歸奏免追八旗生息銀爲司寇時奏免盜葠者死諸大臣或探　聖意噤齘不前而公獨抗聲有犯無隱　天子鑒其誠雖忤　旨時加嚴訓不逾時恩禮如初薨之日公卿士大夫素車塞路外省之河堤老兵烟墩戍卒皆泣嘆有失聲者公本以文學受知始終與書局相終始與纂西清古鑑錢錄石渠寶笈熱河志諸書而最後爲四庫全書館總裁　上以書法近宋臣張即之以內

府張書華嚴經殘本　命公足成之有奏疏詩文若干卷夫人熊氏子女各五人長子麟官編修早卒次師次行簡次豫次遵慶行簡以予與公同薦鴻博同舉進士同官翰林同出蔣文恪公門下故將葬來乞書碑

銘曰升龠鼎鐘器有所窮禮樂兵農事各不同裘公恢恢兼總天工智大於身意過其通馳於文囿扢揚雅風行於邊塞笑談兵戎以決庶獄卿月麗空以障大澤手驅蛟龍奉　帝之命皇皇者華樂　帝之心憂國如家指左識右帖邇安遐寧有臣如斯而堯舜弗嘉雨露方濃梁木遽壞台曜雖沉寒芒尚在葵之竺之　恩命沃之樹柏樹欒剛日卜之公身雖藏公績彌彰丹心史上元石冢旁

太子太保直隸總督方敏恪公神道碑

公姓方諱觀承字遐穀號問亭又號宜田先世自元遷桐城祖登嶧工部都水司主事父式濟康熙己丑進士以本族南山集獄起全家謫戍黑龍江公弱冠歸金陵家無一椽借居清涼山僧寺有中州僧知爲非常人厚待之公與其兄

觀承往來南北營塞外菽水之費或日一食或徒步行百餘里雍正九年族人某薦入平郡王藩邸王與語大奇之情好日隆十年王爲定邊大將軍征準噶爾奏公爲記室　世宗命以布衣召見賜中書銜偕往時年三十六矣十二年冬　王師凱旋以軍功實授內閣中書乾隆元年詹事王公奕清薦公博學鴻詞臨試不赴尋還侍讀行走軍機房補兵部職方司郎中出爲直隸清河道累遷布政使浙江巡撫公風神元定識力超卓練其才於憂患之餘雖書生善騎射於世事物理瑩徹通曉以故大學士鄂公爾泰勘南河冢宰諾公親勘海塘直隸制府高公斌勘永定河俱奏公偕行公之受知　皇上亦從此始直隸饒陽婦被殺主名不立公夢神人示以周秋二字果獲犯雪冤在浙弛絲米之禁開墾海口大亹漲地三萬餘頃歲增雜糧十萬石十四年授直隸總督直隸當十三省之衝每歲　鑾輿謁陵盛京避暑木蘭　巡嵩嶽五臺南至江浙路必經由加之伊犂緬甸兩度出師一切兵校往還供張儲偫百務如雲而起公能料簡周匝徒御不驚二十年如一日十九年西陲用兵加太子太保署陝甘總

督辦治軍需日行四百里得怔忡疾仍回原任三十二年薨壽七十一　上聞
震悼給祭葬　賜諡敏慤公長於用人安放貼妥如置器然敦良者使柔民聰
強者使折獄素封者使支應迂緩者使訓士卽其人雖不出於正而譎詭捷黠
者亦使之刺探而奔走甘苦必知賞罰必信一言必察寸技不遺以故人樂爲
用畿輔數千里如臂使指拇脈皆通御史范廷楷林玉奏直隸丈量旗地歷年
不清公上疏謝罪卽奏二人剛正有才請發往直隸補官相助爲理　上許之
旗地皆王公莊戶豪縱有年二人故負氣與齗齗相角旗地稍清而二人之鋒
亦少挫矣各省督撫奉部議令民自行修城公獨奏直隸多差徭民無餘力且
又朴野不受獎誘修城之費請發公帑孟子所謂用其一緩其二也　上韙其
言從之公常言事君如事天天地無心而成化雨露雷霆無非教也人能常修
省於受恩之時則雷霆乍來轉不惑亂而至誠所格天心亦回直隸旱蝗　上
責公督捕不力司道勸劾一二州縣以自解公不可曰我之不職州縣何辜磁
州逆匪爲亂公奏誅三人絞七人　上疑公沽名有所縱弛　嚴旨督過一夕

聞接十三廷寄家人慮　聖怒不測盡雨泣而公堅執前議申辦愈力　詔解
犯　闕下九卿軍機大臣會訊獄辭與公奏一字無訛遂卒如公議而從此
上愈重公各省買穀隣倉居奇公奏請需米處督撫密咨產米處有司代購運
送可杜此弊保雄兩府歲需駐防兵米二萬石州縣苦之公請於豫東漕米內
截運供支官民兩便所治直隸水利如永定滹沱白溝等河奇材雞距等泉俱
爲搜考原委判別濬築　上命大臣肇公惠裘公曰修高公晉屢加相度悉如
公策加意忠賢之後在浙拜劉念臺先生像卹其家在直隸訪楊忠愍孫文正
子孫給與灘荒田畝素不信佛而獨修清涼山廟所以報中州僧也公餘之暇
譜印範墨角尖不苟一嚬笑皆有意義某太守素倨過保陽衙參公坐受之出
有愠語公聞之笑曰我開府二十年雖簿尉叩頭皆不受何於某太守獨不然
耶某以宰相子出守郡慮其氣盛故逆折之使知朝廷儀適將謙謹以有成也
不感我乃愠我耶枚奉發陝西亦過保陽公謂清遠令周君𧬊堂曰袁某循吏
也雖宰江寧省會而能盡心民事汝等任首縣者宜以爲師嗚呼公以此知枚

則公之爲政可知矣公桐城人僑居金陵在平邸時祖父母父母四代俱藁葬關外每至歲時必慟哭王哀其意爲奏請謫戍身死而無餘罪者聽其還柩回里　世宗許之遂著爲令及公貴三代俱贈如公官娶劉氏誥封夫人後嗣屢殤六十一歲生子維甸　上聞之代爲欣喜命抱至御前解所佩金絲荷囊賜之公雖貴手不釋卷好吟詩有宜田彙稿松漠草諸集纂河渠考若干卷辨明水經注淦水之非缺漢書註溢水之非增皆勤學經生所不及也葬句容之青王山

銘曰月之初生蒼蒼涼涼及乎中天衆星無光方公未遇險艱備嘗豈知天意大任方將邊風塞雨濯滌肺腑擔簦往來固其筋骸操心慮患既危既深一朝遭際百鍊精金牙纛旄麾若固有之彤弓湛露從容賦詩狼章鵲章山陸驅馳釃泉鑿河弊謀輔志六秉三衡功罔不濟操舟舵穩負重肩牢所謂棟梁不搖不撓無怖斯靜無戀斯定先民有言動心忍性哀榮終始位極人臣基於祿命成於精神軍民勿悲公死有歸欲知偉烈請觀豐碑

小倉山房文集卷三

錢唐袁枚子才

左副都御史趙公墓誌銘

本朝以文學受知
今上者禮部尚書沈公德潛詹事府正詹張公鵬翀而外惟副都御史趙公公名大鯨字橫山別字學齋雍正二年進士入翰林楷法秀潤如鋪春雲詞賦修意修言得沈隱侯三易法入試內廷皆稱 旨遷學士再遷大理寺少卿左副都御史提督江西直隸學政典雲南湖南河南三省鄉試四校順天鄉會科以太夫人大耋乞歸五年卒年六十九葬仁和某原安人郁氏祔焉子二其次升官庶吉士公督學時遇諸生如弟子每校卷躬自點勘觀者相環拂衣觸几公勿禁曰取士易教士難使諸生觀吾所以取知吾所以教也衡文頷頷顏澀不展臥記某卷佳起再誦再加墨擢之如不及待旦者然性峭急無威儀送客輒走客前客或坐未起必問有餘語乎趣爲我言不然時蹇事遄可以行矣人有

諈諉不可者謝之已負諾責捫胸苦記必踐之而后食飲大中丞永貴公弟子也將撫浙來見公公問君往政將奚先曰刼貪吏公笑曰貪吏贓入己者勿刼也永愕然曰何謂也公曰贓入己而不分潤大府則大府久刼之矣不待君往也今巧宦全取之民而半致之上己潤其餘或且全致之上以遷其官是暗刼民財納己爵也不見捕盜者乎胠篋百萬有所私焉不敢目懾之其所勘詰禽獲以上計者皆竊鈇攘雞者也君將奚擇焉永再拜曰微先生無能言及此者敬聞命矣既抵浙延公萬松書院教諸生先是主教者面柔曲容濫竽公以爲設書院所以待高才生非養寠人子若不以才取而徒哀其窮故收之是恤孤非養士也於是申艮拉枯無所聽請及見士又倨士大不悅飛言如雨公不爲動不數年所噓揚者異目視者九卿三司茂才高等均從窮約致顯貴紛然麟鳳羣翔而詬公者如秋蚊冬蠅澌滅殆盡或至今猶堙沉藍縷嗚呼公人倫之鑑果何如也枚未遇時袖文質公公奇賞之枚乞一授餐所公唯唯朝送公出暮聘已至卽今大宗伯嵇公家也公卒時太夫人年九十餘故遺表曰沐聖世

如春之澤小草長榮奉慈親垂暮之年反哺難遂誦者皆爲泣下

銘曰無亢不中無過不庸不惡不仁而曰好仁其所好者亦朦朧黜躄蹇駕應龍斬曲樗扶青松此豈吾一人之爲而佻險者竟鶬鶬僝僽以相攻彼何人斯其爲飄風吾見鏘金腰玉而拜華表者如萬壑之朝宗嗚呼雖余小子之不肖亦咨嗟涕洟而執筆以銘公

海州州同王君墓誌銘

君名發桂字香巖直隸正定人嶷嶷然有腹尺視正言徐面方如田好讀書交賢者以貢士補溧陽丞調上元遷海州州同攝碭山海州宿遷縣事再攝沭陽棒檄未到卒君雖左官無甚重任而軥錄其躬視民不佻較尊官尤肅勘桃源災共事者三人以不謹聞而君獨課最巡海州村見種山芋者問之曰閩人也姓高名光裕君疑非山氓陽與語陰令捕者擒以俟未半月郯城符來驘去果劫盜也

天子南巡總督尹公委君治攝山君慮事量功洒湝如法尹公見君題句驚衙

官中有屈宋命羣公子和以光其所爲詩先是乾隆戊午君與予試京兆同受知於大廷尉鄧遜齋先生乙酉六月先生入都過上元上元令李棠亦先生門下士三人者循環置酒爲先生壽先生爲當時薦香巖未售至今缺然而香巖如實拔己執弟子禮尤勤予私心竊愈賢之嗚呼誰知此一會也香巖竟從此訣矣卒年五十九其蒼頭某將葬君來徵予銘予不特誼無所讓且心服香巖賢謂必有瑰意奇行於法宜銘者問狀具否蒼頭跪呈一紙乃爵里刺數行今所謂履歷是也嘻知狀未具雖有班史之筆鑿空難書而況余又空山居寡所徵覈耶不得已据摭梗概而志之香巖有知其訾我也其鑒我也

銘曰官不副其賢壽不永其年死而不有其藏一錢吾欲銘而表諸阡而事又不得其全夫是以意滿口重而言殊不宣吁嗟乎苟有天其無泐此石上之鐫

光祿寺少卿楊公墓志銘

公諱猷楊姓字靜山奉天正黃旗人生有至性侍繼祖母疾衣不解帶至蝨緣領遊益敬十九歲知陝西兩當縣丁父憂再補直隸固安故事修永定河秋汛

畢工與永定道黃某役不平賈遲延及冬朝涉者皸瘃公憐之許日出後下鏝黃巡工遲民之來將答督公力爭不得乃直前牽其馬至凍溜處曰公能往民亦能往此時日高舂陽光熏人公重裘尙縮瑟乃責袒肩者戴星來耶黃大恚適館張牒將劾公會撫軍安溪李文貞公過柳家口聞之召謂曰汝年少能然古之任延也勞以酒解裘衣之事得釋調宛平固安民以爲大戚聞宛平吏來迎驚聚而逐之

聖祖獵水圍過固安老幼爭留公　上曰別與汝固安一好官何如一女子奏曰何不別以好官與宛平耶　上大笑以爲誠許食知州俸知固安縣事旋權鄒平壽光諸城數縣有夏姓民競產享銀五千公卻之諭卽以此金遺若弟夏昆季泣於庭睦如初還雲南曲靖府調麗江麗江故苗地中甸外控鶴劍內鄰姎徒羯羠寥狼屯雜一日隸爲編氓如開洪濛守土者噤齘不肯往公到爬梳捐瘠俯順荒遐令口樹一本楡畝畜一溝水召土官爲典吏諸里魁以頭目充除奴籍建文廟定婚葬禮頒尺籍伍符期年俗化風雨和甘倓錢竇布大行民

祀公於廟號第一太守祠先是民間有遇木則易禾必見日之謠土官土人皆禾木兩姓而公名姓恰合亦異數也遷湖南糧道西安布政使署湖北巡撫沔陽地濱湖淤沉無常田與糧離稅法抗敝公手弓尺丈之按畝輸畮數無詭調撫四川奏減火耗改馬廠爲普濟堂墾田千四百畝登租貯穀養鰥寡老癃乾隆二年請撤河西七兒堡城垣忤 旨罷官七年起用甘肅涼莊道尋遷光祿寺少卿以老休於家公豐碩善騎射用弓至十石 聖祖時東宮侍衛德齡以廢太子故逃恃其勇泛海至青州官拘者擁役數十持械無敢前公往剡剡起履忽抱其背釁之德抽刀公叱之刀落於手 聖祖以爲日磾縛莽何羅不是過也涿州夜下鄉遇響馬盜方洶洶劫人公射之殺二人獲一人督糧湖南奉牒禽李鐵背刺魚大王公偵知竄入旗丁故閱岳州幫禽之案下至老神明不衰長孫魁官江寧公來就養騎上下山如飛年已八十四矣甲申十二月某日趺坐而逝公先娶李氏再娶黃氏俱誥封夫人子國棟官廣東韶州知府

銘曰仁之徵壽也福之集厚也清畏人知指屋漏也勇而好禮伏不鬭也雲之

油油楚蜀覆也大耋南游神獮茂也望夏琥殷璜而增周邦之舊也厥聲隆隆孫將又也天其以是鍾美於後也

江寧典史高君墓志銘

高氏世居鐵嶺爲鑲黃旗著姓一門印綬棨戟布列中外其官於南者文良公其倬總督兩江相國公其位提督松江君爲兩公猶子初任吳塔司巡檢調江寧典史五年而卒卒時年四十三於諸高氏子弟中官最卑祿最微壽最夭然邦之人聞君死自執法以下至於長輓者丈夫女子靡不發胸擊心殷殷田田若有所窮故何也君性沉厚雖不說學不踐迹而含舒憲章德正應和與人交坦中而肅無賢不肖皆好之家無宛財戚里之貧者襆囊抱釜至君家而炊焉故事游徼簿尉流外職也俯項供翼趨走於下風居是職者知無所表著輒不自重怵以利無所不可爲君獨嶷嶷自立遇事必問於義當否雖享錢萬不妄喝一笞大府記下可者諾不可者爭爭不得必委蛇骫骳於其身以濟之以故死之日哀聲嗷嗷贈賻襚引費者接於衢嗟乎人器也官水也以君而爲尉猶

以五石之匏盛杯水也見之者皆知其不稱也雖然君不肯以不稱之故而自
貶以稱之故一切庸力行務精心帖妥而恢恢之量乃愈不可以測窮然後知
一命之士原可濟時爭物而祿位之不足以格人昭昭也世之榮貴炫赫十百
倍於君者其相懸亦可覩矣然則雖以君之官之祿之年而見君家之諸勳臣
諸侯伯子男於地下誠足以抗顏而無慚焉嗚呼其可銘也已君爲奉直大夫
鑾儀衞治儀其傃公之子名慧字睿功行十一娶某氏子四人某俱幼以某年
月日葬於某

銘曰有幹有體壓百僚底人以爲必起而竟已矣嗚呼此之謂有命無理振古
如此莫諒天只

安徽布政使李公墓志銘

乾隆十年十月二十一日安徽布政使李公卒於官江寧令袁枚入奠畢泣而
言曰前年枚知江浦謁公於蘇公召入已二鼓與語卽視偉枚今年枚知金陵
公來作承宣司彼此舍然喜有無窮言未竟公竟委化枚無以報今將歸葬願

請狀以爲公銘其幕府蔡西樵曰公年五十有五不自意死吕夫人第三娶也
長子某試禮部未歸其季幼奴多村氓賓客輩暫從公遊無能知公者公誠慤
其行事坦坦而肅章奏文集成輒削藁諸善狀不能記憶但遠近見者莫不頟
手曰李公真君子也請略舉其概而紀存之枚曰唯唯謹按公諱學裕號餘三
世居洛陽縣以雍正五年進士入翰林累官御史巡道按察蘇州遷安徽布政
使而卒巡京畿時唐山令某奪僧舍爲民房
世宗怒幾不測公奏書生毀佛愚無大罪令竟免故事巡城者遇事動咨刑部
延累至歲餘公停車決遣獄無滯留捕博具數十簏曰貪紀錄而置民於辠吾
不忍也杖犯者使去碎其具於庭石爲之凹後過者猶指笑曰此李公搥骰子
處也出使安南披一品服登王正殿宣　聖諭畢乃坐述　朝廷柔遠之意公
儀觀旣偉音節鏗然其王嗣黎維祐俯伏受命夷言嘆好使臣者數萬人蜀土
司大小金川鬬公爲建昌道輕車往撫入密箐中天日隱黑猺猓梟目鳥語挾
雪刃嗾向公公短後衣坐地召其渠帥賜酒食命譯者曉以大義羣猺翕然喜

折樹枝爲公策馬歸城乾隆七年淮徐災篡糧者衆有司以盜聞公曰此飢民非盜也獄具所活數百十人夜閱秋審冊專意平反燭爐數升僮臥鼾鼾甚酣而公竟申旦卒以此致病理安徽災振尤勞遂不起嗚呼公急於活人而忘所以自活使公稍自愛官必不如是止所活人亦必不如是止而卒之公不活命耶其自致耶人不能受公之活亦人之命耶其轉累公耶雖然其自致也其人累也乃其所以可銘也

銘曰丕蔽邦成俛焉日有孜孜而力不支至於負茲死民之思乃卜澗水西瀍水東而坎其中以爲公宮嗚呼其禋祀於無窮

霍邱縣知縣龔君墓志銘

姚思廉作梁書撰止足傳爲前史所未有蓋以周易進退存亡之正能其德者之難也故天監至泰清四十餘年而傳中所載祇顧憲之等三人而已吾於今得一人焉曰頫江先生先生宰霍邱年未七十遽投劾歸畫戸限居堂無履聲者十有五年乃卒嘻古之人有臥車上三十六年不履地者有坐木榻五十餘

年所當膝處俱穿者其定力足矜矣然彼皆艱貞蒙難忍而制焉非得已也若
夫優游昇平投簪邱園而亦復刻勵如是則固其性之所甘而非詭衆博名孔
子曰仁者靜庶幾近之似又加止足者一等矣然先生法施於民有可紀者先
生以雍正舉人爲金山場大使海濱漲沙居民與竈戶利之牽持洶洶先生至
曰塘內民也塘外竈也沙在塘外民何爭訟者噤口去霍邱俗悍家畜兵刃先
生示禁投繳者如雲性篤風義館戶部郎洪文瀾家洪以事頌繫先生經紀其
家愈謹洪事雪後泣拜再謝先生歸後常自言有五樂而人亦言先生有三事
五樂者弄孫栽花靜攝與故人話舊自問無愧怍三事者看書飲酒小眠夫人
王氏與先生同志雅琚相對如嚴賓然長先生一歲以戊子九月七日開九秩
觴明年己丑正月十三日卒先生以己丑九月一日開九秩觴今年庚寅正月
十三日卒壽算死期隱相符合亦異數也以某月日合葬於石潭之原先生姓
龔諱鏡字頮江江寧人子元超次元芳俱以文世其家
銘曰貌瞿瞿古其眉鬚以嬉於庭衢君子人歟而今亡矣吁

太子少傅河南巡撫胡公墓志銘

公諱寶瑔字泰舒世居徽州以理學世其家祀文廟者七人父賡雲教授婁縣因家焉公生十五歲賦牡丹句驚其坐人年三十舉於鄉有同試禮部者託公賫文書至京奴愆於期公憮然曰以我故致渠不與試吾義不獨試也袖筆出考授中書隨大學士查郎阿度地塞外登醫無閭至黑龍江畢臘再至登爾者庫入烏蘇凡半年行二萬二千里艾殺棘刺蓬蒿觸抵豺虎茹乾餱啖雪盡得其險要阨塞乃還時乾隆六年也查公以陽城馬周薦御試第一擢福建道監察御史遷順天府丞督學政十三年從經略傅公征大金川時蜀中軍書旁午瘴厲毒淫大赦納凹等山馬契需不度公菲屨徒步繩索相引攀躡勃窣不納勺飲或三晝夜一食乃得至屯營處賊方張碉樓天接矢石夾兩耳下公簪筆晝策削牘作奏動合機宜卒佐經略降其酋凱旋

天子親斟金杯賜公酒海內以爲榮以軍功遷順天尹加都察院左都御史巡撫湖南山西再調江西鄱陽湖多盜公立編舡法責文武督治盜遂息其年江

浙米翔貴公禁遏糴者西粟方舡而下南民賴焉調撫河南陳汝等州大水
天子詔公與侍郎裘曰修分疏水利開河六十七道計二千五百里繪溝支榦
派圖記修濬丈尺若干勒諸石功成加太子少傅調江西未抵任而河南又災
天子亟追公還會同大學士劉統勳塞楊橋口築堤公慮水去而沙停乘賈魯
惠濟諸河沖決處刷宣浮淤俾無梗滯俄而黃流平田皆涸出即給麥種設棚
廬教之耕耨果汙邪滿車民蘇彫攰十六年扈 蹕南巡河南姦民誣人謀逆
詞連百人公馳驛夜鞫片言燭奸誅客訴者民皆懽呼性謙謹鞠躬躳躳然雖
監門廝養尤益敬與鈞然權要鴟張不爲動爲詩文立就不加點竄尤善騎能
日行三四百里某太史以善騎夸公約至朝各騎馬去某狂奔盡氣入內閣不
見公方竊喜自負而公自內出已批勅數行矣奉 命祭南嶽還松江上冢知
府蔡長澐驚曰吾守此數年不知有入座某也來謁則蓬華數椽乃嘆息去公
感 上恩厚年已七十猶刺閨判事極翦籌之勤睟子清碧能白日視鬼神臨
卒諸屬吏來受遺言公手指南汝道陳公坐曰避河神陳爲悚然歸竟病三日

先是教授公官宣城居正學書院院有王文成公祠生公之夕夢文成手一金
軸曰五十年後煩送吾鄉乾隆十六年　天子駐會稽命公賚金軸御祭王文
成讀祝堂下方知前夢之徵也子某葬某
銘曰雖居句如折矩雖飲甘如茹苦能談笑折樽俎能遺虵歷險阻行而供翼
坐而俯九命而車上不舞彼何人君子以爲古

徵士程綿莊墓志銘

有清徵士綿莊先生以乾隆丁亥三月二十三日啓手足於白門之如意橋將
葬其同徵友袁枚爲志其墓曰六經之道如帝都然仰而朝宗者舟颿馬車各
以其具行要其能至已耳惟力之至大者乃卓然獨往而無所附依或張市禁
而申之曰必取庸於某某而後可嘻其惑矣吾友綿莊深於經者也卓然獨往
者也且能至者也其初博存百家宣究其意已而貫穿合絣精思詣微著易詩
書三禮魯論的的然言其所言非先儒所言其言曰墨守宋學已非有墨守漢
學者爲尤非孟子不云君子深造之以道欲其自得之乎又曰宋人毀孫復疏

經多背先儒夫不救先儒之非何以爲孫復其言如此其著述可知先生名廷祚字啓生年十四作松賦七千餘言驚其長老弱冠舉茂才屢閡於有司遂棄科舉專治經一切星經地志樂律禮儀元元本本識其大者性端靜迂緩其衣冠傳先王語人見之如臨高山氣爲之肅乾隆元年

天子開鴻詞科十五年徵窮經耆老江南大府薦先生應詔天下聞之不喜先生得薦喜薦者得先生然先生嶷嶷自立足絕公卿門雖兩如京師卒不遇乘弁棧歸余同試保和殿通數語已而官白下相與爲忘年交得謝後買山隨園所居宅相鄰益親每讀書疑必質先生先生有所作必袖來或遣蒼頭索跋語人疑兩人異好尙胡爲交頗驩因念唐時韓柳治文章殷陸治經所學不同而韓柳集中折服乃爾況余不及韓柳而先生遠過殷陸則余之降心以從者宜也然先生誠何所暱而殷殷於余耶豈不以孤奏咸池之音肯一過聽者已難得耶又豈不以年已頹暮荷道甚重不得不擇一後死者望其能張而傳之耶嗚呼今遺墨尙存先生不可復見而余亦將老矣淮安有先生族孫魚門恢奇

多聞每假館余所三人連日夜語蟬嫣不忍別或漏盡送先生出則兩人者重
剪燈對數海內人物必首先生數畢又未嘗不欷歔歎息憂先生之衰今先生
果卒而魚門亦遠官京師憑其棺而哀者獨余耳夫天之歲月原不能爲賢者
假借先生卒時年已七十七矣似可歿而寧焉然終竟生人如是不使一日居
石渠東觀羽儀我
聖朝而又不使知所藏何山所傳何人竟溘然以歸冥漠然則賢人之在世與
其畢生甘苦可以光日月垂宇宙者果不足恃如飄風輕雲之一過而已耶天
下學者聞之宜何如悲又豈獨余與魚門之淚涔涔下也先生本歙人曾大父
虛卿還江寧其翁祓齋　國初隱君子生先生及其弟嗣章嗣章有濟世才以
經讓先生而專攻史學與先生白髮扶持熏熏熙熙各以一家言爲塤篪之懽
人以比南朝劉瓛昆季良不愧云先生有二女無子嗣章爲之立孫以某年月
日葬於某所著卷帙詳嗣章行略中
銘曰儒林文苑古無界誰歟劃開成兩戒先生先兼後劃愛抱經見聖升堂拜

闐呼參乎唯而退羣儒稷稷立門外兩薦於天神所介誰之不如命爲礙高文典冊垂金薤黃河千年清可待恐此人如未必再請碣其原志所在冢旁草生盡書帶

高母丁太恭人墓志銘

高公南疇巡江南鹽驛七十餘州縣凡二年一日親詣枚所以狀授曰生母歿十有八年蒙

皇上誥封恭人今大學士尹公爲題行略人子顯親之志得稍稍報惟窀穸表誌聲於後人者缺焉未備子爲我銘而掩諸幽枚謹按恭人丁姓蘇州人早孤育於外氏贈公聘焉時嫡妻鄭恭人在堂生兩子恭人僂身自卑守當夕戒惟敬以故無苛妎之嫌司筦鑰燀潘請頮事無小大罔敢不蠲先舉一女最後生觀察觀察生六年贈公卒贈公世居閩之平南里隱於橋姚師史之術擁甲貨走吳吳非其籍也既捐館兩子來舁柩歸留恭人與其孤居當是時贈公遺貲既分半入閩存吳者所與錢通諸客質劑帖子耳恭人鬻女次持紡磚教觀察

溺苦於學小不善禁督立絕一日者張飲置具召券中客列坐四隅酒行擕觀察出扱地謝曰諸公君子也豈負人者哉所以存空券於氏夫者必力有不足故也今未亡人與兒儽然隻立日供數溢米足矣又安事券請客悉持去以成先夫之義而冀此子之才語畢命女奴負巨篋至散如落葉券中人皆嘆且愧有泣者居亡何客感其義咸來收恤或倍取贏以故觀察得中與其業循例入貲廉江西驛鹽道署按察使事再調江南嗚呼孟敏不顧破甑郭泰以為得決捨義可與入道況數千金晝指券哉然馮驩代人焚券宋清自焚其券皆男子也皆百人中無一者也恭人以閨閣而能出乎百無一人之行然則以子貴受封寵榮㫒奕其所以致之者固其理也準於古法宜銘恭人初撫孤時年四十八再二十年而卒葬某

銘曰困然後激失然後得老子之識匪逸不淫匪勞不欽敬姜之心休禎偉兆芬芳漚鬱天所相兮不侳其廉郗車而載地所䣈兮嗚呼子孫欲欽毋儀視此壙兮

李訒菴先生墓志銘

李君棠治上元七年循聲傪然大行今年秋將葬先人北歸而以其狀來曰吾父雖未從政無所繩矣然觥觥束修百行純懿懼泯焉以重棠罪君曷碣而掩諸幽枚年家子也其敢以不文辭謹按先生諱大章字訒菴河間人生七年而孤治經有法爲文能勃窣爲理窟甫冠補弟子員秋試不售遂不復試鄉人王仲穎以學行聞先生奉所咫聞跬步必規鄉黨高此兩人稱君子者必曰王李長子棠以進士知句容上元舉最遷邳州牧未行先生卒今夫有司之於民父也然則有司之父民之大父也人但知恩其父而不知推恩之所自出者非也昔雋不疑尹京兆其母必問平反幾何以秩膳加減引兒於仁婦人且然而況於趨庭者乎李君之賢也其奉教於先生者之效也先生之教李君曰事君者承意事父者儀志汝父之志居句如矩辭隆就窳兒其志之以故君粥粥然大讓如慢自同僚至大府皆曰李君真長者因當筦移舍決之懼先生聞而戚也然先生極知政體二十一年句邑災荐民壅糴於鄉棠欲窮竟懼事生意不能

無難先生曰周官荒政以安富爲先富之不安獄必繫兒宜威以法如其言民情始安初先生孤露時有從父與祖者扶先生先生感焉終其身嚴事之有所作負牆啓白俟頷首乃退其篤行如此子六人孫三人棠之子名燧者尤穎異才勝衣通經吟詩人以爲盛德應云壽六十六以某年月日葬某

銘曰以道行不以道鳴卒以子孫亨嗚呼此其塋

元和縣知縣吳君墓志銘

吳君魯齋以乾隆二十一年舉人奉

天子命來江南權常州督捕通判蘇州管糧同知再權丹陽荆溪江都金匱元和五縣事未即真以服去官服闋將如京師中風暴卒君能行考中度吏之政單均刑法戢和士民以故上游同官爭悼惜走奠而其友袁枚哀之爲尤深嘗謂士不用悲用之而不盡其才尤悲有虆黄焉隱於泥塗人無由知也用而效效而即休人之心能恝然乎然或者抱其道忤於世以自狹其猷爲則亦曰人事之未善焉君業已上孚下懽而扼以無年者乃在悠悠之天天之愛民甚矣

能代之愛者偏又奪之速何哉豈所謂命者果天亦無能爲而束限人竟如是其毒也悲夫君晬穆其容而有不撓之識江陰令某爲民所困大府命君率兵往君不可曰撫民而兵滋之疑也單車曉民讋伏以散手不釋書卷尤工詩有集若干以文學推予甚敬既而告人曰袁公非沾沾文學者嗚呼其知我如是其自待可知君名賢字思焉晚自號魯齋休寧縣人先娶查氏再娶楊氏生二女一適茂才姜晉一幼以族子某爲嗣

銘曰如驥能馳如雨能施而止於斯如之何勿思

江寧南捕通判高公墓志銘

高槐堂先生任江寧南捕通判二年病卒邑之人走位相弔泣且言曰自有此官從無此公蓋通判貳太守於令爲長權輕而勢逼故避嫌者往往迂緩養名而任事銳者又或乖於正先生聽訟如懸鏡樹臬各以其影應民多捨令來從先生先生麾之則涕泣抱牒宿廡下不去令妒有愠色然亦無如民何也

天子南巡大府屬以供張事先生晝理雜徭夜決獄燭跋漏沉神思焦然枚嘉

先生勤憂先生病已而果綿惙以終其子文照高才生將葬馳狀來曰先生爲政非獨江南然宰德興縣時微服行里廛聞書聲輒奓戶入爲講解不倦禁一切博揜攘揄風符下即止調知德化縣縣當九逵之衝軍籍溷錯門匠因緣爲姦先生案覆衛冊科別其條輸輓者怗怗無讕語擢揚州清軍同知方修水利排治梗湍而以失察漕事故改通判權知奉賢縣縣有民某被盜有王三者詣府伏罪先生疑之窮竟其事果亡命賊甘自誣冀陷其仇先生置此賊於獄而釋所陷未幾獲真盜民懽譟稱神先生始任戴冠即潛躬味道於學靡不窺而尤深性理魁踽靜坐若與濂洛諸賢抗手接席者然遇人無町崖無賢不肖輒僂身降階暖暖姝姝道先王語引之於善以故悅尾而來遠凾丈下童冠如雲兩校秋闈得江左右士極盛所著來復集二卷詩文若干先生姓高名植字槐堂雍正乙卯舉人乾隆丁巳進士浙江武康縣人壽六十七葬某

銘曰俗吏之斷斷兮夫子之肫肫兮儒者之能薄兮夫子之政卓兮頹而萎而俟不喟而葬而藏而疇敢忘而

江蘇按察使李公墓志銘

公姓李諱永書字綬遠號芳園先世盱眙人自明指揮雄從成祖北還官於瀛州遂家焉祖父俱邑庠生以公貴贈如公官公美鬚眉豐頤長身有聰識強力遇事麻集乃益靜面不換色而徐徐就理務出於善乃已雍正十三年拔貢生
廷試一等初宰福建長泰縣調晉江晉江俗悍好鬭有施鄒者海梟魁也奪民婦劫商賈財橫行白晝中公將赴任總督德公迎謂曰施鄒巨猾我已奏聞
天子索之急卒未得奈何公偵知鄒匿女兄所而甚猛且多黨遲則事洩乃於抵任日暗集健步弓手設伏環之而夜率役破門入鄒方熟寢驚卽挾大梃走屋上拒捕或鉤其股以戟股斷顛遂擒以徇還泉州府西倉同知因公鐫級降補荆溪縣調常熟再調元和又因公鐫級大府奏留辦災題補武進縣累遷海州知州蘇州知府蘇松巡道江蘇按察使又因公鐫級以病歸家居八年卒年六十九公所到以強毅稱姦胥豪民望風讋伏然中寬治獄多平反浙省李家莊毗連吳郡羣匪窠焉號小梁山浙有司張其事捕以兵民聚而嚚飛瓦搪

拒浙撫以叛聞事下江南督撫總督尹公檄公會鞫公見囚累累數百餓色焦
然知有寃乃先給淖糜徐受其辭部別首從流數人杖若干人獄遂平公聽州
縣訟甚敏片詞立決及任按察使每訊鞫款款數千言或申旦案猶牘留人以
爲疑公曰州縣與民親中無隔閡得其情可以決遣臬司與民遠矣自縣而府
而司其閒文卷繁重吏胥鉗伺略有舛午動至重辟我盡十分心猶未敢放一
分心也卒以勘轉遲被劾而識者觀其過愈知其仁尤長水利爲民計久長葺
常熟之福山塘海州之六塘河松江之五湖三泖皆有顯績民至今利賴之娶
王氏再娶郭氏俱封恭人子四女三葬曹家村
銘曰惟髮得櫛則統惟星在北則拱公能靜鎮物簡御冗故斂之爲沉幾之智
而放之爲仁者之勇嗚呼此其家

浙江按察使李公墓表

乾隆元年春湖廣總兵崔某劾大學士鄂爾泰苗疆失機是時鄂方以首相受
世宗遺詔輔政　天子怒下崔於理刑部九卿議崔罪斬立決右審司主事李

公治運年二十餘獨持不可曰如是將啓大臣擅威福之漸崔因是得末減而小李主事之名震天下其年秋余薦鴻詞科入都受知於公父編修重華公世所稱玉洲先生是也得交公公狀短小豎眉秀眸微鬚爲人端靜詳審無多言終日坐騾車赴部決事他人休公不休以雍正七年進士授刑部主事遷員外再遷禮部儀制司郎中送琉球國使還主廣西鄉試督山東學政俱有聲　天子知公練刑名改授陝西楡林府知府尋遷湖北糧道安徽按察使調浙江公吳江人最鄰浙在浙八年民無聽請之嫌戚朋無矯情之怨人以爲難嘉湖二府連淞泖震澤漁匪竄焉公頒舟式而編排之盜風爲淸紹興寧波兩府近海出洋者多爲姦公命州縣核其貸書其年月姓名按籍鉤考姦無所容常言例雖繁統於正律心能小自能活人每勘獄窮日夜孜孜爲求其可生之路巡撫某不悅劾公迂緩沽名　天子休公於家時太夫人年八十餘公得歸養頗以爲懽而浙之士民送者涕泣不能去三十六年七月枚過吳江公病已篤聞枚至力疾出見談天下事侃侃然蓋身雖衰用世之心尚在也別後一月薨年六

十二子會辰葬公畢來乞表墓且云公在浙平某獄甚善歸當取原牘相付已而書來檢寄無從以爲大感予謂會辰無傷也漢于公自言活人多後世當興卒其所活何人史莫得而詳也嗚呼此其所以爲陰德歟公字寧人一字漪亭夫人張氏子一女三葬某

郴州知州曾君墓表

乾隆七年予與曾君南村同以翰林改官江南予知沭陽君知蕪湖十年予調江寧君還知廣德州十三年予乞病君丁內憂十七年予起病君起服相逢京師是年秋予丁外憂歸隨乞養母不復出君知平定州再知郴州自此音問遂絕今年君之孤衍杜寄書并狀來乞予表墓計君之亡已十五年矣嗟乎當十五年前予與君宦遊轍迹諧笑懽呼蓋無日不相同也中年乖分彼此不以爲戚而君又儀狀偉然類大人長者謂造物之寵君必將未艾亡何聞信不祥始驚惋哭奠而卒不得其年月日時每欲探其家安否窀穸營否兒子輩成立否路遠莫致中心拳拳一旦既葬請表如君之靈隨以俱來此予之所以悲且喜

抆淚疾書而不暇讀其狀之終也君諱尚增字謙益又字南村山東長青縣人雍正十三年舉人乾隆二年進士四年補殿試　欽授庶常外用後歷一縣三州士民大和晉省多疑獄君牧平定時奉檄辦治平反無算廣德民爭河五年不決君偵知過訟者某也挾以同勘情見勢屈片言而定蕪湖啓行吏民泣者送者持靴者擎酒漿者絡繹遮迣擁馬首不得前黎明登車至日昃甫出城郴署災夫人病不能興女衍綸抱母哭翼其身而覆之呼之出不出俱焚死五歲女孫亦死嗚呼君仁人也每決一笞不忍諦視而乃親見其妻女孫三代哀號焦灼於灰燼中誠何以爲心哉君之脫於火而病病而辭官官罷而卒於邸舍此人事之可知者也君之賢君妻君女之孝而受禍若斯之慘此天道之不可知者也然而君所莅有碑有生祠郴民立曾孝女廟配享曹娥嗚呼是亦可以無憾矣君詩文清婉有穆如堂稿若干卷卒年五十三夫人張氏誥封宜人合葬於某子二人長衍杜邑廩生次衍模早卒女三人乾隆四十年秋七月錢唐袁枚表

吉安府知府王君墓志銘

乾隆壬戌予需次白下寓王俁巖太史家見其從子銘琮年二十許風骨秀整心異之未暇與深言他日晨起有肅衣冠拜床下者銘琮也曰琮願爲弟子而未啓叔父故無能具束脩先生幸毋見擯振其袖而出之文二篇受業姓名一紙予嘉其志即取盥面水磨墨爲勘其文而以師自居亡何予宰沭陽遠與王氏稍疎乙丑調江寧君已舉順天鄉試時時入署宴飲笑語相樂也予奇君眉宇謂必當居清要輒舉石渠天祿事與談而君好觀予判牒治文書或竊倚屏間聽折獄怪而問之笑曰琮有志於此遲久先生當自知丙寅果援例得湖廣竹山縣知縣戊辰調監利薦卓異於朝癸酉奏還漢陽同知未赴任　擢江西吉安府知府再薦卓異於朝亡何以失察事鐫級　天子召見發直隸以同知用權知深州爲御史戈濤所劾再鐫級補易州州同援例得運判發浙江權烏鎮同知未半年卒君才敏而守廉能發姦摘伏竹山婦訟盜殺其夫君驗蹤迹非是屍所立山東垠神色可疑問何業曰竹工召之治竹詰其右手傷以誤運

削對君曰此齒痕也汝縛殺某村人爲所嚙耳其人駭禁聲訊之果姦殺也泰和民劉子貴殺人取財與族弟子佩販米事發引子佩同謀并及其同舍某三人俱擬斬獄具君隔因而訊得其冤當君筮仕時予猶宰江寧尊人毓川公嘗來笑且告曰兒學先生勤速判案到監利初受牒一千今減至百矣逾時又來告曰兒學先生訪姦榜其名於四門今果奇邪譎觚者逃矣逾時又來告曰兒學先生與文教召諸秀民與子弟同學今一邑中甲科接踵矣予聞之雖喜君能得吾意以治民而終以地隔千里靡所徵驗後十餘年君已死偶讀望江進士檀萃集有過監利頌王公遺愛詩悞君爲古人方覺君之爲循吏也信嗚呼君生逢盛時年未三十在縣課最在郡課最所受知大府如陳文恭方敏慤諸公又皆一時名臣能引擢人此其隆隆而升奚待問耶乃安流穩枕中風忽起而尼之隨起隨顛相齮齕於意外不得已裁謀鹽筴一官以圖溫給其初心寧及此哉更斬此區區而戹以無年然后知世之賢人君子往往自甘頹放匪其恬淡性成亦繇蒼蒼者之無能勸善而反有以折其氣而傷其心故也如君其

明驗矣悲夫卒時年五十五先娶周氏繼娶黃氏劉氏俱封恭人子彝憲官內
閣中書女三人以某年月葬某
銘曰傳我文者多傳我政者少惟子能之而惜其半途而夭嗚呼此豈徒君一
身一家之不幸而已耶雖然終有天道留予一老爲君墓表

小倉山房文集卷四

錢唐袁枚子才

虞東先生墓志銘

乾隆十五年

天子詔舉窮經之士公卿大夫知膺此選者之難也舉海內士僅五十餘而大學士蔣文恪公首以虞東先生薦先生姓顧名鎮字佩九居蘇州昭文縣縣有虞山學者因號爲虞東先生乾隆戊午舉人甲戌進士補國子監助教遷宗人府主事充玉牒館纂修年老乞休以原官卒於家先是虞山陳見復先生以邃學清望設教紫陽先生往執弟子禮惟敬一切經解史義往復辨難穿穴詣微得古人所未有見復先生死先生駕其說而恢張之以經師名天下先設教金臺書院再設教游文書院白鹿書院而終之以鍾山書院先生惇良介朴善誨人每閱文數百卷旁乙橫抹蒿目龜手一字不安必精思而代易之至燭燼落數升血喀喀然盈湧而蠶眠細書猶握管不止余嘗勸其少休諾而不輟然學

者領其意旨往往速飛以故遙企塵躅蹞膝踠足而至者如望日光聽建鼓而
趨
本朝庶孫爲祖庶母服功令無明文崑山徐氏通考言人人殊先生爲定三年
服引禮經曰父之所不降子亦不降也作兩議千餘言詞甚辨羣儒無以難也
貌端厚有腹尺豐下而髯恩從子寡嫂甚摯常夜坐有鄰人子窺其垣先生麾
使去不以告人其人慙卒爲善士所著虞東學詩十二卷三禮劄記十帙古文
詩若干其先爲吳丞相醴陵侯之後妻吳氏誥封恭人長子言遠次詢
銘曰年之不如而京兆同舉才之不如而臨終推許曰以吾生平累汝嗚呼先
生抱經而處無失於今有得於古壽七十三葬正月五門生書碑門童負土支
村之西露字之塢
司經局洗馬繆公墓志銘
乾隆己未冬枚以年家子拜南有先生於蘇州之里第見先生蒼顏秀眉揚衡
含笑望而有典型之欽今辛卯歲先生徂化久其子敦仁等將奉先生柩與其

配陸太宜人合葬於某而走索枚銘枚伏思繆氏以科第顯吳門二百載氏族
華腴如班楊崔盧海內延望雖門風之盛天實相之而要其經德秉哲層累以
基之者必非無自謹按其狀以聲於幽宮曰先生名曰藻字文子晚年號南有
居士其先從常熟遷吳曾祖國維萬曆辛丑進士官貴州參政生慧龍慧龍生
彤官翰林侍講生先生先生生而凝重甫勝衣能爲擘窠大字今西禪寺題額
有過者猶爭指曰此繆翰林十歲時書也康熙乙酉舉人乙未進士授編修丙
午加日講起居注官隨遷司經局洗馬壬子視學粵東甲寅以失察所屬鐫職
今上元年召復原官先生以母老辭遂不起凡先生官禁近十八年校京兆試
者三校禮部試者一與纂修者三其他受尙方珍賜無算朝野盼先生大用而
先生得一事爲名遽棄官卽休人皆以爲疑不知先生所居爲勾吳勝地獨具
清矑善鑒法書名畫而力又足以致之海內金題玉躞爭趨其門如矢赴鵠先
生購其尤嚴賞密畜花月餘閒遊目自娛人望若清祕冊府魯殿靈光者垂四
十年嗚呼此豈三公八座所敢睥睨其下風者哉當在官時有要人訥之往先

生辭不行其人旋敗論者謂先生享福之清由其識力有以致之非偶然也性友愛與弟曰芑同官翰林白首無閒女兄弟十二人其孤嫠者收䘏之買奴良家隨焚其券僮碎寶硯微笑而已常勖毖後人曰左氏驕奢淫佚四字其病皆從佚起也汝曹勗哉卒年八十先是侍講公以康熙丁未廷試第一先生以康熙乙未廷試第二侍講公以康熙庚戌會試領詩經房先生以雍正庚戌會試領詩經房大參公以萬曆壬子典試粵東先生以雍正壬子視學粵東先生以康熙乙未入翰林長子敦仁以乾隆己未入翰林父子祖孫後先遙應支干官地肸蠁符合誠爲異數然先生以一身而上兼祖父之榮下啓子孫之蔭噫其盛矣夫人陸氏爲乙丑狀元澹成公女初來歸室有火災先生外出夫人神色不變呼家人急奉移家廟栗主毋不敬其識量如此後公七年卒子三人長敦仁官庶常次遵義乾隆進士次近智候選待詔

銘曰前卿雲兮後景風公如月兮照當中輝紫闥兮光元穹拉答畢兮逐奢龍貊德音兮憮大東厭儤直兮安絅馮嬪然逝兮鶴然從越王沼兮吳王宮竹素

奉兮烟雲供曼而餽兮畢而饔適來順兮適去終化臺潔兮禪窟崇樹之欒兮翼以松靈一闋兮山重重

李晴江墓志銘

乾隆甲戌秋李君晴江以疾還通州徙月其奴魯元手君書來曰方膺歸里兩日病篤矣今將出身本末及事狀呈子才閣下方膺生而無聞藉子之文光於幽宮可乎九月二日拜白讀未竟魯元遽前跪泣曰此吾主死之前一日命元扶起力疾書也嗚呼晴江授我矣其何敢辭晴江諱方膺字虬仲父玉鋐官福建按察使受知
世宗雍正七年入覲　上憫其老問有子偕來否對曰第四子方膺同來問何職且勝官否對曰生員也性戇不宜官　上笑曰未有學養子而後嫁者卽召見交河東總督田文鏡以知縣用八年知樂安邑大水晴江不上請遽發倉爲粥太守劾報田公壯而釋之募民築隄障滋水入海又敘東郡川谷疏瀹法爲小清河一書載之省志十年調蘭山當是時總督王士俊喜言開墾每一邑中

丈量弓尺承符手力之屬麻集晴江不爲動太守馳檄促之晴江遂力陳開墾之弊虛報無糧加派病民不敢肨附粉飾貽地方憂王怒劾以他事獄繫之民譁然曰公爲民故獲罪請環流視獄不得入則擔錢具雞黍自牆外投入瓦溝爲滿　今天子卽位乾隆元年下　詔罪狀王士俊凡爲開墾罷官者悉召見　詔入城已二鼓守者卽夜出君於獄入都立軍機房丹墀西槐樹下大學士朱軾指示諸王大臣曰此勸停開墾之知縣李蘭山也願見者或擠不前則額手睨曰彼頎而長眼三角芒者是耶少宗伯趙國麟君父同年進士也直前握其手曰李貢南有子矣悲喜爲之泣奉　旨發安徽以知縣用晴江乞養母家居四年服闋補潛山令調合肥被劾去官晴江之言曰兩漢吏治太守成之後世吏治太守壞之州縣上計兩司廉其成督撫達於朝足矣安用損朝廷二千石米多此一官以惎間之耶晴江仕三十年率以不能事太守得罪初劾擅動官穀再劾違例請糶再劾阻撓開墾終劾以贓皆太守有意督過之故發言偏宕然或擠之而不動或躓而復起或廢而不振亦其遭逢之有幸有不幸焉而

晴江自此老矣晴江有士氣能吏術岸然露圭角於民生休戚國家利病先臣遺老之嘉言善政津津言之若根於天性者然性好畫畫松竹蘭菊咸精其能而尤長於梅作大幅丈許蟠塞天矯於古法未有識者謂李公爲自家寫生晴江微笑而已權知滁州時入城未見客問歐公手植梅何在曰在醉翁亭遽往鋪氍毹再拜花下罷官後得噎疾醫者曰此懷奇負氣鬱而不舒之故非藥所能平也竟以此終年六十葬某

銘曰揚則宜抑不可爲古劍爲碩果寧玉雪而孑孑毋脂韋而瑣瑣其在君家北海之右崆峒之左乎已而已而知子者我乎

山東巡撫白公墓志銘

皇上御極之十有七年姦民搆逆語假吏部尚書孫嘉淦諫章流傳山東巡撫準公獲一紙交臬司某窮竟其事務得主名再奏適滇省以聞臬司懼越奏之
上疑公欺致公於理公之獄詞曰未得僞造者姓名遽妄奏臣不敢也且緩之則易於鈎考罪人斯得暴章之則彼或聞風竄伏而平民轉罹於辜故隱忍

不發此臣罪也擬大辟固當　上憐其愚赦之發香山監工以老病卒公由筆帖式內府主事受知
世宗累官福建將軍乾隆元年改官巡道公以疾辭　上怒籍其家無長物得簿自出使迄入都公私出入纖毫如列眉　上以為廉授長蘆鹽院調兩淮公辜較引課辨其贏縮不忸忕小利不責奇羨分刌節度有不便輒弛以利民九年巡撫安徽先是廬鳳地磽陿多遊民飢即避宅槃遊措魚擉鼈挈其孥擔小輮野歌匄錢或請禁之公憮然曰本之不清末胡能治命守令申畫郊圻課民耕貸給犂鋤外延染人機工教躡絲法畜蠶樹桃麻桑柘朝夕程督未期年民戀其業驅之不行今鳳頴滁亳所織絹帶絲布轉鬻蘇杭數州加兵部侍郎撫廣東調山西再調山東十六年　上南巡自德州至紅花埠凡十三營公修扜督治惟敬或勸拘虎豹備彈絃跕躧為供奉者公大驚曰　皇上為觀河省稼巡狩　璽書如日為大臣者耳目未憒其可違　詔以非道悅耶除方物外無所貢泰山孔林外不置供頓清蹕除道而已公貌不踰中人而舉止嚴重暗室

坐未嘗跛倚眴人目微斜遇大事虛己集議既定屹不可動撫廣時西洋人某誘澳門民夷言服其國服連惠潮諸州公怒毀天主堂懲治之洋人大創安南國王爲其臣鄭杠所弑國亂羣姓角爭互乞　天朝兵爲援公欲奏以一旅師深入誅篡弑者爲設郡置吏仍歸漢唐版圖會與總督議不合而罷論者惜之公姓白名凖泰字健齋號雪村正黃旗人賜姓他喇氏先世爲高麗人子某葬某

銘曰藥先嘗而后進之父言先擇而后告於天觀形者似乎逆而原心者覺其賢以是歸田以是獲全又何嘗焉而況乎七十有二之高年

方綺亭先生墓志銘

余僑居江寧少所推許心雅重綺亭先生凡某所意不欲往聞先生在焉則必往先生瞶於耳而宏於聲有所論議矩己絜人慮聾俗之難曉也必騰其輔頰撥張叫呼如鐘撼空鶴唳天一坐傾靡然卒歸於正樂道人之善詆娸姦頑窮極形態使人笑吃吃不能休先生方姓名求義字綺亭以順天貢士與修

聖祖實錄成議敘引見得宰龍南再宰上猶年五十三乞歸七十六而卒性醇粹任真推誠不務張施吏民馴伏攝安遠災承宣司不許糶穀先生愀然曰藏穀爲災災而不糶安用穀爲乃空其倉予民通牒大府撫軍陳文恭公嘉之符他邑爲例乘弁棧車咨詢桑麻村氓嬉嬉如其家兒庋鼎彝潢治書畫真贗相羼被紿不悔學道家言撟引皆娍自夸其能卒皆不讎蓋先生天倪甚和寓於物不滯於物以故毋意毋必訢訢如也今夫色莊之士肖翹其容而人望望然去之先生不自抆飾率意姍笑而人樂從之游無他真僞之殊也然則使先生果得長生之術以久居人間必能挽末俗以還於古而天偏以中壽靳之此余之所以不爲先生悲爲世悲也然道家以真人爲先仙人爲次如先生之真氣蟠塞久已加仙人一等而又何必私形骸以拘拘哉尤敦族誼愛風雅恩其從子裕曾等如己所生攜布衣陳古漁詩走保定將薦之制府敏慤公既至先生病公亦病慮負諾責乃半夜力疾起摵敏慤公牀歌與之聽敏慤公果以爲佳遂相與奇賞申旦其篤誠如此世居桐城高祖詹事公拱乾移居江寧夫人何

氏子四女五葬上元縣之清風鄉

銘曰不洗而耳不污不杖而老不扶不墨墨以徇俗不稜稜以譎觚形則隨化

盡矣而神則與天爲徒古人有今人無嗚呼

范西屏墓志銘

有清弈國手曰范西屏吾浙海寧人父某以好弈破其家弈卒不工西屏生三歲見父與人弈輒啞啞然指畫之十六歲以第一手名天下當雍正乾隆閒天下昇平士大夫公餘爭具采弊致勍敵角西屏以爲笑娛海內惟施定菴一人差相亞也然施斂眉沉思或日昳未下一子而西屏嬉遊歌呼應畢則咍臺鼾去嘗見其相對時西屏全局僵矣隅坐者羣測之靡以救也俄而爭一劫則七十二道體勢皆靈嗚呼西屏之於弈可謂聖矣爲人介樸弈以外雖詸以千金不發一語遇窶人子顯者面不換色有所畜半以施戚里余不嗜弈而嗜西屏初不解所以後接精髹器者盧玩之精竹器者李竹友皆醰粹如西屏然後歎藝果成皆可以見道而今日之終身在道中令人見之怫然不樂尊官文儒反

不如執伎以事上者抑又何也西屏贅於江寧無子以某月日卒葬某有桃花泉弈譜傳世

銘曰雖顏曾世莫稱惟子之名橫絶四海而無人爭將千齡萬齡猶以棋鳴松風丁丁

吳省曾墓志銘

無錫吳省曾字身三善貌人行篋中畫稿如梵夾皆今之士大夫也攟之不相識則已有相識者其人紙上可呼爲予作隨園雅集圖沈文慤公年九十餘陳生熙年十七隨其老少謦咳宛然其用筆如勇將追敵不獲不休又如神巫招亡專攝魂魄踔絶之能生與性俱弟子數十皆莫能及爲人樸而靜短小面多瘢鄉音喃喃不伐其伎人多昵之年未五十卒予哀夫世之人不能不死其身可以不死其形能使之不死者省曾也省曾死則天下之人之形皆死故於其葬也哀之以銘

銘曰天畀人容人各不同故曰化工君奪天巧其胡能老

亡姑沈君夫人墓志銘

有姑適沈氏年三十一而寡無所歸歸奉母守志撫其姪枚六十四歲卒姑少嫻雅喜讀書從禮而靜爲大父所鍾愛枚剪髾時好聽長者談古事否則啼姑爲捃摭史書稗官兒所能解者呢呢娓娓不倦以故枚未就學而漢晉唐宋國號人物略皆上口枚讀盤庚大誥眉蹙姑爲負劍辟咡助其聲以熟寒則襲癢則搔朝饋而夕浴皆惟姑之求嘗嚄唶曰汝他日能念我乎對曰不敢忘及枚貴改葬姑姑沒已十年枚嘗讀韓退之乳母李氏墓志羨其能見退之成進士能受退之婦孫列拜上壽能藉退之墓志傳其名痛姑之賢且親不及見枚成名不克受枚一日養其能傳姑與否又未可定嗚呼爲可悲也墓在仁和半山大父母之塋旁爲之銘曰

昔有義姑在魯能字姪如母吾姑如古以將吾撫其節尤苦呼負負恩未酬書梗概掩諸幽

徐州府知府熊公墓志銘

余同官熊君會玹字公玉少爲無訾省以豪聞及仕攝捄豪強僵仆無所避方領習矩步者疾之如仇然趣人之急揮財可川谷量重取與然諾厚施而薄望逢大患難輒脫卒不得大用賫志以歿曾祖妣盧孺人明季罵賊死君貴得旌於　朝以武學生入粟選松江府上海尉府吏有事於縣假坐尉署狎尉而倨君怒召役笞之役跪白不可君命先笞役役不得已笞府吏三十吏哭訴於府府大驚以爲尉癲會奉上檄禽松江盜號攔江網者勢張甚巡道王雲銘約遊擊某用兵君奮曰尉願往不須兵王壯而許之君挾兩役直入盜藪呼曰熊少公來盜數百環弓矢待君君獵纓坐嘖曰孽矣汝等猶夢夢耶昨巡道遊擊提兵三千欲會勦汝無噍類尉雖微官慈不忍不教而殺故來曉譬汝肯以一巨魁從我者大府必喜喜則我能代求輕法餘取改過一結狀了事矣於汝何如皆泣下曰唯命次日長繩牽攔江網入城老幼聚觀若堵牆王與遊擊大奇之共薦署丹陽主簿之官日臘月二十三矣忽出片紙喚七捕供所匿盜七人者相與目笑之君刑鞫不得盜不已漏下三鼓得十三盜令慙君又以事笞兵守

備亦慙文武將交訌君君亦持守備陰事張狀陽言馳白撫軍會撫軍檄君赴轅令與守備大懼泥首謝君笑曰公等足與治乎置酒爲誓焚牒而行尋還寶應令調丹徒

天子南巡督修金山行宮太守朱某酒徒也醉謾曰好爲之誤者斫頭君作色起曰公何所見之晚也果誤　巡狩事斫者只會砍一頭耶不揖而出遽傳太守命停工三日羣匠寂然朱大窘召而謝之曰吾過矣固知公之可以禮喻而不可以威劫也君喜乃治事如初總督黃文襄公以嚴聞所屬不敢仰視過丹徒爲他事嗛君無所發怒乃以馬食民禾讓君君爭曰會砍能治民不能治馬且食民禾者卽公馬也見責不服黃震怒繙章將劾君司道爲婉請按君項令跪謝君僵立不肯黃笑曰果然癲尉也勿與較尋知海州遷守徐州所善邳睢同知周冕負課三萬擬斬繫揚州獄君詭稱有質訊事檄調來徐爲之代償淮揚道孫庭鉞素有隙知之將劾君君先中以危法孫竟誅而君亦褫職再起爲海防同知坐工料不實罷歸卒年六十一君澀重少文語帶傖楚雖強直風發

而勇於縱捨淛撫鄂樂舜簿錄時家口過徐制府尹公命君露索君即時報畢
尹疑其寬重檢得隱金三百怒詰君君爭曰公鄂戚也故能入內至夫人婢妾
所誘取釵珥箱篋以市公會玜鄂屬吏也鄂公已死孤兒寡婦無罪會玜忍弛
其褻衣使一簪不得著身耶尹無以答高文良公撫蘇時君爲外巡官內發竹
筩中紙一卷蠅頭書付君檢校君不視而焚之高怒君曰此不過書吏關節耳
一檢校便興大獄察淵魚者不祥高謝之其挺切皆此類也夫人徐氏子三人
某以某月日葬某

銘曰收束百骸歸以膽盱天睨地無不敢南山白額虎耽耽縛之如豕笑而啖
焦原不顛平地撼未竟其施心尚欲開公元堂風慘慘萬古白虹起此坎

禮部主客司郎中兼鴻臚寺少卿高公墓志銘

嗚呼此我　朝卓行君子高怡園先生之墓也先生姓高名景蕃字崧瞻一字
怡園先世爲宋勛戚從高宗南渡先居山陰後居杭州高祖咸臨知福建永安
縣死土寇之難

世祖章皇帝贈按察司僉事諡忠節祖鳳盤父組綬俱郡文學以先生貴贈中憲大夫先生行二中雍正二年鄉會試選山西樂平縣知縣莅任六年內遷刑部湖廣司主事再遷山東道監察御史出爲福建興泉永道內補禮部主客司郎中提督四譯館兼鴻臚寺少卿以老乞休家居數年年七十八卒先生生有至性七歲喪母哀毁如禮事伯兄甚敬少授生徒貧有賈人持金丐爲立傳堅拒不可與泉永道駐廈門海商聚泊多奇服怪民以故前官來苛校列戟甚威先生一切屏撤正己以臨傔從蕭然不市外洋一物宵小之因緣爲姦者望風遁矣雖柔和不妄笞督而擿伏如神樂平縣有殺人于郊者主名不立先生診屍旁顧一氓曰殺人者汝也訊之果然或問故曰衆人惶視渠獨斜睨而遠探必有內怯於心者是以知之衆皆讋服刑部吏或受賕舞文持決事比來試先生先生笑曰某事當引某例不得以疑似者相溷吏張目不能對先生短身而癯與下僚言若恐傷之獨斷斷於大府前福建總督陳文肅公將劾某令贓先生廉其誣爭之陳不聽公不畫諾陳不得已事竟寢而心不悅奏先生不宜外

任賴　天子知其賢雖內用眷注愈隆庚午命典雲南鄉試庚申甲戌命提調
會試十六年命送暹羅國使者二十年命送琉球國使者先生隨事盡職在滇
以得人稱行海外萬里酋夷欽其清嚴
今天子元年冬余試鴻詞科報罷落魄無歸飯先生家三月有餘至今常涕泣
追想長安米貴今古同然以素不識面一男子又不任典籤記室而許其虛糜
鴈鶩之餘食棲依宇下此何如恩德耶雖客邸清貧除脫粟外絕無一豆一觴
而先生每食必偕明日將有早朝會鞫諸大事裁瀹二雞子以自供而猶必推
盤讓客至於再四嗚呼仁哉所著六經疑義錄十六卷秋水堂古文十六卷駪
征集十二卷愛日軒詩餘十二卷娶恭人黃氏生五子三女以某年月日葬某
銘曰輪方不行瑟古難聲吁嗟乎先生而竟以享我爲之銘先濯筆於滄浪之
水清

六合縣知縣潘君墓志銘

乾隆八年余知沭陽潘君宇情來勘災置身同寮中甚謹弛氣離坐嗛然而終

日不言心疑之以爲陰重人也後十餘年君供張　天子巡狩事來江寧朝夕
雅遊怛中而信人向疑稍稍解又嘗過武進遇舟人子道君善政尤詳信君爲
無害吏嗣後聞其得官則喜失官則憂君亦推許過當文翰事非余質确者不
肯落墨然每見君面無見膚陽不滿大宅慮仕宦難速飛已而君得官必無故
顛上游知其賢盡力起之隨起隨顛畢之以死如是者在江南二十四年君諱
涵字宇情錢塘國學生纂修一統志議敘州判凡署縣篆六題實授三君風神
元定庋屐閣几必得其所所判決不爲聽強狀視下言徐務折其情乃止以故
郵罰無訛鮮客訴者南滙民兄弟訟田君不訊令跪學宮聽講兩人者悔求釋
公不許乃泣且拜曰艮非本懷唆訟者某也遂公其田而睦如初有徐官官者
殺一家五人留其女人疑有姦公置徐極刑而不問姦事民以爲仁鎭洋役催
租負租氓仆地死腰有樹傷前官擬役抵君曰役卽民也非其毆死何抵之爲
委賑海州請於大府曰海州積潦病山場河南受清安中河黃運水之全西受
駱馬劉老澗水之半故趨海不支者勢也迤東雖多支河形如蛇足可以宣洩

而無如不開東壩終與無河同若壩開又與運鹽治河兩事有妨爲今計宜濬場河使深而合新舊河爲一相度諸堰壩因時啓閉如此則水易趨海海州患可去八九大府納焉歲以不連歉在武進一年以解犯愆期去官在贛榆一年以失察邪教去官大府俱奏留君君膝暴腫穿疲曳奔馳然而爲日淺被於民者迄不得施西席未煖又揭揭而之東市馬量穀無須臾閒身日以憊而家亦日以貧最後宰六合甫抵任　天子南巡君治事龍潭病食糜粥不盈一甌顛而殫悶猶料檢站馬夫役呼叱不已聲漸微目漸瞑遂卒卒數日　鑾輿臨事一切循整如君存也氣絕時知六合縣卽眞之　詔才下吏民哀之年五十九長子仁標能文而弱次子仁勤頗聰穎後君亡四十日亦以喉閉亡

銘曰不擠之而自止共扶之而不起未終其齒進而與之死猶以爲不足更取其子嗟乎善若彼報若此吾烏知其所以

補蘿先生墓志銘

本朝王吏部虛舟以書法冠海內從遊者爲補蘿沈先生余見先生時年六十

餘博脣廣顙鼻隆然高白髭貫兩頤長尺許雜為毫毛沿頸而下覆其身幾滿其先江陰人先生生十六年家燬於火蕩無一椽十九歲受知虛舟當是時虛舟館於淮安程氏程故豪士饒於財力能致天下之桓碑彝器及晉唐真蹟先生天性好之縱觀臨摹虛舟又為授八法之源流以故業精而學博以其餘伎刻劃金石古麗精峭如斯冰復生嘗一過京師再遊酒泉所至公卿間爭袖玉石求握刀惴惴慮不可卒得而先生一與周旋無德色慳狀以故名益高貧益甚雍正十三年以國學生効力南河乾隆二年署江寧南捕通判再署徽州同知凡七攝縣篆宣城靈璧舒城建德盱眙涇縣皆所歷也於吏事非所喜每治行服飾蕭然載冊籍圖卷爐研等物重纍後車外皂唱衙畢諸吏抱案侍階下先生猶伸紙潑墨含毫邈然在宣城訊竊雞者畫雞賊面以恥之雞之神色有畏竊欲飛之狀合邑傳觀笑以為神性廉靜謹厚斤斤形於體貌郵罰麗事雖小有過差而吏民諒之無怨嗟者大府皆器重之常異目以視黃文襄公督江南嚴官三品以下膝行無敢闌語先生入褒衣博褶強曳一足跪呐呐然唾與

言俱黃爲靄威談笑賜坐賜食人皆驚且羨轉相告語而先生亦不自知其所以然乞病金陵金陵之人咸傱傱捧手與余及李晴江交尤密朝夕過從聽談三朝典故及前輩流風如上陽宮人說開元遺事燈灺酒闌諧謔雜作誦俳優小說數千言聽者傾靡欲絕而先生語益緩色益莊若不解笑者自言生平篆刻第一畫次之字又次之晚年不肯刻石作畫而肯書余以其間得請山中題額尹文端公過隨園笑曰何滿山皆沈鳳書耶亡何先生歿海內之求其書者若金膏水碧之珍然後歎余見之先焉余好古器苦無所解每鑒別奉先生爲師未十年而先生有所疑必質余以定真贋余雖私喜自負而心憂先生之衰年七十一卒卒前數月貧不能具膳而歷任之核減叢至竟先牒產絕而後報人亡嗚呼其可哀也已先生名鳳字凡民一字補蘿葬金陵南門外湯家窪二子恆溧俱早卒孫夢蘭隨寡母僑寓廬州余權春秋祭掃事俟夢蘭長大將勒石而告之處

銘曰其生也賢故人貌而天其所好也古故於今少伍嘻此非馬鬣之封乃商

彝夏鼎之宮

史先生墓志銘

枚生七歲受論語大學於史先生十二歲與先生同補弟子員十九歲先生卒三十九歲葬先生於西湖之葛嶺而誌其墓曰先生姓史諱中字玉瓚漢溧陽侯遺裔爲八行世家始祖浩仕南宋官至右丞相子孫遷於杭先生幼孤貧無師傅年二十聞鄰兒讀四子書髣髴若素所聞愈愛聽遂能頷誦見案上卷戲做爲之不意竟就質之老儒驚曰是制藝也告以故始不信繼乃大奇之長更力學於星經地志樂律俱能穿穴詰徵駕其說嘗攜枚過錢塘門觀浙帥大閱旌旗蔽野鐵騎成列而下先生斜睨其陣又數數按其營帳大言曰謬耳不可以戰枚驚曰先生解是耶先生曰昔蕭穎士見封常清行陣不觀而還常清果敗軍旅亦儒者事吾常學之矣歸手一書示枚而循其髮泣曰種種矣此少時手抄陣圖也嘻其焚之館枚家十年婆娑教督性狷狹修謹雖期功喪有如剡之容長身瘠立若植鰭然晚年好仙釋師季某而友張自南三人者語化色五

倉之說則辟咡畫灰戒門以絕先生曰吾爲兒時見方外服輒研研然今得奧旨宜去但仙人皆孝子有嗣吾宗者吾履蹻逝矣卒無子不果行年四十九得疾舌大而僵滿於口內錐刺寸餘無血自知不起屢搏其膺曰可惜可惜食飲至脣而止以箸𠩺其喉猶齗噤不下人見之或泣或嘆不忍逼視愈益不平口荷荷不絕竟餓死道友張自南結胎於臍胎墜腸絕先一年死季性者年餘鼻潰死

銘曰機也括之玉也削之我童而蒙孰先覺之積學而窮積善隕宗長生不生五十嗟凶忌其仙竟忘其賢使隱恨於黃泉嘻其何以爲天

侯夷門墓志銘

予自沭移知江寧客賀曰江寧有侯丞槃槃大才佐公公必喜問其名故予狎也子壬子鄉試見有野而古者危冠高履口傒音目睒睒斜視如深山怪松磥砢自異職者曰此天台山侯嘉繙也予竊已奇之與訂交廓落無町畦益相愛號夷門子字元經詩文迅疾始於筆染終於紙盡揮霍睥睨瞬息百變每裹袖

潑墨數十人環而擁之丞抽思乙乙十指兩下字跡旁行斜上如長河堅冰風裂成文莫知條理而天趣可愛又如成相佹詩窮劫野曲可解不解而俶詭獨絕先受知於督學帥公貢於鄉連試不售出爲主簿調江寧丞曹進曹退溫溫無所試既不得志於時愈自縱一日大醉登報恩寺殿摩古佛羅漢數百尊各贈詩萬餘言書其頂箕坐大吹窗外風雨暴至雷光燭其手益喜奮筆不能休且吐且書取殿旁石臼戴頭上折旋舞如風衆僧疑爲鬼神異物不敢逼視又疑病狂易妄笑語昏亂洒既醒雷雨亦息觀其詩奇字奧句不能讀也舉其臼重千二百斤運餉至京以己所坐輿輂其妻秦氏已策驢從之妻免乳旅店中丞徒步長吟數千里判事喝笿數輒睨抱牘吏決當否吏曰是也丞大喜號於衆曰何如鎮江黃太守慕其才招至署未浹旬早起不見覓之赫然死廁旁年五十二其子某至自天台以柩歸卜葬畢來問銘於余余既奇君之才而尤奇君之死乃亦爲奇語遺抱磨者陷其石以質君

銘曰文星熾熾龍齧其系拗怒墜地無所吐氣以儒爲戲欹崎如是孰不律如

執鬼中可以極無極窮無窮而卒不聲於崖公一笑去泠然風留委蛇受機封

楊節婦墓志銘

余知江寧時門下士楊思立以狀來曰長兄舒猷不幸早亡嫂未三十而守志既孝且賢先生修邑乘於法宜得書余訪諸邑人僉符楊君言遂志之今年正月思立又來曰嫂亡矣嫂生時蒙先生列於志今將葬乞先生銘諸幽余謹按孺人陳姓年十八來歸舒猷奉尊章惟謹治箴管櫛縰事罔或不蠲嫁十一年舒猷卒孺人初志欲殉旁人尤之曰安有堂上兩大人存膝下兩孤存而於禮得死者乎孺人然之誓撫兒以慰夫志亡何兩兒亡姑王氏亦亡繼姑曹氏至孺人事曹如事王曹生思立思達孺人助之製文葆治扢瘍小不豫永夜不眠曹常指之訓兩兒曰嫂愛汝過於我愛汝韓文公爲嫂服期汝其志哉及思立等既娶孺人率兩姒治家持錢主進圭撮不失命居貨輒有奇羨無折閱之虞性至儉食不過菜然趨善如水赴壑捐奩資入祠取其贏備族人婚喪費歲飢爲鬻糜食蒙袂者乾隆三十一年卒年七十有四立思立子某爲孺人後所以

報也以某月日與舒猷合葬於桃紅
銘曰士子字叔以將宗續而使其家足生金積粟嘻非邱嫂乃富媪銘貞石使
有考

大理寺卿鄧公夫人李夫人墓志銘

夫人李氏故華亭令源長公之女生十七歲來歸今大理寺正卿鄧遜齋先生
先生少貧出就外傅夫人供旨畜惟謹先生試禮部作萬里行夫人典釵珥治
裝甚具先生官京師夫人視滌而祭奉尊章甚恭先生艱子嗣夫人爲置滕室
張氏劉氏楊氏雁行坐甚和睢諸姬生子屢殤外繼者亦夭歿而卒賴張氏一
子名以乾者延鄧氏之宗凡相夫子四十五年以康熙癸巳三月生以乾隆癸
巳九月卒初封孺人再封夫人今年春先生予告回蜀將歸夫人柩以葬寄狀
來命枚志墓枚伏讀公羊春秋魯成公十年齊人來媵何休註云朝廷侈於妬
上婦人侈於妬下伯姬賢故諸侯爭來媵之當春秋時二南遺澤未湮乃賢如
伯姬者已少矧至於今而當官傾軋當夕勃谿者尚何譏焉夫人能存綏帶之

心無江沱之悔則其至性純和過士大夫遠甚而豈徒區區爲巾幗式耶先生官十年乞終養養二十年太夫人服闋仍官京師又十年歸休於家計四十年中朝野參半當今出處之正孰有如先生者然使夫人耽於寵榮有交讁聲則先生行義雖高不能意無所動又或持家已汰有不節之嗟則以先生之廉靜亦難從容於去就閒觀夫人能承先生之志以成先生之賢真如琴之得瑟而調珮之應環而響也嗚呼難矣生二女一適戊子舉人李燾一適候選州同龍度昭以某年月日葬某

銘曰錦江之流架浪吞舟迎夫人而安瀾惟夫人之性之柔秀屏之山飛雪皓皓葬夫人而風和惟夫人之行之孝松耶柏耶窆而封者石耶嗚呼石可泐也德可滅耶

蔣太安人墓志銘

余奉母金陵久矣乙酉歲編修蔣君士銓亦奉母來兩老人居相鄰志相同遊相得也亡何編修就蕺山書院之聘挈家去余母眷然曰久不見蔣太安人如

別春風令人薨思今年正月太安人委化揚州編修走手書乞銘以葬余慮余母之悲未敢遽告竊念編修以文學伏海內於當今賢豪無所不交何獨以志幽之文遠屬於余疑太安人之愛其母以及其子身後之託亦其志也乃謹按其狀而銘之曰太安人鍾姓名令嘉字守箴晚自號甘荼老人爲南昌隱士滋生公之季女年十九來歸我贈公適園先生以子士銓貴誥封安人有孫三曾孫二年七十而終性明慧仁恕嫺禮則曉書史生編修三歲教之識字弱不能持管乃戲析竹絲排撇畫誘其記憶從贈公館晉陽還鉛山服勞習勤相對逌然垂老神明不衰見婢媪衣或穿敝必代安襻褟停鍼以須時時存心惠物曰人之所以生仁也人而不仁安用生爲當編修官京師時聲名甚盛裘大司空薦其才

天子頷之將超擢者屢矣太安人慮其性剛將忤衆命還山讀書畫歸舟安穩圖首題七詩嗟乎士大夫一登朝宁未免耽於寵榮此困於赤紱之占周易所爲兢兢也太安人一女子能深明出處之義以勇退爲提撕此何如識力耶然

而編修既歸四方之相乞爲師者慕其才兼知其孝先以安車迎太安人太安
人因得就養無方東遊明聖湖探禹穴南攬棲霞鍾阜之奇北還邗江聽竹西
歌吹以終一時邦君諸侯通家子姪爭拜絳紗問經義如宣文君義成夫人故
事嗚呼榮哉母範之賢善人之報均足以銘以某年月日葬某銘曰
水之守土也審母之測子也準既教之升復偕之隱此非高世之姬姜乃知幾
之顏閔

李母顧太恭人墓志銘

余知江寧時試童子得李君名績者與語知其少孤奉母夫人之教皝皝自立
余心欽母賢而亦嘉績之能亢其宗也居亡何績改名文在輸粟得南城兵馬
司指揮累遷衡州府知府母守節三十三年
天子扁表其門以子貴封恭人前年文在卒次年恭人卒孫育蕃卜葬有日乞
余志墓余謹按恭人顧氏爲前明刑部尚書東橋公之後艮人仙經士時文在
裁六歲尊章具存恭人折葼訓兒具膳畜事堂上罔不咸嘉會計場廩既沃且

豐以其餘潤溉戚鄰文在之官迎恭人恭人每一至衙教以清白慈良畢輒歸家文在罷官或爲恭人戚恭人逌然曰兒被黜非私罪終當蒙　恩未幾祝皇太后萬壽果復官余常謂克家甚難負先人遺業如負重器雖大男子苟不勝則顛恭人嫠也而能無成而有終地道也婦道也卽母道也尤奇者其外舅閻公客無爲州遘暴疾恭人感夢禱迎閻公甫抵舟忽得風一夕行四百餘里入江城考終牖下此與曾參齧指黔婁心動者若合符節然則恭人之受旌受封猶其外效末節而其感通神明於人所不見之地者尤可尙也卒時年六十六有孫三俱業儒葬某

銘曰能爲傅爲父以將其子撫而使其官至大府嗚呼此何如母也碣諸土告萬古

陸君妻顧氏墓志銘

乾隆甲午暢月郡文學光祖陸君來山中曰亡妻將葬某原光祖哀其賢而天奪之速也丐先生文其幽宮以寵亡者其狀云孺人顧姓江寧人永城令諱斌

之長女年十八來歸屢孕不育爲光祖置兩邃室生子一女四孺人忘其爲異腹也雖一便旋一襁負必躬撫嬖娩然後卽安今年三月七日晨起盥靧如常晡食後心蕩不止若自空而墜者然卒年四十九余按劉熙釋名膺心衣也鄭箋彤管有煒謂女史之有赤心者孺人之心可以對神明耀彤管而乃不能牢繫於膺毋亦恩斯勤斯征伀況瘁之極而致此疾歟宜陸君言及之而淚若綆縻也昔太史公書荊軻徵夏無且韓退之書張睢陽徵于嵩余家有陳嫗者曾乳陸氏兒平素言與陸君合故余於書孺人也信

銘曰無子有子惟其慈雖死不死繫人思展如之媛曷可追

曹母劉恭人墓志銘

恭人姓劉上海華涇人系出宋忠顯吳郡王韐之後太學生諱乘六之女工科給事中曹公一士之室給事負重名奉敦槃者戶外屨滿恭人滌概散具刑膴恢恢循整　今上登極給事屢上封章直聲震朝野以洩禁中語左遷卒當是時恭人家居兩遺孤傫然也給事昆季先後夭歿曹氏不絕如綫恭人尸婚葬

持家沉瘁者二十餘年親見其子錫端入學食餼官訓導乃卒年六十六恭人課子嚴錫端有客輒簾窺而詔曰某也賢宜近某也否宜遠及其長也畀一篋泣曰是而父之奏疏文稿也見此如見父錫端板而行之恭人乃喜曰吾今可以見而父於地下矣嗟乎古之聖賢百不經意惟於立言處不朽自期故歿世稱名宣尼猶三致意焉然中才以下語之而不知或拉雜摧燒之者有矣恭人摩挲奩具奉殘編爲至珍異寶諄切付兒可謂務其遠者大者卽此神識已超尋常萬萬而其他皆可略而不書以乾隆元年　覃恩　誥封恭人子二長錫端次錫圖與給事前兩恭人某某合葬於某

銘曰肅肅雍雍順三而從以協於有終是之謂恭不愧其封

鳳陽府同知高君墓志銘

乾隆三十七年　王師征金川華亭縣知縣高君白雲上書大府言自幼學兵法願棄官從軍大府雖不許心甚壯之余慕其爲人無由相見居亡何君舉最選禮部主事入都過隨園命長子兆魯從余受業君白晳少鬚眉沉雅淵靜望

而知爲儒者任祠祭司二年督倉場事辦　天子召見擢鳳陽府同知未抵任
卒兆魯扶喪還蜀以狀乞銘狀曰君諱辰字元白晚愛白雲因以爲號本籍山
西姓牛康熙間祖式竹公依中表高爽公於蜀遂從其姓君以丁卯舉人辛未
進士入翰林壬申散館外出爲令宰清河遷震澤再遷華亭震當太湖之浸鄰
浙省歸安往往盜發倚交界處作逋藪君偵知王啓祥者名捕也年老爲僧結
以恩使捕盜捕得劫水姓者楊二供其魁某現伏歸安君移檄竄取歸安令憚
處分護匿不與君怒牒請於兩省督撫悉擒以來破積案數十盜風爲清華邑
海塘多塌碎石屢崩於潮君加巨木貫以鐵絙躬自堵築必完必好以故乾隆
三十四五年颶風僨與浙之蕭山寧海災而華亭無恙君好文愛士雖布衣童
稚苟有才必折節下之所至以書自隨縹緗石刻壓車上鱗鱗然未仕時常爲
大將軍岳鍾琪客將軍知其才授以韜略君慨然以經世自期入都時私謂余
曰太白星橫貫齊魯慮山東有盜潢池兵者余笑以爲迂言未幾果有王倫之
逆而君已卒年五十一子三人俱業儒所著有晚成錄白雲山房稿葬某

銘曰白雲之在天也四海爲霖而忽而反乎山也杳不可尋嗚呼在雲無心而望其澤者何以爲情君以爲名宜其來去之輕我欽其人爲碣爲銘以表佳城

小倉山房文集卷五

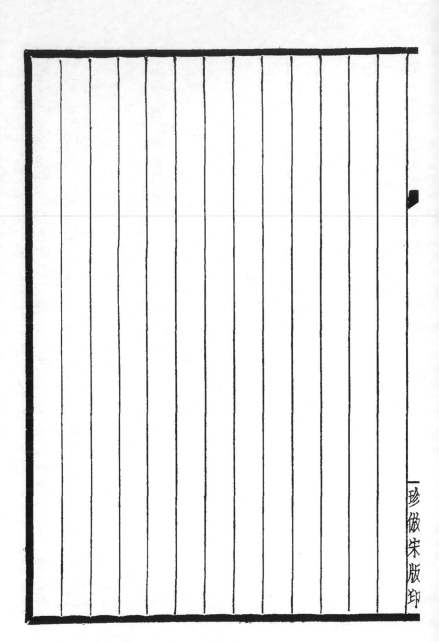

小倉山房文集卷六

錢唐袁枚子才

福建總督太子少保姚公傳

公姓姚名啓聖字熙止浙之會稽人生而倜儻以豪聞弱冠時路遇健兒劫二女子行其翁隨之哭牽持洶洶公大怒卽奪健兒佩刀殺健兒縱翁與二女子去而己逃入旗

聖祖登極公以布衣上疏請入旗開科遂舉康熙二年鄉試宰廣東香山縣明末廣東寇災民稅不登知縣坐負課獄繫者七人公嘆曰明年增吾爲八矣乃張樂置酒出七人於獄痛飲之爲辦裝遣歸而通牒大府云七令名下應追金十七萬已於某月日收庫訖督撫驚疑公巨富代償帑行善而不知公故寒士實未辦作何償也居亡何三藩反　天子命康親王南征公謂其友吳興祚曰我買禍大非佐王立奇功不得脫欲說王非子不可吳許諾乃予金五千俾通門閽之廝又陰探王好彈爲造十萬丸銀泥封雜施五采藉吳獻之吳亦貌玉

立甚□熟悉八閩阨塞錢糧兵馬之數王與語大悅飛檄廣東辟公參謀督撫
知爲公所賣迫於王命不得已將所虧帑強海商塡庫而遣公行當是時閩王
耿精忠脅鄭經同反經者成功之子據臺灣者也先一年其將黃梧以海澄廈
門降經爲精忠所誘復煽遺孽據廈門使其將劉國軒等拒王師會精忠已爲
浙督李之芳所敗窘乞降王不許公請於王曰此二賊者如韓遂馬超不離之
卒難破也請許精忠降而專攻經王許之公招降潮州賊劉進忠汀州賊韓大
任皆滇逆吳三桂黨也王嘉其功奏授溫處僉事道再擢福建布政使公率其
子儀攻紫闐山破之又擒賊將曾養性於溫州　上知公可大用加兵部侍郎
銜總督福建以吳興祚爲巡撫康熙十七年海澄公黃芳都統穆黑林等戰敗
於祖山頭退保海澄國軒攻陷之乘勝取長泰同安進圍泉州再過漳州兵號
十萬壁於龍虎蜈蚣兩山軍容甚盛城中兵少公以五蠟丸檄泉州兵來援不
至耿精忠悔其降大慟將軍賴塔欲棄城走公曰賊驟勝而驕謂我不能軍也
請不戰以懈之而出奇以破之命閉城門韜弓臥鼓忽一日天大霧公吹篳篥

者三壯士鍾寶等突開城持長戈先登而公自率精兵五千繼之呼聲震天賊
不辨衆寡自相踐籍陣遂亂自辰至酉斬首四千生擒千五百人國軒敗走海
澄公收復長泰同安等處進攻海澄海澄者濱海地也峻而險賊據之築塹高
數丈排列艨艟守金門諸島密若布棋相持一年不決公開修來館招降人奏
設水師提督練水戰分遣散兵擾其餉道賊漸乏食十八年吳三桂死其五鎮
將黃靖等相繼來降經大將朱天貴亦降賊勢愈蹙十九年公會同巡撫吳興
祚提督萬正色水陸進兵攻海澄克之賊逃歸臺灣先是鄭有梟將曰施琅斬
經孽來降　上授水師提督屢立戰功公知琅熟悉海道奏取臺灣非琅不可
又奏鄭經死子少國內亂時不可失　上乃使公與琅同進兵琅請由銅山蘇
尖開洋乘南風攻澎湖公欲待北風直趨臺灣彼此意見不合各有奏聞會南
潮驟發舳艫乘疾流逼壓賊壘被賊圍困琅駕樓船衝突入圍公率兵相助至
鹿耳門門仄水淺鼓之舟不得上賊據高險處曳足觀揚揚自得公禱天妃廟
借水明日大戰砲發水驟長一丈舟並行如鳥張翼而上賊錯愕不知所爲哭

曰天也夫復何言國軒與鄭經子克塽面縛反接以臺灣降自康熙十三年用兵至二十二年福建平　天子晉公兵部尚書太子少保授琅靖海將軍封靖海侯公身長七尺白晳兩目精光四射手勒奔馬用弓至二十石麾下所養奇材劍客皆能得其死力臨陣時應變如神而性慈不妄殺戮先是閩人困軍供十室九匱當事者遷沿海居民於內地界而圍之越者死民多流離滿兵奴其老稚鞭箠呼號公受總督印即奏滿兵不宜水土宜撤歸又奏康王體尊不宜久暴於外宜先班師疏三上　天子報可兵歸者猶驅子女北行公向王涕泣求下令嚴禁而私傾家財贖之凡捐金三十萬贖所俘二萬餘人還閩中又請開海界復民田廬聽降卒墾荒土資其生列戍於外以防衛之閩人歡呼祝延處處肖公像爲生祠初廈門有石文云生女滅雞十億相倚人多不解及臺灣平或曰十億兆也加女姚也鄭字酉旁雞也滅雞滅鄭也當芝龍起事時公始生傳四世六十年而爲公滅公滅鄭之次年疽發背薨

威信公岳大將軍傳

公姓岳諱鍾琪字東美一字容齋先世湯陰人爲忠武王飛之後十七世徙居蘭州父昇龍以百夫長從征吳三桂立功累遷至四川提督因家焉薨諡敏肅公生有至性母苗太夫人疾刲股以療敏肅公命之射猶忍痛發矢爲兒時好布石作陣進退羣兒頗有法敏肅公器之奏以同知銜改武授松潘鎮遊擊遷永寧副將康熙五十八年西藏達哇藍占巴等叛　天子命十四親王爲大將軍噶爾弼爲副將軍率公征之公領兵四千先至察木多獲逃酋探知有準噶爾使者在其地誘各番酋守三巴橋遏我兵公念三巴橋者進藏第一險也賊若斷橋守之我兵勢不得過而其時兩將軍隔數千里無由咨詢乃選能番語者三十人衣番服飛馳至落龍宗禽其使者五人殺六人諸番聞之驚以爲神兵自天而降相與匍伏降無梗道者已而副將軍率諸將來會將鼓行入藏忽大將軍以調蒙古兵未至檄諸將各就所到處屯兵待之毋輕動公請於副將軍曰我兵齎兩月糧自察爾多來已四十餘日若再待大軍糧且盡聞西藏部落有公布者爲其右臂最強能檄令先驅當無俟蒙古兵也副將軍許之公卽

招撫公布渡江殺逆番七千人擒首犯達哇等自四月十三日用兵至八月十九日西藏平　聖祖嘉之由副將遷四川提督駐松潘雍正元年青海羅卜藏丹津寇西寧大將軍年羹堯召公會謀公沿途勦撫有潘下等番為賊阻道者滅之有哈齊等番為賊虜者撫降之有果密等番盜官馬聚大石山喊鎗者擊殺之自松潘行至西寧五千餘里烽烟肅清青海為之奪氣既見大將軍即奉檄征爾格弄寺喇嘛於華里羅氏黨也華山甚險其下五堡環峙軍到寂然公曰是有伏也遣騎搜之堡內賊果起公三分其軍奪山殺賊賊敗走追至一山有高樓賊伏其中發矢石公命健兒二十人密攜引火木梯從兩旁進而躬率大隊迎戰戰方鏖樓上烟起天大風燄光灼耀賊纍纍然焦爛墜矣是役也破賊萬餘公兵止三千也還營大將軍喜謂公曰　上知公勇將命公領萬七千兵直擣青海約四月啓行何如公曰青海賊無慮十萬我以萬七千當之宜乘其不備且塞外無畜牧所不可久屯鍾琪願請精兵五千馬倍之二月即發大將軍以公言奏世宗壯之加奮威將軍如期出塞行至崇山見野獸羣奔公曰

此前途有放卡賊也蓐食速驅果禽百餘自此賊探信者斷矣至哈達河賊據河立營公渡河戰斬千餘人賊竄而西追之其黨貝勒彭錯等降告知羅卜藏丹津擁衆數萬駐烏蘭大呼兒公拔營夜行遲明至其處賊尚臥馬未銜勒聞官軍至驚不知所爲則皆走生擒賊母阿爾太哈賊妹阿寶等羅卜藏丹津衣番婦衣騎白駝走噶爾順公留兵守柴旦木要害處而躬自追之日行三百里至一地見毿毿然紅柳蔽天目不能望遠夷人曰此桑駝海也路自此窮矣公乃班師是役也公以五千兵往返兩月降台吉三擒台吉十有五斬賊八萬餘生獲男婦軍器駝馬甲帳無算獻俘京師　世宗告廟御太和殿受賀以青海平大赦天下加公公爵賜詩褒寵仍命率師二萬征莊浪衛諸番皆青海餘孽也所至讋服乃安插洛力達等十六族耕地起科而奏改莊浪爲定番縣三年遷川陝總督五年準噶爾叛　上命大司馬查郎阿至關中築壇拜公爲寧遠大將軍征之公率師至巴爾庫勒賊逃公築東西城將屯兵會　上召公乃交印於提督紀成斌身自入都賊伺公行入劫馬廠紀葸縮不救廷議者劾公失

機所薦非人　上斬成斌下公於獄　今上登極之二年赦歸田里十三年起
公爲四川提督征大金川先是經略張廣泗等皆無功公到命撤土兵募新兵
揚言攻康八達而暗襲根雜奪四十七碉樓復臨勒歪口僞運糧狀誘賊伏火
器待之賊果出搶糧鎗筒齊發爛先是金川聞　天子用公皆不信曰岳公死
久矣至是大挫方疑公來然猶未知公果在否也會　天子命大學士傅恆視
師誅姦人阿扣王秋等賊懼欲降恐降而誅負固未出公請於傅公曰鍾琪願
詣賊巢驗誠否間帶若干人曰多則賊疑非所以示信也乃袍而騎從者十三
人傳呼直入羣苗千餘皆罽布裲襠裹甲持弓矢迎公目酋長故緩其轡笑曰
汝等猶認我否耶驚曰果然岳公也皆伏地羅拜爭爲前馬導入帳手茶湯進
公公飲盡即宣布　天子威德待以不死之意羣苗歡呼頂佛經立誓椎牛行
炙留公宿帳中次日酋長莎羅奔等從公坐皮舡出洞詣大軍降事聞　天子
加公太子少保兵部尚書復還公爵加威信二字以寵異之十五年冬西藏朱
爾墨突叛殺都統傅清等公會同總督策楞討平之十六年雜谷鬧土司蒼旺

有異志窺取舊保城公得信亟言於策公曰雜谷鬧即唐維州最險要聞蒼旺密調九子龍窩等處兵據維關此地一失後將噬臍宜及其未集擊之若待奏下則遲矣策公深然之即會奏便宜行事支武弁一年養廉兵三年糧率大軍夜圍雜谷擒蒼旺斬之撤土司設營置戍羣番慹服十九年再討墊江酋陳崑未至卒於軍年六十九　天子震悼予祭葬賜諡襄勤公長七尺二寸駢脅善射寡言笑目炯炯四射食前方丈饍飲兼人其忠誠出於天性征青海至哈喇烏蘇天寒溝涸軍渴公禱於天水即湧出督川陜時有逆人曾靜者上書勸反立禽以聞放歸十餘年廬於百花潭北野服蕭然忘爲大將所製鉤梯戈甲精思詣微他人依古法爲之俱不能及閒居手通鑑一編好吟詩有薑園蛩吟二集行世相傳番僧號活佛者倨受王公拜不動見公則先膜手曰此變身韋陀也僧言雖誕然亦可想見公之狀貌云

舊史氏曰枚與公次子油同舉孝廉於公爲年家子以不及見公爲恨第七子瀞爲六安參將恂恂儒將有父風與枚雅遊甚懽持公狀索枚立傳惜當時秉

筆者敘次回冗讀之不甚了析爲以意纂輯著於篇恐未足以傳公也公長子濬甫弱冠巡撫山東明達寬靜吏民懷之爲公入獄故終歲七纓衣蔬食不宿於內亦偉人也當集其遺事爲別立傳

勇略將軍趙襄忠公傳

公諱良棟字西華陝西寧夏人年二十四以武勇受知於大將軍孟喬芳從英王征陝授潼關遊擊再隨經略洪承疇征雲南遷副將康熙元年滇王吳三桂奇公奏擢廣羅鎮總兵公知三桂有異志以疾辭三桂大怒欲劾誅之總兵沈應時爲巽詞以解免隨入關補天津總兵十三年三藩反陝西大震寧羌惠安兵變殺經略提督

聖祖命公征之議者疑公陝人不可信公請留家口於都而已率勁兵馳往

上許之時官兵敗散屯堡荒廢公沿路曉示招官歸原汎兵歸原伍劾貪冒募健兒軍威大振斬首逆熊虎等四人寧夏平上疏奏蜀爲滇黔門戶若不先恢復則滇黔路不通請乘勝進兵 上許之公率兵抵密樹關遇賊敗之禽其將

徐成龍遂取徽縣過高山深箐數十重晝夜兼行抵白水壩時康熙之十八年除夕也壩爲川江上流與昭化脣齒俗號鐵門坎賊防守尤力沿江立營爲石囤木柞張砲公下令曰元旦渡江大吉違者斬黎明公騎驊馬率麾下五千人横刀渡江江淺爲萬馬騰蹴波濤盡立呼聲震天賊連發砲傷數十人無敢回顧者賊大驚曰此老將軍軍令如山不可抗也方格鬭天忽風吹馬如吹舟頃刻抵岸斬賊將郭景儀等獲器械旗幟馬匹無算餘賊奔竄追之再勝於石峽溝十日而克成都公入城秋毫無犯收金銀印二百六十僞劄千奏繳之 上大喜手詔褒美加勇略將軍兵部尚書總督雲貴公密奏滇黔恃蜀爲捍蔽今蜀已得而吳三桂又新死宜乘機速進 上許之當是時王師征滇貝子章泰自貴州進兵滇池將軍賴塔自廣西進兵黄草壩滿漢兵十萬餘圍城九月未下米斗四金月需米六萬石公至軍即向貝子陳三策其一稱欲取內城先破外護使賊匹馬不能出方可招降其一稱我兵匝圍太遠自歸化寺至碧雞關東西七十餘里調呼不靈宜掘裏壕相攻逼其一降者宜分別收養不宜盡發

滿洲爲奴貝子不悅以滿洲語相駁詰而公又漢人不解滿語張目牴牾幸公已奏聞　詔下悉如公策貝子不得已與兵二千攻得勝橋公望見橋頭砲臺甚密白晝攻所傷必多乃伏馬兵於南壩兩岸分步兵爲三隊營壕牆外牆上架交槍子母砲身披馬綿持大刀督陣夜二鼓攻橋賊盡出死戰其帥郭壯圖親搏戟三進壕牆而伏兵三起應之列炬如星槍砲雨下賊敗走公奪橋追至三市街再敗之天猶未明也平旦入東南二門郭壯圖舉火自焚三桂子世璠自殺餘賊盡降雲南平加一等精奇呢哈番召入都以將軍管鑾儀衛事公破城所得降將僞官俱不殺幷代奏乞恩以故樂爲盡力每戰有功然本秦人性戇氣陵其上首創取蜀之計將軍吳丹王進寶等咸嫉忌吳故大學士明珠從子怙寵而貪公尤輕之每論事輒不合初吳三桂聞公取蜀大恚遣將胡國柱陷永寧建昌兵部責公不救議削爵　聖祖不許公引兵克復兩郡追賊至大渡河　聖祖命公乘勝進滇而大將軍貝子屢檄公先追獲胡國柱再往公不從攻得勝橋與兵甚少公爭之許以在南壩相救及鏖戰救不至得橋又改命

蔡毓榮守之公積不平入朝屢忿爭於大學士明珠前明雖怵以好語然以吳丹故心終不善也公乞骸骨歸許之康熙三十五年　上征噶爾丹以公老將復召公年已七十五遂上表明心迹一疏分十四條洋洋數千言貶諸將軍不值一錢而自序戰功最苦爲部臣所抑語氣傲悍御史龔翔麟劾以大不敬宜斬　上優容之命赴行在問方略寵賜優渥憫其老放歸數年薨謚襄忠公雖武人好觀通鑑家居聞知縣呼騶過門便拱立喚家人子弟齊起曰父母官過敢不敬乎其樸誠如此子四人位皆至制府中丞

論曰以馬伏波之勳而晚年主恩衰替范蔚宗以爲功名之際理固應然公之功名有類伏波其長者家兒爭相傾軋則有甚焉且誣公謀反然而竟以令終者何也孔子曰惟天爲大惟堯則之　聖祖如天無所不照無所不容公遇聖祖公勝伏波矣公薨　聖祖諭祭云事久而乃績彌彰人往而朕心長眷嗚呼使死者而無知則可死者而有知其如何讀而感感而悲也

于清端公傳

公姓于諱成龍字北溟山西永寧人順治十八年以副榜宰廣西羅城縣縣故烟瘴地多苗以攻刦爲俗公與爲誓毋弄兵器毋盜苗敬信之轉相告語馴伏或三日或五六日必率子女問安在羅五年舉卓異遷合州知州再遷湖廣黃州同知巡撫張朝珍知公才命討武昌賊黃金龍卽守武昌當是時三藩反金龍陰受吳三桂僞劄屯兵據險其軍師劉君孚者爲訟事受公恩者也公知衆寡不敵乃騎一騾從一鄉約直入劉家劉欲探公意逃山後不出而陰張強弩待公公罵且笑曰君孚老奴受我恩避我自慚作賊耶渠不過爲人逼誘耳我老人髮鬚如此寧不曉也語未竟君孚從廚後躍出投弓跪曰君孚祖宗有靈使公至此降矣尚何言卽日降其衆數千武昌鄉勇亦至問金龍何在曰在望花山卽命導行乘其不備擒之撫軍喜奏實授武昌知府再調黃州甫抵任湖北大亂何士榮反永寧鄉陳鼎業反陽羅周鐵爪反白水劉啓業反石陂各擁衆數千號十萬陽言先取黃州議者謂援兵隨大軍征滇黃州兵少宜退保麻城公不可曰黃州湖北咽喉也棄之則荊岳七郡皆瓦解矣仗　天子威靈可

以一戰徵各區丁壯自草檄先攻鼎業擒之再攻士榮戰於黃土坳賊勢甚盛紅旗殷山礮雨下隊長吳之蘭焚死火燎公鬚不爲動手劍立營門而陰令三百人自右山擊賊後賊大亂敗走公曰諸賊中士榮最強士榮旣破諸賊膽落宜乘勝攻之諸營方炊覆釜以進預伏兵于鐵爪等敗逃處果悉擒之乃勒石黃市旗亭班師而還是役也爲先鋒者把總某協謀者門下士某引路者鄉民某督陣者公也不費公家一錢二十四日而黃州平遷江防道再遷福建按察使福建當耿精忠亂後康親王駐軍省中牧馬者月徵莝夫數萬公爭于王前罷遣之海寇犯漳泉有莠民通海起大獄株連千餘家公平反之滿兵掠浙東子女沒爲奴婢者數萬公贖還之王與諸大府素知公名公所言靡不聽遷布政使舉清官第一巡撫直隸再遷兩江總督官吏望風改操知公好微行遇白鬚偉貌者羣相指震懾士民有歡笑無管絃游惰不空手櫃坊無鎖年六十八巡海歸薨　天子震悼給祭葬加贈太子太保謚清端軍民巷哭繪像以祀公清介絕俗重門洞開白事官吏直入寢室左鼗鼓右簿書狀如鄉里學博而用

兵如神尤善治盜知黄州時聞張某者盜魁也崇閎高垣役捕多取食焉慮少
遼緩姦不得發乃半途微服傭其家詭名楊二司洒掃謹張愛之使爲羣盜先
居亡何盡悉盜之伴侶胠篋機密約號乃遁去鳴鉦到官一日者集健步約曰
從吾禽盜具儀仗兵械稱娖前行至張所排衙于庭大呼盜出張錯愕迎拜猶
抵攔公曰勿承可仰面視我楊二也張驚伏地請死公取袖中大案數十擲與
之曰爲辦此足以贖矣張唯唯願一切受署合門妻子環跪泣曰第赦盜死盜
不能者某等悉如公命公留健役助之不數日羣盜盡獲其殺人者活埋之武
昌營弁某弟素無賴適遠歸是夜軍餉盡刦弁告弟所爲彭考誣服連引十餘
人獄具獻盜公破械縱之撫軍驚問曰盜寃曰真盜何在公指堂下一校曰是
真盜也餘黨進香木蘭山今晚獲矣未幾獲盜贓尚在校家封識宛然江寧盜
號魚亮者拳捷倚駐防都統爲解有司莫能禽公抵任時官吏憚公遠迎公日
旰不至方驚疑探刺而邏者報公早單車入府矣羣吏飾廚傳不受饋餼牽不
受一郡不知所爲按察使某公年家子也從容言公過清嚴則上下之情不通

某意欲具一餐爲雅壽公笑曰以他物壽我不如以魚殼壽我按察使喻意出以千金爲募雷翠亭者名捕也出而受金司府縣握手囑曰我等顏面寄汝矣勉之翠亭質妻子于獄偵知魚方會羣盜張飲秦淮乃僞乞者跪席西呢呢求食魚望見疑之刃肉銜其口雷仰而吞神色不動魚咋曰子胡然子非匄也子爲于青天來禽我耳行矣健兒肯汝累乎翠亭再拜羣役入跪而加鎖擁之赴獄司府縣賀于衢是夕公秉燭坐梁上砉然有聲一男子持匕首下公叱何人曰魚殼也公解冠几上指其頭曰取魚長跪笑曰取公頭不待公命也方下梁時如有物擊我手不得動方知公神人某惡貫滿矣自反接銜匕首以獻公曰國法有市曹在呼左右飲之酒縛至射棚下許免其妻子遲明獄吏報失盜人情洶洶司府縣相賀者轉而相尤趨轅將跪謝告實而公已命中軍將魚殼斬決西市

論曰公筮仕羅城年已四十五不二十年督兩江名震天下其初心豈及此哉自言治兵武昌因草豆不足頭搶柱欲死者數矣孟子動心忍性之言不其然

乎魏尚書環極以公與陸稼書同薦海內榮之然公晚年出張中丞手書輒嗚咽流涕蓋魏公猶識之于名成後而張公先識之于名未成時子皮鮑叔之功尤爲難也江寧人傳公魚亮事甚著考澤州相公毛稚黃兩傳皆無之故別立一傳不使文人釣奇獨病太史公云

贈編修蔣公適園傳

公諱堅字非磷號適園江西鉛山人生而家貧肩粟養母困童子試鬱鬱乃請於母曰兒年二十八矣未博一衿幸諸兄侍願遊學如歐陽詹母許之先入都至山右漢陽嶺南薊門河洛諸郡而晚年再遊京師公精法家言諸侯爭延之代州有大獄因纍纍牘可隱人撫軍檄岢嵐牧甘公辦治甘聘公行獄立具殺七人釋無辜者百八十人酒姓兒娶婦月餘弟迎姊歸將入村失姊懼反誣酒氏官下酒氏翁于獄七年不決公從太原返吏指前樹林曰此酒氏家也公心動騋馬而之乎山凹有人扃戶博瞯之一兒覺異拍髯者肩告之衆咸嗒曰鬼耳人則安能來公跳歸白甘公簒取鉤距果髯者所略也臨汾令某縱吏暴征

民變棄家登山撫軍檄澤州牧佟公辦治聘公行日驅三百里至平陽能屬者裁四騎山上人如蟻蠓樹鉤鋤爲兵張旗洶洶公手令箭而先周山呼曰撫軍知而等良也爲姦胥逼反特遣佟使君來活汝宜各寧爾家有目者視此箭山上人禁聲稍稍下公導餘騎入縣縣庭瓦礫山積令從夕室出率犯法吏六人跪佟前民環門而囂欲毆之公叱曰勿妄動有王法在乃搒吏於庭血流民懽譟拜謝去安堵如故次日四鼓牽官吏詣省白撫軍撫軍大悅飲佟酒而手炙鹿尾啖公公幼卽以智俠自喜七歲隨叔父遊法雲堂聽僧誦經廡下坐縣捕數人私語某寺僧被殺主名不得奈何公辟咡于叔曰殺人者堂上老僧也叔呵之曰渠誦經屢顧不在經故疑之捕者牽僧去一訊而服十七歲阻風瑞洪鎮有少年同舟舟人哺食少年登岸再食再登岸公疑而迹之見其蹲古廟大鐘下色燋然瞠也曰余南昌熊白龍家貧告急於河口戚不遇反寄食舟人未償其值而又遇風舟人將不余食焉故避此語畢泣公亦泣強入舟與共食而資以金熊感謝歸邀過其家見母誓爲兄弟居亡何熊來曰權弟金獲利市三

倍今將販繒臨安無所託母妻故來弟知吾父有養子白蛟平素無行脫有故
弟善持之言畢去逾年繒主人執訊來曰熊某死矣餘金若干目且瞑屬曰爲
我報蔣君公陰念歸龍喪非蛟不可而蛟見金必叵測乃札覆主人授部署法
遲十日告熊母母果遣蛟往已而召公哭曰蛟至浙兒骸已焚闖然在桶舟人
負之納我圍此外不有其藏一錢奈何公慰母再三而身自往圍哭視畢走出
母牽公袍曰聞繒主以兒金寄君金之來由君然貿易者與有勞焉幸析半惠
老身何如公未答蛟突前睨曰須南昌廳事明之耳公叱曰何必南昌廳召二
三鄰父來卽明也蛟嚄唶扃公去俄而龐眉者六七叟至公曰所以囁嚅者受
亡人託防蛟故也防蛟爲母故也今母見逼事不得不速明請詣圍乃繞桶而
號曰白龍知我白龍知我斧之複底脫鏡三具墮地光瑩瑩然鎔金也裹以簿
券衆取視感泣嘆老嫗目眯不知人未幾蛟果竊金遁矣公五十歲家居聞佟
牧爲負課事繫獄憮然曰我不往則難不解先至天津撫其家再至澤州視佟
佟方缺金五千自分無全理且老不肯食聞公至爲加一飯會太守有疑獄聘

公公曰若助佟我助若太守喜張示勸募州人負刀布釁至三日而畢佟行公乃行公有神力而敏於爲善遇盜許昌兩騎截路中五人行劫公怒射一人顛再發再顛盜驚捨所劫者來搏公公縱馬入刺殺一人馬逸公仆躍起復殺二人餘盜乃竄被劫客爲公牽馬出林羅拜問名姓去又嘗行嵩嵐道中兩峯夾溪天暴雨泥沒馬鼻有婦抱兒騎一童子負策從公慮其溺救之非錢莫以也乃解數緡挂馬首須臾婦溺童子驚亦溺公大呼救者贈錢萬搖其繩錢鏘鳴途人應聲往皆披起之送寧其家公四十六歲始娶鍾夫人生子士銓官編修

朝廷贈公如其官公卒時年七十一猶及見士銓舉於鄉也

贊曰讀史遷班固揚子雲諸人自序輒嘆人子孫生一顯人不如生一文人何也彼顯人者於乃祖父僅封秩追崇之已耳若夫述世系揚風烈非其才孰任焉士銓以文伏一世偏矜寵余文丁亥元日披七品服祀公即持公狀入山乞傳狀厚如梵夾讀之累夕不能盡乙其處者凡三十有餘事嘻何其富於善也今之爲公卿者生赫赫死則序恩榮數行便灕然盡公布衣也瑰意琦行紛疊

若是雖公意踔絶不以仁義讓人而士銓之腹存手集羅縷畢貫其才高其志
尤足悲也予輯而傳之困於體例無能多書然其犖犖大者殆無遺焉

高守村先生傳

聖人之道大而博學者各以其學學聖人要其至焉耳後世河北宗鄭江左宗
王尙未聞其有所拘閡也束天下而崇宋儒自元明始於是高才生退有後言
且過激人見其激也又羣驚爲奇服怪民而莫敢近焉是過也乾隆甲戌高先
生守村訪余於白下年七十許清臞蘁立高睨而大談解孔孟專攩拟宋儒其
所見亦未必盡是要皆的的然有心得者余灑然異之別六年陶明府京山從
滇歸道先生守姚安事甚具又十餘年蔣茗生太史來賢先生不絶口二人非
妄譽人者余益信先生果奇男子也茗生授二石刻曰此先生知平彝劍川二
州德政碑也滇人不文序事不識體制又過欲揚頌如郗鑒見王導意滿口重
言殊不流予其采而傳之其一碑曰先生廉不言貧勤不言勞　王師征烏蒙
運餉六千石而民不知理猺訟可和者和之可決遣者決遣之罔不當其一碑

曰征劍川糧減額外公件銀每兩若干引老君山水溉西莊畝收增數鏽丈鵝
雅場清其界酋夷皆拜曰從此百年無事矣嗚呼滇最懵俗也能齊其口爲無
窮之聞以存先生然則碑愈俚民情愈真想先生之經德秉哲殆不愧其言者
先生亡已久子弟才下無所發明門生故吏又懼大忤於俗不敢張其說余聞
而悲之夫犯衆敵抗令甲以追取聖人之心此其志直合萬世爲一朝者而卒
之身甫歿姓氏就湮然則與夫庸庸然曹出曹入者何以異也天之所以生斯
人使獨異於衆人者又何也追憶當日先生與余天涯一邂逅耳豈料身後事
余爲存之而余亦豈料十餘年後尚有先生兩知己在耶夫儒者闇然之學原
不爲名計而卒其所以常存於天地間者又捨名曷以哉嘻古之人所以重後
死者也先生名爲阜鉛山人

常德府知府張公傳

公諱開士字軼倫浙之仁和人世居北郭青莎里先人好施貧其家公生九歲
而孤乾隆元年舉於鄉七年成進士選銅陵縣知縣移知桐城宿州　擢常德

府知府未之官居太夫人憂服闋將行竟不起公曼詞矩步造次必於儒者然義之所在展意無所依回銅陵災公請賑饑委官某揣撫軍范公意捉搦之公趨皖江見范公泣曰民無噍矣苟蘊年而壅利安用官爲言畢袖印置几上再拜求去范改容謝之聽其請桐城某公所拔士也爲盜張六韜所誣某父以財賁緣公怒其父曰汝欲速而子死耶某懼闔門待罪公廉其姦召六韜曰汝誘之博博負而教之作盜果誰爲禍首耶六韜泣不能聲乃專坐六韜宿州河決公戶籌口算輕糴重賑符牒風發縛木橋渡商旅艤船寧村中坻設淖糜四門資蒙袂者或慮爲私累公笑曰縱於官難開除吾以活人破家不亦光於古乎爲之益力亡何水涸

天子輸庫金百萬修水政公爲植巡功宿於堤陳畚挶綆缶仞其溝物其土方畢歲乃大稔江南最大省羣吏才智縱橫各自矜奮而公盤辟雅拜言詞迂緩常侍今兩江制府高公坐欲有所陳先搖首引書語高公笑曰汝又賓賓作學子態耶滿席爲之輾然然兩薦知府他吏不得獨公得之皆高奏也聞其死爲

嘆息者再居官二十年家無生產女壻陸建余甥也先公兩月亡公哭之哀數月亦亡長子懋謙能文世其家

論曰余雅遊公三十年見其讀書窮晝夜頷頷雖除夕元辰聲嗚益高醉後好摹古忠臣烈士狀津津然欲蹈之服闋時裁五十九自衰其年雅不欲出而簡書催行肩項相望公愈感　天子恩不得已置酒召諸故人訣別泣數行下若預知其往而不返者然幸卒病於未治裝時得委化正寢近子孫親湯藥人以爲善人考終報也嗚呼有以也夫

湖北布政使徐公傳

君諱垣字紫庭會稽人也生而端靜坦中任真不與人爲同異以戊午舉人已未進士入翰林散館改授戶部主事累遷郎中記名御史出爲廣信府知府南贛巡道安徽按察使乾隆二十一年皖江災劫案屢起有司以盜報君審知皆饑民以搶奪論全活甚衆旋擢四川布政使調貴州再調湖北當是時貴州巡撫周人驥奏開安順南明兩河運鉛銅鉛行二年安順灘勢平夷輸輓尚利南

明灘高兩山夾峙每大雨衆流匯注所開峽口盡淤舟不能行周又護前不敢再奏有司迎合其意爲僱駝馬陸運而仍以水運報公密奏其狀且云撫臣以節省運費故苦累民苗殊乖政體　上韙其言命總督吳達善勘明停止官民懽呼公甫卸事即病行至常德府薨年五十一嗚呼當公任部曹時即爲　上所知及試之於外歷四省觀察屏藩之任均能稱　旨其即大用無疑乃驟以服官政之年中道而廢豈不惜哉然至今有自黔中來者道馬戶苗人猶能記公姓氏延祝不衰則儒者澤物之功其效亦可覩矣余嘗過山陰至其家四壁蕭然不知其爲方伯第也有子曰秉鑑公四十後方生薨時尚幼故一切善政不能記憶約狀其大略屬余爲傳

贊曰進士同年較鄉試少故相親亦倍焉若同入翰林則更少且更親矣然不數年升沉稍殊或爲名位所移異目相視即陽爲謙下而陰實相疎者亦比比然惟公能始終一致幾微無改於常可謂大行不加之君子矣余與公同習國書　廷試時諸翰林掩護其卷栩栩自私而公獨任人窺觀有詢必告其心

地光明亦可想見在蜀時余寄長歌懷之詩未到而公亡尤余所悁悁而悲者也

小倉山房文集卷六

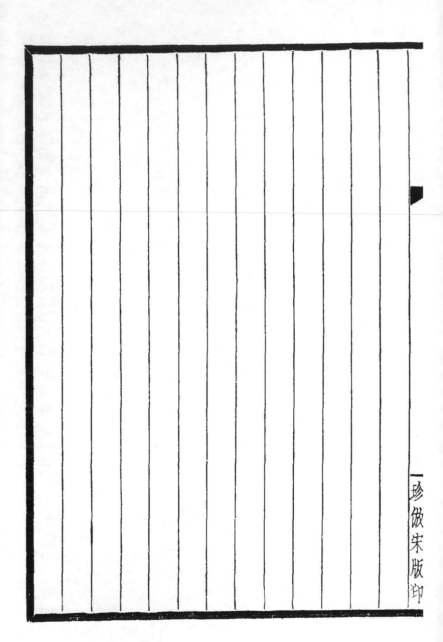

小倉山房文集卷七

錢唐袁枚子才

河道總督陳恪勤公傳

公姓陳名鵬年字滄洲長沙湘潭人生時太夫人夢大鳥挾一青衣童子來故命之曰鵬以康熙辛未進士知衢州府西安縣有善政大學士張鵬翮薦之移知山陽遷知海州再遷知江寧府江寧俗父母死子必親訃公頒士喪禮禁之惡捕誣良事發赦後公仍置之法康熙三十九年聖祖南巡總督阿山借供張名欲加稅公不可乃以他事中之落職按驗聖祖赦其罪命入武英殿修書起知蘇州府蘇大疫公所至疫斷民書公名鎮於門過維亭鎮見水浮漚心動遣探得屍鞫之其鄰乃某村婦手絞其夫也奉旨攝布政使忤總督噶禮再以陰事中之落職按驗聖祖赦其罪命入武英殿修書學士沈涵密薦公聖祖還其奏逾年召公見曰沈涵薦汝朕疑之今知非汝所聽請故用汝爲霸昌道可乘傳奏事故事督學使者歸輸金修城沈

修昌州城有冠花翎者數人稱某王遣來索金勢甚張公僞遜詞延花翎者入
而陰伏健步縛置獄中隸馬馳奏適某王入覲　上示以公奏曰無之　上曰
然則可聽陳鵬年處分公杖斃一人枷四人徇於城自是畿甸肅然六十年大
學士張鵬翮視黃河奏公協辦公請於廣武山下開引河使溜南趨又請疏南
壩尾下流以殺水勢尋署總河兼署總漕漕舟阻風旗丁糧盡公先給河庫銀
六萬而后奏　聖祖嘉之以爲得大臣任事體　世宗卽位授河道總督未一
年薨　上深惜之賜諡恪勤予祭葬公廉幹有才民愛之如水趨壑每褫職按
問老幼罷市聚哭持糒醪相遺滿洲駐防兵亦率男婦踊門入牽袍嗅靴求一
見陳青天狀貌聞　赦詔下焚香跪北呼　萬歲者其聲殷天繫江寧獄或絕
其食獄卒憐之私哺以餅爲守者李丞偵知怒杖卒四十曰通一勺水入獄者
如之公自分命絕矣忽聞外有貴人騶唱聲甚高曰獄官來我浙江巡撫趙申
喬也入覲時　皇上命我語江南督撫還我活陳鵬年不知汝等可知否言畢
去不與公交一語未十年公總督南河李爲邳睢同知大懼來謁公公無言李

心稍安疑公忘之矣居亡何黄河南岸崩芻茭翔貴治者竹楗石菑需金萬公張飲召河官十餘人入酒行嘆曰鵬年餓江寧獄幾死不意有今日自賀一觥且飲且目李目閃閃如電鬚髯翕張李色變客亦惶視不知所以公笑曰諸君不賀我乎盍盡一觥合席諾聲如雷不能者強畢之俄而奴捧饕餮鐏出磁而鷂金者也狀獰惡公起手斟之徧示客曰滿乎曰滿矣持行至李所曰某年月日爲一餅故杖獄卒欲餓我死者非他人即足下也今河岸崩百萬生靈所關不比老陳性命不值一錢也罰汝飲即往辦治放一勺水入民田者請勅書斬汝亦使羣公知鵬年非報私仇者李長跪色若死灰持鐏鐏墮地碎兩手自搏叩頭數百滿席客咄嗟回首無一人忍睇其面者李出傾家治河河平來驗工官纓帽小車所杖江寧獄卒也既李竟慚恨死公於故人子弟孤寒後進汲引如不及賓從歡飲而公目覽手答沛然有餘每用人則其家之一蹄一縷必爲資送稱善廣坐訓過密室人銜感次骨入獄逌然自憶未了事曰杜茶村未葬某僧求書未與布衣王安節缺爲面別從容料量承鎻而行在蘇舁鬱林石於

郡學遊焦山遺人泅水取瘞鶴銘爲亭護之其標寄如此所著詩文若干卷其被逮入京也除夕市米潞河主人問客何來曰陳太守曰是湘潭陳公耶曰然主人曰是廉吏安用錢爲反其直問住某所次日戶外車聲檻檻餽米十石書一函稱　天子必再用公公宜以一節終始毋失天下望紙尾不著名姓問擔夫曰其人姓魏訪之則閉戶他出竟不知何許人也

論曰先有堯舜後有皋夔非遇　聖祖雖十陳公烏能賢昔汲長孺魏元成輩束以細荆三十則亦呼謈而乞恩矣諓諓得善諍名皆其所遭者幸也　聖祖南巡公不除道不供張甫入獄百姓張黃旗城上曰如喪考妣村氓惷愚至於如此忌者誣以大逆非無因也而　聖祖怡然但云民愛如此甚好爲霸昌道進瓜熱河　聖祖詔家人汝主官清不必以常例供奉好將瓜帶歸卽賜汝主嗚呼　聖祖知公何其深也昔權德輿讀太宗賜李靖手詔不覺嗚咽流涕而嘆曰君臣之際至於如此吾於恪勤亦云

湄君小傳

仲姊嫁陸氏寡攜二孤以歸其季早亡長曰建卽湄君也大眼而頎容貌充充然幼不甚敏旣長澄神於學摩研編削被飾厥躬行安而節和去不善如絕絃年十七補博士弟子張古香太守妻以女從官宿州權記室事甚辦古香絕愛憐之性好吟詩持論與舅氏合不屑屑界唐宋而內寫幽懷外峩羣雅結采必鮮運思必邃其聲淸揚而遠聞得若干首或嫌近體差勝湄君笑曰近體近風宜少年古體近雅頌宜晚年吾其有待耶余亦無以難也去秋患咯血五倉頓空心若墜琅玕然迎醫而藥之勿治召巫而占之勿祥予因索其稿湄君知余之有意其存之也脫手交又取去雠字酌句喀喀然柴立吭毫力不勝則臥臥起再雠氣魂魂矣猶呼阿孃泣曰舅爲兒詩開雕成否不甚費否兒思遊目焉裁瞑耳其溺苦如此死時年三十五有子官郎生八年矣嗚呼姊守志撫孤卒與無孤同余哀姊而撫甥卒與未撫同且余年五十髮斑斑有二色無子無兄弟之子而前年堦死去年五弟死今年湄君又死湄君者其才且賢出堦與五弟上而余夫婦恩之又最久曰謀以身後託者也嘻其酷矣爲之傳以弁其詩

直隸總督兵部尚書李敏達公傳

公姓李名衛字又玠明初以軍功起家襲錦衣衛由浙遷碭山公伉健有氣入貲爲戶部郎司納粟事親王某屬每金千加平十兩公不可強之則舁櫃置戶部東廨下署曰某王贏餘王大驚諭止之王府歌者殺人公會刑部鞫刑部因王故欲爲道地公爭之急同僚止公而公往益早

世宗心重之登極授雲南驛鹽道遷布政使旋巡撫浙江康熙末年鹽法抗弊滇省有私壓短平諸色目浙商浮費至十二萬州縣赤脚丁錢攤入田畝有田者不占名籍奉土豪爲甲長供奉如奴公一切禁督奏免湖屬浮糧又奏玉環山乍浦近海請設參將同知鎮撫之北新關虧稅司榷者患之公奏以南關之贏抵北關之縮往來商大懽雍正四年遷總督節制江南七府五州當是時浙省逆案屢發杭州汪景祺查嗣庭等以誹謗伏誅而妖人曾靜又爲石門呂留良弟子　上震怒停浙人禮部試將大創之賴公外嚴內寬教督於下開說於上致民俗丕變　天心回和庚戌殿試前三名皆浙人公駢脅多力鼻孔中通

身長六尺二寸痘瘢如錢著頰上皆滿而白皙精采豐頤廣顙腰腹十圍善養威重每出繡衣袞袍乘八座露車去其帷壯士一人高丈餘執大刀光明如雪扶輿而趨絳旗黃蓋犦槊葩瑵數十重鳧藻雁行罔不整最後馬上鼓吹細樂鏗鏘三四里闔城老稚聞制府鉦聲爭奔趨窺觀目眩良久引喤始畢而提爐香猶冉冉四散性好武設勇健營募兵教之擊刺一切器仗加鮮明每霜天大蒐公披金甲執鐵如意登壇指揮先是東南武備遜西北而公自信過之屢請從征西戎又請長子星垣征楚滇諸苗然　世宗終不許也公不甚識字而遇文人甚敬修浙江志建書院餼廩獨豐公餘坐南面召優俳人季麻子說漢唐雜事遇忠賢屈抑僉壬肆志輒嗚咽憤罵拔劍擊撞聞鄞縣有王安石祠大怒嚴檄毀燒奏飭十三省督撫修古賢祠墓諸生入學者行肅拜禮許士女逢春秋節賽會迎神其姦惡則伐濬其墳事雖不行海內皆嘉公之志凡文移奏章不過目聽人雒誦不可於意者嚄唶命改動中肯綮雖儒者文吏皆心折駭伏以爲天授疏西湖淤三十里增修祠廟植柳桃春時隄樹盡花水亭風臺金碧

明耀公晡餐畢鳴騶出清波門擕文案坐亭子灣辦治文武屬吏白事者就湖光山色間稟請意旨判決如流七年　召署刑部尚書加太子太保末二月總督直隸故事直隸五總兵一提督與總督抗行公往悉受節制總河朱藻素倚張公首劾之減死爲城旦舂公負氣好勝遇權要人務出其上乃已當是時大將軍年羹堯河東總督田文鏡九門提督鄂爾奇管戶部果親王皆隆赫柄用而公輒彈劾搖撼之雖有動有不動然中外側目欲甘心於公者相環矣賴
世宗知公深排羣言　眷寵不少衰十三年八月
世宗崩公自知孤危獨立萬無全理入謁　梓宮跪伏大慟暈絕不能起　上知其意　召見慰之曰卿但努力報國　先帝雖崩自有朕在也　賜珊瑚朝珠荷囊兩匣再　賜長子星垣武探花及第公意始安公尤長於治盜凡盜之巢藪火伴訪知如繪臨期以一錦囊付將弁往如教卽時擒獲所到處江湖千里如枕席行舟桴鼓不鳴不禁妓不擒摴蒱不擾酒坊茶肆曰此盜綫也絕之則盜難蹤跡矣先是朱文端公以醇儒治浙考於古頒喪婚宴會儀教民又禁

燈棚水嬉婦女遊山民肩背資生及賣漿市餅家弛擔閉戶嘿嘿不得意公雖受知於文端而爲政不相師一切聽從民便歌舞太平誘掖而張皇之民喁喁大和愈卑賤者愈禱頌焉雍正十二年公總督保定與戶部尚書海望同勘海塘至浙遠近村氓以爲公復來撫浙也額手迎者蟻屯數十里歡聲殷天文端公聞之嘆曰古人云觀徐公言論不復以學問爲長斯言信矣公生時太夫人夢神僧授以異寶及卒病黃疸呿聲震屋瓦衙內牛馬皆吼應之同起同止如是者三晝夜氣乃絕年五十三諡敏達論曰

世宗皇帝時才臣任封疆者田李並稱然世之人往往優李而劣田意頗疑之後讀　硃批上諭田文鏡奏禁銅法請民間有拋擲制錢者擬軍又奴婢首主人藏銅器者許脫籍治其主人之罪公奏禁銅法請官增價購有售者卽與值不問所由來亦不治藏者之罪是二疏者在　世宗俱未允行而兩人之見解心術判若天淵已可見矣公每劾權貴拜疏後必鈔稿以示其人嗚呼壯哉

女弟素文傳

枚第三妹曰機字素文皙而長端麗爲女兄弟冠幼好讀書既長益習於誦鍼袵之旁縹緗庋積雍正元年先君客吳中聞衡陽令高君清卒庫虧妻子獄繫嘆曰我高公幕下客也非我往則難不解遂治裝歷洞庭而南告其弟高八曰曩而兄傾庫供上官吾嘗止之而兄不可則勸其簿籍而加印焉亦知正爲今日計乎高大悟檢篋得印簿訴制軍制軍者大學士邁柱也素善先君兼知高公之冤爲平其事當是時簿中貴人隱探高氏孤稚無能爲使人具三千金啖先君先君怒而叱之高八益感謝臨別泣曰無以報聞先生第三女未昏某妻方娠幸而男也願爲公壻已而果然因寄金鎖爲禮時妹未周晬枚長妹四歲代繫金鎖飾項者數年高故如皐人而先君自楚歸復之粵之滇之閩與高氏音問遂絕乾隆七年高八執訊來曰某子病不可以昏願以前言爲戲先君猶豫妹侍側持金鎖而泣不食先君亦泣亦不食以其意復高氏高之族人驚讙傳高氏得貞婦高八歿其兄子繼祖來曰壻非疾也有禽獸行叔杖死而蘇恐以怨報德故讆言辭昏賢女無自苦妹聞如不聞竟適高氏高渺小僂而斜視

躁戾佻險非人所爲見書卷怒妹自此不作詩見女工又怒妹自此不持鍼黹索奩具爲狎邪費不得則手搯足蹴燒灼之毒畢具姑救之毆姑折齒輸博者錢將負妹而鬻妹見耳目非是告先君先君大怒訟之官而絕之妹歸侍母母體微不適妹徹夜立持粥飲而匕箸進之又能記稗官雜史國家治亂名臣言行神仙鬼怪可喜可愕者數稱說歌呼爲老人娛枚入定省聞所未聞學爲之博自離壻後長齋衣不純采不髮鬄不聞樂有病不治遇風辰花朝輒背人而泣如皐人至必出問堂上姑安否寄贈服食甚謹前一年高氏子死妹亦病以乾隆二十四年十一月死年四十枚在揚州聞病奔歸氣已絕一目猶瞠也撫之乃瞑女阿印病瘖一切人事器物不能音而能書指形摹意皆母教也想見妹之苦志云檢篋得手編列女傳三卷詩若干

淮徐海道按察司副使莊復齋先生傳

乾隆九年枚宰沭陽淮海道莊公來巡相傳有理學名疑其峻而難近也心怵焉既至則循故事餽餟烝公一切勿拒曰物已烹飪却之是暴天物而違人情

也凡賓饗與主人共之禮也止枚而觴之三爵後問沭水原委簿領利病甚悉論山經地志星象樂律甚辨出所爲詩甚工越翼日諸生會於庠公上坐講中庸不皮傳濂洛語而理境顯顯大明聞者色盡變若欲卽駕車赴聖域者然諸生有所陳說雖俚公必靜聽無惰容翼日校壯丁丁踈於技發矢矢旁穿且墜爇火器閉焦其手諸丁伏地請罪枚亦起立皇恐謝平日教敕無素公弛外衣手弓而前支左屈右教如法十八人無不當鵠者火器如之畢就坐笑謂枚曰而奚慊慊耶藝成而下文人不習常也專心治民吾職在巡年年來爲汝教馴之耳枚聞愈不安晛諸壯丁皆嘆有泣者先是大府巡沭饋牲牢不受令袒韝蔽上食不受矜嚴若神及去庫爲之虧公來飲食笑語盡主賓歡及去無角尖耗如春風歸留餘温而已所從隸六人蒼頭二人僮一人皆自飲其馬犒之跽而辭曰公視奴輩如兒子不告而受於心不安告公公必命辭是仍虛君惠也強之皆伏地誓指其心乃聽之公諱亨陽字復齋世居漳州靖南縣之龜山康熙進士初知濰縣迎養太夫人道亡公自此不復仕　今上元年以楊文定公

薦　召見授吏部主事出爲德安同知遷守徐州蘇松道汪某以危法中沛令某督撫白簡繕矣命公補牒公牒稱沛令不侮鰥寡不畏強禦汪聞悛而止果毅公訥親巡江南聲燿隆赫監司皆韡袴跪迎公獨長揖訥責問曰非敢惜此膝於公其如會典所無何訥默然尋遷淮徐海道海州有河通海以運鹽故雖暴漲非徧告諸大府不啓閘公力請得以時開勘淮海災過勞以羸疾卒年六十一卒之日淮海諸氓罷市奔走樹素幟哭而投賻一日至六千緡嗚呼至誠而不動者未之有也公殆眞儒也已公少時受知於李文貞公光地成進士出

世宗時爲御史三日露章奏河東總督田文鏡十大罪前一夕夢震雷擊於庭翌日章上果得譴減死戍邊

謝公濟世門謝亦奇士

蘇州府知府童公傳

公姓童名華字心朴浙之山陰人年十二入郡庠屢鄉舉不第乃習刑名從事幕府年四十九循例入貲與纂大清律受知於大學士朱文端公以知縣薦

世宗召見　命查賑直隸直隸樂亭盧龍二邑報飢口不實公倍增之所全活
甚衆會怡賢親王在直隸閱公灤河形勢公條對如指掌王以爲能奏知平山
縣縣災公不待報遽出倉粟七千石貸民總督某劾奏　世宗心重之免其罪
擢知正定府權按察使事移知蘇州當是時奉　旨清查康熙五十一年至雍
正四年江蘇負課一千二百餘萬大府妄測　上意鈎考攤派民不能堪狴犴
纍纍無容囚處公向大府開說甚辨大府怒曰汝沽名敢逆　聖旨耶公直前
抗聲曰華非逆　旨乃遵　旨也　皇上明知有積欠而不命嚴追特命清查
者正欲清其來歷查其原委或在官或在役或在民或應徵或不應徵使了然
分曉然後奏請　上裁恩從中下此　聖意也今奉行者絕不顧名思義而徒
以十五年之積欠揭揭然求完納於一時是暴征非清查也曰於汝云何曰寬
華限三月當部居別白分牒申報大府嘿然公出即釋所獄繫者千餘人而造
冊若列眉求爲轉奏未幾　世宗風聞江南清查不善　璽書嚴飭衆方折伏
蘇撫某訪僧與民婦姦製一枷兩人荷以徇公聞即往破枷縱遣而自詣轅請

罪曰犯姦者枷律也爲一枷兩荷以揶揄之非政體也且姦罪止杖府縣所司
非尊官所宜聞巡撫敬其强直面謝之而心不悅浙江總督李衞簒人江南絶
無文牒他府畏其威唯唯聽命至蘇州公抗不與曰地界各有統轄毋相儳也
李深慊之爲蜚語聞上　世宗召公見命往陝西以知府用署肅州忤巡撫某
被劾罷官　今上元年起知福州再知漳州又忤巡撫某被劾罷官歸數年卒
年六十六公精勤廉悍善治下不善事上發姦擿伏如神而尤長於水利佐怡
賢親王營田直隸得十八泉於正定府城外建西南二牐墾膏腴三百五十頃
佐經略鄂公屯田肅州鑿通九家窰五山引水於十五里外升之於二十丈之
高穿渠築堡漑田萬畝民至今利賴之所著詩文若干卷其開太湖水田議一
篇蓋守蘇時未竟之志也蘇民德公尤深論者以比前明知府況鍾云
論曰傳稱天爲剛德猶不干時公屢干其長官隨起隨顛致不竟其用豈干將
莫邪缺折亦其性耶不然何所遭之不幸也公歿至今垂四十年聞其子孫過
吳吳市鬻賣餅家猶有質衣履供其斧資者嗚呼公得民心久而如此可知誠

能動物非一時沽名者流而或謂吳俗輕儇毀譽多浮其實者亦非也

程南耕先生傳

江寧程氏有二賢焉其昆曰綿莊先生余已銘其墓矣其季年亦七十有九曰南耕先生余悲綿莊之不及見余銘也使綿莊見余銘喜當何似因思韓退之爲太學生何蕃立生傳豈非欲其親見之以爲笑樂耶余嘗以此語戲南耕南耕額手曰幸甚遂摭大概而書之先生名嗣章字元朴一字南耕七歲能詩既長習舉子業連閔於有司頊頊不得志朱文端公與有舊教之曰唐趙匡論選舉以辟召爲先古賢多記室參軍士果有心經世奚沾沾科第耶先生感焉遂研究刑法食貨諸務識其大者爲人作奏纂詞奪筆得晁董遺意諸大府走金幣延之憂不得先當是時桂林祁陽兩相公及晏一齋中丞皆負清望居五長十連之任奉先生若仰衡石而操表綴也先生參畫密勿彌口不宣章疏稿出火入一切體國經野事祕外不能知而三人所張施顯顯然海內無訾言先生翼扶之功從可知矣先是州縣災例不蠲漕先生謂晏公曰災地無米必倍價

遠購災民免地丁之一而納漕費之十其何以堪晏公以其言入奏　上勅九卿議嗣後被災漕米銀或蠲或緩臨期奏請永著爲例祁陽公之督閩也蘇祿國王進表使者報閩人某在呂宋峽夷人劫貢物先生曰是詐也宜斥還其表聽候詗察則事敗矣公從之果來使讕言冀誣其仇先生之能仁民能決大事皆此類也先生不問旨蓄雖享多儀皆畀綿莊己如不聞綿莊靜而峻先生孔揚采色和顏熙熙傔從者皆憚伯之嚴就季之寬然平生于大義所在勿狎于不順雖賁育何搖焉中年耳聵絕意仕進有欲薦于朝者堅謝之所著整敦說牧民瑣言皆歷言天下要務其明史略七十卷尤其精力所注存也外金陵識古錄史學例議若干卷詳所自序中

論曰周官稱公國有孤入王朝乘夏篆稱大客今之督撫昔之公也然則今督撫之大客或卽當日之孤乎使先生以此致通顯出而有爲豈不更光于古然士君子有名之見存則所樹立者非己莫爲也如忘乎名而一以利物爲懷則古聖人皆因人成事而已不尸其功者也老子曰爲而不有不難其爲而難其

不有如先生者其近之矣

常孝子傳

孝子姓常名裕綸山西徐溝人生四歲孤母戴氏哀鞠子而撫焉家故纖嗇無

游歲資母鍼黹以供孝子侍側愉愉然不刻離既長以武舉授鎮海衛千總故

事督漕者多風波危以故勿克迎輜軿視饍飲乾隆二十八年孝子畢官事還

鎮人見孝子連日喜色溢眉宇異恆常時詗之乃其母已來未一載母卒孝子

雞斯徒跣不納勺飲將大殮攀棺號阿母不止聲盡血湧腸裂而卒越母亡纔

三日

論曰禮稱毀不危身又稱五十不毀然皐魚立哭而死孔子與之傳稱胡女敬

歸之子子野卒毀也人惜其不立以徵魯之衰孝子年五十矣不爲生孝甘爲

死孝彼其心豈不知留其身以慰乃母于地下哉乃情極而禮忘焉非得已也

王荆公之論李翺曰賢者過之翺之賢翺之過也因其過愈見其賢吾于孝子

亦然

寧國府知府莊公傳

太守莊君從白門還宣州未半月訃至士大夫知與不知俱爲流涕聞其渡新河遇風舟幾覆食飲滯留服大黃臥便利不止果藥誤耶抑驚顛離晌以隕其生耶嗚呼求其故而不得者命也夫昔予知江寧今劉映榆學士介君於余長不踰中人而秀眉方頤言論風發從此交甚懽二十年來予雖居林下而君之黜陟升降以及其尊主隆民之治功有其子孫所不能知而予獨知之者然則君後人之來乞傳於予也固君志也君始知建德再知盱眙寧國泗州而終於宣州太守乾隆十年貴池民熊永安與金海鬬金傷重熊慮訟不勝會族弟長德病死乃斧尸誣金縣令謝錫伯廉其姦遂犴誣謝落職而抵金罪民洶洶不平撫軍檄公與無爲牧王名標勘詰君檢腦骨陷於顱非生前傷鈎距旁證得嗾訟人某而長德妻亦傷其夫尸之無故熏灼也跪謝告實熊乃伏法事雪皖江數萬人譟於時稱兩君子云盱眙大水湖岸崩庭飲者相擲君兩立油衣而騎指揮水退民以爲神在泗州請免二十五年漕耗大府聞諸朝

天子許之到宣州三月積案五百無留獄者乾隆十六年至三十年　天子四巡江南前總督黃文襄公今相國尹公俱以絕世才總領百務而非君在側如失左右手一切山川舟車供張儲偫君能先機置想後事補缺絲毫不掛於過差余嘗見其屘踔時踞坐帳中庋硯膝上十指兩下旁立文武內監數十人噂喈相環或催逼火急而君墨無停書筆無誤字面無異色朝奏入夕報可其敏健如此樂道人之善遇孤寒一才一伎必薦寵遇建德舊令於途貧爲還帑而寧其歸性狷狹乘氣辨口小忤意輒以精神凌逼人雖貴游長官不少含忍以致先爲泗州陳刺史排笮再爲安撫衞公劾奏至落職簿錄而卒之事皆無驗

天子閔其勞每南巡必加擢遷自縣令而州牧而太守雖伎者聞之皆慹服曰莊君以才力取非福命也然屢躓屢起危而後光家以是貧而精亦消亡矣卒年五十五君諱經畬字井五一字念農乾隆二年進士

贊曰儒者多迂緩養名爲文俗吏所訾謷得莊君而人不敢輕科目才之不可以已也如是夫然君色燋然蹇蹇無已卒皆料量苛細馳逐雜務與書之云循

吏者異也過此以往鞅掌將畢而宣州民安風淳君必能修先王之政與民相和親而已亦將流覽其山川詠歌賦詩以永嘉譽於來茲乃竟賫志以沒若蒼蒼者故限之而欲其止於是也福之方始壽之已終悲夫

江寧兩校官傳

我　國家百有三十餘載而江寧以校官祠於學者祇二人焉其一曰教諭湯先生諱偉字鵬乎宣城人康熙庚午舉人居官時年已七旬天倪甚和碌碌然不可見涯涘夏月短葛衣搖扇與羣兒嬉或上樹撲棗童子環啖之先生俯而笑曰盍留苦敗者償老子勞耶其風趣如此兵部左侍郎法海督學江南威稜言言所至不敢仰視初按江寧命報程生某劣先生搖首意若有所疑法呵之先生正色曰程生不特不劣且賢公命舉優耶今晚牒且上矣若以爲劣則公知之偉不知也法大怒叱先生出將劾先生江寧先輩蔡鉉升者與法有舊往見法爭曰公知程生所以劣乎生故狷者也嫉惡嚴過上新菴見僧奉富商木主與　天子龍牌峙生詆其妄捽而投之以故僧與商造蜚語陷生公得毋爲

若輩所昡乎湯先生正人九學所推公不知敬何也法大慚悔三肅先生而謝
江寧學舍穿漏每大雨先生持繖坐承霤下白髮淋漓客駭問則顰蹙曰大成
殿未修先聖露居而某敢即安乎上官及諸紳士聞之爭來營度構造終先生
之世學宮煥然俸滿遷國子監典籍以篤老辭卒年九十餘其一曰訓導唐先
生諱時琳字宸枚上海人康熙甲午歲貢飭躬訓士一衷于禮在官捐俸修前
明周貞毅公祠去後諸生即以先生與湯先生祔焉乾隆三十九年邑有修學
之舉將遷祠周公並遷兩先生訓導曹君懼兩先生之澤將湮也屬予作傳以
永之予覽所持來湯狀甚具而唐事寂然無可記述以故筆澁不下者屢矣然
竊念東漢諸賢瑰意琦行顯顯在人耳目而黃叔度以牛醫兒彌口無言一事
無爲當時欽之者至以孔門顏子比之然則古之君子固有行而無迹者存耶
抑動靜語默亦各視其時耶今人聞方面大府在官赫然去則車未出城民已
忘其姓氏者不知凡幾而此二校官獨能以一縷香食報於荒廬苜蓿之場可
知官不在大小惟其人人不在顯晦惟其真中庸曰誠之不可揜如此夫後之

人聞兩先生之風可以觀可以興矣曹君倒冠而至偈偈然欲不朽先賢其立志非凡所及是亦昌黎所云得牽連書者名錫端字蔌衣亦上海人

大理寺卿鄧公傳

乾隆三十九年春大理寺正卿鄧遜齋先生予告還蜀啓行之前一月從京師作書寄其弟子袁枚曰蜀道大難予偕汝衰未必再見即生死音耗亦慮少通予生平出處本末惟汝知之詳盍爲我撰墓志以須枚聞命皇恐疑從先生之言則預凶非禮以不敏辭又恐非先生所以命枚之意而沒先生可傳之賢敬考古人文集爲賢者立傳不妨及其生存而爲之如司馬君實之于范蜀公是也先生蜀人聲望與范公相峙枚雖非君實請引此例以質先生謹按先生名時敏字遜齋四川廣安人高祖士廉崇禎進士以吏部侍郎從永明王入滇與李定國等同日殉難祖嗣祖邑庠生父琳以歲貢生任中江縣訓導生六子先生其季也雍正十年舉于鄉乾隆元年登進士入翰林七年遷侍講八年爲江南宣諭化導使十年還大理寺正卿丁父憂歸里服闋奏請養母　上許之二

十六年太夫人薨二十九年先生入朝補原官先生純和介樸遇人姁姁無矜容躁顏于道義所在則凝然不可撓當其登九列時　天子加恩邊遠之臣銳意用先生先生年才三十餘一歲數遷旁觀辟睨以爲稍從容卽可宰輔而先生勿顧也歸依膝下忽忽二十年再入長安諸新貴少年望先生如過時古物爭避面揶揄而先生亦不樂與熱客昵退朝閉門與一卷書二三耆舊共晨夕而已大理古皐陶所爲權甚重元明以來一切決于司寇居此職者視若贅旒頭仰屋梁手批大諾相夸爲識時務而先生每秋鞫苦心平反有所得必爭爭不得必奏雖　旨從中下有從有不從而同事怫然覺平林中儳此直幹鋤而去之乃善賴　皇上知先生深優容者屢矣今年以計典休論者疑先生受主眷隆于始而替於終枚獨以爲不然夫陳寶赤刀天球河圖陳之東序照耀萬物恩也藏之典寶俾無玷缺亦恩也先生以萬里孤臣旁無憑藉而能委蛇卿班適來適去卒全名節以歸此非遭際　聖明始終眷護而能如是乎先生手札嗛嗛以未報　君恩爲愧枚又以爲不然夫建一議理一事此報恩之小

者也重其身端其範以儀型百辟此報恩之大者也先生再入都時有要人怵之使往先生辭焉要人愠先生不悔其所以不受他人之恩者爲報　一人之恩故也無形之砥柱可以扼中流挽風氣矣而況古名臣有以七十起者有以八九十起者先生之齒猶未也則將來之報稱正無窮期而校幸旦暮毋死終將濡筆以俟先生自待待人以不欺爲主居官蕭散與在林下無異乞身治裝若脫敝屣然戊午校順天鄉試枚出其門其尤顯者爲滿洲阿公桂今太子太保定西將軍

廚者王小余傳

小余王姓肉吏之賤者也工烹飪聞其臭者十步以外無不頤逐逐然初來請食單余懼其侈然有頡昌侯之思焉唶曰予故窶人子每餐緡錢不能以寸也笑而應曰諾頃之供淨饌一頭甘而不能已於咽以飽客聞之爭有主孟之請小余治具必親市物曰物各有天其天良我乃治既得泔之奧之脫之作之客嘈嘈然屬饜而舞欲吞其器者屢矣然其簋不過六七過亦不治又其倚竈時

雀立不轉目釜中憆也呼張噏之寂如無聞昳火者曰猛則煬者如赤日曰撤則傳薪者以遞減曰且㸑蘊則置之如棄曰羹定則侍者急以器受或稍忤及弛期必仇怒叫噪若稍縱即逝者所用菫荁之滑及鹽豉酒醬之滋奮臂下未嘗見其染指試也畢乃沃手坐滌磨其鉗銛刀削笮帚之屬凡三十餘種庋而置之滿箱他人掇汁而捼莎學之勿肖也或請受教曰難言也作廚如作醫吾以一心診百物之宜而謹審其水火之齊則萬口之甘如一口問其目曰濃者先之清者後之正者主之奇者雜之眡其舌倦辛以震之待其胃盈酸以隘之曰八珍七熬貴品也子能之宜矣嗛嗛二卵之餐子必異于族凡何耶曰能大而不能小者氣麤也能嗇而不能華者才弱也且味固不在大小華嗇間也能則一芹一葅皆珍怪不能則雖黃雀鮓三楹無益也而好名者又必求之於靈霄之炙紅虬之脯丹山之鳳丸醴水之朱鱉不亦誣乎曰子之術誠工矣然多所炮炙宰割大殘物命毋乃為孽歟曰庖犧氏至今所炮炙宰割者萬萬世矣烏在其孽庖犧也雖然以味媚人者物之性也彼不能盡物之性以表其美於

人而徒使之狠戾枉死於鼎鑊間是則孽之尤者也吾能盡詩之吉蠲易之鼎烹尙書之㸑飪以得先王所以成物之意而又不肯戕杞柳以爲巧殄天物以鬬奢是固司勛者之所策功也而何孽焉曰以子之才不供刀匕於朱門而終老隨園何耶曰知己難知味尤難吾苦思殫力以食人一肴上則吾之心腹腎腸亦與俱上而世之嗿聲流歠者方與酤敗同饇也是雖奇賞吾而吾伎且日退矣且所謂知己者非徒知其長之謂兼知其短之謂今主人未嘗不斥我難我掉磬我而皆刺吾心所隱疚是則美譽之苦不如嚴訓之甘也吾日進矣休矣終於此矣未十年卒余每食必爲之泣且思其言有可治民者焉有可治文者焉爲之傳以永其人

石大夫傳

越之石氏居帝九阬水生者質美而狀多渺小其長子曰青豐且碩鰓理粹如越君欲以耀於上國乃命爲大夫聘吳吳闔閭甚文聞之喜曰石碏古純臣也寡人盍留其苗裔以爲國光命設九賓之禮宴大夫國中賤石以上者爭來窺

觀大夫請曰士爲知己者死臣願留吳但臣南越之鄙人也敦顏而士色風範樸野難侍屏扆聞吳多子游氏之儒追琢其章願伉弟子禮而往其化臣哉闔閭許之當是時金壇叟王岫君年七十許取友必端以善琢磨人聞天下大夫往摳衣趨隅隤爾如委殺鋒砥角一聽叟之所爲月餘再召貌益澤色益莊奐若瑟若爛兮瑤珠之光吳子益喜命廬人爲大夫造屋漆欲測絲欲沉畢尙以瓊英飲以沆瀣之露臥以文貝之錦遂用事不離左右朝有子墨客卿者性堅執不肯下人見石大夫則形神消釋大夫益喜自負與何水部飲大醉遇管城公捽其頭溺之腹膨亨者數矣或譖於闔閭曰大夫居孔氏之門而陰與墨翟爲友摩頂放踵硜硜然小人哉且其形黑而津眼如鸜鵒必多詐扣之不能音是殆以飲水爲名而以貪墨爲實者也必斮之必逐之季札爭之曰微石氏吾何以爲札耶要知天下惟肉食者方無墨耳師曠稱國有五墨墨而墨子不與焉況其與交者哉昔者堯染於許由湯染於伊尹今大夫染乎墨翟亦猶行古之道也且以墨子之才見大夫猶曰形其短而其他可知昔齊威王烹阿大夫

而封卽墨大夫遂霸天下君盍封之卽墨以遂其志而成君之賢闔閭然之拜卽墨大夫賜西河黑水爲湯沐邑居無何上計秩滿將右遷大夫頓首謝曰臣聞知其白守其黑道家訓也茲者維元是宅臣將老焉吳子許之不果遷大夫好修飾居吳三十餘年終日沐浴佩玉以質幹厚重不耆舟車非有軍國大冊書大詔令不召見王或朝覲盟會亦不隨行性靜而壽其同官楮先生管城公多病廢或更換至數十輩而大夫一與共事顏色不少衰後闔閭年漸老世子未生大夫侍側不知所終

南史氏曰俗傳石氏之顯始於女媧而盛於帝鴻氏遐哉難攷矣春秋隕石於宋五後之稱石氏者斷斷然僞託於宋以自夸然自宋徑之楚而後石氏之賢者無聞焉大夫能通上國友岫君交季札以成其名亦其所遭者幸也引北宮貞子故事賜生謚曰文端宜哉

短人傳

鎭江之短人曰趙元文年二十八長二尺許後面博脣首如覆釜行則左右搖

立久臂壓其膝兩手膠而拳揚州鄭守備貽其母千錢短人歸焉教之應對執
箕帚擸短人性黠無他能能屈一足跪客來輒自蜷局出而試之鄭復得女子
一短如之將以偶焉短人辭曰不可短人天之僇民也有母在不能養而又養
一短女子非所願也固與之將遁矣乃聽焉余過揚州短人出拜問安必朝夕
至載以如白下自將軍方伯太守以下聞其短咸具轝來迎短人短人摩地鞠
腃昂首酬對卑疵孅趨轉圜如意皆大喜贈賜重積及歸褒衣大冠篋爲之重
袁子曰禮之不可已也如是夫短人知禮人愛其短然則人之病何病乎其有
所短耶

小倉山房文集卷七

小倉山房文集卷八

錢唐袁枚子才

武英殿大學士太傅鄂文端公行略

昔蘇軾不及見范文正公爲終身憾枚猶得見鄂文端公公方頤廣顙鬚髯若神色温而語莊面兼春秋二氣自命過高常卑視古人氣出其上然於近今人才一善一技不肯忘以爲坐政事堂批勅尾非宰相事也宰相事在進賢退不肖而已賢不肖不可卒知則姑就其文章之表著者考之故每一鄉會試必採訪如飢渴胸中有某某皆非素相知及温卷者己未禮闈撤公立宮門向閣學蔣公曰爾泰今年愧死闈後閱人文所卜悉不讎惟袁枚一人驗耳聞出君門下非君誰光我顏者蔣故公年家子聞甚喜而此科大總裁趙相國等相顧愕然枚聞雖感公竟不知公從何處見枚文也以公位尊亦不敢一謁謝壬戌試翰林翻譯枚最下等公所定也啓糊名大恨召枚往賜飯與深語且曰觀汝狀貌

天子必用汝汝爲外吏必職辦或憂汝能文不任吏事非知汝者嗚呼公之知枚如是枚既早退不獲有所建白以彰公知人之明意欲報公以文章而公之行事又無從搜輯屢呼負負今年秋公長子容安來督兩江將趨庭時所腹存手集者命枚具筆牘受辭乃得粗舉梗概以備國史之遺謹按公諱爾泰字毅菴滿洲鑲藍旗人西林者其舊居部落也高祖屯太率汪領七村人投太祖高
皇帝曾祖圖捫襲佐領從征張理陣亡父拜官國子監祭酒公以舉人侍衛從
聖祖獵和詩稱　旨授內務府郎中郡王某至暴抗也屬公事不應召公將杖之公袖七首見曰士可殺義不辱王敬其強直謝之雍正元年典雲南鄉試還授江蘇布政使康熙末年搢紳横甚抗稅旅距小民公用能吏趙向奎等一大創之設春風亭招致文士大將軍年羹堯勢方張遣奴至蘇撫軍麥中門迎奴奴來見公公高坐召入問爾主安否奴見公甚莊嚴不得已屈膝出年亦無如何巡撫雲南先是雲南貴州廣西三省苗屢撫屢反公奏欲百年無事非改土歸流不可欲改土爲流非大用兵不可宜悉令獻土納貢違者勦疏上盈廷失

色
世宗大悅曰卿朕奇臣也此天以卿賜朕也命公進呈生年月日與怡賢親王
赴養心殿手鑄三省總督印付公公知人善任賞罰明肅一時麾下文武張廣
泗張允隨元展成哈元生韓勳董芳等各以平苗立功致身通顯然土官自漢
唐世襲二千餘年雄富敵國一旦入版圖受官吏約束心終不甘諸漢姦又陰
嗾之改歸後反者歲數起蜀之烏蒙窩泥滇黔之泗城長寨車攞夷粵之西隆
州相繼驛騷鎮沅苗縛知府劉宏度於柱裸淫其女而頭曳之然後剖心祭旗
公慚怒次骨奏請褫職討賊贖罪　世宗以爲多一次變動加一次平定　優
詔不許公感　上恩益奮督軍鏖戰所獲苗皆刳腸截脰分挂崖樹幾滿見者
膽裂繳上苗賽弓刀鎗砲軍器無萬數丙午用兵至庚戌功成乃造橋雲貴交
界處號庚戌橋開通黔滇路八百餘里先是孟養苗與老撾國相連明正德間
作亂兵部尚書王驥率兵十二萬平之立石金沙江羣夷驚從古未有然歸後
又叛至公而安營設汛如內地矣常親巡三省窮邊六千餘里沿路諸頭目金

環花衣焚香俯伏慫子莽子南詔諸國遣使上表獻倓錢賨布金盤銅蟒等物皆離中原萬里者也新開古州丹江禾長八尺穗雙歧豆如栗子大　世宗批劄云朕實感謝矣不知如何待卿而後心安封襄勤伯授武英殿大學士入都會准噶爾未平命公爲西路經略賜金甲上方劍出巡阿爾蘇歸奏西夷未可卒滅擾敝中華無益果親王從西藏歸與公言同　世宗竟罷兵與天下休息公受　世宗非常之知入朝盡三鼓方出語祕外莫能知每具一疏雖請安慶賀極尋常劄子上必嘉獎忠誠頒示天下常云朕有時自信不如信鄂爾泰之專事無小大必命鄂爾泰平章以聞以故公所到處巡撫以下出境千里拜謁虔若天人從雲貴入相八總兵跪送泣曰公行矣某等無以報願舁公須臾望見顏色公未及答八人者素拳勇直前擊去輿夫蟒服珊瑚冠肩公而行數里外一總兵忽亡去七人喪耦不得已皆散行百里外見草中孔雀翎彪彪然滕行奔前抱公靴大慟聲盡咯血則前亡去總兵狼山鎮某也公亦潸然淚承睫下入　朝首薦之遷松江提督公以身殉國知無不爲一切嫌疑形迹無所避

門庭洞開賓客車馬麻集漏盡乃已督三省時疏一切水道滇之昆明海口黔之磁硐八達粵之楊林諸河俱宣流貫行商貨屬至貴州布政使申大成請軍田加稅將軍鄂彌達請丈欺隱田部議允行公惡其言利皆奏阻之尤護持善類前滇督高其倬楊名時俱獲罪楊待鞫而高修城公每見此二人談移日從者放儀仗鼾睡或四散新撫朱綱欲入楊罪呼三木以待軍民洶洶欲爲變公力護持乃免楊夜夢羣蜂攢囓一神人以袖揮之散及見公如夢中貌貴州巡撫何世璂以名儒爲糧道李日更所劾公昭雪之經略歸　世宗命戶部尚書海望爲治第凡什物棜禁盤匜楲窬之屬必具已報齊矣命昇堂上几視之以爲窳敗大怒召海切責海叩頭請易乃已及公入朝奏事畢曰卿勿還舊居可赴新居手書公忠弼亮四字賜之侍衞十人捧而隨公公入　宸翰亦入闈府中無園圃　命以藩邸小紅橋園賜公而中分其半爲軍機房公弟爾奇提督九門兼兵部尚書公力爭不可受直言雲南司道賀慶雲見大理令劉某獨曰某眼眯實不見慶雲公嘿然心嘉其直薦之枚初見公使問張奐稱羌夷一氣

所生公報虐以威虔劉太重公笑曰五十年後自有定論也　世宗晚年召公
宿禁中逾月不出人皆不測　上意公亦自危八月二十三日夜　世宗升遐
召受顧命者惟公一人公慟哭捧　遺詔從圓明園入禁城深夜無馬騎煤騾
而奔擁　今上登極宿禁中七晝夜始出人驚公左袴紅濕就視之髀血涔涔
下方知倉卒時爲騾傷虹潰未已公竟不知也乾隆元年每行一政下一詔海
內喁喁拜泣歌舞以爲堯舜復出有歸美於公者公悚然曰天生聖人社稷之
福也老臣何力之有焉年六十九薨　天子親奠配享　太廟謚文端有奏疏
詩集各若干卷子某某

光祿寺卿沈公行狀

公姓沈諱起元字子大世居太倉父宏受號白漊先生與相國王公掞爲布衣
交高隱不仕著述千萬言生先生愛其穎悟曰此兒須我自教也辭千金館穀
閉門督課以康熙庚子舉人辛丑進士入翰林改吏部員外
世宗登極嚴六部缺主之禁不自首者死直隸學政缺主事發公爭曰此與六

部缺主不同學政衡文缺主不能爲弊宜減死爲流　世宗嘉公有識召見授
興化府知府當是時　世宗風聞閩中倉穀多虧　命內大臣伊拉齊等率謁
選州縣六十餘員按覆之諸員爭得缺盤斛苛煩仙遊令某受代不收碎米公
怒曰穀以備賑也碎米亦可療飢斗升既足何事紛紜諸大府無以難一時擒
虔之風爲之稍戢總督高文良公奏開南洋已帖黃曉示矣有　旨禁內地商
羈留外國高公猶豫命商人戚里具原船往回結狀方許放行公諫曰此法立
將一船不得行高問故曰出洋者生死疾病無常數貨物利鈍無常期此豈內
地戚里所能逆料而爲之具結者乎且公無開洋之示商無怨也今商既得此
好消息造船者費若干製貨者費若干忽以結狀相嬲是明誘之而暗苦之也
商必怨且走南洋者需北風今立春已半月倘結狀來北風不來彼失業商聚
集廈門或爲盜賊害將何已言未竟高色變曰君欲云何曰據起元意但令出
洋商自具狀以三年爲期如過期者不聽回籍卽以此狀咨部足矣故事驗放
官與泉道及泉防同知也洋船水手多寡視樑頭大小民懼納稅大輒報小及

出口船不得行乃求增水手同知張某馳啓督撫公攝道篆後到曰此啓誤矣水手定額工部所頒督撫不能增勢必咨請部示從此駁詰不已奈何俄而衆商具牒願自掉船免增水手張不可公夜叩張門曰南風起矣衆商懼不得行故爲此請君再固執必生他變張不得已驗船放行船中商果已集無賴袖瓦石將堵張門當是時微公幾不測初兩院閱張牒方仰天愕眙計無所出及此信聞乃大喜嘉奬者再而海口商民變詛爲祝懽舞者數萬人遷臺灣道臺田以甲論每甲十畝有奇國初以鄭氏稅簿爲額較內地賦加重幸欺隱者多民不爲困雍正五年丈量法行民多棄產逃公請於高公曰人謂欺隱清可歲增漕十萬此妄說也第恐科則不定或比舊額轉少必干部駁爲今計宜令舊甲悉依舊數而丈出新田照同安下則起科俟欺隱盡清之後再將舊甲舊賦通勻於新田輕賦之上則國課民生兩無所病高從之至今臺灣民安其居國安縣民辛氏與顏氏有仇自殺其弟婦誣顏按察使潘體豐不能察具獄上總督命公覆訊公平反之潘怒以他事中公落職家居　今上元年起用爲江西驛

鹽巡道尋遷河南按察使直隸布政使內遷光祿寺正卿以老乞歸年七十六卒公長身廣額白鬚偉然待後進諸生慊慊如不及而於權貴處屹不可動在閩時巡撫常安屬司海關吏白故事司關者到必先以名紙謁巡撫家奴公大駭不可一切驗放南面指揮諸奴悚息垂手唯唯及常去後撫朱定元向公問常奴贓狀公不對朱強之曰起元但知常公在關革除浮稅四千金此外非所知也戶部尚書海望奏清理直隸旗地有司違限奉 旨嚴斥總督高公命公劾數州縣以自解公不可曰旗地非旦夕可清州縣方災何暇了此公必劾官當自藩司始十二年直隸旱 駕幸東魯高公以迎 鑾事重命檢戶口十一月開賑公力陳民困甚慮不及待高愠曰必若此君自具奏公嘿然出苦言於清河道方公觀承求通其意甚婉高亦悟卒從公言公性儉自奉一簋之外無他過菜口不言生產事歷任脂膏而蕭然四壁於官爵黜陟視若浮雲初署臺灣知府到官日生番越獄前守劉某曰獄匙未交是我責也公曰守印已受是我責也爭開失察職名大府嘉其有讓遂兩免之所著學古錄四卷古文八卷

詩四卷子某

記富察中丞四事

東粤近海南諸夷中國兩戒之守以廣州虎門爲限乾隆八年紅毛國伐呂宋勝之俘五百人率其衆順帆泊虎門粤東大駭總督策楞召布政使託公曰外夷交攻揚兵我境勦之乎聽之乎於國體奚宜公曰當使進表稱貢獻所俘五百人請公處分策笑有愠色嗜曰君直戲耳紅毛雖夷非癡人其肯以萬里全勝之師受驅使耶君言之君能之乎公曰不能固不敢言策愈愠曰君果能恣君所請公笑曰無多請也請飭印知縣楊參將聽指揮六日內復命印令者才而敏楊參將者修幹偉髯有將貌者也策許之公出召印令曰我欲使汝教紅毛國進表稱貢獻所俘五百人請制府處分印令驚如策所云公曰汝直未思耳紅毛伐呂宋涉大海數千里糧能足乎船漂涙擊風必損壞不於此修篷樯其能歸乎此如嬰兒寄食於人小加裁禁立可餓殺何說之不能從制軍易吾言不問吾故未以此意曉之印令大喜奮曰如公言足以辦矣與參將楊領百

人短後衣持彈據獅子洋而營焉密令米商閉戶遏糴紅毛人來探告之曰中國無他意慮奸民欺汝外夷以行濫物誘汝錢故來相護耳紅毛人不解意去然望其炊煙漸縷縷希矣居亡何紅毛總兵求見坐定未言印令呵之曰中國久以虎門爲限條禁森嚴汝兩國交鬨不偃旗疾過乃揚兵於此大悖我制府性暴好用兵我等未敢遽白所以守此欲斷汝糧餓死汝然後白制軍紅毛總兵意大沮目參將參將禁聲鬚髯怒張叱嗟而已總兵愈恐伏地請曰誠然糧盡然終非有心犯天朝也公幸赦之且教之令微露其意紅毛人泣曰若然誠天幸也請代申此言令曰不可吾爲汝告方伯大人方伯大人爲汝告制軍階級尙多通達尙難汝一旦失信則我等先爲汝獲罪故不敢也曰紅毛自具牒申請何如令爲不得已而強應曰可紅毛人抱弩負韊手加額匍伏進表貢所俘五百人乞制府處分策公大悅竟以五百人仍還呂宋而賞賜紅毛聽其還國越一年呂宋修怨於紅毛遣兵數千駐澳門揚言待紅毛來戰總督又詢公公曰此可一罵遣之也紅毛國小而強屢勝呂宋國大而弱屢敗以大國敗於

小國慮四隣輕之欲洒削其恥又不敢從海直下挑戰紅毛故逗遛我地自張虛聲公前將紅毛所俘五百人送還伊國恩甚大可仍命印令往道破彼情歸曲責直彼雖夷必無辭而退如公言呂宋兵船即日搖艣去

乾隆七年粵東旱攘竊塡衢總督張示禁小錢且曰平糶三米廠宜減一糶者無過二升公聞大驚召廣州知府曰民情甚迫而糶廠轉減汝能保十日內無事乎曰不能五日何如曰不能公厲聲曰吾欲汝保十五日無事汝不能吾手斬汝知府跽而請曰今一日難保而公云十五日何也公曰固也待吾言之制軍所以減糶者慮米不繼故留餘於倉也不知民情一變倉之餘官能留乎不若傾倒出之使民知之爲今計宜增一廠爲四廠宜不計斗石宜兼收小錢如制軍教朝夕難保如吾教十五日可保十五日中倉未竭雨必至民將大安第恐汝違吾言先白制軍致掣吾肘則事敗矣事敗民變均死也不如斬汝死死乃有名知府叩頭出如公教民懽聲如雷越八日天雨米尚餘五千石有奇雨後大官行香謝神將軍某謾曰吾欲絕公交公驚問將軍曰當制軍令下時民

心震動意在必亂吾臥夜不閉目公陰行善事消釋禍源而不先告我以寧我其能無絶交乎

公署廣東布政使前官程公仁沂被劾待罪廣州知府來手一冊呈公曰此程獄詞公問訊乎曰未也然則何以有詞曰向例撫軍劾官無所待訊不過擬供狀具獄而已公微笑不應取所呈冊付家僮內藏之知府探公色甚和必重違撫軍意而喜已署藩司之將即真也婡婡然喜公正色責之曰訊百姓無先擬供法今訊藩司大員而汝乃代爲之供藩司汝長官撫軍亦汝長官殺長官媚長官於義何當我才短不能核人僞供故收藏之明日將此冊奏　皇上俟聖裁知府陰喝汗下長跽請曰某死罪此案良不實不圖公公正平恕一至於此求賜還原冊訊明再啓公笑曰能如是吾何求與冊令出而遽呼騶從見撫軍撫軍者高郵王安國也初及程事王起立拱手曰微公言吾早羞死矣疏程陰事者程之同鄉同年知縣某也訪之臬司某曰頗聞之訪之巡道某佯驚曰聞之久矣聞制府先奏矣予不得已奏出今聞諸員覬覦遷缺而然事大可疑

我悔之折骨此段歉懷曾告阿將軍知之公不信請質我於阿將軍公曰改過不吝古大臣風也某請案覆再啓公甫出而知府已赴轅跪白程藩司事訊明全虛惟以平餘充公未奏擬罪公於奏程罪前十日先奏司庫動用平餘歷任官從不奏聞臣初到不敢蹈程某故轍致滋重罪仰乞睿示　上硃批此等小事任汝為之但當慎重倘遇別案連及朕亦不能為汝寬也後程奏入　上入公先言竟得寬減程夫人每早起盥沐畢嚴妝不食不言命家人舁至公生祠內焚香膜拜然後還家飲食笑言

乾隆四年詔丁銀攤入地畝永為例海內便之惟山西解州安邑五州縣不肯曰此地富民無田若攤丁於地是貧民代富民完糧也征輸者以為然竟私用舊法七年　上風聞命巡撫某議覆巡撫請如新例公為冀寧道爭之曰五州縣執貧富之說因循已久一旦改更民必變此事宜三思巡撫忿然召河東道某趣辦河東道心知不可而難於牴牾謾與兩司議曰事起解州牧今嚴牒下牧足矣牧懼即製巨梃千長枷百餘驅迫呼號安邑民揭竿起罷市燒城門毀

公署而堵焉報急者日三四至巡撫擾急不知所爲命公領兵往公笑曰我願往然無兵我往有兵我不往巡撫問故曰彼畫垷也雖生變尙懷狐疑聞有大兵則反志益決今合山西全省兵不過數千與我領者不過數百其足當五州縣人無萬數乎請單騎獨行而暗與我調兵符相機行事巡撫強應曰諾諸司道及府州縣餞公於郊酒行泣下若永訣者然公自省城至安邑一千二百餘里五日而至先張示稱爾曹皆國家愛養元元急迫生變我來非征爾欲平定安集之肯自首歸誠者赦民未曉公意閉堡門不出邑令來謁問誰爲首對不知公曰可以知縣而不知乎曰聞某已被劾心灰且人衆無所於訪公曰以民變劾官　皇上必不悅或別遣欽差訊汝汝努力助吾何遽不爲福令拜謝出獲夜行少年訊之手疏七十二人喜甚不請於公遽往擒犯歸半塗追者至鎗砲騰起弓役傷奪所拘七十二人入堡公嘆曰禍成矣庸人誤乃公事奈何將具牒請兵慮不發乃命副將率二百人傍堡而營告之曰不必戰但得堡中情狀即以聞如公言堡內人椎牛而囂公立召還以狀白撫軍請兵兵未至公陰

念山西兵少且弱不可用而安邑民可先聲奪也乃檄取四城大砲及他兵器待用又襍取鋤犁鈎盾揚言將毀堡日昳巡撫羽檄下公發之蹙額歎曰孽矣殺一縣老弱安用全省兵耶吏胥聞之震恐轉相告語公遣人以酒千罌羊百羜犒兵命毋進城駐將軍廟聽召廟離堡三十里夜大風蹄踵蹂踏煙沙障天屠羊霍霍兵酣飲叫呼望者聽者人數莫辨堡中民股弁公笑曰此擒犯時也命知縣副將戎裝大呼堡前曰縛七十二人獻者兵立罷稍遲天明大軍至金鼓一震玉石焚矣堡中人不得已縛七十二人詣府受遣次日點兵三百人而已遠來足皸腫手不能弓幸無所用歸營偃旗未幾天子果以巡撫爲民變劾官懦特命大學士訥親來鞫駐省城訥別訪亂民五百檄公與副將擒訊公具牒稱七十二人尚多冤餘衆宜可闊略訥愈怒文書火急且曰黨惡聽衆公不爲動抵攔者三副將意不能無怯來瞯公公無言副將曰公何無言公曰難言也以爲可耶妨五百民命以爲不可耶妨君官職民與官孰重君當自謀我不敢以己律君安得有言副將歎息而去五百人聞之泣曰攤丁非託公意擒七

十二人非託公意我輩早從公言自首歸誠大家抱兒子卧矣今又以不擒犯故累公我山西以俠烈聞若然非壯士也請與偕出五百人竟面縛出投公公不受投副將受之來謁公坐赬發於面公賀得大功君何不自喜副將手指天歎曰五百人爲公來乎爲我來乎我武官也不折一矢而冒公功其如天何乃將安邑畏威歸順之意啓訥公訥亦怒解命且保釋五百人父子妻女爭來迎歸扶攜歡呶祝延之聲數里不絕獄具前七十二人者誅三人杖十人公諱庸字師健滿洲富察氏

小倉山房文集卷八

小倉山房文集卷九

錢唐袁枚子才

書魯亮儕

己未冬余謁孫文定公於保定制府坐甫定閽啓清河道魯之裕白事余避東廂窺偉丈夫年七十許高眶大顙白鬚彪彪然口析水利數萬言心異之不能忘後二十年魯公卒已久予奠於白下沈氏縱論至於魯坐客葛聞橋先生曰魯字亮儕奇男子也田文鏡督河南嚴提鎮司道以下受署惟謹無游目視者魯效力麾下一日命摘中牟李令印即攝中牟魯爲微行大布之衣草冠騎驢入境父老數百扶而道苦之再拜問訊曰聞有魯公來代吾令客在開封知否魯謾曰若問云何曰吾令賢不忍其去故也又數里見儒衣冠者簇簇然謀曰好官去可惜伺魯公來盍訴之或搖手曰咄田督有令雖十魯公奚能爲且魯方取其官而代之寧肯捨己從人耶魯心敬之而無言至縣見李貌温温奇雅揖魯入曰印待公久矣魯拱手曰觀公狀貌被服非豪縱者且賢稱噪於士民

甫下車而庫虧何耶李曰某滇南萬里外人也別母遊京師十年得中牟借俸
迎母母至被劾命也言未畢泣魯曰吾暍甚具湯浴我徑詣別室且浴且思意
不能無動良久擊盆水誓曰依凡而行者非夫也具衣冠辭李李大驚曰公何
之曰之省與之印不受強之曰毋累公魯擲印鏗然厲聲曰君非知魯亮儕者
竟怒馬馳去合邑士民焚香送之至省先謁兩司告之故皆曰汝病喪心耶以
若所為他督撫猶不可況田公耶明早詣轅則兩司先在名紙未投合轅傳呼
魯令入田公南向坐面鐵色盛氣迎之旁列司道下文武十餘人睨魯曰汝不
理縣事而來何也曰有所啟曰印何在曰在中牟曰交何人曰李令田公乾笑
左右顧曰天下摘印者寧有是耶皆曰無之兩司起立謝曰某等教勅亡素致
有狂悖之員請公并劾魯付某等嚴訊朋黨情弊以懲餘官魯免冠前叩首大
言曰固也待裕言之裕一寒士以求官故來河南得官中牟喜甚恨不連夜排
衙視事不意入境時李令之民心如是士心如是見其人知虧帑故又如是若
明公已知其然而令裕往裕沽名譽空手歸裕之罪也若明公未知其然而令

裕往裕歸陳明請公意旨庶不負大君子愛才之心與　聖上孝治天下之意
公若以爲無可哀憐則裕再往取印未遲不然公轄外官數十皆求印不得者
也裕何人敢逆公意耶田公默然兩司目之退魯不謝走出至屋霤外田公變
色下階呼曰來魯入跪又招曰前取所戴珊瑚冠覆魯頭嘆曰奇男子此冠宜
汝戴也微汝吾幾誤劾賢員但疏去矣奈何魯曰幾日曰五日快馬不能追也
魯曰公有恩裕能追之裕少時能日行三百里公果欲追疏請賜契箭一枝以
爲信公許之遂行五日而疏還中牟令竟無恙以此魯名聞天下先是亮儕父
某爲廣東提督與三藩要盟亮儕年七歲爲質子於吳吳王坐朝亮儕黃裌衫
戴貂蟬侍側年少豪甚讀書畢日與吳王帳下健兒學嬴越勾卒擲塗睹跳之
法故武藝尤絕人云

書麻城獄

麻城涂如松娶楊氏不相中歸輒不返如松嗛之而未發也亡何涂母病楊又
歸如松欲毆之楊亡不知所往兩家訟於官楊弟五榮疑如松殺之訪於九口

塘有趙當兒者素狡獪謾曰固聞之蓋戲五榮也五榮駭卽拉當兒赴縣爲證而訴如松與所狎陳文等共殺妻知縣湯應求訊無據獄不能具當兒父首其兒故無賴妄言請無隨坐湯訪咬五榮者生員楊同範虎而冠也乃請褫同範緝楊氏先是楊氏爲王祖兒養媳祖兒死與其姪馮大姦避如松毆匿大家月餘大母慮禍欲告官大懼告五榮五榮告同範同範利其色曰我生員也藏之誰敢篡取者遂藏楊氏複壁中而訟如松如故逾年鄉民黃某墐其僮河灘淺爲犬爬嗷地保請應求往驗會雨雷電以風中途還同範聞之大喜循其衣衿笑曰此物可保與五榮謀僞認楊氏賄仵作李榮使報女屍李不可越二日湯往屍朽不能辨殮而置榻焉同範五榮率其黨數十人鬨於場事聞總督邁柱委廣濟令高仁傑重檢高試用令也覬覦湯缺所用仵作薛某又受同範金竟報女屍肋有重傷五榮等遂誣如松殺妻應求受賄刑書李獻宗舞文仵作李榮妄報總督信之劾應求專委高鞫高掠如松等兩踝骨見猶無辭乃烙鐵索使跽肉烟起焦灼有聲雖應求不免皆不勝其毒皆誣服李榮死杖下然屍故

男也無髮無脚指骨無血裙袴逼如松取呈如松瞀亂妄指認抵攔初掘一冢得朽木數十片再掘舁木無有或長鬚巨靴不知是何男子最後得屍足弓鞋官吏大喜再視髑髏上鬖鬖白髮又驚棄之麻城無主之墓發露者以百數每不得又灸如松如松母許氏哀其子之求死不得也乃剪己髮摘去星星者爲一束李獻宗妻刓臂血染一袴一裙斧其亡兒棺取脚指骨湊聚諸色自瘞河灘而引役往掘果得獄具署黃州府蔣嘉年廉其詐不肯轉召他縣仵作再檢皆曰男也高仁傑大懼詭詳屍骨被換求再訊俄而山水暴發舁屍衝沒不復檢總督邁柱竟以如松殺妻官吏受贓擬斬絞奏麻城民咸知其冤道路洶洶然卒不得楊氏事無由明居亡何同範隣嫗早起見李榮血模糊奔同範家方驚疑同範婢突至曰娘子未至期遽產非嫗莫助舉兒者嫗奮臂往兒頸拗胞不得下須多人招腰乃下妻窘呼三姑救我楊氏闖然從壁間出見嫗大悔欲避而面已露乃跪嫗前戒勿洩同範自外入手十金納嫗袖手搖不止嫗出語其子曰天乎猶有鬼神吾不可以不雪此冤矣即屬其子持金訴縣縣令陳鼎

海寧孝廉也久知此獄寃苦不得閒聞卽白巡撫吳應棻吳命白總督總督故
邁柱聞之以爲大愚色忿然無所發怒姑令拘楊氏陳陰念拘楊氏稍緩或漏
洩必匿他處且殺之滅口獄仍不具也乃僞訪同範家畜娼而身率快手直入
毀其壁果得楊氏麻城人數萬歡呼隨之至公堂召如松認妻妻不意其夫狀
焦爛至此直前抱如松頸大慟曰吾累汝吾累汝堂下民皆兩泣五榮同範等
叩頭乞命無一言時雍正十三年七月二十四日也吳應棻以狀奏越十日而
原奏勾決之　旨下邁柱不得已奏案有他故請緩決楊同範揣知總督意護
前乃誘楊氏具狀稱身本娼非如松妻且自伏窩娼罪邁復據情奏　天子召
吳邁兩人俱內用特簡戶部尚書史貽直督湖廣委兩省官會訊一切皆如陳
鼎議乃復應求官誅同範五榮等

袁子曰折獄之難也三代而下民之譎觚甚矣居官者又氣矜之隆刑何由平
彼枉濫者何辜焉麻城一事與元人宋誠夫所書工獄相同雖事久卒白而轇
轕變幻危乎艱哉慮天下之類是而竟無平反者正多也然知其難而慎焉其

於折獄也庶矣此吾所以書麻城獄之本意也夫

書潘荆山

潘荆山諱兆吾浙孝廉也靜深有謀浙閩總督滿保辟入幕府康熙五十四年臺灣反以立朱一貴爲名朱農家子幼養鴨爲業每叱鴨鴨皆成伍路不亂行鄉人異之游民之無賴者倡爲亂擁一貴據南路殺守備及官兵二百總兵歐陽凱副將許雲討賊戰死臺灣陷事聞省城大震時漏下二鼓滿公不知所爲登荆山床爲訣哭聲烏烏荆山披衣起笑曰公止哭賊即平矣臺灣賊皆烏合何能爲第兵機貴速須盡此夜了之公曰如何曰公持印荆山持筆兩侍兒供紙墨羣奴張燈聽遣足矣如其言書一牒下中軍曰發兩標兵各千五鼓集轅旌旗器械戰船缺者斬一牒下司道曰運糧若干集廈門聽取誤者軍法從事一牒下府縣曰明早部院出兵送者斬各吏民安堵毋動荆山每書牒筆颯颯如風雨畢一紙請公加印印畢即發未三鼓而部署定荆山復解衣臥咍臺大鼾黎明拔營行兩日至廈門時承平日久兵不善櫓槳公憂之荆山下令傳呼

曰凡海賈船能捐貲載兵者與五品官有一賈奮前即褫守備蟒服與之繼來
者分給牌劄豹豸繡補衆賈大喜爭自掉船船銜尾布列兵依隊而上不敢譁
甲光耀日五日抵鹿耳門賊大怖以爲神兵從天而下駭散無鬭者互相攻殺
守紅毛城僅十六人誅之進勦竹箐城禽朱一貴檻車送京師兵不血刃糧不
支給凡七日而臺灣平滿公欲奏荊山功荊山辭曰某姓孄非能吏事者也賊
平仗　國家威靈不可貪天功襲人爵請事公終其身滿公卒潘復佐浙督李
公衞以名聞

李敏達公逸事

康熙末各省錢糧多虧
世宗詔清查天下震懾公總督浙江聞之詣內幕問策皆瞠不語公曰不請朝
臣來　天子弗信朝臣至而督撫無權事敗矣宜速繕一疏極言浙省廢弛久
誠得內大臣督治甚善但內臣初至未得要領臣身任地方需臣協理事裁辦
疏成馳奏即詐稱生日開筵受賀浙中七十二州縣無不麕至者公張燈陳百

戲止而觴之召諸州縣至密室語曰清查使者至矣汝庫虧絲毫勿欺我我能救汝否者發露被誅勿我怨皆泣謝曰如公教歸皆核冊密呈其無虧者具狀上亡何奏下許公協理清查大臣戶部尚書彭維新實來先至江南江南督撫不敢闌語一聽彭所爲彭天資險鷙鉤考煩密民吏不堪州縣擬流斬監追者無算畢到浙氣驕甚公迎見卽持　硃批示之曰朝廷許衞與聞公勿如江南辦也彭氣沮稍稍禮下於公公置酒宴彭半巡執杯嘆曰凡共事者未有不爭者也某性戇好與人角屢蒙　上誨今誓與公無爭而後可但不知如何而後可以無爭彭曰分縣而辦何如公曰善呼侍者書州縣名若干揉小紙如豆縣盤盛與彭起分拈之暗有徽記彭不知也其虧者歸公其無所虧者歸彭彭刻苦辛較手握算至胼起卒無所得而公密將贓罰閒款鹽課贏餘私攤抵矣故使人問曰有虧否何如彭曰無之彭問公公陽爲喜出意外者而應曰亦無有也遂兩人同奏浙省無虧　世宗大悅語人曰他人聞清查多憂愁獨李衞敢張燈宴彼教督有素自信故也晉秩太子太保賞賜無算各官俱加一級江南

之人望如天上河東總督田文鏡柄用時忌公暗劾公　上不爲動田懼轉來
結納伺公居太夫人喪遣人以厚賻弔公罵曰吾母雖餒不飲小人一勺水也
麾使者於大門之外而投其名紙於溷中然性極服善一日坐堂上命吏胥田
芳作奏請封五代田不可曰封典止三代無五代芳不能作此奏固命之對如
前公大怒罵曰畜產例自我創何干汝而逆我田遽起立勃然曰公大誤公怙
天子一時寵忘王章芳故曉公公當謝芳乃辱及其親何也且公爲人子孫
封三代而猶未足芳亦人子孫未封一代而公以畜產寵秩之何用心逆人道
耶芳殊不服芳殊不服公素負氣忽公堂爲吏所折窘不知所爲強復怒曰便
是我誤汝不服奈何曰公大人也芳小吏也豈特公詈芳芳無如公何即公杖
死芳芳亦無如公何所可惜者大人之威能申於小吏而小吏之理殊直於大
人耳言畢竟走出公默然顧左右亂以他語而罷是晚召芳芳疑公畜怒將陰
禍之入色如土公握其手笑曰汝有膽識而辱爲吏可惜吾貸汝千二百金納
縣丞他日事上官亦以直道行之田泣謝得富平縣丞遷鳳翔令以賢聞

傅卓園者名魁公標下卒也少無賴以材武入勇健營涿州大盜李自洪力敵千人匿大邵村牛四家公命卓園往擒卓園請標下李昌明及韓景琦俱公笑曰汝往能擒此賊昌明往非昌明殺賊則賊殺昌明韓景琦往必誤乃公事不信如汝意試之卓園夜至牛村自洪方謀劫冉貢生家未發卓園破門入昌明舞雙鎚先登賊暗中斫之傷大呼仆地卓園繼進門小器無所施棄其戟手搯賊陰而曳之小腸出矣賊抱卓園刃其背萬千幸衷甲不死然骨入者寸許卓園繞賊腸於臂至三匝賊猶能運刀韓景琦急來助昏黑不辨捧傅足以爲賊也而縛焉傅自念受兩人敵必敗不得已逆而踐之繩三重皆斷韓仆出數步外天漸明三人共縛盜獻之轅公大笑曰吾所料何如盜且死顧行刑者曰吾爲盜三十年殺人如草官兵屢捕無敢格鬬今擒我者壯士也願一見而死或指卓園盜運目久之嘆曰我久當死死於足下值矣我所遺寶刀知足下來哀鳴三日宜贈子佩之我死不悔爲盜悔不知天下之尚有人也

鄂文端公逸事

張廣泗之征丹江也來辭公牘記軍事數條將請公處分公餌諸燕寢竟日莞絃鏗鏘口不及軍事張不得已請間公問何爲曰軍事公正色曰吾以汝爲能辦賊者故用汝不料汝非將才也用兵之道變化無方故曰閫外將軍主之其隨時制勝豈我與汝今日所能預定耶惟兵少或糧不足者當問總督而我部署久定故懽而飲汝汝尚何言諸將聞之皆心折駭服初廣泗知思州府說公取古州八萬云其地廣千餘里在黔粵之交分兩省觀則在外合兩省觀則在內廣泗乞到黎平探知形勢可以奏功公即調廣泗知黎平黎平諸葛營者古州形勝處也後倚大山西接懷遠中有五丈臺登之見大小丹江苗俗傳孔明登後無人登登輒頭痛廣泗到即輕騎登臺苗望見廣泗指揮臺上驚將圖己即聚衆張礮下坡處廣泗心動不肯下宿於臺次日五鼓大霧從山背銜枚下苗驚以爲神歸盡得其出入要領啓公招降都溶兩江苗而征丹江九股苗

世宗慮廣泗新進好事命內臣牧可登春山至軍營參謀至丹江已平　世宗

大悅授廣泗貴州巡撫召公入都公薦廣泗爲巴里坤副大將軍征阿拉蒲坦

先是大兵屯巴里坤山北人馬多凍死廣泗往請於大將軍查郎阿曰賊不畏冬以能移家故也賊能往我亦能往盍學賊移家法覓向陽有水草處立營查不信廣泗率所領兵如寇法其年兵無死者馬臕肥如初敗賊於木壘城殺無算生禽六百人　世宗大悅命總督湖廣會古州苗反煽連楚粵諸孽陷思州清平　世宗切責公命刑部尚書張照都統德希壽督師貴州照等奏改流非策　世宗愈怒廣泗奏善後失宜皆臣之罪願革職效力軍前會　今上登極加廣泗七省經略銜督兵貴州羣苗呼曰上諸葛營老子又來矣慎勿與戰望旗幟輒走廣泗奏張照等所以無功者分守兵戰兵爲二故也黔兵本少而又分之何以辦賊請調全省兵齊集鎮遠以通雲貴往來之路　上許之廣泗率三萬兵張強弩追苗至凱里香山山有牛皮箐當四山之凹深數百丈闊三里苗避弩爭走箐下廣泗據山築長圍四面環之苗無所得食相枕籍餓死者四十餘萬人三省猺猓爲之一空嗣後古州雞尾擺處俱改衞設屯而羣苗亦不復反矣哈元生者河間人也高鼻長髯以守備從公征苗每戰輒陷陣擢安籠

鎮總兵烏蒙之役賊數萬營官防海子張旗鼓噪元生率兵四千討之賊有名黑寡者號萬人敵每大呼鷹爲退飛戰日持長槍直犯元生元生以左手格槍右手拔箭射之槍應手斷而黑寡業已受箭落馬一目出矣元生斬首揭竿上羣賊奪氣退走追至得勝坡別寨苗起應之聚衆鳳凰山元生知衆寡不敵乃密令參將康世顯等夜率士兵暗繞賊營分左右隊伏山下約曰聽號礮起次日黎明元生率兵挑賊賊盡出官兵不動待賊將近忽礮發聲元生舞雙刀衝陣山後奇兵突至賊敗走追之盡俘其衆元生手擲一賊於空中高數丈以刀揮之作數段墜羣賊大駭以爲神勇嗣後望見安籠鎮旗纛卽逃無敢格鬭者

世宗召見賜宴以元生回部人不漢食命光祿寺別具特羊之餐二人者至公家皆供掃除之役若隸子弟然

稗事二則

尹文端公母徐氏江寧人爲相國小妻相國家法嚴文端總督兩江夫人猶青衣侍屏匽文端調雲貴入覲　世宗從容問汝母受封乎公叩頭免冠將有所

奏　世宗曰止朕知汝意汝庶生也嫡母封生母未封朕即有旨公拜謝出相國怒曰汝欲尊所生未啓我而遽奏　上乃以　主眷壓翁耶擊以杖墮孔雀翎徐夫人爲跽請乃已　世宗聞之翌日命內監宮娥各四人捧翟茀暈衣至相國第扶夫人榻上代爲櫛沐袨服襐飾花鈿爛然八旗命婦皆嚴妝來圍夫人而賀者相環也頃之滿漢內閣學士捧　璽書高呼入曰有　詔相國與夫人跪乃宣讀曰大學士尹泰非藉其子繼善之賢不得入相非側室徐氏繼善何由生著勅封徐氏爲一品夫人尹泰先肅謝夫人再如　詔行禮宣畢四宮娥擁夫人南面坐四內監引相國拜夫人夫人驚踧踖欲起四宮娥強按之不得動既乃重行夫婦合巹結褵之儀內府梨園亦至管絃鏗鏘肴烝紛羅諸命婦各起持觴爲相國夫人壽酒罷大懽笑去後三十年文端側室張夫人受封文端謝恩奏及之　上曰朕實不知　先帝有此事乃竟暗合豈非卿家家運耶公繼室鄂夫人鄂文端公猶女也兩文端相見鄂老矣嘆曰吾日夜思抽身退未知能否夫人曰女聞古之君子事君能致其身又曰明哲保身未聞有抽

身者兩文端爲之莞然
田文鏡總督河東以不喜科目聞王士俊宰祥符謁田田問出身王眉蹙口澀若爲萬不得已者而對曰士俊不肖某科翰林也田以爲測己愈惡之每見嗔喝吹毛索瘢王憂懣不食幕府客裘香山高士也被酒大言曰制軍有意相督過將早晚劾公公去無名可惜不如擇一有名事去問何事曰今新增河南鹻地稅民不能堪公以狀啓田田必據此劾公公雖去公名傳矣曷若萎腰授印低頭出衙乎王深然之繕稿數千言通牒大府布政使楊文乾心嗛田所爲而屈於勢不能言忽得王牒驚曰此何時尚有奇男子耶呼僮焚香供牒再拜遲明田果具疏劾王楊佯助田怒讓曰狡哉王令知公愎之故借此求名若據彼牒劾奏是落伊度內也且罪止罷官不如姑舍是而別摘他罪中之使轉身不得田頷之王感楊恩私誓如父子然亡何　天子擢楊巡撫廣東士俊送出境悲不能自止楊亦泫然曰事未可知何忍遽別姑行一驛乎既又留之曰事未可知姑再一驛乎王自度無全理惘惘相隨忽見北來飛騎捧黃封授楊楊下

輿北向九叩首招王曰我乞汝同往廣東　天子許以府道用矣速歸辦裝可
也王至廣東授肇高廉道尋擢布政使田文鏡卒竟督河東代其位

小倉山房文集卷九

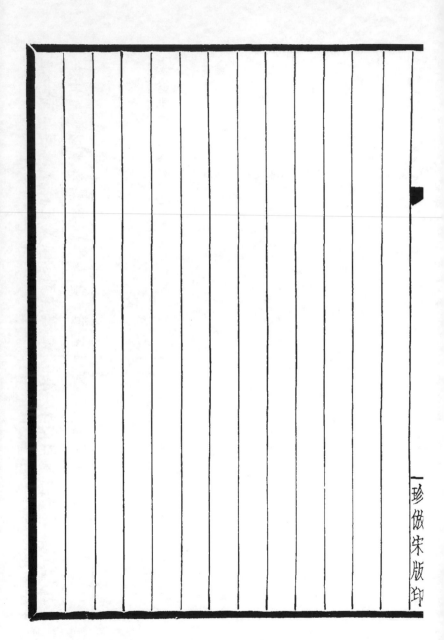

錢唐袁枚子才

王介祉詩序

吾不識漢管公明作何狀至於攬鏡自照傷不永其年其言卒驗然史稱其才幾亞管蕭矣今有人焉曰虞山王陸禔字介祉貌瘠而修如枯藤將弛兩瞳子凸於眶欲墜地碎其詩悼往紀今能曲折以神赴歌之葩華漭布若穆羽之調家貧母夫人年七十介祉挾一鞭一筆遊前年將之楚過余道別討論諧謔相樂也已而自戚其貌對壁間鏡戲曰而小子其窮哉乃別去長沙令某聘爲記室未半年病遽挖舟歸未半途死嗚呼貌之徵何其速也昔公明壽四十介祉僅三十三然則今之天更嗇於昔之天也公明文采無所表見介祉詩大噪於時似可以其名之嬴補壽之縮然形而下者貌也形而上者才也貌之徵宜夭宜窮才之徵宜顯宜壽宜彰施休明兩者皆天所與而一驗一不驗使人咨嗟涕洟則又胡不幷其才而靳之也介祉歿後子方索其詩其弟次岳自虞山來

以詩六卷屬余校定而付之梓嗚呼此則人所爲而不聽命於天者矣

送醫者韓生序

仁無術而不行堯舜之政周孔之教神農之藥皆術也皆所以行其仁也使堯舜周孔神農雖仁其民如嬰兒而無術以及之其奚能爲雖然後之人爲政教醫藥其厲民加倍焉豈古人之術不仁歟曰仁者見之謂之仁也見何在志是已孔子稱志於道孟子稱尙志又曰夫志氣之帥也志之所在不特慧力與俱而精誠之至天亦相之今之爲政教醫藥者推其志果可以見周公孔子神農乎然則其術之不工也乃其志之不仁也韓君宗海挾醫術來白門白門之人或疕瘍或宿瘤或噬疾而腰急或創未合而陷焉以深或申旦呼謈嗷嗷然目不得一瞚君治之脫手愈用是名稱噪於時韓君大言曰得諸公千譽不如得隨園一序故人蔣用菴爲通其意甚婉余以初測交故筆染復休者屢矣亡何相遇於用菴處極道所遲遲序君意君又大言曰吾索序非欲繩我美也顧吾懷欽欽在抱無有能宣究之者吾始任戴冠卽通儒兼通鑄凝家言以爲均不

足以仁吾坻故溺苦於醫爲品庶每生計此志也非公聲之於文則誰了我於冥冥者嗟乎君之志如是君之術可知且夫古之醫者皆刀錐鍼砭撟引毒熨之爲非徒恃湯液也故藥瞑眩而效亦易徵今轉科而別之內治爲優外治爲絀是何異爲政教者抱黃圖赤縣爲兢兢而遺視九寰八陔耶君之術能治內而專以治外名是則君之所以取效致功卽其所以探本挈要也余悲夫世之人知君術之工而不知其所以工故序君說以送君而兼以勗世之行仁者擇術者立志者

重修江寧縣志序

志江寧難於治江寧治之者行其當然之事志之者紀其已然之跡當然者以意爲已然者不可以意爲然非志之詳則治之亦必不備其道又若相須者然周官誦訓掌道方志以詔觀事以知地俗蓋自古稱焉江寧古帝王都頹垣片瓦中具史書數百萬言而上元一邑又至唐而分將獨自爲書其能無孱以糅乎其能盡萬物之理而不失其度乎其能廉而辨若比疏乎其能書出而人齊

其口不相訾謷乎江文通云作史莫難於志余故知難而退者屢矣鄉之先生進而言曰邑志不修垂九十年此其間之經入晐數風化芳臭明府忍聽其變革堙替而恝然置之乎明府於一切簿領能挈其最凡昈分殊事其於志江寧也奚獨不然邦之人願供束脡延名宿以先焉余曰唯唯因衆人之資藉秉筆者之才借山川都會之勝以成余之名又得時時覽其風土人事以考其政治之得失此梓人之不斲而書名者也何其幸也開局後成卷帙若干歲周乃付於梓嗚呼余舊史官也三年侍金馬門不能濡半管墨酬 主知而今擁吏卒學牛馬走乃得爲一邑成完書不可謂非遭逢之威然而其治江寧者殊難自信則志江寧者益可知也或千百世後覽是志而善之而轉疑今日之治江寧者之無甚過差則是諸君子之助而非余之功即書其意以弁羣言之首

送望山相公入閣序

置一人爲九卿六曹之官其可不可不可得而知也置一相於九卿六曹之上而可不可天下之兒童走卒已知之矣是何也百官論才宰相論望才可表見

於臨時望必積累於平日此三公之位之所以難也雖然養望難副望尤難今夫雲人皆知其能爲霖也然不過起於山中覆於一方則望之者欲亦易饜若夫蓬蓬然起於泰華之阿彌漫於九天之表則望之者咸引領於無窮倘沛然作雨而亦區區霢霂已焉則又安貴夫垂天之雲哉枚弱冠遊京師聞論相者輒曰尹公尹公今枚年五十公纔入閣然則公之望久矣望如公而何待於枚言亦惟望如公而枚又安得無言從來儒生之見往往與在位者相僢而馳非在位者之過也一旁觀一當局旁觀者好以太古迂遠之言靡切左右而勿度今所能行者陳之則不如其嘿而已也夫大臣之道豈一定哉周公教成王所其無逸而召公則教之以伴奐優游宋璟諫明皇毋幸東都而姚崇則勸以東巡無害卒之召公大聖也姚崇大賢也其若是何哉要在誘君心於當道而於己不失其正而已矣唐陽城一諫官耳尚不肯爭細事以累名宰相非諫官比也將朝夕坐論與社稷同休戚者也行而世爲天下法則行焉言而世爲天下則則言焉或時之未可勢之未宜則所貴乎積誠悟主伺間責難而不在乎改

一成法增一科條也天下人信公之深愛公之切必揣摩而相告曰以公入相而未有所聞於人間也其必嘉謨入告而不使外人知耶抑必重其身以有待而將大有造於將來耶如是十年天下之望公者未有既也則公之望雖未副也而卒無損也所慮者矜報恩之迹急任事之名於其遠者大者或不敢探懷以取則旁引雜出而轉多瑣屑紛更之爲使天下望此而得彼望大而得小而天子亦知其底蘊之已窮他日有言必厭而輕之矣平素之望豈不危乎以公之明必不出此而枚所以譏譏者恐公虛懷太甚竟忘其負荷之重若此而亦等於尋常作相者之所爲又恐公一事一言必先立身於無過之地而周旋曲折轉足以招人之疑不知過也者愈避之而愈至者也古大臣但知有國不知有身不知有身何知有過甚至機失謀乖猶戀戀而不能已而況躬逢一德明良之盛也哉枚見天下之人望公已甚而枚之望公又更甚於天下之人故於公之入閣也陳所慮以規公亦書所見以質公

送陸明府入都序

余不宰江寧久矣後之宰是者皆才出余上皆交好而心之所尤折者爲蘭邮陸君君喜余古文常曰他日得子文序我可乎余雅欲序君而苦於不得當以報乃諾而俟焉今年十月君以捕亡事受　天子知將召對有高爵之遷茲事非君所甚矜喜而忽大恩壓己轉項項不快邦之人亦若有卹然者余爲序而釋之曰羿之彎弓也惟巴蛇九日始足盡其彀耳乃偶中燕雀而名因之大彰羿之心非所冀也然天下事固有感在此而應在彼者豈獨射然乎或智人也而以愚獲愆或惠人也而以猛立功徒觀其迹未有不適適然疑者不知不轇轕而錯綜之不足以彰造物報施之巧君善讞決大府有疑難事必委君決君所至皆仁自持或罪至虔劉而一旦釋寧其家者纍纍然此皆宜受　天子知者也亦　天子知之必嘉予者也顧名不上聞雖堯舜無由知而平素闇然之勤勞天必欲光明之爲循吏勸則不得不借一二事以達九乾而垂清問且以見　聖天子留心人才小善不遺至於如此凡爲臣子而不以積誠勤事求知妄挾他途干進者皆惑也且夫學之與仕有二理乎曰無有也書稱學古入官

議事以制是也生之與殺有二理乎曰無有也孔子稱惟仁人能好人能惡人是也陸君口不離先王之言遺蛻其容常爲文俗吏所揶揄一旦璽書徵召儒者榮之然其爲政暖暖姝姝一以生人爲事者也乃偏以戮人見知君之才雖顯而君之心將隱矣予竊託於君子表微之義書其故曉邦之人而因以慰君之行焉

西阪草堂圖詩序

慶生曰古無有也慶生日而歌詠其所居之堂以爲慶古尤無有也雖然周雅曰秩秩斯干悠悠南山晉獻文子成室晉大夫發焉張老爲之善頌而善禱焉是皆就其所居以爲壽意也宣州張先生芸墅嘗不親學之年其戚里匄介爵匄祝鼇弁不爲揚詡而第爲所居之草堂徵詩蓋雖舉俗之文而亦猶行夫古之道也先生家有貞介堂爲前明司李公遺迹先生宦遊歸益宅城西鬻茅爲室顏曰西阪居而樂之聞之先民曰相馬以輿相士以居居也者君子之所不苟也衞公子荊善居室庾詵十畝之宅山池居半皆以居傳者也然混元運物

流而不處曾幾何時東閣變爲馬廄者多矣而士大夫一解巾褐又往往招之不歸以致田園就蕪雖先人之舊廬亦或鞠爲茂草未見有培基沃本如先生之纏綿者先生甫中年即伏而不出肆心廣意鉛槧於斯若忘其爲司馬官南越者然無他爲草堂作主人故也予雖不獲登堂猶憶甲戌歲與先生同遊攝山討論竹素窮極要眇意欲相引爲曹聲名流千萬歲今忽忽十五年堂中之著書若干尺可想而知也他日堂之因先生傳決也然而善邇即所以致遠獲後方可以承先張氏舊族得先生先生嗣君得慕青太史肯堂者未已肯構者又來較元亭之有童烏禮堂之有小同尤爲光耀然則以他事壽先生先生勿樂也以茲堂壽先生先生樂也雖欲不歌詠也得乎於是堂之景董尚書圖之堂之顛末先生記之詠茲堂之詩文小子序之

聞茗厓竹洲詩鈔序

前年冬楊君洪序來山中授一編曰此吾師茗厓先生詩也公爲序將刊焉楊固不知讀先生科舉文者校也先生姓聞名元晟檇李人雍正進士嘗校讀先

生文時年十二隔三十三年而又重讀其詩驚且喜以爲有文字緣者莫先生若也楊君授詩後占卦得訟終訟且遠行頹其家聲不暇爲開雕事而校亦無能有所匡定詩久不歸轉得時時維誦清微駘宕想見其爲人高士也年齒過差雖私淑卒不得一見然就詩迹其生平蓋嘗入長安遊淮海官鴈門登高懷古思鄉感舊未嘗不潛心深思自信其詩之可傳也老且死竟不能付梓而存之於家家貧子孫又不能付梓以授楊君君故豪士甫欲婆娑相料理旋爲禍敗此如孔安國之古文尚書將獻而以巫蠱事阻也雖精神至者天不能敝而遲之又久鴻寶不宣當時學文之童子亦將如先生老矣悲夫

高文良公味和堂詩序

詩始於皋夔繼以周召而大暢於尹吉甫魯奚斯諸人此數人者皆詩之至工者也然而皆顯者也自君子道消乃有考槃衡門諸作毋乃窮而後工之說其亦衰世之言乎　本朝文思天子相繼代興厥有新城尚書首唱唐音爲　國初冠天下翕然宗之此亦顯者爲詩之效也然論者猶訾其事藻飾少性情則

聲聞雖隆亦尚有未饜於人心者夫人臣之不可不臯夔也猶詩之不可不唐音也學臯夔者衣以其衣冠以其冠戛擊而拜颺焉其臯夔乎學唐音者習其趨慢聲其句讀終日筦絃鏗鏘其唐音乎善學臯夔者莫如周召然其詩無喜起明良一字也善學周召者莫如吉甫奚斯然其詩無卷阿東山一字也後世王朗學華子魚學之愈肖而離之愈遠此其故可深長思矣明七子學唐用宮調而專摩初盛故多疵焉新城學唐兼角羽而旁及中晚故少疵焉然皆莊子所謂循迹者也非能生迹者也居我　朝顯位而以詩聖者其惟大司農高文良公乎所爲味和堂集思沉采鮮聲與律應謂之唐不可不謂之唐又不可其真能潤色休明軼新城而上者矣然而公詩之工未有所聞於人間者則因公之高爵盛業有以掩之也夫士君子每苦無名位以昌其詩而若公之巍巍者又轉以彼累此此予之所以嘆也然就大以見小即本以該末而公詩之所以工者彌可知矣公從子慧將重鐫公集余從臾成之非徒闡祖德表幽光也將以彰我　朝賡歌之隆不在唐虞下而兼使世之論詩者有所矜式以無事區

區摹揣則公之功固亟亟宜表而慧此舉又豈宜得已耶

所知集序

梁昭明不錄何遜之文爲其生存也唐裴潾反之則又非交好者不錄是二者皆有所偏焉夫錄之者傳之也其文之可傳與否非夫人之存亡係之也孟子曰有見而知之有聞而知之道統如是詩文奚獨不然陳子直方選近人詩三集顏曰所知蓋及其身之所見者半所聞者半也夫詩無涯而知有涯四海大矣人才衆矣執邱里之耳目而繩天下而自以爲足焉不已傎乎陳子之名是集也若曰就吾所得者而存焉是亦舉爾所知之義云爾然則未爲陳子所知而漏是集者可無憾矣天下知詩者有涯而不知詩者無涯宋以後詩話日繁門戶日多張一論者多樹一敵若再搯擊而談體例不又傎乎陳子之名是集也若曰就吾所愛者而存焉是亦知之爲知之之義云爾然則陳子於其所不知本置之闕如之例而世之未入是集者又可無憾矣茲集之傳也其庶乎雖然直方之齒未也他日遊益廣學益深其所知者寧就是而竟耶漢杜季雅之

言曰知而復知是謂重知吾願直方之重之也

陶氏宗譜序代振聲作

將收族而忘其祖可乎曰不可本之不存枝將焉附將尊祖而遍收其族可乎曰不可流之太紛源將反混然則尊祖何始曰以始遷某郡者爲始收族何始曰以始遷某郡祖之子孫爲始此陶氏族譜所由立也陶氏系出潯陽淵明後譜牒難考明初鑑哥公死王事以校尉贈都督世襲正千戶其孫靖侯改官蘇州遂家焉吳之有陶氏也自靖侯公始也傳十二世爲振聲祖文英公將倣范氏立義莊權輿未就先君子承厥考心而侈大之捐田千金二千建祠因果巷祀靖侯公凡其所自出者歲食其田之租吳中陶氏之有義莊也自先君子始也振聲謹按大傳曰別子爲祖繼別爲宗康成註云別子諸侯之次子其始遷他國者是然則靖侯公始遷於吳爲陶氏居吳者之始祖禮也第周道親親而中庸則曰親親之殺以爲不殺其疎遠者則親親之道必泛濫無統而所應親者反不得與然則欲收族莫如立義莊欲立義莊莫如修宗譜修之若何曰考

始祖以前出者書之譜見本幹所自來考始祖以後出者書之譜見推恩所自起自鼉哥公至振聲凡十四世此本幹所自來也自靖侯公至振聲凡十二世此推恩所自起也明乎此二義而拜祠者既無疏遠隔絶之嫌資財者亦無屑越覬覦之弊此宗法也亦先人志也

張曰恆遺稿序

海內抱一束文屨及於吾廬而修士相見禮者十有十百有百吾未嘗無見焉見後或暱或疏或久或不久雖彼此互有契合處而要之以文為贄以見為歡真州諸生張曰恆寄五律若干來清而婉蓋為王孟者也余壹不知夫今之為詩者動學蘇端明致率爾操觚嘉生之獨異於族凡方寄聲促其來而執訊者曰生死矣生年甚少真州至白門甚近此屨及吾廬之可旦暮期者也乃卒不得一抗手豈蒼蒼者以為詩重而人輕見其詩可以不必見其人歟抑或其人之賢更倍於詩故靳惜取去而不許余之再見之也吾聞造物之奇有所甚祕月之華也麒麟之生也無人見之則存見之而不識猶存有人焉見之識之吽

呼而播揚之則散且逝生之不至或懼余之見之識之叫呼而播揚之耶然而詩者心之聲也生詩來矣身雖不至而其心固已至矣而余拳拳願見生之心則卒不能穿九原而一達於生是生可以無憾於余而余不能無憾於生也嗚呼

送許侯入都詩序

許侯從上元令還水部其邑人爭歌詩寵侯之行余故同城僚也先侯歸一年乃觴侯而弁以言曰情之見於去時者道之存於平日也道何在行乎己者是情何在存乎人者是今夫吏南面而臨懵乎毀譽傲乎友朋臨去見有父老指旌旗者見有故人嘆道左者雖酷吏怪物莫不有動於中而深遺愛之羨然則使人人能持其去官時之心爲在官時之心不亦善乎中庸曰不獲乎上民不可得而治又曰不信乎友不獲乎上同城官之獲上也如兩婦事姑殊難得調一切謁朔望集轘轅供頓遞儲偫戒其僕弗相聞知其信友如是其治民可知侯來聞前說而鄙之坦然同懷期於大和事其事兩邑如一邑民以爲便余之

歸也侯如失左右手至是侯亦去造物者若以爲二人同其道宜同其去損一人以孤君子其不可也先是尹太保總制江南政持大體民吏雖大多靜且安羣僚久於其位學射賦詩侯與余如家人往來飲酒樂必嘆曰同官之盛其難再哉忽忽四五年乾隆戊辰冬余引疾去後十日太保奉　命入陝再五日陳別駕遷揚州其明年正月王檢校老病死二月太守蔡改知廬州三月吏部徵侯入長安邦人之觀於道者嘖曰新官某新官某石頭城中目不一瞬業已若是然則嗣後之改更又將何極此侯之所以臨去而悲也余之所以送侯之去而愈悲也

陶西圃詩序

西圃歿後四年其第三子時行乞序其詩余讀之不覺涕之泫然也余齊年進士三百寡所親狎惟西圃與余同入翰林同作令同乞歸同居江南又同好吟詩以故冬之日夏之夜常宿余家唱喁無算余生平乘人鬭捷之作輒不存而西圃昵余過當雖一短句一讕語必書之集中余不特不省記亦不知也今甫

開卷而三十年來之酒痕燈光酣顏高歌歷歷然如影尙存令人於邑不已然後嘆友朋之不可無而西圃之爲我勤者乃如是其至也當西圃入都時予魄以一姬事出偶然非爲西圃身後計也今時行年十七即此姬所生然則余雖不能爲西圃昌其詩而他日時行之能讀父書恢宏其聲光未嘗非余之助又一奇也西圃貌不踰下中蹣蹣廉謹乃其詩獨倜儻若不稱其爲人者然孔子曰情欲信詞欲巧梁簡文云人品貴謹嚴文章須放蕩不愧斯言者其西圃乎獨是西圃有三子其長者已生孫已入學而此時之苦抱父書者轉在煢煢未成立之一弱息其畢生精力傳不傳亦可危矣而予兩鬢斑然幷此無有乃猶復乙乙抽思謳吟不輟若竟不知人生之有死者抑又何也

虞東先生文集序

文章始於六經而范史以說經者入儒林不入文苑似强爲區分然後世史家俱仍之而不變則亦有所不得已也大抵文人恃其逸氣不喜說經而其說經者又曰吾以明道云爾文則吾何屑焉自是而文與道離矣不知六經以道傳

實以文傳易稱修詞詩稱詞輯論語稱爲命至於討論修飾而猶未已是豈聖人之溺於詞章哉蓋以爲無形者道也形於言謂之文旣已謂之文矣必使天下人矜尚悅繹而道始大明若言之不工使人聽而思臥則文不足以明道而適足以蔽道故文人而不說經可也說經而不能爲文不可也雖然藝之精者不兩能鄭馬無文章崔蔡無經解似亦非天所能強吾友虞東先生獨不然先生爲海內經師著詩解若干三禮劄記若干余初疑先生之未必屑爲文也乃記序論議駢體歌行靡不典麗可誦方知先生不以說經自畫者然猶不敢自是凡予心所謂危者觖擿一二必削而投之亦非先生之謬爲慊慊也蓋實見夫修詞之道非止於至善不可麗澤之義非朋友講習不可觀先生之深於文也愈嘆先生之深於經也予與先生雖齊年孝廉以宦轍故中道乖分年來設教鍾山得時時過從予有所疑必就先生請業而先生亦來其全稿而謀焉白髮二叟如初下帷作諸生時致足樂也惜予於經學少信多疑而才又短拙治詞章兀兀窮年尚無涯涘勢不能執一經從先生而後而坐見先生之取兩者

而兼之也相逼已甚何太不廉耶豈文苑儒林從范氏而分者又將從先生而合耶昌黎答殷侍御云竊欲挂名經端自託不腐予於序先生亦云

贈黃生序

唐以詞賦取士而昌黎下筆大慚夫詞賦猶慚其不如詞賦者可知也然昌黎卒以成進士其視夫薄是科而不爲者異矣今之人有薄是科而不爲者黃生也或且目笑之曰四書文取士士頗多賢其流未可卒非吾代黃生對曰昔管仲遇盜得二人焉盜可以得人而上不必懸盜以爲的也論者語塞吾不敢謂薦辟策試之足以盡天下士也亦不敢謂爲古文者之足以明聖道也然訪某某者必詢其隣人爲其居之稍近也漢唐之取士也與古近其士之所爲古文也與聖道近近斯得之矣宋以後制藝道與古文道衰士既非此不進往往靡歲月耗神明以精其能而售乎時出身後重欲云云則噓唏服臆忽忽老矣予喜生年甚少意甚銳不徇於今其於古可仰而冀也又虞其家之貧有以累其能也爲羞其晨昏而以書庫託焉成生志也旣又告之曰天下有不爲而賢於

其爲之者有爲之而不如其不爲者無他成與不成而已不爲而不成其可爲者自在也爲之而不成人將疑其本不可爲而爲者絕矣今天下不爲古文字爲之安知其不爲者之不含笑以待也苟爲不熟不如荑稗生自揣不能一雪此言且不宜爲古文吾望於生者厚故反吾言以勗之

史學例議序

古有史而無經尚書春秋今之經昔之史也詩易者先王所存之言禮樂者先王所存之法其策皆史官掌之漢以來作者二十一家互有得失非合參分校則瑕瑜不明南耕先生爲例議十六篇确其過其旨遠其辨正此其志與夫爲史通以矜文士之藻者異也其言綱目非朱子所作尤信夫綱目繼春秋者也春秋繼尚書者也尚書無褒貶直書其事而義自見春秋本魯史之名未有孔子先有春秋孔子述而不作故夏五郭公悉仍其舊寧肯如舞文吏以一二字爲抑揚而真以素王自居耶朱子惡王通作元經擬春秋必不自蹈其非弟子假託亦猶仲舒何休各附會其師說而已夫史者衡也鑑也狹曲蒙匡也國家

人物政事則受衡受鑑而盛載於蒙匡者也爲之例爲之議然後衡平鑑明而匡篋亦無舛午之虞然先生老矣未必登石渠執竹簡隨太史之後大書特書有如巧匠袖手旁觀不斲而徒流覽於千門萬戶爲羣梓人程巧而致功焉惜哉

蘭陔堂詩序

讀詩者得古人所言不如得古人所不言淵明不肯折腰見督郵乃賦歸來是說也余嘗疑之夫督郵之必至與縣令之腰之必折淵明豈不知之胡所見之晚而初筮仕之輕也蓋當日淵明有他意存焉不可明言而藉此爲言蘭州太守鄭先生以弟喪去官此東漢獨行者之風也非今令甲也先生必希古以違俗殆亦有難言者存耶然淵明雖不言而於詩則微言之先生雖不言而於詩亦微言之讀先生詩者知其爲有淵明之心也先生爲漁仲後裔載萬卷書歸夾漈過余索序余以不文辭又以不能急就辭而先生強之甚堅艤舟以待余感先生義甚高交甚廣胡拳拳於野人之一言哉或先生性耽泉石親見枚之

乞養者已二十有一年以歸來之人序歸來之人之詩兾其有同心而無愧詞也嗚呼此先生所以有石城三日之泊也夫

從弟臞齋詩序

道無難精之者至焉道無易習之者忽焉羿之射秋之弈蘭子之舞劍淮南之飛昇夔典樂臯陶典刑彼皆知其難而精之者也人知其精不知其難於是射者弈者劍舞者吐納求長生者官太常司寇者盈天下而傳者無聞詩亦然聖如仲尼歌彼婦而已清如伯夷歎命衰而已無多作也今庸走下士紛紛爲詩詩若是易乎不數年澌滅淹消百無一存詩若是難乎從弟臞齋學仙兼學詩有作則漏盡益奮喔咿聲與雞鳴相上下嘗謂予曰人稱詩有仙氣則工然仙人頗不工詩今所傳呂祖白玉蟾詩甚鄙所以然者仙人好逸而惡勞不肯鏤肝鉥腎故耳以此觀之詩不苦思雖仙人亦不能工噫嘻臞齋之於詩可謂知之者矣臞齋患胸中氣學道後小差既苦吟柴瘠益甚稿定便研研然邀相質賞色喜顏和今夫五行之味苦先乎甘聖人之學憤先乎樂然則天下之未苦

而甘未憒而樂者其爲甘且樂可知也䁥齋早鰥隨失怙恃諸弟相繼歿五秋
試不第偪其身走甌閩過阿蘭觀海犯風魚之災歷贛江而南西抵彭城覓一
授餐所不得得亦不久天之所以苦䁥齋者豈獨詩哉然䁥齋不爲詩有苦而
已無樂也詩可以由苦而樂又安知境遇之樂乎其後者不與詩同也學仙乎
學詩乎精之以俟其至焉可也爲仙人一雪其不能詩之恥焉可也

小倉山房卷十

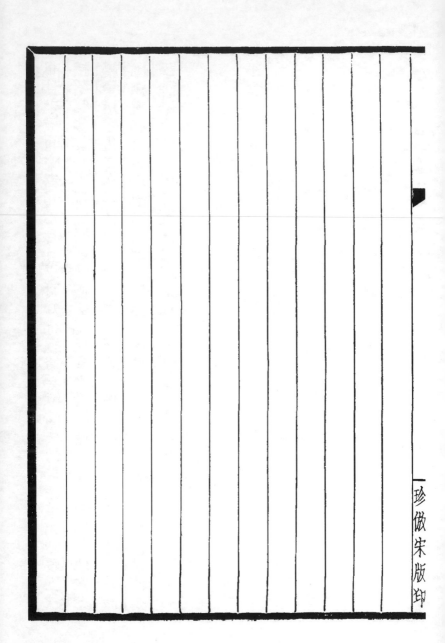

小倉山房文集卷十一

錢唐袁枚子才

沈硏圃太守送行詩序

士大夫之賢在官見不如其去官見何也在官見賢違道干譽者優爲之去官見賢則味得於回而其真乃彰然官有不得不去者有可以去可以無去者不得不去者或遷或黜或以篤老辭人雖思其賢而明知其勢不能留則望絕若可以去可以無去者其過甚微其迹甚公其不當律令處亦甚小人未免思其賢而望其留及至竟去竟不能留而望之之心猶惓然其未絕絕與不絕送者心也與去者無與也雖然使其去官之故誠過也過雖微其賢自在原不必因其賢而爲之諱若其所以去官之故非過也卽賢也則不特其在官之時賢不可沒去官之後賢不可忘而卽其所以去官之故亦當爲之白其賢於天下今夫誣告者加等越訴者笞此令甲也憲以示民者古人象魏之義然越訴之憲宜於督於撫於監司於太守而何以憲於縣之庭蓋一邑中有里老有尉有主

簿有丞而後有令訴者宜先之里老之尉之主簿之丞而後之令此古人立法意也令體且然其上焉者可知左氏曰侵官犯也冒官罪也今之人侵之冒之而自以爲功則何不幷羣職而廢之故曰爲政難知政體尤難太守沈研圃先生爲民訴不理鐫級去夫民訴理之宜也縣牒未至而侵冒之非政體也然以爲過則亦無辭先生治江寧六年民熙熙然不知有先生及先生去幼者啼老者泣卹然若有所亡嘻上之設官所以爲民也然往往去留之故多矯拂於民心而爲之民者必號於上而爭之曰若宜留若宜去民之權無能爲也倘上之人又必強其民而脅之曰若雖留而汝勿許詛也若雖去而汝勿許思也則上之權亦無能爲也審夫上下交相勝之故而先生不能已於行矣民不能已於送矣邦之人歌詩代餞而屬枚先焉其詞曰

我有亡友號程啓生先生敬之爲其窮經我有弟子厥名陶湘先生延之與論文章兩生窮士顯者所棄先生不然曰我之事惟古太守與氓育才今無其權敢無其懷抱此區區施於有政難告上官可告孔孟漢守吳公治行第一祇薦

賈生他事沒沒又有文翁循吏居首考其本傳一事無有但聞入學釋菜奠酒古人往矣存此高風先生來矣心與古同一朝命駕民送於野或鍥其車或縶其馬有酒盈尊有淚盈把謂余不信請聽歌者

女弟盈書閣遺稿序

庚寅夏五女弟秋卿以娩難亡于汪氏兩家以爲大戚凡姑姆餘須扈養輩亦俱走位哭三曲而偯蓋其居恆制行字而敬德而度有以孚人之深也逾年妹壻楷亭屬序其詩余不禁累欷洵涕而爲墨其前行曰嗚呼吾忍序吾妹也夫吾忍不序吾妹也夫妹爲叔父健磐公第四女生長粵西余歸叔喪於杭始見妹妹莊姝愔嫕從禮而靜心雅憐之不知其能詩也居亡何讀中秋七夕等作愛其清絕色然而駭亟餉一釵以劼毖之妹竊喜自負益奮從此以詩名噪於時既婚汪氏得尊章懽恩前室孤如寶出己治家循整朕畜倡繼罔或匆躅暇則咿唔聲與鍼祵間作汪故巨族人繁而囂聞妹賢且才爭來窺觀或寄卷冊丐題或呈所作求唱喁削改妹推奩具坐肆意酬答藻思坌湧靡不領頤伏歎

有林下風余過揚州視妹妹事余謹甚一浣濯一膏饜必躬辦治知余嗜淖糜雖漏盡歸霜燈熒熒猶蘊火盦盂以俟探刺余少休輒剡剡起屨捧草稿出拭几磨墨眹余而笑余戲曰女弟子又索診詩耶應聲曰何兄之聰也嗚呼此情此景曾幾何時而今不可再矣妹詩淵雅志絜而情深纘乎其猶模繡也因念遂古來哲人偉士得一卷書傳後死猶不死妹雖一女子雖死有可傳者存夫復何悕獨是余年居大董妹年纔三十八耳例以曹大家爲孟堅續史故事妹當序余余不當序妹乃忽反其局以相將天道茫昧一至於此嗚呼命矣夫

送上元藍令牧邳州詩序

吏科給事中方毓川來言曰制軍鄂公其有道者歟攝篆未及稔劾池守王擢上元令藍其於舉錯也當余聞之始知藍君之遷於邳也夫出處士之大端也世有犪兕持虎望之威如而居前居後無足輕軒者比比也有人焉能使人卽其出處以卜其薦之者之賢否則其人之賢否可知也已乾隆十六年天子南巡南之吏借供張名掊克自私藍君獨不然橐秣甘麩非不取之農也

必償其直洒湝甓䃜非不役夫工也必酬其傭幣純四䣛非不貸之紳士也必量其家當是時𨇾者𧼈者翕翕𤍠者燿其能於上者僉拙君之所爲不一年雜徭畢　乘輿旋民相與述於道官相與議於廷今之所謂賢否者非昔之所謂賢否也且夫藍君亦豈違人情弛王事徒煦煦焉好聲矜賢而已哉不過體聖天子恭儉慈惠之意力用公正先天下而無所於私也夫當野薙燎原時而獨施一障以相蔭民跂跂然𧼈之者自往而不可休此亦情事之易知者也然使知之者多而能之者又多則藍君不拙於前而賢於今矣下邳士𣿬而隣河流亡者頗脫不止鄂公以君薦知君能登下其數藹藹萋萋必有以懷柔之也雖然上山者業已高矣然左右視而巍巍者尚在其前則進而上之無已焉夫人發一言善行一事正則必有善與正之色應面而至此無他未能忘己故也士君子必能忘其異乎人之己而後能存其同乎人之色記稱禮有擯詔樂有相步温之至也易稱君子獨立不懼而仍藉用白茅柔之至也𨔵矣藍君行之哉勗之哉邦之人所不能已於君者請爲歌詩書於吾言之後

龔旭開詩序

作詩如鼓琴然心虛則聲和心窒則聲滯未有靳拳膠目仡仡自賢而能學詩者也吾雅遊龔子旭開有年其人伋然而靜禁緩其纓行於途望之者皆知爲詩人余論詩稍苛而於所交好者爲尤苛以故旭開詩爲汰其七八意方疑旭開之以不聽聽之也亡何旭開端書兩卷來凡余所未取者盡棄之或取而有所商榷者盡易之嗟乎今學者略識偏旁解韻語便築堅城而自囿者比比也旭開於詩深造有年獨能從吾言如轉圜然則吾言之是非余亦未敢深信而旭開宅心之虛美哉淵乎未可量也其詩如琴之和也固宜旭開不專名一家而布格選調不落唐以後余按周禮調樂以鐘磬爲主作鐘磬必先依律調之然後施於廂懸諸音皆受鐘磬之均所謂聲應律也至於享宴殿堂無廂懸即以笛爲鐘磬旭開能以唐詩爲鐘磬爲笛爲均其於鼓吹休明也尚矣因其付梓爲序而先焉使世之人知旭開之心而后讀旭開之詩

送劉廣文入都序

學之士三年而大比學之官六年而秩滿士之舉於大比者百有一二焉官之舉於秩滿者百無一二焉夫官士爲之也爲士而舉易爲官而舉難是何也則獨不見夫學中之士乎翩然蔚然濟濟然雖堙沉而俚者亦各挾策而思上臻其學中之官則薾然頹然窮窮然雖梟俊而銳者亦久於其中而莫克矜奮所以然者國家用人如倉庾氏之登穀也其美者以供帝之粢盛其次焉者以餼百官養兵而其紅朽而將腐者則又念其本五穀也不忍棄之則姑置之於陳陳相因不甚辜榷之所學官亦然無權無勢無財而又無所督過故其氣易衰於是世之人見公卿中岳牧守令中有拜起舒遲者喘而言瞻而動者爭主撮之利而徵於顏者必相詆娸曰是何其類學官歟於學官中見有襜襜盛服者儦儦利走趨者齒牙鏗鏘能識時務而不泥於古者必震而驚之曰是奚不爲公卿岳牧守令歟嘻學之官所以教天下之爲公卿岳牧守令也而世之人尊彼而絀此乃至於是則官之流弊使然也雖然於無人之地而求其有也難於無人之地而欲掩其有也又難陳奇寶於廟堂人皆曰宜則亦過而忘之矣若

置之卑辱輿隸之所雖鄉曲儇夫亦必代爲傷屯悼屈而動色相顧此又物理之自然而不關乎其遇不遇也農坡劉君官上元學六年予疑其人浮於官將必速飛今年二月果舉最爲縣令而江南北之任是職者凡百數十人皆莫與焉邦之人爭爲君榮不知不足以榮君也何也君固公卿牧伯才也匪止一縣令也惟其一紆折於學官聞而人乃適適然驚然則是舉也非君之榮乃學官之榮也且夫物之能雄其曹者非止一隅一所而已也旣能雄乎學官之曹之上必能雄乎邑宰之曹之上君之此行也其無所不雄又可知也然而黃老家言固有以捨爲取以退爲進者吾願君自今以往聽其身之日上而心不與焉是則朋友贈言之義而已

東皐詩存序

乾隆庚辰予過東皐邑侯何西舫數稱汪生楚白之才予心識之而以遽治裝故不獲相訪今六稔矣弟子秦云亭來手一編曰此汪君所選東皐詩存也汪君死遺命呈先生且索序且付梓嘻汪君此選將以存東皐詩耶然汪君存則

東臯詩因汪君而存汪君不存則汪君之名又將藉東臯詩存而存其序與梓也誠不宜緩也何休曰古者婦人五十無子擇其辨獲伉健者使居民間采詩故幽隱必達今其法已亡雖有鈞韶異音聽者一過蕩爲飄風無人焉彙而存之詩寧能自存耶汪君慨然倣宛雅故事輯而存之篤矣乎仁者之情亦居東臯者之幸也惜剞劂未已賫志以沒而余又相稽於邂逅不獲一交臂共搉臯雅殊嗛人意然亦豈料汪君於委化時不瞀亂不顧妻子悲泣而轉以鄙人之弁語爲拳拳方知韓仲卿稱曹子建夢中求序定非誕語而汪君之於是集果如是之不苟然也宜表而出之使後人知之

裴中丞退思圖序

古名臣未有不抱出世之心而能有高世之功者也昔人稱謝傅功高百辟心在一邱猶云晉人風味若唐太師裴晉公則謇謇王臣以身繫天下安危乃園居綠野物外自娛此其心豈真耽江湖忘魏闕哉蓋亦守不以寵利居成功之戒而且以爲進思盡忠退思補過者大臣事也倘進之日多退之日少則宜其

忠不足而過有餘矣退而靜思非深山邃林其奚居焉裴二知先生開府皖江
畫科頭小像雅踞松石間兩僮抱琴一兒子執書侍其旁疊障重巖綿亘莽蒼
觀先生圖知先生不愧晉公之裔也今夫鳳皇儀於虞廷騏驥駕於殷輅夫豈
不際隆翌聖爲世禎祥哉然其心未嘗不樂煙霞而思山野也惟其能有是心
故不繫不蹶而用乃益神先生以此意託之於畫若有所慕而未遂者然不知
身之所居者迹也心之所存者神也神之所存迹不足以拘之古之人有履朱
門若蓬戶者有視伊呂若筦庫者先生於道大行時而能退思物外不以勛業
自矜此其胸中早已滌萬物而籠千古矣然則牙旗羽葆皆可作清泉白石觀
也呵殿引喤皆可作松風水竹聽也縱
天子爲蒼生故不肯以此境賜先生而先生心中之清夷又何嘗終日不在畫
中耶若夫知足不辱知止不殆之語則未免猶有己之見存而未足爲先生誦
也畫之前未題額畫之中未題詩先生不畀他人先以屬枚先生之意以山水
付山人猶之居細旃廣廈閒當聞鈞韶而之乎蓬蒿廣莫之鄉則必爲野音而

后書之也枚不敏其又何辭

汪樸廬聖湖詩序

聖湖渟渟然橫於杭之城西而春而秋而昏而朝丈夫女子儦儦俟俟咸嬉遊焉躑躅焉羣以爲美而卒不能言其所以美也樸廬先生爲詩若干凡嘉卉雜樹荒祠古亭靡不以五字韻之而又自趙宋以來一典實一故事必縷述焉凡聖湖之所有者詩靡不有也即聖湖之業已無者詩則未嘗無也今而后聖湖之美先生言之矣且盡之矣惟是先生與枚同傍聖湖而生同別聖湖而仕當先生在家時未始有詩而今始追而爲之則又未嘗不嘆人情之近則易忽而遠則相思也今年先生七十有六枚亦四十有五園田宅舍同具白門想重到兒時釣弋處相攜而迭謠知復何日蒼蒼在鬢烟波在天三復斯篇如蕩舟湖中水色猶明紙上然則先生之索序於余也蓋亦越吟而使越人聽之之意也

幽光集序

人能詩疇不欲傳其詩雖然有天焉未可必也第梓而行之公之於天下而詩

人之事畢矣余交海內詩人四十年其詩之已梓者勿論或未梓而其人存或雖不存而其子若孫猶存則梓之傳之吾何容心焉惟夫苦吟終身而且貧且賤且死且無後則所矜矜自抱者豈不如輕風飄雲之澌滅哉當其賞一句之奇搜一字之巧何嘗不渺棄萬有指千秋以爲期而一旦溘然付諸不可知之數易地以思於余心能無悁悁乎使敝帚自享原不足以長留天地間則亦聽其湮沉焉宜矣而往往不傳之詩有高出於世所傳之詩之上者則天之所以留後死之人者其意爲何也何休云古者男子六十無子使之民間采詩余今年正符此例因取平生所錄亡友詩各加一傳梓而行之取昌黎幽光二字爲其集名嗟乎此集中者皆東西南北之人余業已不獲過其鄉弔其墓矣而藉此一編開卷宛然九原若作足慰衰年懷舊之思且使天下人得而讀之知我所集者如是我所未集者尚無窮也則或有繼我而爲採風者

雨亭公子遺稿序

今年春高公子雨亭從京師寄圖來屬其弟潤亭索余題詩圖畫美少年著縑

單衣坐松石上心欽遲之以爲公子貴人也而飄飄然有物外之思何超雋乃爾且長安詩人麻集誰不趨公子下風者兩亭不此之求而偏走家書千里外乞言於不肖之身何也居亡何聞宮傅有西河之戚心憂之未敢請閒又月餘潤亭手一編而泣曰先兄未見所題圖已委化矣然先兄雅好吟詩曾執訊來索子詩與歸愚尙書詩今所存若干慮其零落子爲我序而存焉余讀之麗則清婉想其人深於情者也敦古處者也淡榮利者也嗟乎物必相合也而後相思銅山鐘鳴蕤賓鐵應皆以氣相感召者也兩亭之詩余一見而愛之然則余詩之蒙兩亭之求之也亦宜昔人云荀君雖少後事當託鍾君予羸老也半生烟墨不獲付託於知音而翩翩公子之詩反灑老淚爲之點定天下事寧堪測量哉然歸愚尙書先兩亭一年而歿則此時之與兩亭地下賡歌無疑也而余猶視息人閒未知何日得遂執鞭之願悠悠千載結此心期生不過畫上相逢死不過集中一序天使我二人之交情如斯而已則又不如兩不相知之爲妙也悲夫

胡稚威駢體文序

文之駢即數之偶也而獨不近取諸身乎頭奇數也而眉目而手足則偶矣而獨不遠取諸物乎草木奇數也而由蘖而瓣鄂則偶矣山峙而雙峯水分而交流禽飛而並翼星綴而連珠此豈人爲之哉古聖人以文明道而不諱修詞駢體者修詞之尤工者也六經濫觴漢魏延其緒六朝暢其流論者先散行後駢體似亦尊乾卑坤之義然散行可蹈空而駢文必徵典駢文廢則悅學者少爲文者多文乃日敝若夫四六者俗名也庾桑楚及呂覽所稱四六非此之解柳子稱駢四儷六樊南稱六甲四數亦偶然語耳沿此名文於義何當宋人起而矯之輕倩流轉別闢蹊徑古人固而存之之義絕焉自是格愈降調愈卑靡靡然皮傅而已雖駢其詞仍無資於讀書文之中又惟駢體爲尤敝吾友胡稚威有意振之得若干卷錦摛霞駁技至此乎然吾謂稚威之文雖偶實奇何也本朝無偶之者也迦陵綺園非其偶也今人不足取於古人偶之者玉溪生而止耳再偶則唐四家與徐庾燕許也吾將偶之而恐未逮乃先爲之序

蕭十洲西征錄序

馬端臨志地極博然吐蕃一考不過采唐書舊語而無所發明蓋端臨以宰相子爲儒臣未嘗出塞不能見而知之而兜牟介胄之士又不能磨盾鼻以相助就使有其人而爾時南宋屯危求保一隅尚不可得何暇走荒服以外哉此輿地之學所以必詳於大一統之朝也吐蕃至　本朝爲西藏來享來王最爲馴伏蕭公十洲鎮安康五年著西征一錄余讀之不徒嘉其鉤考詳密而兼嘆公之將略獨偉出於等夷從來著書之道與治兵通治兵者號令其發凡也隊伍其體例也行止其章法也魚麗鵝鸛左盂右盂其目錄也大而至於鳥蛇龍虎之變細而至於梁麗渠荅鉤梯井竈之微分而省之合而參之必使部居別白而後可以克敵取勝公輯吐蕃之疆域以至物產方言靡不鱗羅包舉是豈徒矜典博以將軍而爭太史之職哉誠恐小有驛騷則按吾圖籍措而安之無難也乃公竟賫志以卒不能爲帥師之長子銘功勒石唱呼而還又不獲爲鞮鞻象胥宴舌人而歌槃木得毋有未竟其才之憾乎然吾所悁悁而悲者猶不止

是也每見世人著書尺許問其子孫不知卷若干者多矣獨先生子松浦能抱父書來徵吾言以信之於天下其孝足稱也而予於空山水雲間偶展卷觀覺邊笳戍鼓隱現紙上幾欲屬櫜鞬賦從軍一證書中之奇而自搔白髮則又未嘗不傷其身之老而衰也序成投筆爲向西長望者久之

葉書山庶子日下草序

同試鴻詞科同舉京兆同登進士同入詞館者余平生得二人焉其一爲歸愚尚書其一爲書山庶子尚書以詩名而先生以說經聞論者曰說經人多不能詩又曰詩頌聖者難工不知詩卽經也賡歌喜起半頌聖也果能說經而何有於詩果能頌聖而何憂其不工先生著春秋若干卷晚年督學楚黔歸恭逢

天子有謁

陵平西夷兩大典先生拜手賦詩彙而顏曰日下草質不過朴麗不傷雅洵足以光揚緝熙昭章玄妙因念先生與尚書俱持節俱衡文俱詠卷阿又俱予告回籍以其道傳東南之學者文人遭際晚年益隆余齒最少官最卑三十年來

與先生宦轍乖迕通一訊不可得今忽相依石頭城下春餘夏初花欄水牕時時張飲置具婆娑文墨先生白髮飄蕭而余亦蒼蒼在鬢文人遇合晚年益親然而回首玉堂彼此都如天上自今以往所以重科名而報　國恩者其在數行文字間乎昔也同升翱翔王路今也同歸詠歌昇平天實爲之非偶然也故承命爲序而不禁欣然奮筆焉

萬柘坡詩集跋

亡友萬柘坡遺集若干程魚門昵之陳古漁非之二人皆深於詩者也訟而質於余余欲通兩家之意特加點按集中五七古沉摯之思如窮淵泉而縋出之真古豪矣近體索索殊少真氣說者謂爲宋人所累余按宋名家絶無此種考厥濫觴始於吾鄉輇材諷說之徒專屏采色聲音鉤考隱僻以震耀流俗號爲浙派一時賢者亦附下風不知明七子貌襲盛唐而若輩乃皮傅殘宋棄魚菽而啖豨苓尤無謂也孫伯符誚公路云恨不及其生時與共辨論柘坡與余總角之交九原有知必喜聞過而余亦深悔當年不早進規語致留才人未竟之

憾逝者已矣來者未已爲抉其瑕以見其平生之所誤者止於是也而大美乃以益彰且以嚴詩之防而謹其所趨否則文章公器目論者謂竟可以好尙異也其不然矣

南村唱和詩跋

昔予知金陵南村西圃兩同年時來官舍蓋西圃蕪湖人南村蕪湖宰一葦之杭渡江便至而三人者又均以詞臣改官故相得尤懽予乞病之年爲跋其同舟唱和詩忽忽三十年都不省記今年南村之子衍杜將板而行之寄此卷來屬予點定予就其詩考其存歿南村亡十五年西圃亡七年作序之寶意先生亦亡十年卷內人無一在者而予當日同官中最少年今亦皤皤六十翁矣杜少陵所謂老病懷舊生意可知除淚落行間外尙何餘語惟念衍杜能存先人之詩幷能寄先人數千里外之友而使之共存其詩有子如此可謂賢矣至於詩之清婉讀者知之無需宣揚而一篇之中往往一則曰隨園再則曰推袁想見當日交情相厚如是而亦若預知我之將爲後死之人也噫

野處堂遺稿跋

徽士綿莊程君將葬枚往助屬引之役其季南耕手一編泫然曰此先君子所述作也先君子純終領聞有踐繩之節其犖犖大者具諸名公墓表矣惟詩文之多遺嗣章與亡兄懼遏佚前人光集僅存者將付於梓子甚文而又與亡兄同辟公府爲加墨爾端似於誼所不當辭枚受而讀之其理淳其言正幽谷之芳翠於百草非有意先之也乃自然也嘗謂世無無本之學古所傳談遷之史韋氏之經皆父學也南耕與其兄以經史分家各有纂著非先生基之者深何以有此然綿莊垂死以此編授南耕南耕年亦七十五矣耳聾目瞢行圈豚一揖幾隳而猶日守父書欽欽在抱嗚呼哉孝也亦庶幾古之爲人後者歟

小倉山房文集卷十一

錢唐袁枚子才

篁村題壁記

壬申余北遊見艮鄉題壁詩風格清美末署篁村二字心欽遲之不知何許人和韻墨其後忽忽十餘稔兩詩俱忘丙戌秋揚州太守勞公來誦壁間句琅琅然曰宗發宰大興時供張艮鄉見店家翁方塓館篁村原倡與予詩將次就圬宗發愛之苦禁之店翁詭謝曰公命勿圬是也第少頃制府過見之保無嗔否宗發竊意制府方公故詩人盍抄呈之探其意制府果喜曰好詩也勿塓今宗發離北路又四年兩詩之存亡未可知予感勞公意稽首祝延之不意方公以尊官大府而愛才若是亟錄所誦存集中夸於人道失物復得然卒不知篁村爲何許人今己丑歲矣八月十一日飲江寧梁方伯所客有蕭山陶君者蒼髮淵雅傾衿談甚樂不知即篁村也次日來又次日詩來署名曰元藻終不知即篁村也弟子陳古漁闖然入睇其小印曰噯陶篁村在此耶余聞之如結解如

迷釋如天上物墮適適然起舞蓋古漁耳篁村名甚久而不知余之更先之也今夫天下大矣方聞之士衆矣邂逅纂思付諸茫昧寧料有承顏抗手時耶旅壁殘墨亂剝無萬萬數而此五十八字偏蒙護持又寧料知音之外更有知音耶相思垂二十年卒不遇旣遇復將交臂失又寧料有旁人來無心叫呼爲指而明之耶然方公勞公俱已物故而我與篁村幸留其身以相見則又安得不駭且賀而終之以悲也因憶平生過邗江寺壁愛茗生詩過金陵書肆愛東亭詩二人者均不著名氏均訪得之一爲蔣君士銓一爲董君潮未幾均登甲科入翰林與余同史館而茗生自西江移家來得朝夕見甚狎東亭則終不見且死矣或未必知余之拳拳其相思也友朋文字間亦有遇有不遇而況其他遭際哉

隨園記

金陵自北門橋西行二里得小倉山山自清涼胚胎分兩嶺而下盡橋而止蜿蜒狹長中有清池水田俗號乾河沿河未乾時清涼山爲南唐避暑所盛可想

也凡稱金陵之勝者南曰雨花臺西南曰莫愁湖北曰鍾山東曰冶城東北曰孝陵曰雞鳴寺登小倉山諸景隆然上浮凡江湖之大雲烟之變非山之所有者皆山之所有也康熙時織造隋公當山之北巔構堂皇繚垣牖樹之萩千章桂千畦都人游者翕然盛一時號曰隋園因其姓也後三十年余宰江寧園傾且頹弛其室爲酒肆輿臺嚾呶禽鳥厭之不肯嫗伏百卉蕪謝春風不能花余惻然而悲問其值曰三百金購以月俸茨牆剪闔易簷改塗隨其高爲置江樓隨其下爲置溪亭隨其夾澗爲之橋隨其湍流爲之舟隨其地之隆中而欹側也爲綴峰岫隨其蓊鬱而曠也爲設宧窔或扶而起之或擠而止之皆隨其豐殺繁瘠就勢取景而莫之夭閼者故仍名曰隨園同其音易其義落成歎曰使吾官於此則月一至焉使吾居於此則日日至焉二者不可得兼舍官而取園者也遂乞病率弟香亭甥湄君移書史居隨園聞之蘇子曰君子不必仕不必不仕然則余之仕與不仕與居玆園之久與不久亦隨之而已夫兩物之能相易者其一物之足以勝之也余竟以一官易此園園之奇可以見矣己巳三月

記

隨園後記

余居隨園三年捧檄入陝歲未周仍賦歸來所植花皆萎瓦斜墮梅灰脫於梁勢不能無改作則率夫役芟石留覵土脈增高明之麗治之有年費千金而功不竟客或曰以子之費易子之居胡華屋之勿獲而俯順荒餘何耶余答之曰夫物雖佳不手致者不愛也味雖美不親嘗者不甘也子不見高陽池館蘭亭梓澤乎蒼然古蹟憑弔生悲覺與吾之精神不相屬者何也其中無我故也公卿富豪未始不召梓人營池囿程巧致功千力萬氣落成主人張目受賀而已問某樹某名而不知也何也其中亦未嘗有我故也惟夫文士之一水一石一亭一臺皆得之於好學深思之餘有得則謀不善則改其蒔如養民其刈如除惡其創建似開府其浚渠簣山如區土宇版章默而識之神而明之惜費故無妄作獨斷故有定謀及其成功也不特便於己快於意而吾度材之功苦構思之巧拙皆於是徵焉今園之功雖未成園之費雖不貲然或缺而待周或損而

待修固未嘗有迫以期之者也孰若余昔年之腰笏磬折里魋喧呶乎伐惡草剪虬枝惟吾所爲未嘗有制而掣肘者也孰若余昔時之仰息崇轅請命大胥者乎五代時傉檀利宴宣德堂歎曰作者不居居者不作余今年裁三十八入山志定作之居之或未可量也乃歌以矢之曰前年離園人勞園荒今年來園花密人康我不離園離之者官而今改過永矢勿諼癸酉七月記

隨園三記

園林之道與學問通藏焉修焉不增高而繼長者荒於嬉也息焉遊焉不日盛而月新者狃於便也然警者爲之徒鉤鈲析亂而已吾固不然爲之勤遊之勤恆若有所思念計畫以故登登陾陾耳無絕音雖然學之不足精進可也園之不足則必傷於財而累於廉烏乎可繼乃恍然曰人之無所棄者業之無所成也西不盡流沙南不盡衡山此非疆宇之有所棄乎夔典樂則棄禮孔子執御則棄射此非學術之有所棄乎天且不全故世爲屋不成三瓦而陳之孟子亦曰人有不爲也而後可以有爲吾於園則然棄其南一椽不施讓雲煙居爲吾

養空遊所棄其寢陊剝不治俾妻孥居爲吾閉目遊所山起伏不可以牆吾露積不垣如道州城蒙賊哀憐而已地隆陷不可以堂吾平水置槃如史公書旁行斜上而已人壽不如屋吾穿漏液樠宲廇小於狙猿之杙如管晏法期於殁身而已不筮日不用形家言而築毀如意變隙地爲水爲竹而人不知其不能屋疏牕而高基納遠景而人疑其無所窮以短護長以疎彰密以豫畜材爲富以足其食徐其兆而不趨爲犒工而恤夫使吾力常沛然有餘而吾心且相引而不盡此治園法也亦學問道也丁丑三月記

隨園四記

人之欲惟目無窮耳耶鼻耶口耶其欲皆易窮也目仰而觀俯而窺盡天地之藏其足以窮之耶然而古之聖人受之以觀必受之以艮艮者止也於止知其所止黃鳥且然而況於人園悅目者也亦藏身者也人壽百年悅吾目不離乎四時者是藏吾身不離乎行坐者是今視吾園奥如環如一房畢復一房生雜以鏡光晶瑩澄澈迷乎往復若是者於行宜其左琴其上書其中多尊罍玉石

書橫陳數十重對之時倜然以遠若是者於坐宜高樓障西清流洄洑竹萬竿如綠海惟蘊隆宛暍之勿虞若是者與夏宜琉璃嵌牕目有雪而坐無風若是者與冬宜梅百枝桂十餘叢月來影明風來香聞若是者與春秋宜長廊相續雷電以風不能止吾之足若是者與風雨宜是數宜者得其一差強人意而況其兼者耶余得園時初意亦不及此二十年來庸次比偶芟殺此地棄者如彼成者如此旣鎭其甍矣夫何加焉年且就衰以農易仕彈琴其中詠先王之風是亦不可以已乎後雖有作者不過洒凿之事丹堊之飾可必其無所更也宜爲文紀成功而分疏名目以效輞川云丙戌三月記

隨園五記

志餘於才則樂才餘於志則不樂吾志願有限而所詣每過所期自分官職得郡文學已足而竟知大邦家計得十具牛已足而竟擁百畝園得一椽已足而竟四記之疏名目而分詠之私揣余懷過矣哉不意數年來過之中又有過焉余離西湖三十年不能無首邱之思每治園戲做其意爲隄爲井爲裏外湖爲

花港爲六橋爲南峯北峯當營構時未嘗不自計曰以人功而倣天造其難成乎縱幾於成其果吾力之能支吾年之能永否今年幸而皆底於成嘻使吾居故鄉必不能終日離其家以遊於湖也而茲乃居家如居湖居他鄉如故鄉繇思之若甚幸焉徐思之又若過貪焉然讀易賁之六五曰賁於邱園束帛戔戔吝終吉輔嗣註云施飾於物其道害也施飾邱園吉莫大焉謂邱園草木所生本質素之處故雖加束帛雖吝而終吉左氏曰樂操土風不忘本也余雖貪不知止而能合於易以操土風或免於君子之譏乎彼世之飾朱門塗白堊者或爲而不居居而不久而余二十年來朝斯夕斯不特亭臺之事生生不窮卽所手植樹親見其萌芽拱把以至於蔽牛而參天如子孫然從乳哺而長成而壯而斑白竟一一見之皆人生志願之所不及者也何其幸也雖然草木如是吾亦可知吾既可知則此後有不可知者在矣戊子三月記

隨園六記

嘗讀晉書太保王祥有歸葬隨葬兩議方知隨之時義不止嚮晦入宴息而已

也余先君子卒於江寧欲歸葬古杭慮輿機之艱不果欲隨葬茲土又苦無誓
宅所以故將牢宂豫慢葬者十有七年思古人未葬不除服之義瞿然自以爲
非人今年春有形家來謀園西爲兆域者余聞往視則小倉山來脈平遠夷曠
左右有巘隒岸厓草樹覕髳封以爲塋宰如也因思予有地廿年不知一旦而
知毋亦先君子之靈有以詔我乎遂請於太夫人以己丑十二月十六日扶柩
窆焉塋離園僅百步以故牆翣安穩得時時除其草灌其宰樹審諦其墓石子
故貧士幼時先君子幕遊楚粵余遊學京師父子常相離也今以一園之故而
先君子厝於斯祭於斯奠幽宮於斯父子蓋未嘗一日相離是豈強而爲之哉
亦隨其地之便心之安而已塋旁隙地曠如余倣司空表聖故事爲己生壙將
植梅花樹松與門生故人詩飲其中若是者何子隨父也壙界爲二俾異日夾
溝可瘞若是者何妻隨夫也壙尾留斬板者又數處若是者何妾隨妻也沿塋
而西有高嶺窔衍而長凡傔從扈養婢嫗之亡者聚而瘞焉若是者何僕隨主
也嗟乎古人以廬墓爲孝生壙爲達瘞狗馬爲仁余以一園之故冒三善而名

焉誠古今來園局之一變而隨之時義通乎死生晝夜推恩錫類則亦可謂大矣備矣盡之矣今而後其將無記則尤不可不記也庚寅五月記

陶氏義莊碑記

古立大宗以餘財歸之有不足者資之於宗後世廢宗法遂有一族而異目相視者然漢之樊重魏之楊椿均能散所有濟族人數世之窮第未嘗扁表其莊綽楔而書蓋行其心之所安而不以爲義也范文正公修其法號曰義莊公之心豈以義自居哉以爲仁事也而義名之然後使吾子孫知如是則義悖是則不義方克踵行勿倦與吾意相終始而天下之大人心之同必有慕義無窮而奮乎千百世後者潯陽陶氏之遷於吳也距文正公六百年矣族落落大滿不能無窶人子徵仕郎世魁聞范氏之風而悅之其子員外篠尊父志以繼先賢劃沃畬置莊鳩厥宗支振廩同食月會而旬計之吳之人以爲今之陶昔之范也今夫江河之大綿亙萬里而世不能無斷港絕潢者非其本支故也若夫岷山之旁流崑崙之餘波而淤塞就枯焉人能無憾於江河乎惟其能以九里之

潤灌溉百川而江河乃愈增其大然則陶氏之以仁爲富也乃其善於持富也傳曰尊祖故敬宗敬宗故收族易曰何以聚人曰財聚卽收之之謂也天下人非財不收而況於本族乎余與篠之子振聲戊午同試京兆別二十二年相見吳下持此顛末屬余爲記余喜故人重逢遽聞高義而又私念袁氏族黨零落難收匪徒力有所讓蓋亦自傷其聞之之晚焉

戊子中秋記遊

佳節也勝境也四方之名流也三者合非偶然也以不偶然之事而偶然得之樂也樂過而慮其忘則必假文字以存之古之人皆然乾隆戊子中秋姑蘇唐眉岑挈其兒主隨園數烹飪之能於烝彘首也尤且曰茲物難獨噉就辦治顧安得客余曰姑置具客來當有不速者已而涇邑翟進士雲九至亡何眞州尤貢父至又頃之南郊陳古漁至日猶未昳眉岑曰予四人皆他鄉未攬金陵勝盍小遊乎三人者喜納屨起趨趨以數而不知眉岑之欲飢客以柔其口也從園南穿籬出至小龍窩雙峯夾長溪桃麻鋪芬一漁者來道客登大倉山見西

南角爛銀坌湧曰此江也江中帆檣如月中桂影不可辨沿山而東至蝦蟆石高壤穹然金陵全局下浮曰謝公墩也余久居金陵屢見人指墩處皆不若茲之曠且周竊念墩不過土一坏耳能使公有遺世想必此是耶就使非是而公九原有靈亦必不捨此而之他也從蛾眉嶺登永慶寺亭則日已落蒼烟四生望隨園樓臺如障輕容紗參錯掩暎又如取鏡照影自喜其美方知不從其外觀之竟不知居其中者之若何樂也還園月大明羹定酒良彘首如泥客皆甘而不能絕於口以醉席間各分八題以記屬予嘻余過來五十三中秋矣幼時不能記長大後無可記今以一彘首故得與羣賢披烟雲辨古蹟遂歷歷然若真可記者然則人生百年無歲不逢節無境不逢人而其間可記者幾何也余又以是執筆而悲也

西磧山莊記

江橙里先生得西磧山莊之次年賦詩八章走幣索予爲記余告之曰凡遊其地而不能忘者心記之勝於筆記之也予遊山莊一稔矣愛其形勝之奇天施

地設非人所爲故常置諸心目徵子之請方將書梗槩當臥遊而況受主人諈諉耶莊在吳門鄧尉之西舊號逸園離城七十里極蟹胥鮭稟之饒入其門古梅鋪棻芳樹蓊蔚曲澗巉巖環廬而呈所扁表者有清暉閣有九峯草廬有釣雪槎有鷗外春沙館凡十餘處皆各極其勝而騰嘯臺爲尤奇臺袤丈畝許西磧山從背起接天蒼蒼然面臨太湖三萬六千頃之烟波浮湧臺下余遊時適主人程君外出相傳園已售揚州江氏俄而有持蘊火來置爐者詢之果江氏家僮予素知程故高士能詩聞其棄園而駭及聞橙里得之復爽爽然喜蓋橙里之才且賢猶夫程君而與予交尤狎於程君故也因思古者楊憑之宅白傅居之蕭復之園王縉居之天於幽渺敻絶之境往往鄭重愛惜必畀諸克稱此居之人轉不若朱門華堂之濫施而無所於靳也雖然學問之道無窮園亦然程君治園之力盡矣故棄園橙里之力有餘故得園然則增榮益觀又安知非天之爲園計而故乃捨舊而新是謀耶經之營之似亦橙里所不宜得已園中亭榭無可改更惟臺旁少屋天風清寒客難久留得構數椽其間觀魚龍出沒

與縹緲莫釐二峯朝夕拱揖豈非置身天際哉苟此室成予雖衰所不百舍重
趼而再至者有如此水

小倉山房文集卷十二

錢唐袁枚子才

安徽布政司新廨題名記 代許公作

凡事之最始者古今人之所屬目者也卽其官非始建之官而官所駐劄之地自某人始則後之人必將考其姓名以矩其行事　本朝分安徽江蘇爲上下江省安徽布政使司駐劄江寧由來舊矣乾隆二十五年

皇上命增設江寧布政司一員歸安徽布政司於安慶繁者分之遠者近之所以廣治化專事權也而松佶適爲始駐安徽之布政使司除簿領外一切草創因太守舊署而爲署庫先焉次堂皇次賓館次燕寢署之東因司馬舊園而爲園栽竹木置亭增岑樓焉登可見龍山工既成將題石陷壁而不禁悚然曰凡治事者遙而度之不若近而按之之切也專而謀之不若聚而成之之善也今有客遊而理家者雖聰強廉察十中八九而無如身爲寓公終懸揣焉一旦歸家則瓶罍瓴盎燦若列眉然其旁或無尊長之誨示兄弟子姓之贊助或雖有

之而非其同居共休戚者則事難就就亦未必盡善安徽布政使司之駐江寧此客居而治家者也其所接將軍司道府佐州縣是尊長兄弟子姓之不同居不共休戚者也　天子知之故以安徽官還安徽又使日隣近其中丞觀察使府佐州縣咨諏詢度以治安徽之百姓此於爲政順之至者也欲不治也得乎雖然彈琴者改弦而更張之必其聲之和於前而後不負所以改弦之意元末置十三行中書省於諸路添設平章明代改爲布政司蓋即所謂使相者是也以甚尊之職而又裒然爲開府之首其將何以副之必也如工居肆如肘運臂使改歸之效確然可指而後此心即安否則其在近也又何異其在遠也後來之君子當思此言

醉嘯軒記

醉而嘯醉宜嘯而醉嘯宜環流於二者之間庶幾古達者也功園主人作醉嘯軒華不稺雕鏤樸不虞陀陊窈而幽袤廣悉稱既成凡夫貌執者傾衿者繪者弈者韻絃索者投㮨格五者靡不釁至能醉則醉能嘯則嘯主人亦聽客之所

爲辛卯冬予過蘇州主人爲軒索記爲記飲余余不能飲何以醉不能歌何以嘯不醉不嘯又何以記軒然夫醉與嘯之義有一二聞於師者按嘯旨十五章曰疋曰叱其法今絕矣惟醉人如雲法似不絕然而心醉六經者少則猶之乎絕也吾願遊是軒者能酣典墳則醒亦醉能和心聲則嘿亦嘯若夫曹曹然醉而已矣嗷嗷然嘯而已矣殆非主人意耶謂余不信請質之軒

馬骨記

丙戌夏五門人陳熙將遠行予止而觴之酒行門外人聲嗷嗷鬧者手一物入曰皖人畜馬馬負鹽車死剖之腦有骨若山峯殺然黃一市爭傳觀無能名聞隨園主人能博古故來問訊予諦視亦瞠也謝之去居亡何陳生奓戶入曰昨閱拾遺記載馬首有骨白者日行千里黃者日行八百里前所見馬骨黃其生時殆八百里馬乎予聞而嘆曰斯古所謂骨法應相者是也今王侯上廏其堊香萁披錦障者寧得有應相馬乎然而皖人竟有之矣有之而不能知屈馬以死死而不能知載骨以訪訪而終不能知棄骨以去嗚呼天下之不遇孰有如

玆馬者乎雖然彼野人也馬死則已耳不野墐之而遠詢數百里外予於拾遺記頗檢校而臨事輒忘陳生非有意檢書而忽於此數日間為死馬得當以報然後知天之生才若隱若現若不遇若遇若有意若無意於淹沉已極計無所復之中而又必使其身分略一表明嘻其憐馬耶其示人耶

史公張秋治河記

乾隆十六年夏六月二十八日黃河決豫州自陽武建瓴而下出延津逾長垣東明達齊魯壽張東阿等郡川瀆夾匯如馬逸不止秋七月二十日水穿張秋之掛劍臺而東由大清河入海當衝者城不沒三版民怔忪無措號泣者相環諸河官色變而言哤或請塞掛劍臺口或請拍麥田下疏其流或請貸百姓金聽自還兗沂道史公抑堂止之下令曰築南北隄二百丈毋稍遼緩成水不左右衝民稍安公乃上書總河顧公曰掛劍口已為江河矣黃流稽天隄根茳茳將焉置土石欲挑濬者此刷彼淤畚鍤無所施夫上源不斷徒急下流是屋梁之崩而輔以數杙之支不缺則敗為今計宜聯豫東兩省為一局急塞陽武咽

喉既斷流乃從事於東東所漫處宜棄故瀆開新河易西岸爲東岸旁築兩隄如翼東而張之增二壩遏水北行如此則河力漸退功可成有他變某請身當之書上當事者壯公言報曰可公乃駐節河上轉巨石仆大木審形司馬別駕行飭料丞若尉行冬十一月十一日塞陽武口十二月朔黃流絕坡河積水消再四日告成清流如鏡水波不揚萬姓曲踊百貨魚貫費帑一萬有奇是役也微史公幾殆袁枚自陝歸泊濟寧公以其狀來曰夫河決無期而算須有定余豈矜而自功耀後人哉然通變之用多所參證則詳而益明昔趙充國屯田於邊封上文書曰須爲後法余慕古人之用心需子之筆墨將使後之治河者有所考也枚曰諾遂紀其實於碑

俞氏義塚碑記

周禮蜡氏掌除骴有死於道路者埋而置揭焉又族師十家爲聯五人爲伍使相葬埋古制民之產名山大川廣谷無禁地公地也恣民之所使之故送死無憾今任土之法廢矣尺寸皆民私也流離之氓夭爲殍殁橋死於中野橫陳而

已誰能無穢虐士而損所有以仁其類乎丙子歲江南洊飢札瘥夭昏羈鬼相望捐瘠者焚如者漂溺者蠅蚋之所姑嘬者屬於道俞子曉園以爲大戚施櫬千餘地百畝聚遺骸而掩諸幽望之睪然高下不及泉上不泄臭竁而臨如旅人成羣得安宅焉鄉里感之有司誼之朝廷旌之曉園亦仁矣哉曉園又來曰余新安人也貿遷江寧去住無恆弗告茲舉於邑長慮有奪其界者是爲善不竟也請牒地若干輸於官立精文善法俾傳永永無極吁曉園非獨仁其智且足用也余考春秋晉鄭之閒有隙地曰玉暢頃邱嵒戈錫子產與宋人盟曰勿有是及子產卒宋人取錫遂尋干戈又周禮墓大夫率其屬而巡墓厲古人之於地界或盟或巡猶有爭者矧茲荒兆難徵於鬼非曉園意思深長他日者且湮且紊且侵削且銚薙雜下窕伏陵窘爲枯骨祟矣欲世世萬子孫毋變宜詳區界而勒諸石凡核得塚長一百七十六弓二尺寬一百三十四弓其存爲捨櫬費者中有熟地廬舍按年收子利四十餘緡

江寧府題名碑記（代陶公作）

守官如守舍然前此居者不知幾何矣後此居者不知幾何矣其後此居者不可得而知也其前此居者則遮迣屏列如表之示目鼓之語耳孔子曰三人行必有我師焉善與不善疇非吾師此古人官廨題名之所由昉也江寧攝七縣冠九府州於古爲赤緊畿望之全我朝　聖人御世百四十年勤民恤功尤重二千石之選課最者擢之撟虔者黜之久俸者　召見之吏治蒸蒸光於古矣予量移來淮眂其坻之華離俗之康艾常琄琄在抱慮蹈詩人胡顏之譏欲景前躅以自範而舊無名籍文獻缺然竊不自揆謹考順治元年以來得四十五人書其姓氏爲之扁表嗟乎此四十五人者或久或暫或賢或否或騰而遷或墜而顛迹雖不同而要皆懷印曳紱臨民帥吏先余而居此者也即其在位之歲時以考其政治之得失思齊乎自省乎目及之而欽耳聞之而警豈徒作區區之甲乙簿同官錄觀哉昔尹鐸尹晉陽委士以爲師保魯共王畫先賢於壁以自勉二人有心先我而得後來之君子將有韙於斯舉亦將有感於斯言

漁隱小圃記

吾宗有賢曰漁洲居士居士有園曰漁隱小圃在楓橋之西袤廣百弓客之往來於吳會者可以泛杭而至去年予初遊目見有所謂無隱山房者倣山谷答長老之旨植桂甚繁足止軒者僅容二人膝語甚奧燕睇堂者長康重檐可以張飲會賓甚恢宏列岫樓者遮迣穹隆靈巖諸峯甚曠其他館曰鳥催閣曰來鐘亭曰小衡山池曰戲荷率皆回峯紆流有厓巖晃漾之觀漁洲告予曰此外舅盤溪王氏之故居也沈文愨公與一時名流賦詩於此石刻尙存予聞之憮然蓋盤溪與予交文愨與予同年二人存時予尙不知有此園也夫世之以園傳子孫者多矣不逾時遭其毀棄當時賓從或辟睨於頹垣敗瓦閒漁洲不獨能爲盤溪之園增榮益觀兼能使盤溪之故人補其從前未到之憾此其才且賢爲何如君子嘉夫園也尤嘉夫居是園者也惜予識盤溪晚識漁洲更晚不獲與石上諸賢同時賦詩又遠隔白門未能屢至心殊拳拳然而園公地也亦私舍也夫己氏得之孰若吾友得之吾友得之孰若吾宗得之毛詩曰豈無他人不如我同姓煙雲有知必當相昵文其顛末非我而誰宜漁洲作記之請嚴

乎如有急色耶

記句容叟

舟過燕子磯泊古寺有叟訓數僧貌臞而古鬚髮墮落高吟所作詩齒缺不能音揖而問之曰叟其有道者歟曰余非有道者累於道者也詢其姓曰趙句容人母孕之即不茹葷九歲齒決肉嘔遂絕之誓不娶年十九母亡慕茅山三洞爲神仙居絕欲得之仡然從三人而行裹糧趨洞所洞冥然黑人倒臥作蛇行以進叟先入墮水幸淺無所傷二人者秉燭繼之蝙蝠啞啞萬數如大片黑雲來撲火火滅其一毒虺長三四尺狂走有聲三人苦畏聯衣帶行山根觸頂礙眉石乳雨下訖不得住又五六里得坦穴聞鐘磬鳴大喜奔之石罅水所爲望如黑海昏霧杳藐波浪大作不可窮也鐙盡滅且飢爲是悛而止從原徑返行且臥迷無所復聞人聲如天外呼者則三人之戚友具麥飯紙錢號於洞口也牽以繩三人同上見青天如得故物人間已三晝夜矣叟歸學茹氣呼噏法於三人中最爲長年卒衰廢與他老人同無所名一錢乃教小僧匄食飲以卒日

自悔空然慕道幾死穴中嗣後有搤擊而道神仙者以爲妄言非矣

校官官最卑俸最薄廡廨最庳陋其長如是其貳可知江寧訓導署有廳三楹

江寧訓導廳壁記

爲前明祠周忠節公所來官此者率儐壼脩集賓僚於其間非樂神人之雜居也姑舍是而無以爲居也曹君菽衣莅茲未久邑之人興修學宮改祠周公於明德堂之右於是三楹廓然始爲君所有君庀治之平其斂陷增其杗棁於粲洒掃歷書前人姓氏而屬余爲記鐫兩石陷之壁間余按老子云與物且者其身不容言君子不可與物爲苟且也是以叔孫昭子所到雖一日必葺其牆屋曹君本名家子結髮束修儕然思有所建立使周祠不遷吾知君必佌期養力別創禮堂以與諸生講習而況事與時偕先賢如有意以讓之哉雖然力不足而強爲者殆身不勉而旁求者勞校官所入甚微倘物土仞溝陳之無藝則功必難就又或出位越思求助於人人必掉磬之捉搦之功亦未必就曹君既不肯薄其官視如傳舍而又未嘗旁呼將伯以侳其廉卒之室苟完而道大適此

一役也於以見天下無不可新之地無不可勉之官後之坐是廳者俱當健其決而賢其志也廳之前有榆甚古有竹甚冗有柏有柳甚稚有池甚窪渫將次第葺之各因其質以成其美則教士之法亦於是乎觀

江安糧道題名碑記 代陶公作

題名始於漢光和四年而官廨題名厥惟唐始予守江寧仿唐人故事考前人姓氏而書之旋蒙 天子恩擢江安糧道之職循例以書曷敢以後按國初劄授副使一員攝全省糧務順治五年改設糧道轄江安徽寧滁和等十府四州自後或裁或置或兼分巡或專督運或添設庫大使或運快並僉雖時時小吏而要之擇米慎察吏廉督漕勤僉丁公四者具則監司之職盡焉唐劉晏爲轉運使見一水不通思荷鍤而先行見一粒不運思負米而先登有味乎其言實獲我心矣雖然邦伯侯牧民事紛如供職大難糧道則漕糧一端而已中才循循僉能催程趨限輦粟京師 本朝四十三官鮮以不職聞就其中只周櫟園王樓山二公聲稱隆隆考其數施了無他異可知人能重官官不能重人嗟乎

誰無名姓能使後之人僂指及之而慨然若有所慕此其故豈在出身爵里之

間乎然非出身爵里則其人亦莫得而詳也合備書於左

小倉山房文集卷十三

錢唐袁枚子才

祭陶西圃文

嗚呼公來非訣公去不還今日思之來非偶然前年秋仲軔車我園曰官秩滿將覲于天有兒侍側有妾在船妾乃君贈生兩童牙今來君所如來外家離孫謁祖父執呼爺我聞公語喜不自止手斟盎齊庭堆行理臧獲從從兒女妮妮夜燭未跋公倦而倚弛氣離坐目營唇哆我心憂之公其衰矣迢迢燕都三千里程綿惙若斯如何可行年逾大耋懸車有經欲止公往慮公惋聽意滿口重言復禁聲其時尹莊尙領江左兩相飲公獵纓入坐一友一師笑言之瑳反馬藏輿班荆瑣瑣勸老而休其言如我公心亦悟公行難回家難相逼如弩方開但有前岸而無後崖九月黔天秋容變柳同賦河梁欷歔握手我轉慰公前期正有同年歸愚八十有九三至長安祝　帝萬壽晉秩尙書杖朝而走天道難窺人事不偶兩相之言唯唯否否何圖半載叩門聲忙果然訃至曰公路亡婦

塋兒縗麻衣若霜重來我家泣涕浪浪惟公不見公往何方曾曾稚子厭厭其質朝來授經暮來請益似可扶持以繼公業我亦衰老能扶幾時姑盡寸心以告公知嗚呼三十年交二十年別重教一見方成永訣謂天無情似未盡絕謂天有情又似難必滿懷者淚滿頭者雪對飲原缺二字依然宴集哀哉尚享

祭莊滋圃中丞文

嗚呼惟公之貴吾不知其所以遂惟公之災吾不知其所由來隆隆者求而公優游易折者剛而公安詳公之行事伊誰勿思公之本末惟我能知公貢于粵游學京師三十年來金躍飆馳如祥雲之升海夾日以飛其間但兩顛兩起而竟已輕煙過目而不可復追我少公年實惟兩載丁巳長安矚公丰采度實我容能實我甲假宅道南相優相狎張飲雞社再盟再歃明年京兆同登賢書明年禮闈同翔天衢　帝策仲舒擢爲第一回顧終軍亦許簪筆凡公所有則我不無得我相於公亦不孤西清宵宴東觀晨趨人之視之兩劍雙珠小劫昆明爲懽未渫我宰江左公留燕闕從此乖分乏階獵級或旬日之間而周歷三臺

或三十之年而早麾旌節非予小子之早遯先藏幾乎腰笏負韉而向公屈膝
一臨浙水兩巡吳門南撝湘流東釃河源酬知急而立功自喜慮聽瑩而卮言
勿聞太定似復過靜如昏網疎糾慝風希揚仁民譽民毁萬口狺狺余雖不能
執塗人以代曉而要其養體于大宅志于醇嗚呼噫嘻可告鬼神我嫌公之夷
姤公嫌我之疎俊雖隣不覿雖親不近三年一書五年一問恃舊多規頷而不
愠參知政事將離于南交淡而成蔗老而甘訪我空谷穿雲停驂抱我幼女絜
語喃喃公戲我笑我臥公談已握手于白門復開尊于吳下道兩人之齒未莫
分襟而悲咤何圖此酒卽是離觴何圖此别萬種滄桑家入搜牢身歸獄市簿
責八輩聲驚三褫罪淺 恩深雷收電止解金木之纏身忽紆青而拖紫雖霜
盡以春來終形存而心死果八閩之再臨竟九泉之巳矣嗚呼胡不早終赫然
相公胡不少待大福將再不早不遲天實爲之茫茫人事萬古如斯哀哉尚饗

祭程元衡文

嗚呼三十年交爲一世兮胡爲忍心捨我逝兮君倨身而揚聲睟子銳兮佗佗

矜矜何自厲兮雖業禺莢負奇氣兮用心如稱量天下士兮李蔡下中映其目而不視兮余過長淮年二十有四兮君頤未髭忻交臂兮高睨蒼靈期利濟兮似我與君起廬中而可試兮笑言未終秉燭繼兮猶以爲不足更友其季兮其季魚門肫肫仁兮名滿儒林情尤親兮其季述先吁嗟聽兮炯介明淑將毋同兮我登君庭兄弟笑相迎兮我飲君酒弟兄排日爭兮各有分器耀瓊英兮各有和羹夸割烹兮嗚呼盛哉三鳳鳴兮日復一日家離析兮年復一年門蕭瑟兮君張孤軍強鳴鼓而不肯息兮前年君來同話舊兮今年待君君獨後兮忽然書至家業覆兮代權子母呼負負兮爲此怔忪病莫救兮我答君書書自調兮男兒意氣寧錢刀兮往書未覆忽聞凶兮知君憂心懷萬重兮又蒸以毒暑莽交攻兮人非金石一病終兮雖然寧死毋窮真英雄兮不見其尾如神龍兮從此淮揚吾安從兮嗚呼星落落兮晨傾雪飄飄兮鬢盈君長寢兮事畢我身在兮心驚誓九京兮泉路長無絕兮交情哀哉尙享

祭商寶意太守文

嗚呼一部天星文昌幾座四海儒冠文人幾個雖神理之綿綿終希音之寡和感陳迹之難忘恨華年之易過目方極夫滇雲耳驚聞夫楚些寶意先生於越前輩楚國先賢玉容英峙藻思蟬嫣三微五際學極幽元其立乎世也一意孤行解天弢而獨往其搖乎筆也十指如電揭雲采以揚鮮蓋天之所與有物來相而人亦靡得而窺焉　皇帝三年詞臣召見萬頸胥延觀公上殿公忽抗聲臣習簿書願出于外爲王馳驅　天子頷之連目宰相宰相怫然嫌公太戇太液池魚無端跋浪雲屋天構忽逃巧匠畀司馬之閑官爲神仙之謫降公攺皁衣揭來江東連謁大府如畏窮窮屈一足以啓事櫛三律而辦公蘊雅心于俗狀寓巧傲于拙恭或亭疑而定法或覩白而署空果丹穴之人智亦君子之德風予乞歸娶拜公潤州公命郎君導余山遊鐵塔風高金焦兩收掎裳連襼酣顏高謳一笑爲樂三宿不休至今渡江餘夢悠悠予再改官萍蹤重合俁岩太史同官先達每欲公留定先我拉脫肉作魚揚觚康爵光妓遮迣仙童錯雜墜月滿地殘梅半榻一桃夸分二婢爭夾領識微于金奏解彈箏之銀甲忍袂判

于烏衣實魂消于絳蠟已而月儀求去環娘傒亡斷斷怒薄悁悁神傷右軍有深情之帖樂師傳窮劫之章雖風人之偶寄亦足以妖露夫百色而蕭條夫衆芳脫身百粵遠守哀牢值陣雲之如墨正王師之征苗從此芳訊兩絕噩夢旌搖軍檄火急瘴煙林燒縛儒衣爲短後挂郡將以弓刀鳶欲飛而水墮象未戰而膽消婆娑老子授命如毛燕然易銘臯蘭難鑿灸忘其口膕撓于腰宜乎碧雞金馬之神未見而先喪夫王褒嗚呼先生四品爵盡六旬壽畢百卷詩存萬里骨白初聞音而心瞿繼頹思而掩泣雖千秋之遺光終九原之路黑何妨孔岩在而竺師仍來未免惠子亡而莊周無以爲質哀哉尚享

祭薛一瓢文

嗚呼伊己巳之仲冬兮余殗殜於牀第謁三醫而莫救兮疑季梁之將死聞先生之渡江兮心欽遲而欲問所以已輷厥以召之兮復冘豫而中止曰斯人之奇介兮託許由之一瓢抱內經之絕業兮如孤雲之難招甘始投萬金於海兮顏闔鑿坏以逃豈戔戔之山中坻兮所能執訊以相要忽車聲兮啍啍濂深泥

兮叩門儼雅踞而相對各清談兮干雲上自兩戒之形巒兮下極三雍之禮樂細而鑄凝手摶之雜伎兮大而風后奇胲之方略五稱兮如響七發兮皆藥悔予病之不早兮致見君之已晚君亦忘萬頸之胥延兮每一來而不返吳閶兮再見鵠鶴兮相從君作夷門之大會兮余尋河朔之高蹤聚海內之耆碩兮縱捭闔之談鋒或擊鉢兮擘錦或揮琴兮歌風春復春兮花落歲復歲兮人空渺山河之一笛送此夕之諸公天哀民之頡頏多疾兮故留此晨星之孤耀也惟學之靡所不窺兮故能進技于道也乃門高無客敢撇裾兮偏獨與余以爲好也先生之診疾兮每神遊於象外逞青睛于一盼兮已穿穴其五內隨靈機以倏變兮遽斬關而扼隘代肺腑以作語兮化豨苓爲沆瀣奪亢父之生魂兮走游梟之百怪先生之清尚兮意飄飄而淩九垓貴不足以虞其志兮利不足以挺其懷呑丹篆兮吸元泉纂真誥兮題靈筌極三微兮窮五際奴金虎兮婢銅仙瘞華陽之鶴一隻兮畜世隆之龜三千（先生杖名銅婢爲龜作巢學其吐納）嗚呼方冀至於殊庭兮忽神船之已渡豈大耋之逢占兮抑風燈之難護乃天道之自然兮苟有

朝其必暮雖金丹之如雪兮終玉棺之必赴惟神理之綿綿兮去恆幹而彌固亂曰化人行矣天酒清兮先生往矣歲星明兮他日來歸桑海更兮滿世曾孫呼誰聽兮重曰宅掩兮青松園開兮水南我無車兮越弔莽有淚兮悲含羌招魂兮江上極思心兮潭潭哀哉尚饗

祭妹文

乾隆丁亥冬葬三妹素文于上元之羊山而奠以文曰嗚呼汝生于浙而葬于斯離吾鄉七百里矣當時雖觭夢幻想寧知此爲歸骨所耶汝以一念之貞遇人仳離致孤危託落雖命之所存天實爲之然而累汝至此者未嘗非予之過也予幼從先生授經汝差肩而坐愛聽古人節義事一旦長成遽躬蹈之嗚呼使汝不識詩書或未必艱貞若是余捉蟋蟀汝奮臂出其間歲寒蟲僵同臨其穴今予殮汝葬汝而當日之情形憬然赴目予九歲憩書齋汝梳雙髻披單縑來温緇衣一章適先生奓戶入聞兩童子音琅琅然不覺莞爾連呼則則此七月望日事也汝在九原當分明記之予弱冠粵行汝掎裳悲慟逾三年予披宮

錦還家汝從東廂扶案出一家瞠視而笑不記語從何起大概說長安登科函
使報信遲早云爾凡此瑣瑣雖爲陳迹然我一日未死則一日不能忘舊事塡
膺思之淒梗如影歷歷逼取便逝悔當時不將嫛婗情狀羅縷紀存然而汝已
不在人間則雖年光倒流兒時可再而亦無與爲證印者矣汝之義絶高氏而
歸也堂上阿嬭仗汝扶持家中文墨昳汝辦治嘗謂女流中最少明經義諳雅
故者汝嫂非不婉嫕而于此微缺然故自汝歸後雖爲汝悲實爲予喜予又長
汝四歲或人間長者先亡可將身後託汝而不謂汝之先予以去也前年予病
汝終宵刺探減一分則喜增一分則憂後雖小差猶尚殗殜無所娛遣汝來牀
前爲說稗官野史可喜可愕之事聊資一懽嗚呼今而後吾將再病教從何處
呼汝耶汝之疾也予信醫言無害遠弔揚州汝又慮戚吾心阻人走報及至綿
惙已極阿嬭問望兄歸否強應曰諾已予先一日夢汝來訣心知不祥飛舟渡
江果予以未時還家而汝以辰時氣絶四支猶溫一目未瞑蓋猶忍死待予也
嗚呼痛哉早知訣汝則予豈肯遠遊卽遊亦尚有幾許心中言要汝知聞共汝

籌畫也而今已矣除吾死外當無見期吾又不知何日死可以見汝而死後之有知無知與得見不得見又卒難明也然則抱此無涯之憾天乎人乎而竟已乎汝之詩吾已付梓汝之女吾已代嫁汝之生平吾已作傳惟汝之窀穸尚未謀耳先塋在杭江廣河深勢難歸葬故請母命而寧汝于斯便祭掃也其旁葬汝女阿印其下兩冢一爲阿爺侍者朱氏一爲阿兄侍者陶氏羊山曠渺南望原隰西望棲霞風雨晨昏羈魂有伴當不孤寂所憐者吾自戊寅年讀汝哭姪詩後至今無男兩女牙牙生汝死後纔周晬耳予雖親在未敢言老而齒危髮禿暗裏自知知在人閒尚復幾日阿品遠官河南亦無子女九族無可繼者汝死我葬我死誰埋汝倘有靈可能告我嗚呼身前既不可想身後又不可知哭汝既不聞汝言奠汝又不見汝食紙灰飛揚朔風野大阿兄歸矣猶屢屢回頭望汝也嗚呼哀哉嗚呼哀哉

周鎬谿哀詞有序

壬戌春余官翰林同年陶京山寄聲云有周鎬谿者能爲踔絶之文願受業門

下已而來雅相得也其年秋余改官江左卽主其家又一年余知江寧筠谿非衙散時不至至則除學文外一不關口余心高筠谿之爲人而亦未嘗不迂之也亡何筠谿爲中書長安別二十年嘗疑筠谿之文之奇必當得進士其爲中書之久又必當遷高爵二者測其然而竟不然前年筠谿乞假歸皤然鬢顏禿矣雖意態強直如故而須臾閒便旋者至十數起余心憂其五倉之騾空今年七月竟死嗟乎中書官唐最尊今雖小差而出納王命頗易騰上入軍機房者其尤也筠谿儒緩其衣冠已爲要人所不喜軍機處召之必力辭以故同官皆速飛或至開府三司而筠谿如故也筠谿之意必欲得甲科以完夙願耳乃偏爲幽峭之文屢試屢躓及其乞歸似夫求安恬而樂天年者矣則又不寧其家集詬無節致嗃嗃病生迹其所爲筠谿之侘傺以死也尤人乎尤己乎謂命乎謂性乎九原有知當必有以自處也然問筠谿死後誰則如其矗立者誰則如其沖澹者誰則如其胸無單複抒心而呈貌者嗚呼豈蒼蒼者亦有人之見存耶不然何憎筠谿而必弁其位與年而戹之也筠谿生平無他嗜成制藝一篇

必喜躍雖寒夜亦篝燈而起夫時文非古所有也亦非士君子可以終身誦之之物也乃天性溺之如先主之髦嵇康之鍛者然其志可哀而哂也前年秋有訛傳余爲逐夫者南都交好皆錯愕莫或見過而鎢谿闖然奓戶而入曰此信訛耶就非訛者鎢谿聽役于先生無所畏也無所避也嗚呼赴義若爇如鎢谿者獨余好之耳鎢谿名際昌辛酉舉人其死時余病痁不獲臨其喪故爲哀詞以抒余懷其詞曰遊羿之彀中而不中兮固鍭羽之數奇然匡衡以不中科而經乃益明兮豈非前賢之可期君蔽于古而不知今兮往往言危而行危偏㦗然而意下兮謁吾廬以求師余亦有意乎其爲人兮如風之過蕭泠然而應之慨世俗之滔滔兮非狂者其焉支明知九乾之尊且嚴兮胡寧横而委蛇喜其旣已歸來兮何妨歷落以嶔崎乃不假之年兮而溘然竟止于斯余又安得窮夫冥冥兮而闇造物之則奚

韓甥哀詞

四妹嫁韓氏生兒曰執玉豐頤平額目朗朗照其坐人五歲授離騷辟咡詔之

引吭轉音能與古作者意相上下稍長畢六經學制藝及詩清思泉流起止中度詠夏雨云潤回青簟色涼逼采蓮人督學竇公奇之選置上庠甥剪膋錦襜褕青袍抱而騎鄉之人觀者如堵牆呼曰韓童韓童先是余以十二歲入泮宮甥如其年錢塘父老有存者指而嘆曰昔吾見其舅如是今見其甥如是三十三年矣嗟乎余以早慧故不能遠到然亦入金門進玉堂擁吏卒走數州今且老後無替人念甥質端厚異日必恢弘其聲光故每誦甥文章輒告老母置酒上壽慶外孫聰明今年秋妹寄聲來曰甥出闈月餘病死氣將絶張目問阿孃曰舉頭望明月下句若何孃曰低頭思故鄉嘆曰果然如是者再呻吟懵呼唉嗑嗑響沉瞑目逝矣余不解甥之所以生與其所以死而尤哀其能類我也爲哀詞曰

羌余抱此千秋之絶業兮恆獨立而心瞿得一賢爲後起兮將脫手而傳諸矧宅相之有此奇兒兮真懷袖之明珠乃玉方璞而遽毀兮苗將秀而先枯曰兒有故鄉兮乘明月而賦歸歟行行何往兮嗚呼嗚呼

胡稚威哀詞

戊寅秋程魚門信來曰胡稚威死矣嗚呼稚威固不死也稚威之言曰古今人皆死惟能文章者不死雖有聖賢豪傑瑰意奇行離文章則其人皆死稚威所爲文絶涯涘窮攀躋而爲之好爲魁紀公家數險澀峭盭觭耦不仵如麋鞈缶鼓靜戞堯樂如古冢斕荒厓碣得認一字羣儒相揖而賀雍正十三年 詔舉博學鴻詞禮部尚書任公蘭枝以君薦首相西林鄂公欲見之不可強聘焉則黑而津痘瘢著其頰目眗轉雙鬭長不勝外府之裘入雅踞相對問兩戒形巒九乾躔度八十一家文墨口汩汩如傾海相公驚揚於朝曰必用胡某以榮館閣未幾試殿上諸人捧黃紙加墨而稚威鼻衄壹不止血涔涔下污其卷幾滿相公嘆息延爲三禮館纂修相公薨稚威益困賃長安半椽自居四方求文者輦金幣踵門而稚威性豪歌呼宴客所獲立盡諸公卿爭欲致門下每試爲梯媒者屬至稚威無言入場則盡棄之策文至二千言論或數十字與常式格格不合登甲科屢改乙科稚威凡三中乙科乾隆十六年再薦經學有一品官忌

之爲蜚語聞
上御正殿問今年經學中胡天游何如衆未對大學士史公貽直奏胡天游宿
學有名　上曰得毋奔競否史免冠搖首曰以臣所聞太剛太自愛　上默然
自後薦舉無敢復言稚威者吾與稚威同薦鴻詞初見謂曰美才多奇才少子
奇才也年少修業而息之他日爲唐之文章者吾子也呼車行稱余於前輩齊
次風商寶意杭堇浦王次山諸先生而勸之來交是時余生二十一年矣余外
出爲令離稚威十五年而稚威死臨死修志太原病太守周西鯨來視稚威稚
威已撤帳戚服殗殜拱手曰公來甚佳別矣即瞑氣縷縷若騰煙須臾張目曰
不能不再生人間爲南人乎爲北人乎公爲籌之周泣下曰南人歸南曰然遂
氣絕嗚呼稚威果不死也稚威名天游一字雲持山陰人爲之哀詞曰
接萬靈於明廷兮開銀函之九羊有諸嚴繹繹至地而滅兮乃斯人之降祥鈞
文在手兮百怪入腸得書靈寶兮問字侯剛載載墨斂兮嶽嶽神光吞海水口
猶哆兮夫寧肯飲酒于宵梁昔人之請兩華山與歌巾舞兮至今不能其句讀

惟吾夫子之振奇兮思乙乙其來又遊窨方以膚行兮射奇鶻而張彀唱朱干
苓落之余謠兮馳成博古諸之文圃惜混元之睢刺兮多温蠖之紛紛誤鷦鴞
爲鳳凰兮強符拔曰麒麟九皇既不構夫雲屋兮又焉知夔人虞慶之孰僞而
孰真彼畸人之份俾兮徒雉噫而鼈咳目作宴瑱飽兮面作欺鞙猜或俘傚以
媒但兮或舉獠以相排幸鬩奕與殷翼兮謀挾君而高舉將籋雲以騰虛兮卒
遇巷而失主鬩慍惀之修美兮終墫然其獨舞予固知萬賤之直兮不能挽一
貴之曲也恐圜心而虛天下兮終不能取上駢而禁生其耳目也彼麗麗臣臣
之日行千里兮豈三羣之蟲所能度也果千秋之孔揚兮又何慬乎一時之駱
縮也昔子瘳曳于長安兮曾儃儃以趨從頷頤而不予眄兮愛予之意過其通
示大道之首首兮期儒名之翁翁沉牖兮人去弔鳳兮雲遙生紼謳于斥苦兮
悲濫齊之孤操豈躍冶于衍亭之瀆兮抑每生於踠通之郊吾不能神禫其詞
而珍怪其聲兮夫寧君魂之可招

呂文光哀詞

余知沭陽時試童子周某文佳疑非其任偵之果其師呂君作也呼呂見則淮之弟子員名文光余傾衿禮之爲磨礱所學邑之人以爲令得重客居亡何余移知江寧年餘行呼唱于衢有儒衣冠揖車下者文光也問何所欲曰自公去沭文光爲文終莫得開說故棄館觳來就公余嘉其志爲牒制府列名書院而延之衙課兩孤甥文光伺案牘畢輒袖文請益余婞直而治文尤苛或嗛于意則啁詬雜作甚至裂其文投地文光磬折取去色不稍忤徹夜搆削畢則又拱而侍無倦容余內子憐之妻以妹余自視友壻雁行坐而呂執弟子禮愈敬以乾隆二十二年進士得官滑令滑最大邑簿領紛如文光爲政廉民愛之鄰邑流人冒抵繇役文光唱名發其姦

天子以爲能遷直隸同知署香河令病亡妻子在滑挈喪歸淮嗚呼文光僅長余一歲耳乃出處婚娶仕宦生死歷歷過目中如飄雲輕塵欲少停頓不得然則余之老且衰行當自知之矣悲呂君兼自悲爲之哀詞曰君昔謁我朱顏脩脩我今哭君鬢如禿鶖中二十年風輪蕩舟花飛影過鴻飛爪留金陵初春長

淮晚秋拘袂灑掃負牆咨諏此時風調九原憶不壬申合巹余歸秦邦遠迎李姬遇鄜于防婚我夕室假我纁裳騷人麻集舊筆催妝舞亂花影歌沉月光至今僕婢詳記不忘如何十載寡鵠孤翔嫠嫠夫人麻衣若霜甲戌君來余病而伏臘然末僂性命危篤君事其師棘心蒿目悖盧其容孌姍其足頭觸屏風手僵鐙燭君今怛化異鄉煢獨誰爲扶持延醫進粥誰爲招魂三呼登屋稚妾憑棺孤雛學哭我德未酬君歸不復靜言思之淚如雨沃前年書來問我詩文名山事業切勿沉淪願分清俸以付梓人我乃報謝高義緩敦待我耆艾方可云云君財既富我學亦醇今年書來平章歸計十萬買鄰將卜此地鹿門夫妻河汾師弟來遊來歌以終身世我又覆君君齒猶未賢者出處蒼生攸繫況又受恩政傳三異名書御屏方將遠至勿學老夫自甘暴棄嗚呼呂君夢盡今宵早知永訣悔不相招早知不歸我亦來遨千條萬端一旦冰消黑色而頎非君貌耶陂聲而散非君笑耶使此人亡寧余料耶泉路交期尚何道耶

趙舍人誄

余二十一歲鴻詞報罷居長安大難句容王郎中琬招往與其兒子通書未三月王公出守興化挈家行余傫然無歸矣同客王氏者趙舍人奮曰子無憂郎中雖去其屋吾賃之其竈吾炊之因共臥起出詩文相礳切亡何子受今大宗伯嵇公聘乃別舍人當是時無嵇公舍人終余食也無舍人余幾不能待嵇公矣舍人故貧士出鄂文端公門下將薦子于文端而爲他客所尼不果薦舍人詩文豪健如其人與御史仲永檀同年仲劾九門提督鄂善贓　天子以爲直超遷副都御史舍人與詩以爲薦賢受上賞古有之矣劾人罪受美官于古未前聞也此位公宜辭宜薦賢者如薦賢則吾鄉王次山先生可次山者諱峻嶷有立者也仲覽書頗不可于意不答終以他事敗舍人名貴朴字再白江南常熟人以某年月日卒京師乙卯孝廉官止中書舍人壽四十餘

誄曰子之意氣吞一世兮而止于斯時不副其志兮子之文章萬口推兮而止于斯學不盡其才兮雪紛紛兮長安雨瀟瀟兮虞山誰攬予袪兮誰授予餐嗚呼子壽短兮子情則長我不能報兮亦不能忘

小倉山房文集卷十四

小倉山房文集卷十五

錢唐袁枚子才

與從弟某論釋服作樂書

聞弟釋服有日邑之客有強余賀者云南中風俗是日設酒作樂余聞之瞿然夫服中月而禫再期而除非孝子所得已也先王制禮賢者不敢過愚者不敢不及天下賢者少愚者多然如禮而除其哀忘否未可知也未可知則禮外之意存而先王教孝之心亦終不沒今將欣欣然曰某服釋可賀受賀者亦欣欣然曰既釋服可作樂賀者若逆知其哀之已忘而薄待焉受賀者又若惟恐人不知其哀之已忘而故以酒食歌舞自章明焉凶禮畢而賀得毋嘉禮畢則弔乎夫衰麻苴絰非先王以之苦人也念孝子哀痛之心誠於中形於外其服食起居有不至於是而不安者故爲之制而又爲之節非若因拘束縛身受者得早脫一日爲快故禮曰親喪外除言外除者明乎其內未除也且凡云賀者皆人人危得之不可必得而竟得之故賀也如遷官如介壽如獲重器異寶是也

若夫三年之喪轉瞬而除衰麻終身世無其事有何慶羨慕悅而爲之賀哉魯人有朝祥而暮歌者子路笑之晉梁龕明日當除父服而奏伎置酒劉隗彈之天性之地不內自訟而使外人笑且彈耶弟思之

上兩江制府請停資送流民書

枚伏見

聖朝嘉惠元元隆天重地每遇賑災動費水衡百萬又念天下一家流亡者窮而無告故復定冬留春送之例枚奉揚仁風方愧不能宣布敢議成憲以屯膏哉但意美而法未良或法立而弊生均宜變易增改以扶政體而厚風俗從來州縣勘災親歷村廬尚多匿飾若外來流民無從核辦惟有遵例資送而已送回後本籍官又不必核辦惟有遵例補賑而已于是游惰之民明知村落無災本籍必難入賑不如預行外出以求資送又借資送文書以罔本籍是兩相冒也鄉保不得問其名丞尉不得詰其僞也定例夏災不出五月秋災不出九月所以然者以夏秋麥禾未枯尚可耕穫故耳今民橫此例于胸中兩暘偶愆早

已奔馳田災未成心災先定定例賑銀月給錢二分資送者日給錢二十兩者相較其利孰倍彼負戴之民自食其力每日所獲未盈此數然其妻子自養其行李自備今束手無事而所得相讎有司又爲之養家室僱舡驢護送出境假使去而復來周而復始當商賈之經營則奈何州縣胥役在經制者多至百名少不過五六十名流民所集少亦千計以一役送十人千人必得百役一縣之中征徭集訟皆役事也正役無暇必僱白役白役無費必填虛名就有聽強州縣督率叫呼極意澄肅然以十人而當一役役不能管束也以一官而解千人官不能彈壓也以江河之風信不齊不能保其前後之不聚積也既聚有千人不能保其不能爲風塵也且其男婦噂嗒故廉耻喪矣子女遠攜故略賣多矣喧雜嘔穢故疫癘起矣相引爲曹故勢力横矣當其時船戶之避流民也甚於避風波而村鄉之畏流民也甚于畏盜賊何也船戶載客按路計資一家之命惟船託焉今例載流民船百里十錢不敵民價之半阻風數日價不能增或被流民據爲廬舍焚桿毀篷船戶莫敢誰何惟有一聞資送之信橋藏港伏以致

舟楫不通百貨滯積村鄉防盜偶然禁嚴流民則絡繹而來大者箕糧小者伐樹在鄉民以爲告官懼累姑且隱忍而流民自以爲　朝廷尚且資送以客待之故任意鴟張枚愚以爲古之多流民也其病在恩之過少本地無賑故迫而爲餬口之謀今之多流民也其病在恩之過多遍地皆賑故轉而生游惰之志孟子曰散而之四方者幾千人其病在有司莫以告也今　皇上愛民如子誰敢不告災民自當靜守本鄉聽官嚴勘毋得出境其不得已而出者亦不必過抑阻禁之也其無所資而來者自無所資而去何必紛紛官辦譬如人家子弟偶有疾苦捨其父兄不相號呼而遠投千里外之賓客其子弟必非善良矣四方賓客又不問其子弟之是否良莠而栩栩焉概爲設餐授館以歸其父兄其賓客亦太豪舉矣資送之宜停亦猶是也枚請公嗣後辦災一以根本爲主而枝節莫與焉所謂根本者災民之本州本縣也與其設賑于四方以引其流離不如加恩于原籍使安其水土申報寧速查勘寧周糶糴寧廣撫恤寧厚如有不軫民艱致凍餒死亡者嚴加劾奏如此則于養民之仁心治民之政體兩無

所妨而枚于負子之責亦庶幾免戾焉謹白

上陳撫軍辦保甲狀

枚聞爲政之道將以便民也然求民便必先求官便何也官便則其心樂而爲之雖殫精竭思而不自知故所爲之政亦致精而不苟若張一法而先使奉法者愕然而阻歡求捨去之不暇則雖脟附以副上意而徒文具之爲其便於民也亦希矣雖然使果便於民卽強吏而行之亦可也若名便民而實擾民則雖大府所行例不格于末吏而明公忘其尊而聽焉亦足彰大君子納諫之雅公督造保甲一檄枚竊惑焉江南戶口大縣百萬有奇小縣十萬有奇十家爲甲百家爲保其甲保無算甲置一牌保置一冊其刊刻紙張繕寫之費又無算來檄以不給丁漕費給之每縣僅數十金如何得足然猶謂逾數歲而一行官吏猶可支吾而保長無苦或不至有驚擾而求免者今檄文曰立循環二簿一在縣一在民遇有遷移註明冊下每逢朔日保長送衙繳換毋許差擾如不行新查則所造冊一二年內卽爲無用云云此斷不可行也卽以江寧論之城內居

伙房者一宿輒去上河爲簰夫者風順輒去一日之內其遷流來去變動改換者難更僕數也既不能逐時逐刻而爲循環則甲日之簿乙日已無用矣況以三十日爲一月乎更何所謂一二年也一郡中自鄉至城遠者一二百里近者亦不下數十里保長非農工卽商賈一日廢業十日凍飢今令巡簷仰屋執途之人而詢曰某來去某生死某販賠某賣醬無論良民不肯爲必紛紛告退就令拘迫萬方應其名而任其事鄰里鄉黨亦將怪而叱之及至月朔則又將裹糧騎驢奔趨縣堂抱冊者慮損傷投宿者需旅店苦累甚矣且州縣之司閽無幾而官衙之啓閉有常冊衆人雜舛錯必多授受既親關防必弛其間數百人者或罹于寒暑之故或中乎風雨之災能無怨乎保甲中奸良不一勤惰不齊勤者來惰者不來將聽其壞法乎將終不免于差擾乎良者直書黠者加之變亂其能坐照以知之乎抑將假書吏以耳目乎簿經數塡必易新冊重重之費將以累其子孫乎抑亦官捐而吏償乎夫保甲之行將以弭盜也盜賊日攖貨而匿之捕擒官拷猶呼冤誣今使其戚鄰爲鈎距蹤跡未形難以白官蹤跡既

形且畏反噬恐姦民不服而良民反罹于辜且既不能責之以事前之稽查而徒責之於事發之連坐雖商鞅韓非亦復不忍又謂保甲之行便災賑也不知愚民避力役平日報口多減災民貪賑臨時報口多增官縱聰強不能記人妻女識人親朋勢必聽其指東畫西詭對強認而平日所存之冊與異日所賑之冊多少懸殊終難爲準然則弭盜察賑將聽其漫無稽考乎曰保甲者弭盜察賑之一端而非其本務也本務何在在州縣官得人而已得其人桁楊刀鋸皆仁民之物也何必保甲不得其人詩書官禮皆毒民之具也何況保甲此其說嘗讀論語而知之子貢問政子曰足食足兵其如何足兵食不言子路問政曰先之勞之其先勞何事不言冉有問加衛之庶曰富之教之其如何富教又不言曰如有用我者期月而已可也三年有成其期年三月之何政何令又不言他若子路自命治賦冉有自命足民其如何治賦足民法亦不質之於孔子彼聖賢者豈好爲空言而不一核實事哉人各有才地各有宜時各有當民各有俗不可執一爲兢兢也兩漢循吏最多所以然者皆行其所欲行不行其所不

欲行故權一而事立後世一切伍符尺籍皆張死法以束生人陸機曰察火于灰不見洪壯之烈今所行古人之法皆古人之灰也枚方望公一切捐之專心察吏擇一二賢者與共治民庶幾有濟今縱不能如此而轉生法外之法不已過乎且保甲亦未嘗不可行也十室之邑煙戶無幾吏能周巡原可瞭然然總在其人之自爲辦治從容有成不在上之約束驅迫之也若公檄嚴催臺使必到限期孔迫逐層核轉生無數搜駁書吏蠶食自上下下如葉至根究其所極終累百姓枚豈不知陽爲遵奉虛張冊籍塗改姓名明公必不能案覆而料檢之然歟公公喜而枚心不安逆公公怒而枚心安故敢布其區區

答李穆堂先生問三禮書

先生以大儒總裁三禮命諸翰林條對所見枚年少不學何所妄言但自幼讀禮而疑稍長泛覽百家而疑乃益深夫三代遠矣今之微文大義幸不絕如綫者賴有孔子孔子之言又雜矣今之可信者賴有論語引孔子爲斷而三代之禮定引論語爲斷而孔子之言定孔子贊周易正雅頌志欲行周公之道形於

夢寐豈有周公手定之書竟不肄業及之之理子所雅言詩書外惟禮加一執字于石經爲藝字蓋詩書有簡策之可考而禮則所重在躬行非有章條禁約也故孺悲學喪禮於夫子而夫子亦常問禮於老聃使儀禮有書周禮有書則人人依書而習之足矣又何執禮學禮問禮之紛紛耶孔子拱而尚左弟子皆左子曰甚矣二三子之好學也丘也有姊之喪故也使尚左尚右禮有明文則諸弟子早已習之不從書而從師何也子曰周監於二代郁郁乎文哉曰周因於殷禮所損益可知也此數語者夫子舉周之盛時而言也周公兼三王思四事必有宏綱巨旨在人耳目者故夫子於夏殷言不足而於周則願從焉子曰文勝質則史曰如用之則吾從先進曰禮與其奢也寧儉此數語者夫子舉周之衰世而言也春秋禮壞樂崩必有繁文縟節增飾已侈者故夫子以先進正之而於奢儉文質三致意焉若使周禮儀禮當時具存則籩豆臐膮升降裼襲其嚴若彼其細若此周德雖衰天命未改自上下下習慣自然又安得有先進後進從奢從儉之分哉後儒以禮證之詩書不合以禮證禮又不合於是附會

以爲周公未成之書夫周公相成王夜以繼日猶恐天下不治何暇仰屋梁偈偈著書其門下士亦必無呂不韋淮南王諸客也後世學孔子者莫如孟子證春秋者莫如左傳孟子言周室班爵祿其詳不可得而聞言井田經界亦以意爲之而引詩及龍子之言爲證使當日周禮尚存則郊遂川澮之名歷歷可數孟子守先王之道以待後之學者而竟目不一見此書其所守者何道也子產爭承於晉子服景伯却百牢於吳不引大行人之職以折之郤至懼金奏知罃却桑林亦不引大司樂之職以謝之諸賢皆博物君子而所學乃不如鄭馬其所博者又何物也仲孫湫曰魯秉周禮未知周禮何指韓宣子聘魯見易象與魯春秋曰周禮盡在魯矣然則易象春秋即周禮也非別有所謂周禮也昭公名知禮太叔儀曰是儀也非禮也古之人且賤儀而尊禮矣而何儀禮爲經之說乎若魯所守先世之禮與他國所存周家之書亦未嘗無一二可考者史克對宣公曰先君周公制周禮曰則以觀德德以處事又作誓命曰竊賄爲盜盜器爲姦單子稱周制曰列樹以表道列鄙食以表路周之秩官曰敵國賓至關

尹以告申無宇曰文王之法曰有亡荒閱此數書者考之今之周禮絕無其詞豈左氏之所引者亡而左氏之所未引者反存耶抑左氏孟子均不足言而惟今之周禮儀禮爲足信耶夫禮與其過而廢之也寧過而存之此亦好古者之苦心然不辨其眞僞不摘其純疵而槪以爲先王之書莫敢眇視則所關於世道人心者甚鉅劉歆新莽無論已荊公方正學俱以此書誤世而當時爭之者俱就事論事而未嘗有一二豪傑之士直指周官周禮之非聖破其所挾持以致人主不悟而天下陷於敗亡爲可歎也總而論之今之周禮今之管子晏子也管子相桓公才最大晏子事景公學甚正今所傳之書殊駁必非管晏所作夫以雜霸之才後人擬之而不類況周公乎以無關重輕之管子晏子後人尚附會之況周禮乎當今堯舜在上禮樂明備願先生纂修之際存疑多存信少方可以質聖人垂後世而不惑枚故以先儒之疑三禮者陳之於前而以枚之疑三禮者附之於後其中或有與先儒暗合而枚目所未見者亦不免爲無意之雷同謹條列于左

疑儀禮者謂班氏七略劉歆九種尙無此書聘禮芻禾之數與周官掌客不合先儒敖繼公湛若水俱疑之若枚之所疑者不止是焉按大射即燕射鄉射即鄉飲酒禮君之燕臣非其大夫即其鄉士鄉之賓介爲鄉大夫鄉先生皆雍容揖讓非若後世之考兵校武也乃大射禮曰司射者搢樸升堂乃去樸鄉射稱射者有過則撻之以行禮之場爲行刑之地過矣聘禮賈人啓櫝取圭鄭註賈人在官知物價者夫聘以通兩君之好藉圭將敬而乃令賈人與之以廉讓之堂爲交易之所過矣覲禮蓼蕭之詩康王之誥是何等華飾而儀禮則云諸侯肉袒于廟門之外當嘉禮之行作受刑之狀不祥可憎作僞更可憎篇首不言告祖禰告社稷宗廟山川以及在道習儀而竟始于郊勞其後享獻諸禮亦不見于篇中二鄭援周禮爲解謂諸侯有四時之見朝宗禮備覲遇禮省此春秋見天子之禮也夫諸侯非能一歲而四見天子也將各以其方而各趨其時是在西北之諸侯終不見備禮矣司馬司寇惟國君有之大夫家無有也春秋魯三家僭妄叔孫有司馬鬷戾一見而已乃少

牢饋食禮曰司馬刲羊司士擊豕是卿大夫家皆有一司寇司馬也周禮凡射王以騶虞爲節諸侯以貍首爲節卿大夫以采蘋爲節士以采蘩爲節鄉射大夫士之禮也其終竟奏騶虞左氏曰肆夏天子所以享元侯也乃大射禮公卽席亦奏肆夏燕禮賓及庭公受爵亦奏肆夏又稱諸公席三重按尙書顧命王席三重鄉射之公安得相同且周制天子置三公三王之後爲公諸侯以下于其國稱公乃燕禮侯國之臣有所謂公者位在卿大夫上若楚之棠公葉公者然何其僭也喪禮諸侯懸壺代哭士代哭不以官夫父母之喪創巨痛深發乎不得已所謂哀至則哭何常之有乃竟有代哭之文南朝王秀之一達人耳猶禁子孫代哭曰喪主不能淳至故欲多聲相亂魂而有靈吾當笑之豈周公乃秀之之不若耶大射有樂而燕禮無之鄉飲有樂而少牢饋食特牲饋食無之是重其所輕而輕其所重也稷在某黍在某祭醴始扱一祭又扱再祭牲體有腸五胃五一骨二骨之分此詳其所不必詳也冠于廟而不及其祖禰既冠見君見母見鄉里士大夫而不及其父國君享

卿大夫只屠一狗此略其所不當略也天子率土之尊諸侯一國之尊其服
之重如一宜也今卿大夫有采地者貴臣重臣無不服斬是與國君無别也
國君之尊其絶旁親宜也大夫之世父母叔父母子昆弟昆弟之子爲士者
既以期而降大功矣而尊同又得服其親服大夫之子亦遞降如大夫而尊
同者不降大夫之妻於夫之姑姊妹在室既嫁皆小功惟嫁于大夫者不降
若不爲大夫妻又降緦麻不幾于無服乎周道親親而喪服之貴貴又何至
于此極耶又庶子爲父後者爲其母緦夫與尊者爲一體不降不可也而竟
使人無其母亦不可也喪服曰有死于宮中者爲之三月不舉祭夫宮中之
所死其爲妾媵無疑以妾媵之微廢祀典之大豈禴祠烝嘗竟可廢耶慈母
無服而乳母亦緦豈乳母以名服而慈母反不可以名服耶士相見禮賓五
請主人始出又不升堂止于大門外一拜太傲盛服行禮忽而袒衣旋襲又
袒又襲如是者數十次太煩孫爲祖尸父拜其子明日賓尸子爲父客太戲
贊何人斯而見婦酌婦婦東贊西相面也相拜也太瀆一主耳而有練主有

虞主有苴有重有隋有鉤袒有繶爵有纊極有棘心又有銘旌一祭耳有尸

有祝有茅蒩有雍正有佐食有賓有上利有下利有上餕有下餕有侑有司

宫有司馬有司士一昏耳而有贊有御有娣有媵舅有宰姑有司紛紛擾擾

殊非大樂必易大禮必簡之旨按漢初高堂生始傳士禮十七篇而今書不

止于士禮若燕禮大射聘禮公食大夫覲禮五篇皆諸侯之禮也喪服一篇

總包天子以下之服制然則所謂士禮者僅十一篇耳或后蒼及門人慶普

等取諸他禮以應其數而非高堂之原本亦未可知而其可疑則大概相似

周禮戴禮較儀禮紕謬更甚先儒捃摭亦更多故所疑百十條不錄

答金震方先生問律例書

公以先君子擅刑名之學故將郵罰麗事採訪殷殷枚趨庭時年幼無所存錄

但略記先君子之言曰舊律不可改新例不必增舊律之已改者宜存新例之

未協者宜去先君之意以爲律書最久古人核之已精我　朝所定大清律

聖君賢臣尤加詳審今之條奏者或見律文未備妄思以意補之不知古人用

心較今人尤精其不可及者正在疎節闊目使人比引之餘時時得其意于言外蓋人之情僞萬殊而國家之科條有限先王知其然也爲張設大法使後世賢人君子悉其聰明引之而議以爲如是斷獄固已足矣若必預設數萬條成例待數萬人行事而印合之是以死法待生人而天下事付傀儡胥吏而有餘子產鑄刑書叔向非之曰先王議事以制不爲刑辟武帝增三章之法爲萬三千盜賊蠭起大抵昇平時綱舉而網疎及其久也文俗之吏爭能競才毛舉紛如反乖政體蓋律者萬世之法也例者一時之事也萬世之法有倫有要無所喜怒于其閒一時之事則人君有寬嚴之不同卿相有仁刻之互異而且狃于愛憎發于倉卒難據爲準譬之律者衡也度也其取而擬之則物至而權之度之也部居別白若網在綱若夫例者引彼物以肖此物援甲事以配乙事也其能無牽合影射之虞乎律雖繁一童子可誦而習至于例則朝例未刊暮例復下千條萬端藏諸故府聽強之官不能省記一旦援引惟吏是循或同一事也而輕重殊或均一罪也而先後異或轉語以仰揚之或深文以周內之往往引

律者多公引例者多私引律者直舉其詞引例者曲爲之證公卿大夫張目拱手受其指揮豈不可歎且夫律之設豈徒爲臣民觀戒哉先王恐後世之人君任喜怒而予言莫違故立一定之法以昭示子孫誠能恪遵勿失則雖不能刑期無刑而科比得當要無出入之悞若周穆王所謂刑罰世輕世重杜周所謂前王所定爲律後王所定爲令均非盛世之言不可爲典要謹以先君子所私核者數條列狀于左伏候採擇

一調姦不成本婦自盡者擬絞此舊律所無而新例未協也事關風教無可寬弛然和與調無異調者和之未成者也其調者和在意中其自盡者變生意外其意內之杖尚在難加而意外之絞忽然已至誠可哀憐夫調之說亦至不一也或微詞或目挑或謔語或褻之口或加牽曳之狀其自盡者亦至不一矣或怒或慚或染邪或本不欲生而借此鳴貞或別有他故而飾詞誣陷是數者全在臨時詳審分別辦治若概定以絞則調之罪反重于強也強不成止于杖流調不成至于抵死彼毒淫者又何所擇輕重而不強乎

彼毆詈人人自盡者罪不至絞則調人人自盡者亦罪不至絞何也毆詈與

調均有本罪而其人之自盡皆出于意外孟子曰可以死可以無死死傷勇

女不受調本無死法律旌節婦不旌烈婦所以重民命也調姦自盡較殉夫

之烈婦猶有遜焉而既予之旌又抵其死不教天下女子以輕生乎俗傳有

年少某悅鄰女揖而自媒女拒之再揖而謝女歸縊死某竟擬絞合郡之人

以爲三揖三讓而死莫不掩淚愚以爲羞忿自盡者照罵毆人而人自盡之

條飭有司臨時按閱作何調法以爲比擬其情重者別請

聖裁

一律註內始強終和者仍以和論此本律所無而增例未協也按註曰裂衣

損膚及有人聞知者爲強此說是也然既以裂衣毀膚有人聞知爲始強之

據又何所見衣破復完膚創仍復爲終和之據耶夫相愛爲和女既愛之又

何恨之而誣以爲強耶在被姦者必曰以強終在強者必曰以和終信彼乎

信此乎事屬暗昧訊者茫然勢必以自盡者爲強而不自盡者爲和是率衆

強而爲和也夫死生亦大矣自非孔子之所謂剛者誰能輕死女果清貞偶爲強暴所污如浮雲翳白日無所爲非或上有舅姑下有孩稚此身甚重先王原未嘗以必死責之而強者之罪則不可不誅也今之有司大抵寬有罪誣名節以爲陰德然則不肖之人逆知女未必能死將惟強之是爲而到官後誣以終和則其計固已得矣或曰終和之據以叫呼漸輕四鄰無聞者爲和不知啼呼之聲果聞四鄰則姦且不成而強于何有強者大率蓽門蓬戶四鄰無聞而後敢肆行者也四鄰之人卽或聞之又誰辨其聲之始終乎又誰質證之以陷人于死地乎然則始強終和亦終于無據而已矣律曰強者斬未成者流語無枝節何等正大註中增以終和二字而行險儌倖者多按律文強者誅和者並杖淩暴之徒旣已辱人而又引與同杖以衆辱之惡莫甚焉就使婦志不堅自念業已被污而稍爲隱忍以免傳播其心亦大可哀矣較夫目挑心與互相鑽踰者罪當末減是始強終和就使確鑿有據而男子擬杖猶輕女子擬杖已重愚以爲律重誅心強者女當死調者女不當死

然而或死或不死則其所遭者異也在強者之心業已迫人于死雖女子不自盡其罪重調者之心本不迫人于死雖女子自盡其罪輕今例註重其所輕輕其所重似有可疑

一犯罪存留養親載在名律始于北魏太和五年金世宗引醜夷不爭之禮以除之極爲允當然律稱奏請　上裁是猶未定其必赦也今刑部或不上請但依例允行愚以爲殺人者死雖堯舜復生不能通融孔子曰一朝之忿忘其身以及其親非惑與可見三代無留養之文若此者非聖人之所矜也夫殺人者之父母何與于彼殺者之冤魂忘其親殺人其不孝宜誅恃其親殺人其心術宜誅按律內知有恩赦而故犯者加本罪三等惡其有所恃也彼恃有留養之例而故犯者何以反得寬其本罪乎父母不能教子致陷于惡雖老而凍餒亦所自取或聖王仁政務出萬全則按其情罪臨期請　旨亦可

一尊長殺卑幼律無明文尊名分故也考史冊亦頗不然漢賈彪不按盜賊

而先按母殺子者曰盜賊殺人事之常有母子相殘違天悖理竟按致其罪是母不得殺子也趙廣漢以丞相夫人殺婢曳夫人跪庭下受訊是夫人不得殺婢也唐敬宗時姑鞭婦至死有司請償是姑不得殺媳也馬端臨曰子有罪父不得而生則子無罪父不得而殺

世宗憲皇帝特斬胡璁芳姦子婦者　皇上特絞徐某烹家奴者此皆聖明獨斷非凡所及愚竊以爲父母之于子女家長之于奴婢俱不應非理而殺其尤甚者姑殺婦妻殺妾也婦與姑本非天屬或待年之女幼住夫家受姑淩逼力難抵攔或悍妻嚴妒動用非刑地方官拘于名分擬以杖贖費金錢許人命較之雞狗所值尤微不知服制婦死姑報以期是殺婦者卽殺期服親也士妾有子而爲之緦是殺妾者卽殺夫緦麻親也在民家爲婦爲妾在國家皆爲百姓在天地皆爲蒼生　皇上不忍殺一無辜之百姓而惡姑悍妻乃能殺無罪之蒼生其得罪于卑幼者小其得罪于天地　皇上者大請嗣後將尊長非理殺卑幼者別將冤酷情形分別治罪所保全者實多

與是仲明書

尹司空來金陵道足下廬墓講學不應試與海昌相公書累數千言以道自任僕始聞而驚繼而惑不敢不通書於足下嘗聞君子不與名期而名至名不與爭期而爭至名者君子之所樂受而爭者君子之所甚危也然同乎人以得名名難得而難敗異乎人以得名名易得而易敗莊子曰爲人之所爲者人亦無疵焉今之人有廬墓者乎有講學者乎有不應試者乎人所不爲而足下爲之其得名也宜然人所不爲而足下爲之則是異乎人以得名也恐爭之者至矣古之君子不招人之爭而常有以待人之爭待之云者非謗至而爲之辨也期於理足而名不可敗也天下大矣九州之人才衆矣古人之書亦至多矣書能使人智亦能使人愚能使人欿然不足亦能使人傲然自恃善讀書者常不足而智不善讀書者常自恃而愚足下廬墓無乃愚乎講學不應試毋乃自恃乎且三者之名又不容兼收也講學必講禮禮不墓祭而何廬爲不應試必隱隱不與人接而何講學爲孔子一則曰從周再則曰從周既講學矣必遵時王之

制而何以不應試爲以子之名考子之行吾爲子之危之也雖然廬墓近孝可行不應試近高亦可行惟講學近僞且大妄斷不可行蓋嘗信孔子而疑宋儒矣孔子編詩不作詩贊易不擬易修春秋不自爲綱目今所傳論語乃孔子死有子曾子之徒追記之非孔子朝作某語暮命某人作語錄也三月無君則皇皇然六十返魯述而不作使孔子貴且顯或早死至今無講學名論語曰學之不講講之云者謂講求在己之學審問明辨益其身心故與德之不修同憂非如後世聚徒立舍者之所爲今顯宦者猶閉門絶迹庭無人焉而足下一布衣乃披皐比坐南面擁弟子數百人身賤而道貴名隱而實彰於己不安也縱安于己其安于人乎必有憎且忌者爲處士横議之説以摧敗之前代鴛湖東林無俚已甚足下從而效之過矣當今堯舜在上足下爲皐夔可爲巢由可爲孔孟則不可何也孔孟之與堯舜不並立者也不知此亦不足以爲孔孟幸三思毋悔

覆兩江制府策公問興革事宜書

某月日明公公牒到縣命將地方應與應革事宜明析敷陳具見大君子尊主隆民卓然有所建立之意枚伏念江南州縣七十有奇其間剛柔異俗風土異宜印官爲所得爲不必煩稱于大府若冒陳細事在上爲侵官在下爲塞責非所以副盛意也其所應陳者或同是恩施而應分緩急或名爲成憲而實可變通或事關全省而非敷奏不爲功或效在百年而非駭俗不能辨此則責難君子之事明公其有意乎夫從古蠲租賜復之恩未有隆于　本朝者也

皇上登極未久已兩免天下全租含哺熙熙貧富共之獨不免累年積欠者非

聖心有所吝也以爲蠲者上之特恩稅者國之正供兩不相假政體宜然然積欠有應徵者有不應徵者有雖應徵而不能徵者民欠吏侵此應徵者也坍荒水旱此不應徵者也吏雖侵而吏亡民雖欠而民亡此雖應徵而不能徵者也今一例徵之勢必屈筰而行或命後來業戶爲前人代償或取現在田廬將坍糧飛入官雖逼認而不能言其理民雖強認而無以服其心此處似宜分別詳勘奏請　聖裁與其寬百萬應納之稅以恩富民孰若免錙銖不應納之稅

以恩貧民平常平者漢時良法也東漢劉般傳中已極言其弊而今更甚某地登穀官往買商亦往買商買而穀仍賤官買而穀必貴者何也商東買而西賣官一買而不出故也當其買時運工若干潑撒若干及其貯也雀鼠耗之鬱蒸耗之一縣貯三萬石十縣便三十萬石矣十縣之地不滿六七百里而虛糜三十萬石此米貴之本也及至新穀已升例應平糶大府慮州縣巧爲出脫一駁不許再駁不許或竟許之矣則又牢守糶三之例谿米不增挈其盈餘上輸司庫仍發奏定之價嚴督買補州縣明知糶易買難則寧坐視米價翔貴而姑且貯之以省累夫錢穀之在民間猶血脈之在人身也商賈之在民間猶氣之行血脈也氣一日不行血一日不流則人病今欲人之強健而故意約束之壅遏之則其有餘者爲疽癰而其不足者爲瘍瘵枚患以爲錢之所在卽穀之所在也今之民未聞有抱青蚨而餓死者商之所在卽倉之所在也今之商未聞有積死貨而不流通者爲積貯計宜存穀價于庫待本地豐收隨糶隨補成災時有穀賑穀無穀賑錢于鄰省之撥賑亦然其輓輸便故無糠沙糅雜之弊其除

放明故無升斗侵削之弊四方之商聞某地之錢多而米少也雖萬千石往矣
至于糴價盈縮本無一定原非公家之利應交州縣仍歸原額不必上輸如此
則錢穀流通而政體亦得社倉者宋時良法也金華社倉記已極言其弊而今
又甚社何穀民穀也爲貧民借者計也今貧者求借不得富者不肯借而必強
與之所以然者慮借者不償而社長代償慮社長不償而官將代償故也然則
非社長過矣并非官過矣是督撫之誤民穀爲官穀而奏入交代者之過矣州
縣敷衍成例不得不詭立姓名申于上曰某也借某也還其實終年屹然存社
長之家而已有若無實若虛與民何益而且社長一與官接費累不支素封之
家寧賄吏以求免而里胥知其然也則又故報多人爲索賄計是社倉于貧民
無角尖之益而于富民有邱山之累㩁愚以爲鄉閭任恤非官所強每一邑中
或應捐應借應還或竟不必捐不必借不必還聽州縣自爲區畫待至災年然
後核其成效以定課最所謂良藥期于利濟不期于古方也訪漕者上游剔弊
之苦心不知訪不足以禁弊而徒生訪之弊州縣者命官也尚疑其非賢而訪

之所遣訪之人非命官也何以知其爲賢而信之乎況業已舉百里之倉庫人民而付之矣忽於征漕時探刺捉搦待以非人意若曰漕固有利云爾夫先以利徒待之彼固將利徒自爲也然而徵收累萬升斗稍餘此雖大府之所震驚而實小民之所竊笑者也何也民不畏有形之浮收而畏無形之勒索雖極貧者負粟而來莫不多帶升合備耗折之需今操之已蹙邏察成羣風影未來消息已到料量掩覆仍取之民從來弊不生于法中則生于法外法中之弊易見而法外之弊難稽上之所禁者浮收也不禁其擇米也其應否揄簸米難自言矣上之所察者斛面也不察其抑勒也其誰爲後先無從察覈矣于是有行賄爭先者有暗價折帛者有囑紳衿誣謗者有罄其行李資糧而號呼于路者嘻好除弊而不善除弊之效乃至此乎枚以爲訪官者宜訪之于平時而不必專訪之于收漕察漕者宜察之于民間而不必專察之于倉內王道蕩平不先逆詐果有横征聽民上控嚴禁抑勒而寬假于浮收如是則大體立而民氣和矣蝗爲天災春秋書有蜚未書捕之之法晉劉聰不捕蝗關中轉豐唐姚崇始議

捕之而自居易詩中已極言其弊今捕蝗之處分太重督捕之官太多一蝻甫生衆官麻集車馬之所跆藉兵役之所轥轢委員武弁之所驛騷上官過往之所供應無知之蝗食禾而已有知之蝗先于食官而終于食民捕虱而裂其衣熏鼠而拆其屋固不如勿捕勿熏之爲愈也且蝗之捕果可盡乎凡所謂捕蝗而蝗盡者皆欺也皆待疾風暴雨而后殲旃者也聽民自捕而官不與焉民閒之禾蝗食者半存者半強民分捕而官督焉民閒之禾蝗食者盡蝗不食者亦盡故凡生蝗之處雖良民無不諱匿彼有疾而拒醫者非不欲醫也知醫之無益于疾也夫行三軍者尚以有聞無聲爲貴而爲民除害者乃先使之毛澤盡而老弱啼乎枚愚以爲嗣後捕蝗之法宜專責有司不必多差官弁果匿災耶自有輿論果成災耶自有王章若因其所小不便而轉生其所大不便固不可也今大府訓州縣者輒曰爾其察吏乎勤民乎除盜乎枚以爲上之所以相詔與其所以相率者事事相反也夫州縣之胥所恃以剝民者無他文檄而已上官之胥所恃以剝州縣者亦無他文檄而已夫判文檄而行之者官也非胥也

官既縱之互相蠶食矣而又禁其取于民是使州縣之胥將捐家鬻產以供也無端而取遵依無端而取冊結無端而款式不合無端而印文不全此固若輩剔蠹之故智無足怪也所不解者上官不信人而信法偏好立規條教令畀之權以濟其姦卽以江邑近年論之一行版圖順莊再行保甲循環簿再行印契之三聯完糧之版串再行道府之提比約正之值月當其始也明罰勑法若不可終日而意在必行及其終也形格勢禁亦自悔其初心而視爲故紙枚悉以爲督撫之使吏治民如使工人之製器也物勒工名以考其成足矣何必爲之製一斤造一削代斲而迫驅之乎又如田主之督佃也予之牛種待其菑穫足矣何必爲之隔疆越界揠其苗而助之長乎遂古以來未有多令而能行多禁而能止者也詩曰誰能亨魚漑之釜鬵言亨魚煩則碎治民煩則散也荀勗曰省官不如省事省事不如省心上行文書能省尤善其必不能省者挈其最凡月行若干行少則大府之體尊必行則　朝廷之法立其在上也官與官共事而不使吏與吏共事其在下也官與民共事而不許吏與民共事捐死法而任

生人隋劉炫對楊素之語深可思也左氏有之曰非德莫如勤尙書曰六府三事惟勤勤之益于政也如是今公亦知州縣中有求勤而不得者乎赤緊之地四衝之衢嚴上官之威以及其妻孥子姪以及其傔人別奏若行轅若水驛若廚傳酒漿若闈錢雜賜瑣屑繁重其能得上意者稱賢其不能得上意者稱不賢其得不得又非上下之情相通也爲大吏者率皆盱衡厲色矜矜自持餽芻禾不受餽牲牢不受然而不受之費往往更甚于受者何哉在大府以爲吾既不飲若一勺水矣其所應備之館舍夫馬當無悞也而不知扈從之人所需不遂則毀精舍而污之鞭人夫而逸之詭程途而悞之入山縣則索魚入水縣則取雉臨行或弃其供應之屋幕几席銀杯象箸而滿載之訴之長官而聽未敢必也訴之長官而不聽是徒結怨于胥小而拂上意也雖忠直之士亦多畜縮隱忍佯爲不與較之說以自寬而不知爲政之精神已消磨于無益之地矣其在會城者地大民雜事務尤多不知每日參謁之例是何條教天明而往日昳而歸坐軍門外聽鼓吹者幾何時投手版者幾何時待音旨之下者幾何時忍

渴飢冒寒暑而卒不知其何所爲以爲尊督撫耶至尊莫如　天子而未聞在
京百官終日往宮門請安者以爲待訓誨耶一面不偆何訓誨之有而父之教
子亦無終朝嚾嚾者及至命下許歸而傳呼者又至不曰堂廡瓦漏則曰射堂
須圬不曰大府宴客則曰行香何所略一停候一籌畫則漏鼙鼙下矣雖兼人
之勇其尚能課農桑而理獄訟哉不知當其雜坐戲謔欠申假寐之時卽鄉城
老幼毀肢折體而待訴之時也當其修垣轅治供具之時卽胥吏舞文匿案而
逞權之時也朝廷設州縣果爲督撫作奴耶抑爲民作爹耶清夜自思既自愧
又自笑也杖以爲國家設佐貳丞尉本屬閒曹一切雜徭宜委辦治使州縣得
盡心于民事如此而田野不闢獄訟不理者宜亟亟劾去以讓賢路除盜之法
自當責成捕役然庶民在官久無下士之祿吏胥分潤曰民猶之可也捕役之
財取之盜賊取其財而捕之無是理也而大府一行提比則來往有需經承有
需行杖者有需彼方蹣膝踠足供張之不暇而何暇禽盜且以忠恕之道待捕
役勢有不得不取盜財者就江邑論之額設捕三十法當領八十金以八十金

養三十捕每名約得二金有奇而其所謂二金者制府之鳴鉦者分焉揚旗者分焉巡道之擊柝而張繖者分焉名下之白役又分焉其足不足尚待問哉及至詣府受遣踐更遞換莫不鮮衣肥體稱娖而前遞解軍流莫不器械資糧犂然具備思其所以謀生所以應官與其所以甘心敲扑之故而不禁心寒髮指矣雖然彼養盜者名捕也能養之必能擒之今之充捕者乞匄類也不能養盜而盜亦不屑供養之然則何以自給曰賴朝廷有樂戶蒱博宰牛等禁彼取月例嚇飛錢以度其日而攘獄過訟以及爲盜囮者亦間有之彼之所藏身立命者仍在朝廷禁令之中然則禁者何以禁而令者又何以令乎枚以爲欲擒盜宜先養捕將嚴罰宜先重賞嗣後請核縣庫司庫一切贓罰閑款合計若干增爲稟假充爲賞賚俾此輩守法度于平時買細作于臨事則路不拾遺非難事也天下人才本于學校學校之設多在州縣選士學臣一過便已造士校官率多頹廢與士相親非州縣而誰今執州縣問曰爾所治某士賢某士不肖大率不知也其所知者非巨紳即大賈而已其病亦自上率之也州縣進見大吏無

問文風士習者上有不好下必有甚焉者矣且夫　國家武學之設似可省也天下之民秀者爲文勇者爲武其勇者旣有兵丁行伍收而用之矣其秀者又有郊庠生貢收而用之矣　國家養兵業已多費復爲之設武學而三年一大比焉糜各省錢糧萬計其所得者率多非文非武之人臨試則習趚張具櫜鞬平時棄之倚符鴟張一邑之中破敗者十之六七大抵虓勇之人無所拘束則必橫行兵之不敢橫行者訓練多而管約衆也武生卽兵類也督學遠教職卑其誰訓練約束之按武舉始于武后武學始于宋紹興本屬權宜之制公盍題革此科以其費爲各省養士養兵之用未嘗非盛舉也凡上數條明知日不增燭晝有餘光然春雷旣聲百蟲難嘿亦尚有明知不能强公而又不敢不告者則莫如用人夫用人何以不能强也以荀令之明而失之嚴象以諸葛之明而失之馬謖公羊曰聽遠者聞其疾不聞其舒望遠者察其形不察其貌此之謂也然窾要亦有可言者大凡居高位者能識同體之善而忘異量之美故使人得以揣合倖進願明公起而矯之己高明則必加意于沉潛之士己厚重則必

寬容夫倜儻之人己苛察則不可輕信讕言己靜鎮則不可竟無耳目己不迎
合　天子而後能覺人之謟諛己能力追古人而後能識人之庸俗病百姓者
雖小必誅誤頓遞者雖大必赦工獻納者雖敏非才昧是非者雖廉實蠹龔黃
不同術而同歸于治周來不同虐而同歸于亂要在觀其大節之所在而審其
性情之真而已枚所見如是未必皆當然于大君子之前布露所畜或不以人
廢而采其言或卽以言觀而知其人幸甚

小倉山房文集卷十五

小倉山房文集卷十六

錢唐袁枚子才

與湖北巡撫莊公書

古聖人迅雷風烈必變所以然者非不修儆于平時也借天變以加惕焉則無之焉而不順日者明公有意外譴又有意外恩是亦聖人必變時也其將狠天而自足歟抑將翼翼修省而有采于野人之言歟大學稱知止而後有定是定之不難而知之難也若無所知而先定則其定愈甚而其知愈蔽其過愈深夫子教顏回克己王子敬譏孔明未能忘己兩賢之己豈尋常私欲之己哉其或有小小束修之意氣是即己也是即所當克當忘者也古之人非水火則兵農弊弊然以天下爲事非好其名也適逢其所當爲者耳巡撫之所當爲莫如察吏以安民而立功垂名不與焉何也一吏之不察必有數十萬人不安者十吏之不察必有數千萬人不安者以數千萬人之未安而爲巡撫者方且增倉儲浚河渠改棘闈以爲吾勤大勳以施于烝彝鼎琱之耑耑笑且詫曰吾儕朝不

保蓄而何儲倉穀爲吾儕怨氣壅塞而何通水路爲目擊士林沮喪而何修試院爲宜祝而詛宜喜而怒非民之無良也緩急不稱故也且此數者非財不辦今天下之至不足者財也財不足而強爲之勢必有勸捐勒罰之舉捐罰一行而不察之吏因緣爲姦然公勇于自信故違物情而持之愈堅卒以罰朱聃事受讄讄亦何足爲公累也讄而宜乃累公矣使公仍在吳僕未敢言或六月暫息又不必言今幸而忽仆忽起如俔之見風定不終日以小人之心度君子之腹恐公益自信所守真可以歷夷險經大故而不動從此孤行一意立功名愈勇察吏愈疎再一失足不深負遭逢而爲好己者所戚乎昔張曲江居憂奪情秉政富鄭公居憂五徵不起公此時不師富公師張公必非得已然即此可以見天下義理之無窮而執持之難定也伏願公先致知而后誠意先察吏而后立功知果致則意自誠矣吏果察則功自立矣孫與公稱劉尹云居官無官之事作事無事之心宋神宗與韓維論及功名維曰聖人功名因事始見不可先有此心此二語者所見俱超願公察之許趙兩公均以公故得罪今首事者還

朝附和者未起似宜引罪辭位以召復兩人爲請在兩人果君子同其退不同其進可也而公居上臨下之道不如是則心不安曰後用人亦難得力貧賤之交蕭閑之筆故敢布其腹心

書札後

前書成託岳水軒寄公水軒曰子所言公固知之毋庸寄也余答之曰子非公安知公之業已知之也公非我安能怪我之不知其業已知之也雖然所貴乎知之者爲其能行之也知而不行故疑其猶未知也而喋喋焉夫知而不行是知如不知也吾雖言焉又安知其非言如不言乎然而吾之心卒不能已于言者何哉以爲吾若言其所未知耶恐彼非不能知也或不屑知也持其所不屑知者而強之知是吾過矣若果言其所已知耶彼必以爲所當知而知之也而吾取其所當知者而使之重知則縱不行已耳而吾何傷于言哉而又安知其必不行哉水軒曰然乃卒寄之

上兩江制府黃太保書

嘗聞天子有諍臣而不聞督撫有諍吏者何也蓋忤天子旨天子即以忤旨罪之雖得罪而所以被罪之故天下共知好名之士或優爲之忤督撫意督撫不能以忤意罪之必摭別事方登白簡雖得罪而所以被罪之故天下不知好名之士亦不肯爲況以明公之威重視天下才若踞泰岱而臨邱陵較諍尋常督撫更有難焉然枚一乞病吏耳公獨勤勤咨詢豈非知其難而欲聞所未聞耶

伏見公撫甘肅時

天子命公提兵剿邊公毅然不動封還　詔書卒至邊民大安此公之以識量抗　天子也鄂西林當國人多目懾之公以一總兵官獨不爲屈此公之以氣節抗宰相也夫公之識量氣節可以抗　天子宰相而人之進言乃不敢抗一制府此亦公所深悲而日以己之所能者望天下也然則公來江南三年矣未嘗鷹鷙毛擊而民怨未嘗彈劾貶竄而官愁未嘗偏聽喜事而武弁放紛未嘗鬻獄賣爵而幕府受謗是誠何故哉夫本無愛民憂國之心而悖于行事以傳于此名者勢之無可奈何者也實有愛民憂國之心而忘其流弊以傳于此名

者事之立可改移而豪傑旁觀之所深惜者也竊以爲公之度可以得小人不可以得君子公之威可以治邊防不可以治中土公之察事明於遠而暗於近公之敬君知其小而忘其大是數者不可不察也夫黜陟賞罰先王治世之大權也先王有治世之大權足以制天下矣然必推心置腹以要之笙簧酒醴以文之委曲繁重若是者何哉孔子曰賢者避色孟子曰禮貌衰則去之古之君子雖君父前尚爭此區區者以爲重其身而後道可行也況同食天祿同供天位者乎夫南面而臨能薦人能劾人此天子之所託于督撫者也若夫剔蹶之奴叱之斜睨而唾涕之此非天子所託於督撫者也在公以爲不輕劾一官不輕誅一吏惟于聲音笑貌故爲峻厲使人憚而不敢爲非殊不知彼小人耶劾之非刻而辱之何足以爲懲彼君子耶薦之非恩而慢之徒足以爲怪天下固有受千金而不慼得一言而馳驅者又有見微色而深恥受刑罰而恬然者人之不齊或相什百或相千萬故先王以禮貌待君子以爵賞勵中才以刑戮加小人猶懼勿給也明公乃欲以區區之聲色取天下之智愚賢不肖而一例陶

鎔之先推之于廉恥以外而後置之于腹心以內不已過乎一切大府出巡舟車廚傳之飾僚寀入謁磬折趨拜之爲皆吏治之末節臧獲之能事也人之精神必無兩用悃愊無華者必不能供張儲偫奔走捷給者必不能愷悌宜民公之獎許往往在彼而不在此故曰可以得小人不可以得君子也公治西川又治甘肅皆邊地也苗夷相隣機貴神速故耳目宜周纛下將校纖悉必報非得已也若南民柔弱無所用之明公偵事委之武弁武弁受委託之兵丁此輩不知是非實固有賞虛亦無罪朝匭一投暮符立下東馳西突所在驛騷在公以爲仍付有司鞫訊然後裁之以法當無頗戾不知督撫之威有雷霆萬鈞之勢從空而下訊詳拘解逐層核轉縱或深明無罪立釋訟繫而被訪之人已棄產破家而不可救萬一委訊官人本傾危以有事爲榮以深文爲技妄揣公意張口輒曰大人詗察寧有誤哉其幕客亦曰縱十事九虛亦須坐實一二爲制府光顏在公澄剔之苦心爲小人迎合之捷徑豈不可惜夫州縣屈法有公可申訴也公屈法誰北走長安以申訴乎而兵丁者習慣于刺探經營于恫喝勢

必相引爲曹挾持有司文武交惡詩曰無縱詭隨以謹惛怓又曰無易由言言不可逝矣言誤聽詭隨之言政令一發便不可挽故曰公之威可以治邊防不可以治中土也遠莫遠于僚宷之家庭近莫近于明公之左右今屬吏牀第詬誶公能知之文牒宣揚及至衙前之散從養馬之健兒謥詷不法而公不知所過州縣掉罄叫呼在公不過一榻之安一飯之適而乘高勢而爲邪者如雲而起易稱威如之吉反身之謂也言自治貴嚴也今反其道而爲之故曰公之察事明于遠而暗于近也　主上南巡所治橋梁山川原許開除正供何必門徵戶罰況　詔書重疊惟恐累民而公故欲反之以爲心知徵旨君行制而臣行意非所以待堯舜也公之言曰南民狡獪無忠愛之心故一大創之不知忠愛者民之油然自生者也非可以威力取也然而望　君之來江南人心未必不如公公正不妨鼓舞以成其美今聞紳士設綵棚經壇公聽之可止之亦可乃嚴拘爲首將置之法及紳士懼而星散又大逆公意而牽持洶洶公之心以爲彼紳士者當捆載而來爲有司者當拒絕而去陰用其費而陽不受其名然後

天子不知而其道兩便也然紳士既欲獻媚于　天子必不肯捐費于無名
之地　天子尚不肯累百姓又豈肯加罪於獻媚之人此理之易明者也彼納
手坐而禍至醵錢効忠而禍又至進退倀倀其能無怨乎古人先庚先甲䡍言
三就皆所以帥民趨事也公于迎鑾大典而無匪怒伊教之思故曰公之敬君
知以小而忘其大也以上四者皆公之過而無人敢言者也校之意公當行者
蓋不在是焉其一曰遵定制以肅官方夫屬吏見督撫會典甚明府以上法不
當跪道州縣以上法不當自唱名先王制州縣卑其職而不卑其禮者何也卑
其職所以使民親也不卑其禮所以防民輕也公何不體此意敬士尊賢其不
法者劾之不使跪拜營求而得免曰爾固得罪于天子百姓也非得罪于我也
其賢者薦之亦不使感恩曰爾固有益于天子百姓也非有益于我也如是則
正人出人才得矣其一曰總大綱以扶政體朝廷官職各有攸司丞尉之權縣
不可侵州縣之權府不可侵苟非其人寧劾去之官果冗寧奏裁之禮尊不親
小事卑不施大功今宰牛蒱博之事動煩公訪過矣枚聞雷霆之威不輕擊人

然一旦虺虺而下夫有能跪而求免者公之訪漕也檄張七縣及其終也不劾一官使七縣不當訪而訪爲失明矣當劾而不劾爲失刑矣疑者曰是何若蕩火之暴怒而無繼也黠者曰是公之用詐也公明知七縣漕政之不善而利其多費以辦供張恐其不喻意也故威脅之又恐御史之糾之也故先爲訪案以待奏對地步非真欲剔其姦也在公未必有此意而形跡固已如是可不戒哉其一曰遠僉壬以停羅織夫官之爭名猶商之爭利也善爲商者不居奇貨則物價不騰人心亦靜不善爲商者挾奇邪譎觚以來則街巷聚觀矣公一則曰振作再則曰鋒利于是在位者莫不嚴乎如有急色兩袪高蹶而張之曰某賦功某屬役某熏一豪某速一訟及考其實雖尋常簿書尙茫如也要知事果當爲君子雖日行數百端必不肯煩稱于上以炫其才今之事未行而言先至者公亦可知其故矣有事然後可藉端求見求見然後有言可陳有言可陳然後有恩可冀其同寅僚友往往互相攻發以求見悅于公而代其位又憚公之明而難欺也故司馬謀太守之位必假別駕以擠之縣丞謀州縣之位必假簿尉

以擠之何也使公之不疑也然公之不疑而去其一用其一則固已墮其術中
而不悟公亦知樹荆棘者徒受其刺樹桃李者終飲其甘乎舉錯之間故宜慎
也其一曰去權術而歸至誠公之盱衡厲色呵官吏而忤朝貴者豈公之性哉
蓋公之術也從來英明之君惡人沽名尤惡人立黨　主上之英明冠百代者
也公知之深矣務在孤行一意時時爲率作興事毫無顧忌之狀使官民詛我
詈我而我之不好名也明矣內而九卿六曹外而撫司提鎮從不以寒暄相接
使人人瞪目相視齊其口都無好語則我之絕攀援而無黨也又明矣縱有過
失難免彈射而一託之于招怨有素使　天子若曰黃某者孤立之臣也彼只
知有君耳愚民憎之同列忌之是寧足相排笮耶愈毀之乃益所以深譽之久
而人人知其毀之無益則亦不復有以蜚語上聞者矣公數十年來得主之專
未必不由于此古大臣則不然不求名亦不避名不與人爲同亦不與人爲異
周官註所云和載六德容包六行者公何不勉而進焉伏念公官宮保尙書子
作監司年居六旬　天子之恩可爲極矣人臣之榮可謂至矣自此以往雖爵

上公加衰服於公亦何加增哉惟願公聲名流千萬歲揖讓于古大臣間而不以挾術固寵自足則千枚所傾盡陳說者或不無采取焉死罪死罪

答陶觀察問乞病書

公不察僕去官之意謂如枚乘汲長孺曾待詔金馬門故恥爲令又謂僕擢秦郵牧不遷褊心不能無少望有所激而逃是二者皆非知僕者也夫蒙恥救民昔人所尙牧之與令奚足區別漢人五十舉秀才未名爲老僕纔三十三前途正長敢遽賦士不遇以退哉凡人有能有不能而官有可久與不可久卽以漢循吏論桐鄉渤海專城而居此官之可久者也龔遂朱邑能之至于久道化行生榮而死哀京兆三輔多豪強兼供張儲待此官之不可久者也趙廣漢韓延壽能之久果不善其終江寧類古京兆民事少供張儲待多民事僕所能也供張儲待僕所不能也今強以爲能抑而行之已四年矣譬如渥洼之馬滇南之象雖舞於牀蹲於朝而約束勉強常有跅弛泛駕之虞性好宴起於百事無誤自來會城俾夜作晝每起得聞鷄鳴以爲大祥竊自念曰苦吾身以爲吾民吾

心甘焉爾今之昧宵昏而犯霜露者不過臺叅耳迎送耳爲大官作奴耳彼數
百萬待治之民猶齁齁熟睡而不知也於是身往而心不隨且行且慍而孰知
西迎者又東誤矣全具者又缺供矣怵人之先者已落人之後矣不踠膝奔竄
便瞪目受嗔及至日昳始歸而環轅而號者老弱萬計爭來牽衣忍不秉燭坐
判使寧家耶判畢入內簿領山積又敢不加朱墨圍略一過吾目耶甫脫衣息
而驛券報某官至某所則又遽然覺鑿然行一月中失饍飲節違高堂定省者
旦旦然矣而還暇課農巡鄉如古循吏之云乎哉且一邑之所入有限而一官
之所供無窮供而善則報最在是供而不善則下考在是僕平生以智自全得
不小小俯仰同異然而久之情見勢屈非逼取其不肖之心而喪所守必大招
夫違俗之累而禍厥身及今故宜早爲計也若得十室之邑肆心廣意絃歌先
王之道以治民則雖爲游徼嗇夫必泰而安之終身焉今有乘怒驥而馳炎衢
者雖賁育必慢息于樹陰之下夫僕亦慢息之遲者也公毋見怪也

再答陶觀察書

嘗謂功業報國文章亦報國而文章之著作爲尤難掖之進知己勸其退亦知己而勸退之成全爲尤大公疑僕祿有餘贏故欲退居以自怡似又非知僕者僕進有事在退有事在未必退閒于進且所謂以文章報國者非必如貞符典引刻意頌諛而已但使有鴻麗辨達之作踔絶古今使人稱某朝文有某氏則亦未必非邦家之光僕官赤緊以來每過書肆如渴驥見泉身未往而心已赴得少休焉重尋故物或未干賢者之譏乎若謂上游矜寵方盛故宜緩去則不知僕之所以欲去乃正爲此何也官之不能無去猶人之不能無死也死亦何福之有而洪範以考終命爲福則聖人之意也深人之親有如伯叔妻子兄弟者乎所狎近有如戚友傔從者乎之數人者他事可與謀而惟出處之際宜獨斷焉先乞身而後告焉何也之數人者皆受居官之樂而不分任職之苦者也唐相蕭嵩求去明皇留之曰朕未厭卿卿何求去嵩曰待陛下厭臣臣安敢求去僕讀史至此深慕嵩之爲人僕蒙大吏薦剡百姓知感脫然去上或留之下或惜之人非去之爲難去而取此留之惜之之意爲難以其間交倉庫辭吏民

身閒而慮周時乎時乎有餘味焉馬伏波云居前不能令人輕居後不能令人軒援實恥之言士君子貴以身關天下之重輕也今僕在官官未必重去官官未必輕州縣中豈遽少僕哉非特州縣也就令僕一歲九遷驟膺公卿之位自問何以立功何以報　主亦復捫心納手未知所措事君者量而後入不入而後量漆雕開不能自信夫子不知而開獨知之僕之不能自信亦公所不知而僕自知之也夫是故知難而退也若夫僕之所自信者則固有在矣周官三百六十謂非其人莫任者今無有也唐宋來幾家文字非其人莫任者誠有之矣僕幼學徐庾韓柳之文及三唐人詩每搖筆覺此境非難到苦學植少讓古人之我先覥焉以早達爲悔行且就去將從事焉盡其才而後止不比立功名束手而聽之天也舍得爲不爲當可去不去公其謂我何

答和觀察書

郵遞中接公手書讀三過殷然以天下爲己任數年來得此於上游極寡第書中稱德爲貴才爲賤是說也狂夫阻之公而不以天下爲己任也則廢才可矣

公而以天下爲己任也則天下事何一非才所爲乎忠于君德也而所以忠之者才也孝于親德也而所以孝之者才也孝而愚忠而愚才之不存而德亦亡古以天地人爲三才天之才見於風霆地之才見於生物人之才極於參贊其大者爲聖賢爲豪傑其小者爲農夫爲工匠百畝之田人所同也或食九人或食五人而才見焉冶埴之事人所同也爲燕之鎛爲秦之廬而才見焉使農一日不食人工一日不成器則子不能養其父弟不能養其兄而顧囂囂然曰吾有德吾有德其誰信之孔子論成人以勇藝居先而以思義授命者次之論士以使於四方不辱君命者居先而以稱孝稱弟者次之曰高陽氏有才子八人曰才難曰如有周公之才之美若是乎才之重也降至戰國縱橫變詐似才之爲禍尤烈故孟子起而辨之曰若夫爲不善非其才之罪也孟子之意以爲能視者目之才也雖察秋毫不足爲目病而非禮之視非其才之罪也能食者口之才也雖辨淄澠不足爲口病而非禮之食非其才之罪也若因其視非禮而必矐目則盲之食非禮而必鉗口而噎之是則罪才賤才之說而非孔孟意矣

駉之三篇曰斯馬斯才馬倘非才不可而況于人今天下非無德也然而有所謂僞德非無才也然而有所謂僞才公與其貴此而賤彼也毋寧兩辨而求其真枚謹覆

與吳令某論罰鍰書

漢張敞以三輔穀貴請民入粟贖罪蕭望之等以爲粟可贖罪是貧富異情而法不一也爭之甚力考其時張敞寬民罪以活民非取民財以利己然望之以爲事當權其輕重不宜以茍且計損萬世法今聞足下治吳郡凡富人有過輒煅煉拘繫之逼令出家財佐公費一日之間凡六七輩此大不可也冉有曰既庶矣又何加焉孔子曰富之孟子曰易其田疇薄其稅斂民可使富也古之聖賢求貧民之富今之有司求富民之貧不知富民者貧民之母也其能施與者無論矣縱紈袴驕奢未嘗不病於己而利於民也被綺穀食珍羞而鬻販者利婚喪僭侈好歌舞博奕而方外雜技與肩摩背負者利今使之畏首畏尾動觸機阱富民累貧民傷矣說者曰爲富不仁蠛蠹傲上致其罪罰其鍰足以儆之

夫爲富不仁陽貨爲作吏者言之也非爲百姓言之也我不取之何以知其吝我不接之何以知其傲乎誠有罪焉是富人之恃財而爲惡也恃財者使之百萬其財而莫贖然後天下之爲富者懼若以財肆復以財免小富之人或傾其性命大富之人未損其毫毛設有狡獪豪猾捐一二年租爲罰費便可恣縱無所不至是罰鍰其禁惡也乃助惡也謝安曰陶公雖用法恆得法外意不知公之罰法外當是何意今夫貪吏之取贓也避其賓朋胠篋暗投其羞惡之心猶然存也能吏之行罰也明目張胆持籌而算之其羞惡之心淡然忘矣彼富人者明知其意不在罪也一有風聞便賣貨鬻產治具而待匍匐棘槐不辨其罪之有無而但訴其家之有無勒增丐減形同買販旁觀之士心竊鄙之上有好者下必有甚焉者矣在官則胥吏強索在鄉則無賴詐取自上下下相緣爲姦而況所罰者大半不出於告發而出於訪聞於是鈎距者誣陷者設局而羅織者朝稟乍入暮符已下官爲訟魁吏爲佐證所罰無幾而徒使中飽之人雲翔而四布荊棘滿眼殊覺寒心或曰罰鍰非入己也置之公所充公用耳審是則

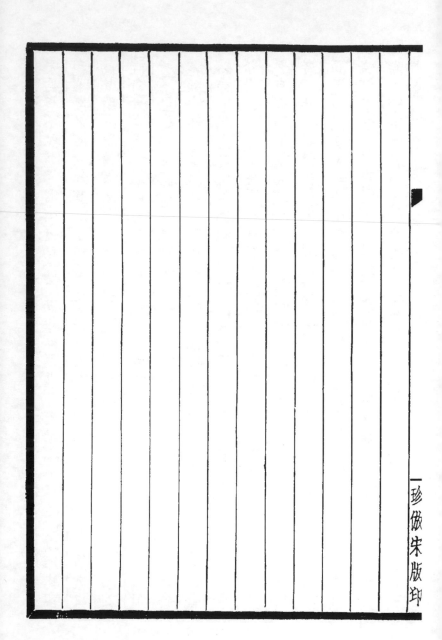

所利其人而後以師奉之師亦有所利其人而後以弟子屬之其所謂講道明義者百不一聞是今之有師不如唐之無師師日多道日壞僕掛冠歸行萬里儼然在衰絰之中爵不足以榮生財貨不足以潤生聲氣門戶不足以利生之豪末今闖然而造門藹然而進詞徒以愛吾文故耳然則吾之文足以爲師與否且勿具論而生求師之不以利也明甚僕固宜受之以成生之高義而因以存師道于萬一也雖然昔人謂實中其聲者謂之端實不中其聲者謂之窾又曰君子有言非苟顯其理將以啓天下之方悟者君子有爲非苟行其志將以引天下之方動者生以文師僕僕受之天下之人未嘗見人如是其肯師人也又未嘗見人如是其肯以師自任也倘其實不中其聲而一蹈于窾則天下人方且迂生嗤生而師道又轉因生而廢僕故還山後誓不再出讀書運深湛之思將副生所以師僕之意而明其善擇師之未有過于生也使天下見之生聞謂何如

答衛大司空書

枚隸公屬下蒙訓儉以養廉引身相率意良厚也第平素讀書覽古所得者似與君子意旨有殊請聲之於左右公昔刺海州衣布含脫粟後居高位如故可謂不欺其志者然枚以爲公之所以率性者當在是所以自足與教人者當不在是孔子曰奢則不遜儉則固與其不遜也寧固是時卿大夫歌雍舞佾多不遜者故夫子有爲言之若子之服食起居鄉黨一書甚具蓋未嘗儉也考史管仲奢晏嬰儉皆君子元載奢盧杞儉皆小人然則君子小人之分不在奢與儉也明矣人之好尚不能盡同文王嗜菖蒲菹曾皙嗜羊棗天下之嗜菖蒲菹羊棗者必不止文王與曾點也因文王曾點而菖蒲菹羊棗特傳非菖蒲菹羊棗之能傳文王曾點也奢儉之適情亦猶食味之適口而已矣雖然　朝廷有體

聖人有經不可以好尚異也禮享宴肴饌弁帶車舄有公侯卿大夫士之別

本朝會典尤詳言之先王豫知後之人必有奢以亂制儉以沽名者故戒奢黜儉而一束之于禮孔子曰非禮勿視非特奢于視者非禮也其過儉之視亦非禮也曰非禮勿聽非特奢于聽者非禮也其過儉之聽亦非禮也公爲大臣宜

率天下歸于禮不宜率天下歸于儉若積俸錢以遺所不知誰何之人而徒取朝廷倚賴之身而惡衣惡食以僇苦之是爲子孫計貪甚矣而何儉焉若曰非此恐淸名不立是爲好名計貪甚矣而何儉焉檀弓曰國奢則示之以儉今朝廷節用愛民國未奢也而公又何儉之示焉　本朝湯潛菴陸稼書皆以儉名者也然兩人之所以成名公當深求之勿貌襲之如敝車羸馬皆可以爲湯陸則凡食不厭精膾不厭細者亦皆可以爲孔子矣夫不趨至樂之境以貌襲孔子乃趨至苦之境以貌襲湯陸擇術者不若是拙也公巡撫廣西劾謝濟世子並劾濟世枚以爲過矣昔令尹子文王猛房杜皆賢相其子皆不肖當時不咎其父謝雖迂怪非中行之士然當田文鏡隆赫時朝臣默默而謝爲三日御史露章批鱗卒戍窮邊口無二辭可不謂豪傑哉有人如此不爲之全其晚節爲後世勸而使衰年縲絏塡死牢戶天下之人聞而悲之以公所爲得毋奢于刑而儉于德乎然則公之所奢枚之所儉盍亦兩勉之而已

與孔南溪太守書

足下之爲此尤拙矣夫君子之廉爲潔己也小人之貪爲肥己也今足下故入人罪以取利其不爲君子也明矣復不槖存之而以公同官是污己而肥人既爲君子所悲重爲小人所笑足下又何樂乎此或曰此大府意也故不得不爾是更不然繩愆糾謬力稱賢僚大府果有罰鍰之明文君子尚宜抗詞而爭今絶無明文而以爲不師其令而師其意一旦敗露爲　上所知恐大府今日借君以集事未必異日不劾君以解謗明者不可不察也枚再拜

答任生書

邱生來接手書多所抗懷卓論文筆岸然有介而馳焉之意年少才健今之吳武陵也第稱許過當繩其美弗慕其過弱顏難以卒讀既又自解曰昔揚子太元高不儷荀管而門人侯芭以爲過周易則愛之者過焉僕遇生于淮倉卒以師命僕僕所不當得爲而靦然不以慚蓋有故矣夫師道之壞也韓子已昌言之而爾時以位卑足羞官盛近諛爲解是其人猶有潔然自好之意雖無師師道存也今之時惟百工伎藝能以其術相傳而弗涉于利其他衣冠搢紳率有

不甚衰非不能見者然而臨別時閣下瞿瞿然以不再見爲虞此豈真不再見哉願見之心過切而未必見之心乃生蓋患得失于官職則甚鄙患得失于師友則甚賢昔陸放翁與范石湖晚年吳下作別輒失聲而慟古之賢人何獨不然奉上留別詩六章希省覽不備

小倉山房文集卷十六

僕在蘇二十餘日凡六見閣下每見則牽裾而不忍別置精饌以款之選笙歌以樂之分清俸以惠之忍老淚以送之未嘗見閣下肯如是其待人也亦未嘗有人焉肯以閣下之待我者見待也不期其然而然身受者疑旁觀者亦疑不知天下之發于真性情而不容已者皆求其故而不得者也文王嗜菖蒲葅菖蒲葅之味安在嵇康好鍛鍛之趣安在閣下好僕僕之當好者安在以爲重其同科乎則當今己未進士尚多也以爲重其文學乎而天下以詞章稱者無萬數也然而閣下何以捨他人而我好也所以然之故不特僕不知旁人不知卽問之閣下閣下亦不知惟其不知所以發之誠而行之篤以天合不以人合其斯之謂歟且受知于道廣之人不足感而受知于量狹之人始足欣子張曰君子尊賢而容衆嘉善而矜不能得交子張安知其不在矜之容之例也矜之容之是以衆人待之也子夏曰其可者與之其不可者拒之得交子夏其爲所與而非所拒也明矣閣下于飾廉隅秩秩見于面目今之子夏也僕得交焉幸矣閣下官吳下枚寓白下路不甚遠非不可見者閣下年六十二枚年五十九年

小倉山房文集卷十七

與清河宋觀察論繼嗣正名書

錢唐袁枚子才

枚歸自蘇將公所稱子姪一體不必易名之意述之方公據云囊議婚時公曾面宮保云某無子以公所定之壻卽某之子云云枚昔未在旁難身質言語退竊自思以爲合兩門公之好事至重也不願有纖芥抵攔致損和愛故將繼嗣正名之義爲明公詳說之謹按六經無姪字左氏曰姪其從姑雷次宗以爲謂吾姑者吾謂之姪故姪字從女漢疏受是疏廣兄子班史兩稱父子同日辭官不稱叔姪杜氏通典以爲小功無甥名周服無姪名明公狃俗稱而忘古義固已傎矣從來父母之與子生與養並稱而養功尤重孔子曰子生三年然後免於父母之懷詩曰長我育我顧我畜我凡此所嘆皆養功也故周逸繼左兒徐淑續秦祀古人以養爲功竟有立異姓而君子不以爲非者明公兄嫂早卒撫育兩孤養功可謂重矣年已服官麟趾未育於此續宗祀之重而綿詩書之澤

立賢立長誰曰不宜且男子之慶父母存也女子之祥舅姑在也新婦纚笄宵衣執醬而饋蓋生而學之故嫁女者勖以尊章具慶爲榮宮保遠宦保陽聞宋氏有舅姑則心安無舅姑則心不安何也嫁其亡兄之女較嫁所生尤當慎重君子之用心理宜如此古人崔盧李魏貴門第相符宮保身爲正卿當時締姻爲監司乎爲監司之兄一布衣乎此不待辨而知也今一旦游移其詞以爲稱子婦可稱姪婦亦可不特與求婚初意相違而且以無定之親疏聽之於弱顏之新婦強親則諂強疏則悖爲新婦者難爲新婦母而教之者更難在公之意以爲存姪之名有子之實可也不知名之不存實將焉據使明公早正繼嗣之名猶慮他年賀喬生纂斥還賀率未必諸葛生瞻仍留伯松若復不肯正名如有所待則世俗之情驚惶必甚以爲不沾實惠之名字執之甚堅則將來通共之家資更難擬斷在明公行仁履禮必無慮此而長者爲行不使人疑心迹之間實難遽白枚以爲明公春秋鼎盛遙助多人就使日後子嗣振振而此時先得長男豈非盛事況郎君秀出班行爲戚里所噪稱者乎或慮長房長子次房

承立爲嫌則尤不然古有封建故有大宗今無封建其所謂大宗者皆小宗也小宗議繼何分支庶古人貴貴之禮於宗祀尤重故賤可祧貴不可祧士三鼎大夫五鼎祭以士不如祭以大夫公之兄縱是長房長子主祭時尙當推公執爵而況于公行爲長于公族未必爲長父非大宗子非宗子卽以俗論不爲越繼漢伏黯嗣伏恭宋謝宏微嗣謝峻唐杜正倫戴胄等各嗣兄子爲子考之史書雖不明言爲兄之長子亦並不明言爲兄之次子何也均屬小宗便不必分長子與次子也　本朝律文稱繼嗣者聽其立愛不許宗族以次序告爭尤爲明確明公官居三品幾有奪宗之貴兩子留一足祀其兄仁至義盡當無他說若謂因婚方氏而立嫡似以榮勢爲嫌則又不然婚姻外戚也立嫡族事也兩者不相爲謀使公與農氓爲婚豈遂漠視三廟而不慮及身後之烝嘗耶要知宋氏以宗廟爲重不爲聯姻顯宦然後立宗方氏以嫁女爲重使配監司嫡子才覺得所人情天理彼此昭然何嫌何疑而有不決再謂立嫡之後恐賢兄兩子互有猜心則更不然古人讓爵而逃及門無異姻者章章史冊是在兩子之

賢與不賢家訓之善與不善不在嫡嗣之立與不立也枚忝周官媒氏之職性不耐雜於瑣細儀文無能爲役玆聞稱名議久不決以爲非曉古今明經術者不足以關俗人之口而釋公之疑故敢布露所懷爲方氏者小爲宋氏者大

答蔣信夫論喪娶書

接來札爲壻持所生服有達權之請僕以爲婚與喪人生有數事也一有缺失則終身玷焉所以持之者無他上稽諸經中質諸史下考之　本朝律文而已矣庶子持生母服經稍輕史或輕或重明律改爲斬衰遂大重而本朝因之其既重之後勿論也其最輕時亦未有以婚聞者禮庶子服生母父在練冠麻衣既葬而除此指諸侯之庶子也此卽孟子所謂雖加一日愈于已者是也諸侯爵尊故有降殺之禮若大夫士則遞加而重然爾時父子異宮諸侯雖尊猶使庶子居其室而遂焉君與正嫡不得以尊壓也彼側室貳宗者端可知矣周天子喪穆后宴樂叔向譏之曰王一歲而有三年之喪二焉夫妻喪非三年也然禮必三年後娶所以達子之志也父尚不娶而況於其子乎然此猶云妻耳非

妾也齊侯使晏子請繼室於晉叔向辭之曰寡君在衰絰之中是以未敢請時晉侯喪少姜姜固妾也叔向賢者豈不知士妾有子方爲之緦諸侯已絕緦矣乃藉以辭昏況其妾所生之子乎然此猶考諸經未質諸史也晉文學王藉有叔母服未一月納吉娶妻爲劉隗所彈唐建中元年縣主將嫁供奩備矣而襄王之幼女卒上從妹也上命改期曰人惜其費我愛其禮古期功之喪帝王之家其不苟如此蘇子瞻宋之放于禮者也然其爭許民喪娶表曰臣不願使後世史書男子居父母喪得娶妻自元祐始明瀋王佶焞惑於陰陽之說大祥乞爲弟妹嫁娶嘉靖竟命執問如律歷覽古昔喪娶之禁班班可考然經史之宜遵終不若律令之可畏也唐律喪娶者徒金章宗加以聽離　本朝依明律定主婚者杖僕與足下以舐犢之情受朱木之困已堪齒冷而況人情愛其子女必爲之計久遠焉郎君讀書登科他日將立朝廷議大典禮而先使之蔑情干義抱終身之憂殊非所以爲愛也說者豈不曰蘇州喪娶民間有之爲人之所爲者人亦無訾焉然每見葱坊餅肆之氓髮且禿矣偶道其少時喪娶必赬顏

而禁聲何也天叚之夭閼雖無法律經書而此中怦怦終不安也說者又豈不
曰以兩公之賢必無人敢持短長者不知禮義由賢者出惟我兩人賢也四方
將于我乎觀禮倘觀禮而禮有違則人人乖其所望而詆娸者將更甚于邱里
之庸庸者矣然則處禮之變爲萬不得已計奈何曰曾子問親迎女在途而壻
之父母死如之何孔子曰女改服布深衣縞總以趨喪徐氏註云女改服者以
壻親迎之故雖未成婚而婦之分已定故也不言此後所處意者女在壻家若
今童婦除喪而後成婚此禮開元因之著爲令典今壻已來親迎矣小女已在
途矣或倣而行之亦亡于禮者之禮乎吳下多儒者精通五禮足下何不將僕
手書付之覈議見覆幸甚

與江蘇巡撫莊公書

王荆公曰今州縣之災相屬民未病災也有治災之政出焉而民始病是言也
向常疑之今春吳民來道明公治災有訪罰勸捐兩事方信荆公之不吾欺焉
夫訪與罰不並行也元惡大憝交通王侯爲府縣所不敢發然後督撫訪之大

都非誅卽徙矣若可以金贖者小罪也小罪而大府訪之若曰苦一人以活衆人云爾是殺人以養人也非政體也或其人竟有大罪而以荒故末減而罰之若曰寬一人以活衆人云爾是縱姦以養人也非政體也且訪豈可數行哉懸鏡以待照應敵之兵也妍媸長短罔勿呈焉操火以燭物挑戰之兵也彼靜我動常交睫而失之以巡撫之尊江南之大必不能龜卜籌算而知惡人也必假耳目焉所假者又有所假耳目焉然則其所訪者亦甚危矣周官大司徒以荒政救萬民其六曰安富富之安與不安似與荒政無與而先王慮之者何也夫物之不齊物之情也或相千百或相倍蓰雖三代上不能有富民無貧民洊飢之年忮者求者爭且奪者紛然四起不有以安之則貧者未必富而富者已先貧今不特不能安之且更擾之囂囂然曰而捐百而捐千而捐萬其能捐與不能捐雖隣里之近姻婭之密友朋之往來非指其囷搜其私橐不能知也公乃高牙大旆崇轅深居而曰余既已知之矣其所謂知之者大抵得之於府於縣於吏役於里胥而搜考之抑勒之逼而駭之拘苦而僇辱之彼其所得者祖父

之遺也非公所賜也其若是何哉天災流行國家代有富民之免於死者天之
所赦也天赦之而公不赦亦已過也今三吳吏胥多悇憛癢心妄有所稱報民
恫疑虛喝聞叩門聲便啼呼走匿公亦知夫弟當養兄子當養父乎雖下愚不
肖有不知此義者乎以此義之易知而加以在位者之督教宜若孝弟之人充
衢塞巷焉今公治江南五年矣大江南北其子有餘財而不養父弟有餘財而
不養兄者比比也公能家諭戶曉而強之乎夫以天經地義之事尚不能強而
忽以博施濟衆堯舜猶病之事強之於商賈負販之民其不樂從者情也聽其
不從則法撓罪其不從則刑濫且吝嗇非罪也以老聃之賢鼠壤有餘蔬而棄
妹以子夏之賢而不肯假蓋于孔子今以老聃子夏之所不能而責庸人爲大
俠悖之甚矣孔子曰民可使由之不可使知之鄉里善人聞諸朝表其門閭偶
得一二故爲貴也今令曰捐十石者予之旌捐百石者予之旌揭朽木而書金
字者在城滿城在鄉滿鄉其虛誘之名富民知之矣其勒捐之實貧民又知之
矣富民知之必不肯以無益之虛榮損室家之實惠貧民知之必謂爲富不仁

上之所惡也刼而取之上將我寬勢必揭竿而起呼號成羣害之所至豈有底止古堯洪湯旱無勸捐之名惟左傳載臧文仲有務穡勸分之說宋子罕餼國人粟戶一鍾魯之季氏隱民多取食焉當時圭田私邑豪富有餘故得行其豆區釜鍾之惠非今所可行也且使搢紳之家與　主上操活民之柄亦非國家之利也然則訪與捐竟不可行乎曰訪宜行於亂世捐宜勸於豐年而今非其時也亂世上下相蒙豺狼當道嚴明之吏偶一爲之如天雄烏喙治奇疾也今吏治肅清無大豪足當公訪豐年富戶熙熙不知穀之可貴迎其機而導之爲義倉爲社倉尚可舉行然亦不過杯酒是諭鄉人是託而已至於量戶而計按畝而搜必如張巡之守睢陽臧洪之守陳留危亡在卽去則齎寇糧留則同歸于盡然後涕泣行之以救旦夕而人亦相諒明公視今日之江南豈其時乎刲他人之股以行孝刼鄰里之財以市恩竊爲明公不取也然則見民之飢而死爲之奈何曰今　天子之賑飢自堯舜以來未之有也公逢盛世操大權夫復何憂勘災寧早入告寧實定數宜寬糶濟寧速撫綏加賑多其名留養資送廣

其例撥外省之豐者以濟之擇有司之賢者以託之周孔復生如是而止矣

答沈大宗伯論詩書

先生誚浙詩謂沿宋習敗唐風者自樊榭爲厲階枚浙人也亦雅憎浙詩樊榭短於七古凡集中此體數典而已索索然寡真氣先生非之甚當然其近體清妙于近今少偶先生詩論粹然尙復何說然鄙意有未盡同者敢質之左右嘗謂詩有工拙而無今古自葛天氏之歌至今日皆有工有拙未必古人皆工今人皆拙卽三百篇中頗有未工不必學者不徒漢晉唐宋也今人詩有極工極宜學者亦不徒漢晉唐宋也然格律莫備於古學者宗師自有淵源至於性情遭際人人有我在焉不可貌古人而襲之畏古人而拘之也今之鶯花豈古之鶯花乎然而不得謂今無鶯花也今之絲竹豈古之絲竹乎然而不得謂今無絲竹也天籟一日不斷則人籟一日不絕孟子曰今之樂猶古之樂樂卽詩也唐人學漢魏變漢魏宋學唐變唐其變也非有心於變也乃不得不變也使不變則不足以爲唐不足以爲宋也子孫之貌莫不本於祖父然變而美者有之

變而醜者有之若必禁其不變則雖造物有所不能先生許唐人之變漢魏而獨不許宋人之變唐惑也且先生亦知唐人之自變其詩與宋人無與乎初盛一變中晚再變至皮陸二家已浸淫乎宋氏矣風會所趨聰明所極有不期其然而然者故枚嘗謂變堯舜者湯武也然學堯舜者莫善於湯武莫不善於燕噲變唐詩者宋元也然學唐詩者莫善於宋元莫不善於明七子何也當變而變其相傳者心也當變而不變其拘守者迹也鸚鵡能言而不能得其所以言夫非以迹乎哉大抵古之人先讀書而後作詩後之人先立門戶而後作詩唐宋分界之說宋元無有明初亦無有成弘後始有之其時議禮講學皆立門戶以爲名高七子狃於此習遂皮傅盛唐搤擘自矜殊爲寡識然而牧齋之排之則又已甚何也七子未嘗無佳詩卽公安竟陵亦然使掩姓氏偶舉其詞未必牧齋不嘉與又或使七子湮沉無名則牧齋必搜訪而存之無疑也惟其有意於摩壘奪幟乃不暇平心公論此亦門戶之見先生不喜樊榭詩而選則存之所見過牧齋遠矣至所云詩貴溫柔不可說盡又必關係人倫日用此數語有

褒衣大紹氣象僕口不敢非先生而心不敢是先生何也孔子之言載經不足據也惟論語爲足據子曰可以興可以羣此指含畜者言之如柏舟中谷是也曰可以觀可以怨此指說盡者言之如豔妻煽方處投畀豺虎之類是也曰邇之事父遠之事君此詩之有關係者也曰多識於鳥獸草木之名此詩之無關係者也僕讀詩常折衷於孔子故持論不得不小異於先生計必不以爲僭

再與沈大宗伯書

聞別裁中獨不選王次回詩以爲豔體不足垂教僕又疑焉夫關雎即豔詩也以求淑女之故至于展轉反側使文王生于今遇先生危矣哉易曰一陰一陽之謂道又曰有夫婦然後有父子陰陽夫婦豔詩之祖也傅鶉觚善言兒女之情而臺閣生風其人君子也沈約事兩朝佞佛有綺語之懺其人小人也次回才藻豔絕阮亭集中時時竊之先生最尊阮亭不容都不考也選詩之道與作史同一代人才其應傳者皆宜列傳無庸拘見而狹取之宋人謂蔡琰失節范史不當置列女中此陋說也夫列女者猶云女之列傳云爾非必貞烈之謂或

賢或才或關係國家皆可列傳猶之傳公卿不必盡死難也詩之奇平豔樸皆可采取亦不必盡莊語也杜少陵聖於詩者也豈屑爲王楊盧駱哉然尊四子以爲萬古江河矣黃山谷奧於詩者也豈屑爲楊劉哉然尊西崑以爲一朝郛郭矣宣尼至聖而亦取滄浪童子之詩所以然者非古人心虛往往舍己從人亦非古人愛博故意濫收之蓋實見夫詩之道大而遠如地之有八音天之有萬竅擇其善鳴者而賞其鳴足矣不必尊宮商而賤角羽進金石而棄絃匏也且夫古人成名各就其詣之所極原不必兼衆體而論詩者則不可不兼收之以相題之所宜卽以唐論廟堂典重沈宋所宜也使郊島爲之則陋矣山水閑適王孟所宜也使温李爲之則靡矣邊風塞雲名山古跡李杜所宜也使王孟爲之則薄矣撞萬石之鐘鬬百韻之險韓孟所宜也使韋柳爲之則弱矣傷往悼來感時記事張王元白所宜也使錢劉爲之則仄矣題香襟當舞所絃工吹師低徊容與温李冬郎所宜也使韓孟爲之則亢矣天地間不能一日無諸題則古今來不可一日無諸詩人學焉而各得其性之所近要在用其所長而藏

己之所短則可護其所短而毀人之所長則不可黜詩宮體自是詩家一格孔子不刪鄭衛之詩而先生獨刪次回之詩不已過乎至於盧仝李賀險怪一流似亦不必擯斥兩家所祖從大招天問來與易之龍戰詩之天妹同波異瀾非臆撰也一集中不特豔體宜收即險體亦宜收然後詩之體備而選之道全謹以鄙意私於先生願與門下諸賢共詳之也

尊選明詩別裁有劉永錫行路難一首云雪漫漫兮白日寒天荆地棘行路難先生評只此數字抵人千百嘻異矣上句直襲荆軻傳之唾餘下句行路難三字即題也永錫苦湊得天荆地棘四字耳三尺村童皆能爲之而先生登諸上選蒙實不解願教之

答施蘭垞論詩書

足下見僕答沈宗伯書不甚宗唐以爲大是蒙辱讜言欲相與昌宋詩以立教嘻子之惑更甚於宗伯僕安得無言夫詩無所謂唐宋也唐宋者一代之國號耳與詩無與也詩者各人之性情耳與唐宋無與也若拘拘焉持唐宋以相敵

是子之胸中有已亡之國號而無自得之性情於詩之本旨已失矣子與人歌而善必使反之而後和之其歌者爲齊人歟爲魯人歟孔子不知也其所歌者爲夏聲歟爲商聲歟孔子又不知也但曰善則愛之而和之聖人之和人歌聖人之教人學詩也雖然物必取其極盛者而稱之詩之稱唐猶曰宋之斤魯之削云爾僕之不甚宗唐不欲逼天下之人盡遷居於宋於魯而後爲斤削也然宋斤魯削之善不可誣也子之不欲尊唐是欲逼居宋居魯之人遠適異國而後許其爲斤削也則好惡拂人之性矣是奚可哉來書云唐詩舊宋詩新更不然也夫新舊可以年代計乎一人之詩有某首新某首舊者一詩之中有某句新某句舊者新舊存乎其詩不存乎唐宋且子之所謂新舊僕亦知之前有人焉明堂奧房襜襜焉盛服而居後又有人焉明堂奧房襜襜焉盛服而居子慮其雷同而舊也將變而新之則宜更華其居更盛其服以相壓勝矣乃計不出此而忽窪居窟處衣昌披而服藍縷曰吾以爲新云爾其果新乎抑雖新而不如其不新乎五尺之童皆能辨之揚子曰斵木爲棋捖木爲鞠皆有法焉唐人

之法本乎漢晉宋人之法本乎三唐終宋之世無斥唐人者子忽欲尊宋而斥唐是率其子弟攻其父兄也恐詩未作而教先敗也已

答蘭坨第二書

來書極言唐詩之弊故以學宋爲解所陳諸弊僕不以病唐人乃以病吾子何也子亦知孔子之道歷萬世而無弊者乎然鄉之坻有學孔子者終日食不厭精膾不厭細人但呼爲飲食之人不呼爲孔子也是豈孔子之弊哉子之弊唐毋乃類是且弊有多寡學者當擇其寡者而趨之程朱講學陸王亦講學其于聖道互有是非然天下士多遵程朱少遵陸王故何也程朱流弊不過迂拘陸王之弊一再傳而姦猾竄焉其弊大故其教不昌唐詩之弊子既知之矣宋詩之弊而子亦知之乎不依永故律亡不潤色故采晦又往往疊韻如蝦蟆繁聲無理取鬧或使事太僻如生客闌入舉座寡懽其他禪障理障廋詞替語皆日遠夫性情病此者近今吾浙爲尤雖瑜瑕不掩有可傳者存然西施之顰伯牛之癩固不如其勿顰勿癩也況非西施與伯牛乎說者曰黃河之水泥沙俱下

才大者無訾焉不知所以然者正黃河之才小耳猶不見夫江海乎清瀾浮天纖塵不飛所有者萬怪百靈珊瑚木難黃金銀爲宮闕而已焉覩所謂泥沙者哉善學詩者當學江海勿學黃河然其要總在識作史者才學識缺一不可而識爲尤其道如射然弓矢學也運弓矢者才也有以領之使至乎當中之鵠而不病于旁穿側出者識也作詩有識則不徇人不矜己不受古欺不爲習囿杜稱多師爲師書稱主善爲師自唐虞以來百千名家皆同源異流一以貫之者也何暇取唐宋國號而擾擾焉分界於胸中哉吾子亦先澄其識而已矣毋輕論詩

與盧轉運書

月之十七日陳生歸又三日公手書至道生操觚率爾不克受公恩并戒枚毋再薦士枚聞頗惑焉昔養由基善射百發百中識者猶慮不以善息致棄前功生之射才一發耳弓撥矢墜其以金注昏耶不然何命之窮也生誠窶人子器小邂逅不自珍以爲倚馬磨盾將以見才不知楊修敏捷作暑賦彌月不獻王

粲初征記他文未能稱是韓安國賦几不成罰酒三升古之士不以此定賢否也夫公解甚迫步韻甚難爲大儒握管甚鄭重生皆不知貿貿然不請閒不稟意旨而爲之其得棄絕之罪於門下也固宜雖然公之所以接士者校尙有進焉今夫金之色豈止三品哉統命之曰金而已士之才豈止九等哉統名之曰士而已其爲良金與良士歟夫人而知之也其爲不純之金未成之士歟則將鎔其渣滓而加之淬厲非大賢與大冶不能公大賢也陳生士之未成者也其所以位置之者當自有道矣昔劉乂以詩干韓杜溫夫以文干柳乂之陋至於攫金杜之妄至於用虛字不當律令視二公如山嶽之與塵埃然二公接之不甚決絕以爲天下士惟享大名據高爵者足與治耳若夫擔簦躡蹻之士所歷不過窮巷所望不過餬口就有不及則三熏三沐非我其誰暴摧折之將傳笑四方終身毀棄且古之君子惟薦人于朝爲至愼也故曰惟器與名不可以假人若夫區區之財如棄涕唾無甚關係己財且然而況順風吹噓借他人財爲豪舉者乎今天下郡無閒田田無餘夫故游民相率而爲士者勢也其利市三

倍者惟商耳商行周官睦婣之義裒多益寡意良厚也明公居轉運之名要在轉其所當轉而不病商運其所當運而不病天下不必頭會箕斂知有商而已也亦不必置喜怒於其間以會計之餘權取天下士而榮辱之也枚嘗過王侯之門不見有士過制府中丞之門不見有士偶過公門士喁喁然以萬數豈王侯制府中丞之愛士皆不如公耶抑士之嗜公敬公師公仰望公果勝于王侯制府中丞耶靜言思之未嘗不嘆士之窮而財之能聚人爲可悲也當明公未來時其所謂士者或以勢干或以事干或以歌舞卜筮星巫燒煉之雜伎干未聞有以詩干者自公至士爭以詩進而東南之善聲韻者六七年間亦頗得八九盛矣哉大君子之轉移風氣固如是哉然則使公或晉擢也去誠恐詩之十倍陳生者亦未必一至門下而何有于生生遇公公遇生誠兩不可再而卒齟齬以窮媒勞恩絕何耶夫途本寬則核之也宜嚴徑愈狹則收之也宜寬如生者徑之至狹者也惟公能收之而惜其不寬也生休矣恐生之外尙有其人枚將終薦之以補公過枚謹覆

答袁蕙纕孝廉書

時文之病天下久矣欲焚之者豈獨吾子哉雖然如僕者焚之可耳吾子固不可也僕科第早又無衡鑑之任能決棄之幸也足下未成進士不可棄時文有親在不可不成進士古之科有甲乙有目今之科無甲乙無目其途甚隘古進士多至八百人今進士率三百人其進甚難以至難之術而就至狹之境士之低首降心知其不可而爲之者勢也勢非聖賢豪傑之所能免也知勢之不免而能擇其本末緩急而致吾力焉是則聖賢豪傑而已矣且子之捐科第絕時文將以嶄乎古之立言者耶夫立言非古人意也所不得已也古人之意重仕不重隱貴立德功不貴立言孔子述而不作爲季氏宰韓愈下筆大慚卒以詞賦進毛義捧檄爲親屈歐曾皆科第中人此其證也子觥觥有志氣果仕可以行所學羞當世之公卿其次官一鄉可以具魚菽養其親爲古循吏較夫踽踽喔咿於不可必之傳者宜誰先焉就使入世難合退而求息然後積萬卷以成一家言其時非獨心閑而力專也既已磨礱乎世事閱歷乎山川馴習夫海內

之英豪則其耳目聞見必不沾沾如今已也夫士有鄉黨自好之士文亦有鄉黨自好之文不可不察也僕幼學今古文兩無所就不得已專乎今者一年始成進士今雖棄今而專夫古者二十餘年終未敢自以爲信也何也今人易悅古人難求故也足下未能乎其所易者而遽欲能乎其所難者僕亦未敢爲足下信也昔有未婚而憎其媒者或告之曰子之憎媒子之所以婚遲也子之婚遲媒之所以病子也子不能以憎媒故而勿婚則不如速婚焉而絕媒氏僕勸吾子勿絕時文乃正所以深絕之也

代劉景福上尹制府書

福觀古君子之于人才也有必用有必不用而其介于或用或不用者則未嘗不相其時勢之便與其人之緩急而進退之福待罪江南十餘年公不薦擢之亦勿劾去之似公之待福其亦在用與不用閒乎然明知其必不用而妄求與明濟其未必不用而不求是皆昧于君子用人之道者也福何敢然福以疎脫知州故免官捕得後例應復官恭逢 皇上南巡凡白衣領職如某某俱蒙奏

留福聞之不覺殷殷其有望者何也十六年福辦治華山甚瘁司馬匹音樂甚費於今三年脯資竭矣內無戚里周給外無僚友牽挽舊長官中所恃者惟公在公駕馭衆材呵叱惟命其不以一謭劣之福置心中者情也在福閒居愁曹無俚已極而不能不號呼於仁人之前者亦情也然使福去官非公罪則不敢求未復職不必求不逢虞巡盛典而無奏留之例又無可求今何時哉　六龍將來萬物懽噪凡在江南大小臣工莫不後先奔走儦儦然率作而興事下至執蹻執鍼餘須扈養侏儒庖翟亦各奮其肘足伸襟揚眉爭効傾葵之志而福食　皇祿二十年覲　聖顏三四次反不能自比於輿臺之列側身於工匠之間衆裏嫌身能無閔嘆即公之所以其難其慎而不肯輕用人者福亦深知其故矣才不足以供指麾不用不久在江南不用冀復官不用冀領公家財物不用數者福均有說焉福雖非棟梁或可備榱櫨之任不支稟假當無冒侵所不能已于言者實以謁選尚遠而人情以有事爲榮大府目色所及頓增光采藉此支吾或不致征伀無託耳且夫天子巡狩一切清宮剗草之事凡有血氣者

皆分所當爲而我　皇上一遊一豫起廢錄舊恩施尤隆公當其間如山澤之通氣正須誘掖之鼓舞之有以大展乎羣策羣力尊君親上之心則士氣伸而天心亦喜不比平時課吏薦賢必爲之嚴覈而深稽也至於或賜一縑或賚一級或就近　召見或仍歸銓曹大抵臨期酌奏恩出上裁公亦不過相其勢而觀其便耳福敢一辦供張便剔[illegible]長官冀無妄之福而強公以難行之事哉古人有言曰盡一子之孝何如盡羣子之孝福與公同一君父同一迎　鑾而公有百事之盡福無一事之盡此心缺然故乞一牒以自効亦非專爲阨窮已也仰希駁示不宣

或問雙名單稱古人有否曰見春秋傳踐土之盟曰晉重者重耳也曰衞武者叔武也此雙名單稱之證也 自記

答某山人書

書來責僕不相見詞甚煩氣甚盛僕敢不覆一函以開足下孫子曰知彼知己記曰量而後入不入而後量足下知己而不知彼能入而不能量非所以測交

也夫君子之道無他出與處而已出則有陶冶人才之任於天下人無所不當見處則安身藏用於天下人無所當見足下視僕出乎處乎苟能知之必能量之雖然處者亦未嘗無友也有長沮必有桀溺有張邴必有羊求論其徒大率處者流也處者多其足友者少僕故欲窺覷足下而遲遲乎晉接足下不解其意而迫之過矣然女欲自媒劍欲自鳴猶夫人也不意足下又舍其區區之文墨而忽挾賢挾貴以臨之一夸門地再夸交游此正僕年來所亟亟避者持其所避者而招之則足下求友之術疏矣鄭康成曰回賜之徒不稱官閥魏李沖曰魯之三卿孰若四科友也者不可以有挾也僕少未嘗學問挂冠後稍知文章利病覺此道中有似是而非者有終身由之而不知其道者有借此衒市游大人以成名者僕誠私心痛之發憤雪此弊俛焉日有孜孜當悅學時雖妻孥來猶厭奚況外客性又趨人之急求而不應彼貌未變我顏已慚胸中輒大不適因自念與其開門友近人孰若開卷友古人與其不副人望欿然病乎已孰若不使人望悠然樂其天古之人欲讀書先閉門誠不得已也士相見禮先之

以介繼之以贄至鄭重也此外則胥史農工召之而後至耳戰國時乃有曳裾侯門者爲報恩揚名之說以惑紈袴之公子今非其時也　朝廷清明賢者在上不肖者在下邦有道貧且賤焉恥也君子不惡其窮而惡其所以窮安得如書中憤懣語以悖教而傷化哉僕自知不肖甘心入山山中產物惟白雲耳甚無補於足下慮足下方憎絕之不暇而忽以願見爲請殊駭人意然武陵漁人無心得津有心求之轉不可得若足下一付以無心則僕見亦可不見亦可見不見何足重輕莽蜂鳴鳩跂蹺蟲豸尙登山人之堂況足下世宦之家文人自命者乎明月清風開門則入閉門則去入而不喜去而不怒者何哉彼無所求故也今足下乃悻悻然以不見爲慍或者其有所求乎僕昨者雖相謝終不能決足下之果有他腸而預築堅城以待意嘿嘿頗自悔今接書略見意旨乃竊喜前此之相謝果計老而謀得也藏己之拙養人之高何嘗不兩得耶要之雖不見如見雖見如不見請足下再擇之

再答某山人書

客歲以一函開足下謂足下讀其書將知其人矣不意猶未也足下前書文而不慙有叱叱氣當今士習媕阿得足下振之無所爲非第不宜施於僕耳僕惜足下樂甚戛於病不合故以己之沉廢學問之難門第之不可以傲人與夫古今異宜之時勢悃款敷奏期足下深思而善取之過後亦不復省矣乃來書慮僕故相暴張以將不利于足下似誤聽蜚語而測僕者過焉僕老矣覽書得古人姓名尙不省記何暇置足下于胸中而項項然慍哉且既已掃轍作野人矣又肯爲敗一足下之名而出山揖客哉僕與足下素無睚眦何所窮怒而必極之於既往趙孟所不能貴趙孟又惡能賤之足下不信僕可也不自信何也昔昌黎答呂河東答杜二書俱存較僕奉酬者詞較嚴焉然二公卒未深絕之且殷殷然進之于道蓋前賢接後進理固宜然僕審己未必如韓柳而所以絕人者必欲過之使僕返而自思亦覺執德不宏爲可憂矣於足下何傷焉僕自恨無顯位盛名如孔北海一流可以嘘枯吹生使足下衎衎然心喜又不能滅聲跡若朱桃椎焦先輩使足下棄而忘之并不能如羊叔子使足下信其必不酖

人此皆僕不修身之過也省書大慙無則加勉而已

代潘學士答雷翠庭祭酒書

前以一家言求教書來如發蒙且云由周公而上道統在上由孔孟以至程朱道統在下漢唐君臣無與焉是說也蒙不謂然夫道無統也若大路然堯舜禹湯孔子終身由之者也漢唐君臣履乎其中而時軼乎其外者也其餘則偶一至焉者也天不厭漢唐而享其郊祀孔子不厭漢唐而受其烝嘗亦曰彼合乎道則以道歸之彼不合乎道則自棄乎道耳道固自在而未嘗絶也後儒沾沾于道外增一統字以爲今日在上明日在下交付若有形收藏若有物道甚公而忽私之道甚廣而忽狹之陋矣三代之時道統在上而未必不在下三代以後道統在下而未必不在上合乎道則人人可以得之離乎道則人人可以失之昔者秦燒詩書漢談黃老非有施讎伏生申公瑕邱之徒負經而藏則經不傳非有鄭元趙岐杜子春之屬瑣瑣箋釋則經雖傳不甚明千百年後雖有程朱奚能爲程朱生宋代賴諸儒說經都有成迹才能參己見成集解安得一切

抹摋而謂孔孟之道直接程朱也夫人之所得者大其所收者廣所得者狹其所棄者多以孔子視天下才如登泰山察邱陵耳然於子產晏嬰甯武子等無不稱許至孟子於管晏則薄之已甚此孟子之不如孔子也孟子雖學孔子然于伯夷伊尹柳下惠均稱爲聖至朱子則詆三代下無完人此宋子之不如孟子也王通稱孔明能興禮樂邵伯温作論駁之康節怒曰爾烏知孔明之不能興禮樂乎此伯温之不如邵子也夫堯舜禹湯周孔之道所以可貴者正以易知易行不可須臾離故也必如修真煉藥之說以爲丹不易得訣不易傳鍾離而後惟有呂祖愈珍祕愈矜嚴則道愈病我

皇上文集中不遠稱堯舜而屢舉漢文帝唐太宗者亦以言漢唐則年代近而政事易于核實言唐虞則年代遠而空言難以引據先生來書尊　皇上爲堯舜堯舜之言先生又不以爲然何也書中斥陸王爲異端亦似太過周易曰仁者見之謂之仁智者見之謂之智子曰仁者樂山智者樂水夫道一而已何以因所見而異因所樂而異哉然仁者之樂山固不指智者之樂水爲異端也顏

淵問仁曰克復仲弓問仁曰敬恕樊遲問仁曰愛人隨其人各爲導引使生後世則仲弓必以顏淵爲異端顏淵又必以仲弓爲異端矣大抵古之人以行勝後之人以言勝以行勝者未之能行惟恐有聞不暇爭也以言勝者矜矜栩栩守一先生之言無所不爭也聖人知其如此故諄諄戒之曰先行其言曰訥于言敏於行曰君子無所爭宋儒之語錄皆言也所駁辨皆爭也非聖人意也士幸生宋儒爭定之後宜集長戒短各抒心得不必助一家攻一家今有赴長安者或曰舟行或曰騎行其主人之心不過皆欲至長安耳蒼頭僕夫各尊其主遂至戟手嚷詈及問其路之曲折而皆不知也今之排陸王者皆此類也願先生勿似之也

小倉山房文集卷十七

錢唐袁枚子才

答程魚門書

僕無秋不病七月間又痁作而伏矣小愈輒復瘠若槁木之枝書來道稚威定宇化爲異物病中聞此悲何可支惠子湛深經術僕愛而未見稚威則少相狎長相敬也懷奇負氣賫志以沒所著繁富聞其兒子以爲不祥都拉雜摧燒之其人舉於鄉識道理或不宜有此魏文帝云既傷逝者行自念也陸雲與楊彥明書云昔年少時見五十公去此甚遠今日冉冉已覺近之思二公言益人悽愴記前年與足下約毋刊所作詩文比來思之此語終竟未是豈不知學與年兼深造可喜古人文字無自爲開雕者然彼此一時正難泥論求心苟足待後無期孔子稱七十從心哲人竟萎倘再登大耋必不以七十自足也學者如牛毛傳者如麟角先爲之傳以待後人可也若四十未足曰待五十五十又未足曰待六十云云不已溘然早至有子如彼無子可知其卒誰能紀傳之耶道家

以形骸爲宅舍神明爲眞吾文章者吾之神明也可不存哉曹子建云文之佳惡吾自知之少陵亦有得失寸心之言先哲餘論當不我欺僕詩兼衆體而下筆標新似可代雄文章幼饒奇氣喜於論議金石序事徽徽可誦古人吾不知視　本朝三家非但不愧之而已足下詩才幾抗絳雲文太紆餘仲宣同累然南雷下可雁行矣他學淹貫過僕遠甚願足下著一書垂之不朽正是成其所長非因足下勸我止其觴而還酢之也介眉侍講來此執後進甚恭八十頽翁得此於天蓋寡綿莊衰甚煙視媚行非復如前所見今且臥病精神欲辭之而去海內儒者又弱一个焉人何以堪僕與足下離七百里一晤輒三四年彼此髮有二色矣才難之嘆知音之孤中夜彈指幾人尚在私心拳拳覺骨肉妻孥不如文字之交關愛較重近舉一男瘠生氣絕區區者而不予畀天道可知然使有一卷書傳後則幽冥魂魄長逝無憾功勳子嗣都無所關此語要惟足下信耳西風滿天伏惟珍重不備

與某刺史書

寄示詩四卷俱衰絰中哭中丞公之作具見純孝發于心聲然區區之見有不敢不白之左右者禮大功廢業又曰嬰兒哭其母何常聲之有足下斬衰之喪非止大功有韻之詩非止常聲以禮律之似足下在服中不得爲詩縱爲詩不得哭父古惟傅咸孫綽有服中哭母詩是時東晉清談禮教陵遲不可爲訓自唐以來詩人林立孝子亦林立未聞有以哭二親爲題者蓋至親無文詩固言之文者也不文不可以爲詩文則不可以爲子兩者相背而馳故從來畫家無畫天者輓詩無輓父者劉晝作六合賦昔人以爲大愚若以罔極之恩而鋪陳之于聲調之末是卽畫天賦六合之類也子夏免喪彈琴而不成聲足下未免喪握筆而已成韻異乎僕所聞僕方慮足下性躭吟詠或三年中不能忘此結習偶有所作亦必假其年月于服前服後以免于君子之譏而不意足下之卽以禮所禁者而自暴章之也韓昌黎于十二郎從子也其祭文獨不用韻蓋雖期功之喪亦有不忍文之之意焉足下孺慕不已故長言之長言不已故詠歎之原非以此爲名也然果合乎禮以得名尙非孝子之心所願乃背乎禮以累

名又豈孝子之心所安公羊曰仁不勝道記曰詩之失愚此之謂矣足下盍取服中所作哭而焚之中丞公有知必以愚言爲是誤足下者豈不曰三百篇中亦有陟岵蓼莪諸作不知陟岵者孝子行役之詩其親存也蓼莪者刺幽王之詩毛傳可考也

答門生王禮圻問作令書

書來問作令之道甚勤且摯僕老矣隱空山十年向所行爲不復省記然涎顙病馬久不知鞍轡爲何物或放而前之俾引其生平經歷之處則雖龍駒乘黃未之或先也夫吏治有不可學者有可學者天之生才敏鈍各異或應機立決或再三思而後決或臥而理或戴星出入而後理此豈可學哉然行政之方與安吏民之道則循吏不同同歸於治今以縣令所當知與僕行之而有效且與才性無關者爲足下告焉夫治民者州縣之職也然治民不自民始胥吏者官民交接之樞紐也家丁戚友又胥吏交接之樞紐也不治胥吏不能治民不治家丁戚友不能治胥吏治家丁戚友胥吏奈何曰用之而勿爲所用是已其用

之而勿爲所用奈何曰通之而勿隔是已官與吏終日見而無勞家人之轉通官與民又終日見而不許胥吏之壅遏則彼胥吏家丁戚友者不過供奔走佐使之職而已矣而何弊之能爲且夫用戚友不如用家丁用家丁不如用胥吏用胥吏不如用百姓戚友果賢何所不可如其不肖法難遽加若家丁則利在前法在後矣然家丁之來去無常胥吏之曹缺永在其畏法媚官甚於家丁較可用也胥吏之職大都拘人集衆若受訟時朱書牒尾卽令某甲喚某乙寧不省需索而免稽遲乎是百姓尤可用也吾不解今之爲政者一則曰嚴胥吏再則曰嚴胥吏夫胥吏卽百姓也非鬼蜮禽獸也使果皆鬼蜮禽獸宜早誅之絕之而又何必用之而嚴之周官所謂陳其殷置其輔輔卽胥吏也雖聖人不能不用也然三代上有庶人在官之祿今既無之則上之人宜爲若作設身想而何嚴之爲彼嚴者豈不曰胥吏舞文乎病百姓乎夫使之舞文病百姓者官也非胥吏也試問已舞之文判行者誰耶加印者誰耶彼舞而我亦隨而舞之不自責而責人何也胥之權在行檄役之權在奉檄今之縣令檄行若干不知檄

書云何不知某當理不知某當銷又不知如是而欲除弊雖日殺百胥吏無益也夫欲大權在我莫如手記而手銷之以州縣之繁而謂事必親記似屬奢闊之論不知訟牒極多每日所進能過百紙乎百紙中其理者能過十事乎每日記十事未爲難也次日再收百紙大半覆詞訴詞其應記者又減十而得五矣受牒十日書所記而召之訊訊吏何以不行檄則吏窮訊役何以不集犯則役窮窮而免冠謝罪請嗣後十日內行檄集犯永爲例矣檄行犯集隨判而隨銷之任胥役之需索奸匪之侜張而不出十日之期則所費有限枝節不多其初情未改訊斷亦易彼百姓者知十日之必結也又何畏乎吏役而賄之法立半年可十日中竟無一事此胥役之所大懼也然民不告贓上不訪吏有提吾胥吏者官自當之不許胥吏索百姓之錢亦不許上官胥吏索吾胥吏之錢彼胥吏者不懼于始而感于終乎康誥曰要囚服念五六日至于旬時非速結之義乎夫可以探喜怒轉關鍵者胥稟也有減增有株引者檄稿也有移換有竄入者供詞也有暗阻有明催忽早忽遲者訊期也吾一切目覽而親裁之許一檄

不許重檄檄中人數空之而待親裁差某役亦空之而待親裁內銷外結檄焚卷撤彼胥吏何權焉于胥吏又何誅焉今之州縣非不勤也所惜者精神在上而不在下耳不知上行不答則嚴飭至內幕外胥俱能相促惟夫寡妻弱子鄉民村戶不遠百里而來榮汝之糧望官如望歲而又無門探刺不爲之結于挾日以內吾心安乎政綱既舉首清刑罰清之云者非寬減之謂得當之謂也臯陶曰罪疑惟輕言罪之疑者輕之其不疑者不輕也孟子曰省刑罰言省察之不使刑罰繁也蓋刑以戒惡也刑繁則不足以懲惡而轉生刑之惡以爲吾既已受刑而無所損矣尚何懼哉以此午痕痏而逞毒淫者比比焉要知刑具而部頒之亦無庸也夫物之不齊物之情也彼衣冠辱民加細荊而呼號不勝何事于部頒之具積蠹大猾其筋骨皆習練之餘當巨梏而含笑囊三木而無聲何畏乎部頒之具吾以爲其畏刑者雖應笞亦宜寬省以洒其恥其玩刑者法止杖四十而吾以二十當之其酷則更甚于四十使彼知二十之委頓如此也況四十耶乃凜凜乎懼心生而惡念除矣凡判尾必親書讞非炫才也以便日

後展卷而了然也判事必坐堂皇非矜衆也以觀國人之顏色而是非使共見也勿輕置人于獄非徒仁也所以清狴犴而防雜處之不虞也勿輕申詳非專擅也所以免捉搦而成難結之案也勿問坐獄者之貧富恐有成見而誤大公也勿故反聽請者之匄求恐事未可知而矯枉過正也勿勸捐以安富恐抑勒者多勿罰鍰以遠嫌恐徇財者惑勿交鎖練于胥役必內存之當用者加朱墨圍使不得開不當用者不署鎖字使不得混勿委監獄于典史必驟臨之審其輕重辨未索之有無觀其氣色知衣糧之剋扣孔子曰聽訟吾猶人也必也使無訟乎此聖人甚言無訟之難非言聽訟之易也今之人不能聽訟先求無訟不過嚴狀式誅訟師訴之而不知號之而不理曰吾以息訟云爾此如防川怨氣不伸訟必愈多不知使無訟之道卽在聽訟之中當機立決大畏民志民何訟耶所謂側弁垢顏不投于明鏡是也然而一閧之獄情僞萬出或在案中或在案外聽之者恃才恃氣恃廉恃公皆不足以聽也虛以受之靈以應之周詳以求之旁見側出以察之庶足以聽也大凡事過而嘗自悔其誤者其誤常少

此所謂政如農功日夜思之者也事過而常自信無一事之誤者其誤必多此所謂氣矜之隆秦人視越人之肥瘠者也對簿之民宜分爲六重者獄其次繫其次管守其次保釋其次待喚其次聽其所之數者能臨事料量而不容胥吏持之則聽訟之道思過半矣和息非不可允但須書明曲直以防日後之終凶狎邪非不當嚴但須戚屬投明不許匪人之恫喝律設大法而通融者存乎人否則傀儡而已案無確據而闕疑者法乎史否則武斷而已觀漢江充之巫蠱而知贓之可栽也觀南史傅琰之斷獄而知凶器之難據也天性之親粲而不殊雖父訴子亦使自笞否則傷慈愛矣墳田之事勘而後斷雖風霜寒暑不可辭勞且借以巡鄉村矣刑名之外則有錢穀錢穀役侵者多民負者少比役無益也役又借比以索民錢善催科者不輕比役相擇其負多者召花戶而欲見之吾未見真花戶來而稅不登者也慮飛洒則細刊科則昭示鄉坻防重耗則突取衡平辜較一二漕無抑勒則浮取皆恩糶果應時則盈虛有備所謂催科中寓撫字也百姓之上尚有紳士凡今之閉門塞竇而不見客者其中有所不

足也古人於一邑中有鄉先生鄉大夫歲時伏臘飲酒習射當其時豈有苞苴竿牘之嫌乎作吏者日對里魁伍伯而不親賢士大夫不特天閼下情亦自覺其不雅記有之曰貴貴爲其近于君也尊搢紳即所以尊朝廷其他生童皆吾子弟亦宜月課季試以無失黨庠術序之義漢吳公治行號第一而史只載其薦賈生一事此其故可思也總而論之爲政在外尤須爲政在心心正則羣邪消心和則衆善集心周於庶務而法令不必苛煩也心淡于榮祿而上官無所挾持也大府一過而傔從之誅求無厭知我之巡鄉亦猶是也崇轅一入而守候之飢渴無時知民之望我不甚殊也威可使人畏不可使人恨恩可使人感不可使人狎廉不自知者廉之真公不自恃者公之大民信則順風而呼吏服則指臂可用告示爲吾之仁言不必輕發而發必手書訪聞非政之大體行或偶然而行必真確求心安不求名重察物議並察邇言仁無術而不行政師古而毋泥吾之所行者在是矣吾之所能言者亦止於是矣若夫神而明之化而裁之則在吾子矣

答惠定宇書

來書懇懇以窮經爲勗慮僕好文章舍本而逐末者然比來見足下窮經太專正思有所獻替而教言忽來則是天使兩人切磋之意卒有明也夫德行本也文章末也六經者亦聖人之文章耳其本不在是也古之聖人德在心功業在世顧肯爲文章以自表著耶孔子道不行方雅言詩書禮以立教而其時無六經名後世不得見聖人然後拾其遺文墜典強而名之曰經增其數曰六曰九要皆後人之爲非聖人意也是故真僞雜出而醇駁互見也夫尊聖人安得不尊六經然尊之者又非其本意也震其名而張之如託足權門者以爲不居至高之地不足以蹸轢他人之門戶此近日窮經者之病蒙竊耻之古之文人孰非根柢六經者要在明其大義而不以瑣屑爲功卽如說關雎鄙意以爲主孔子哀樂之旨足矣而說經者必爭爲后妃作宮人作畢公作刺康王所作說明堂鄙意以爲主孟子王者之堂足矣而說經者必爭爲卽清廟卽靈臺必九室必四空必清陽而玉葉問其由來誰是秉關雎之筆而執明堂之斤者乎其他

說經大率類此最甚者秦近君說堯典二字至三萬餘言徐遵明誤康成八寸策爲八十宗曲說不已一鬨之市是非麻起煩稱博引自賢自信而卒之古人終不復生于彼乎于此乎如尋鬼神搏虛而已僕方怪天生此迂繆之才後先噂沓擾擾何休敢再拾其瀋而以吾附益之乎聞足下與吳門諸士厭宋儒空虛故倡漢學以矯之意良是也第不知宋學有弊漢學更有弊宋偏于形而上者故心性之說近玄虛漢偏于形而下者故箋注之說多附會雖舍器不足以明道易不畫詩不歌無悟入處而畢竟樂師辨乎聲詩則北面而絃矣商祝辨乎喪禮則後主人而立矣藝成者貴乎德成者貴乎而況其援引妖讖臆造典故張其私說顯悖聖人箋註中尤難僂指宋儒廓清之功安可誣也僕齓齒未落卽受諸經貫孔註疏亦俱涉獵所以不敢如足下之念茲在茲者以爲六經之于文章如山之昆崙河之星宿也善遊者必因其胚胎濫觴之所以周巡夫五嶽之崔巍江海之交匯而后足以盡山水之奇若矜矜然孤居獨處于昆崙星宿閒而自以爲至足而亦未免爲塞外之鄉人而已矣試問今之世周孔復

生其將抱六經而自足乎抑不能不將漢後二千年來之前言往行而多聞多見之乎夫人各有能不能而性亦有近有不近孔子不強顏閔以文學而足下乃強僕以說經倘僕不能知己知彼而亦爲以有易無之請吾子其能舍所學而相從否

答定宇第二書

覆書道士之制行非經不可疑經者非聖無法云云僕更不謂然夫窮經而不知經之所由名者非能窮經者也三代上無經字漢武帝與東方朔引論語稱傳不稱經成帝與翟方進引孝經稱傳不稱經六經之名始於莊周經解之名始於戴聖莊周異端也戴聖贓吏也其命名未可爲據矣桓靈刊石經匡張孔馬以經顯歐陽歙贓私百萬馬融附姦周澤彈妻陰鳳質人衣物熊安稱觸觸生經之效何如哉六經中惟論語周易可信其他經多可疑疑非聖人所禁也孔子稱多聞闕疑又稱疑思問僕既無可問之人故宜長闕之而已且僕之疑經非私心疑之也即以經證經而疑之也其疑乎經所以信乎聖也六經者文

章之祖猶人家之有高曾也高曾之言子孫自宜聽受然未必其言之皆當也六經之言學者自宜參究亦未必其言之皆醇也疑經而以爲非聖者無法然則疑高曾之言而爲之幹蠱爲之幾諫者亦可謂非孝者無親乎漢王充曰著作者爲文儒傳經者爲世儒著作者以業自顯傳經者因人以顯是文儒爲優宋劉彥和曰傳聖道者莫如經然鄭馬諸儒弘之已足就有闡宣無足行遠唐柳冕曰明六經之義合先王之道君子之儒也明六經之註與六經之疏小人之儒也今先小人之儒而後君子之儒以之求才不亦難乎此三君子之言僕更爲足下誦之足下謂說經貴心得不以沿襲爲工此言是矣然而一人之心卽衆人之心也一人之心所能得卽衆人之心所能得不足以爲異也文章家所以少沿襲者各序其事各值其景如烟雲草木隨化工爲運轉故日出而不窮若執一經而說之如射舊鵠雖后羿操弓必中故所受穿之處如走狹徑雖跦跦小步必履人之舊迹也前賜讀大禮議六宗說俱精確然一則毛西河曾言之一則郝京山曾言之其書俱在其說更詳此豈足下有意襲之哉足下之

心得之彼二人之心先得之足下之識雖在二人之前而足下之生已在二人之後則不襲之襲二人傳而足下不傳矣且僕固疎於經者也甫得二義已覺其襲倘從足下之言而惟經之是窮則足下之終日仰首屋梁所自矜獨得者不俱可危乎要之足下自悶不能購盡天下說經之書又不能禁絕天下說經者之口姑毋以說經自喜也

答滋圃中丞論推命書

公以撫軍之尊而手書勤勤求馬叟推命僕心大不喜夫命孔子之所不知也馬叟何人其聖于孔子乎而能知也子曰不知命無以爲君子知卽知其不可知者而已知其不可知故其所可知者不惑也堯之時皐夔隆貴人不言其命達共驩流放人不言其命窮及西伯戡黎紂無以自解乃歎曰我生不有命在天非唐虞時無命桀紂時有命也理不足而后求諸數也公生堯舜之世身爲皐夔理宜顯貴理宜平善何嫌何疑而欲數之求古之神于命者首稱唐李虛中然虛中餌金丹疽發背亡其于知命果何如也世之人村氓里媪尼屯已極

偶一啼求之冀異日亨嘉當亦人情所應有乃往往貧賤之人轉不為此而愈顯貴者則愈為之弁愈信葬禁宅忌之說此無他射黃金注者外重則內惑故也然藉此為趨避計則方寸中乍冰乍火何以稱職任事勤施於四方耶且彼言吉歟公如命何彼言凶歟公如命何倘吉可趨凶可避是無命也不必知也吉不可趨凶不可避是有命也知如不知也福善禍淫者天也求之于命是無天也賞善罰惡者君也求之于命是無君也古大撓定支干毫無義意猶之一二三四紀數名云爾一二三四無可推則甲乙子丑亦無可推贅補之言一時生一人一日夜生十二人以卒歲計之只四千三百二十人以一甲子計之只二十五萬九千二百人今一郡中戶口不下數百萬則年月日時同者多矣又何貧富貴賤之紛紛乎文文山贈朱斗南序宋景濂祿命論亦稱命只五十一萬八千而四柱盡矣餘皆雷同古所稱知命者郗文公楚昭王皆以不知知之天道遠人道邇捨人而言天大半恍惚凡一切時日小數陰陽雜家愈神奇則愈受禍史冊中如郭璞郭麐輩何可勝數然天下無業之氓太多不得已託九

流雜技以謀其生當亦先王所不禁仁人君子妄言妄聽優俳畜之亦無所爲非若竟倚奉如神而且有抑抑求教之意則此輩無識或借此喝鄉閭譁誘公事靦然與士大夫抗禮是則王制所謂假鬼神時日以惑衆者殺可也易稱樂天知命子思稱居易以俟命孟子稱修身以立命陸贄稱君相造命孔子則罕言命公之命亦知之俟之立之造之罕言之而已何必推

答某明府書

書來慍僕不序足下之詩過矣僕豈特不爲足下作序并不願足下作詩詩之道主温柔足下作令能柔其民卽詩人矣不必于政外求詩若就足下之詩論之尚非索序時也以足下才敏不傲然行世而必僕序之求意中似有僕者然則僕不序足下足下必湛思而自省曰是區區者而不余畀何耶不求之于僕必求之于詩詩將日進僕序足下足下覽鏡自臧從此不求之于詩并不求之于僕而詩將日退愛足下者不當如是若夫隱約其詞陽許而陰非之又非朋友直諒之道也且足下亦知序所由昉乎爾雅序疏云序者序陳此經之旨也

杜牧答莊充亦云凡夫序者皆其人已亡門生故吏尊師其人而序之非生同時者也僕與足下同時生足下未亡僕又無所尊師僕縱欲序足下足下尙宜拒而辭之何反以不得爲慍耶大抵古人多自序求人序以重其文者自皇甫之序左思始至于李漢序韓則又序人文以自重矣足下之詩自作之自序之誰曰不宜若果能重僕僕將求序足下不待足下求僕若云倚僕爲重則僕位庳望狹何足以重足下而當代之爲皇甫者峨冠林立足下解慍處甚多其速往可也勿疑

寄蔣苕生書

書來示樂府四章當即手絃而口歌之緣西行人稀缺然未報書中有奉太夫人之長安將泊石城之語小人洒[氵昔]敝廬瞻望弗及何子之忘之也比來聞足下成進士入翰林如獲殊慶大祥不覺[女夾][女夾]然距躍三百伏念天之生才與國家之設官義本相因而起而往往才自才官自官此無可如何之勢也然僕謂自斗食以上至于卿貳皆可假借惟翰林一官必待其人而后居之何也簿書

期會因事見才期於適用故流品不嫌其雜若清祕之職爲　天子潤色雅頌
裁制謨誥非學古入官者不宜一朝居且居是官者必已能爲文章然後克稱
非如膠庠子弟博習親師尙可期以三年五年也僕壬申歲過揚州愛足下僧
壁詩思其人苦不得見幸熊安亭爲道區區夫崇鼎大璜夏后氏之龍簨僕亦
未之見也然聞其尙存則喜聞存某所更喜聞其登明堂而陳清廟尤大喜喜
之情公也以爲惟我能先識則亦未嘗不出于私足下之入詞林也才與官合
僕之喜也私與公俱故因秦樹舍人來而通書以賀

小倉山房文集卷十八

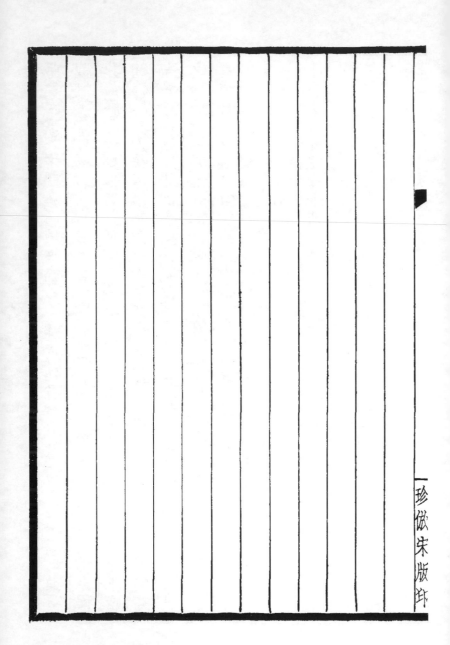

慰王麓園喪子書

錢唐袁枚子才

足下毋以喪子爲戚按洪範九疇道五福六極甚詳無道子嗣者孔子衰年喪鯉哀遜顔淵儀禮傳曰大宗不可絶公羊傳註曰小宗無後當絶喪大記曰喪有無後無無主夫當絶與無後古人明言之而不諱是有子與無子非聖賢意也說者動以無後爲不孝云云不知孝者人所爲有後無後者天所爲待天而後成孝非教也商臣盜跖皆有後者也得謂之孝乎鄧攸羊祜皆無後者也得謂之不孝乎天下蟲豸雀鼠跂行喙息之物靡不煦嫗鞠育孳孳愛其雛其心豈以爲後哉陰陽之生機使然耳人爲萬物之靈當以禮節之聞足下喪愛子毀過盲夏過矣足下之齒猶未也爲邑令邑中人皆足下子使子孫祀我不如使桐鄉人祀我於足下何憂且聞足下慈幼之道亦頗未善郎君甫周晬衣之貂食以參朮又引其痘瘍而投以諸猛厲藥此其愛也乃其所以害也夫明珠

美玉天下之至寶也愛而篋藏之則全佩之戴之亦全卽棄之野田草露無不全也若朝則濯於水暮則弄諸掌夕又捧而摩諸席目營手撥必有一朝之敗兒寵過則驕其性養過則弱其身不可不察也足下異日有子當思我言

舜不告而娶之說僕嘗疑之安有帝女下降九男同來而瞍竟茫然乎瞍卽以瞽故爲舜欺矣彼象母與象獨不目擊而告舜乎堯爲何如天子而瞍能禁其妻舜乎瞍能禁之於娶前獨不能黜之於娶後而胡不卽以不告爲舜罪乎此與二嫂治朕棲之說同一無稽偶因論無後之說而并質之高明

與楊生書

僕壹不知夫論士者輒曰某也聰惜不說學耳某說學惜不虛己耳此其說殊不然論語曰敏而好學惟其敏故好學記曰學然後知不足惟其學故知不足背者反是雖然有天焉天生林林者千百萬人不甚經意也生一人焉將使之不朽於千百萬人之中則必有意鄭重而以其全與之故過人之資嗜學之癖極虛之心三者常兼古傳人如列大坐席參錯相望誰則不然賢叔笠湖以生

詩來讀之知生非偶然生者且云錫山俗好博搸生居其間不一遊目而惟詩書之娛愈知生非偶然生者僕不忍負天所以生生之意故觖摘來詩毫髮不假意不能毋怯生之惋之也昨接手書相從如轉圜然後知生之得於天者大矣生年纔十七耳僕如生年時絕不如生然則生如僕年時豈止勝僕也晉文公年十七得賢士五人枚臯年十七赴闕上書生非其等夷耶學琴者下指不協終身不能音天下事非天所寵者人不能強而襲之也生已寵於天慮未寵於人而書詞慊慊匄僕爲知己嘻過矣夫從古前賢後賢相須而益彰者勢也然後賢之須前賢可緩而前賢之須後賢甚急何也崑山之璧雖無卞和其終發露寶貴無疑也若沉檀死後之芬無餘風揚之則幾乎息矣夫道若大路然豈難知哉卽如僕所告生者非有所受於人也而忽自得之然則以生之才而學之不已安知其所自得者不更進於僕之所告耶僕老矣然私心若不欲其老者豈其愚而有所戀於光陰哉㝠以著述粗成傳之其人之難也今而後僕其可老矣乎孔子畏天命畏大人畏聖言而又畏後生以童稚後生而躋之於

天命大人聖言之列得毋小過然試思當日若無七十子則孔子亦不得有今日矣後生可畏耶不可畏耶生今之後生也挾可畏之具而又遇畏後生之人其將何以報畏者

答戴敬咸孝廉書

東鄉先生殉節前朝其人原無假文傳者也既以文傳則不得不以文論僕前日摘其文之非還書時興到語耳草草塗抹過亦不復省矣足下書來護持東鄉不將前所摘者爲之指辨而但敘述明季處士之弊文體之荒蕪以推尊東鄉不惑之功可謂善尊東鄉者也僕尚何言雖然僕釋褐早時文之學淺所見明季時文尤少如足下所引爾時讕語今年近六十始得聞之東鄉能拒而排之誠善惜其所排者乃不過李卓吾何心隱一流識人所共識之妖魅逐人所共逐之盜賊在昔文運晦冥時或以爲難而在今日觀之似亦戴天履地之民秉夷同然不足爲東鄉異也足下善善從長爲護持古人起見僕敢再多言以自走不仁之域哉乃來書因論東鄉而詆及蘇子美一賢未起一賢又顛使僕

不得不瞿瞿然駭且疑孔子曰有德者必有言孟子觀遠臣以其所爲主子美天災三疏侃侃正言似有德者其少也杜祁公壻之其官也范希文薦之其罪也韓魏公救之其所爲主也賢矣所傳得罪詩甚悖本傳無之與其集中諸詠亦頗不類安知非當時忌者如王拱辰輩爲一網打盡之計造作蜚語以相誣陷與歐公帷薄不修之謗同一寃酷而足下信爲口實欲以大辟當之恨其貶官猶爲漏網嗟乎嗟乎子美以一醉飽之過既不獲雪於生前更不獲申於死後尤仁人之所痛也且足下以尊東鄉故波及子美因子美故怪及歐公亦知當時愛子美者寧止一歐公耶歐公所謂擊而去之者意不在子美蓋指祁公及范富諸賢也子美去而祁公罷祁公罷而范富諸賢亦罷是子美一身之黜陟關慶曆一朝之盛衰而足下以護持東鄉之故忽生異議幷諸賢一切抹摋恐東鄉有知亦必踧踖不安於地下也再考周公孔子驅爲奴乃是王直柔之詞卽使真有此詩與子美無涉而況詩人放歌多不可爲典要杜少陵聖於詩者也亦有孔丘盜跖俱塵埃之句夫齊孔跖亦何異於奴周孔然而未聞古之

人有罪少陵者則亦不以辭害義也從來人心之不同論古尤甚一孟子也而皮日休尊之温公非之一揚雄也而昌黎尊之東坡非之誰從乎誰信乎孰是乎孰非乎鄙意以爲尙論者必發千古不可不發之難而后可以自存其說其他小小是非有傷賢者則或爲時代所隔或因稗史而訛我輩疑於心不必見於口見於口不必形於筆形於筆不必垂爲文東鄉文字之疵自有公論僕因未面足下故率意筆之誠過也而足下洋洋千言將爲可傳之文以痛斥子美則是效吾尤而又甚之是亦不可以已乎願足下即以愛東鄉者愛子美可也僕之心即足下之心也

答尹相國書

枚愚不能愼厥身使公絕投杼疑又不能以自隱無名爲務累公思心潭潭屢寄危言警懼震動之枚始而瞿然曰公恩我不知我繼而愴然曰長者大人之愛嬰兒也豈待其有疾而后憂耶其平時之燥濕寒暑蓋無時不兢兢也且近前猶可耳離之愈遠則憂之愈深公之於枚毋寧類是雖然兒壯矣有疾以貽

長者憂不可無疾而不能以無疾之故曉長者解其憂尤不可枚固不然孔子曰君子坦蕩蕩孟子曰王者之民皡皡如也公之不欲枚坦皡也將以枚不足爲君子乎抑不知今爲王者之世乎枚乞養山居原不敢望履舄於公之門矣而公挾師傅之尊強召之宿留之出詩文以唱喁之所以然者牙琴相應啓予者商公之近枚者公之所以自爲而非爲枚也世人不察但見公紆尊降貴有意其存之遂謂公寵枚縱枚過譽枚聽從枚而枚於公前之不乞一恩不干一事不妄一語不受一賜者則非外人之所得而知也於是眈眈然環起而辟倪焉嗟乎嗟乎是何異闚猿檻鶴偶一玩弄於王公貴人之前旁觀者疑若奇榮極耀而孰知猿鶴之心以爲有苦而欲逃也久矣枚爲公故招人多言公又爲人多言故加枚訓詞恩勤不已祇益爲累盡亦淡置夫夫也而聽其相忘於江湖之爲安也哉說者又謂窮居故宜加謹是言也枚尤非之夫因窮居而加謹將必因顯貴而大縱也是奚可也今　聖世雍熙草木羣生之物皆有以自樂而士君子乃戚戚嗟嗟如含瓦石不與無病而自灸者等乎然而公之心枚亦

知之公出入中外垂四十年小心謹慎未嘗有過猶抱安不忘危之志乾乾日昃師弟契深吉凶同患枚倘顛蹶必先累公公之戒枚者又公之所以自爲而非爲枚也然枚每見焚輪之風拔木而不拔草者何哉其質微故其身易安耳而況天下禍福榮辱之權操之者　天子贊之者相公公爲相公贊　天子自有大中之道稱物平施海內人方倚公如泰山之安而奚有於一閑門垂老之門下士夫何憂何懼倘公不見其大不深悉其人而徒抱慈心苦口逢寄聲人便諄諄聒耳彼不知者將疑枚必有大無狀事積於公心而代之憂危不已未爲人所陷先爲人所輕殊非愛人以德之義昔人疑孔明文采不豔而過於丁寧周至陳壽以爲孔明與衆人凡士語不得不然枚固衆人凡士而公之丁寧則已過矣孔子雖聖而子路不悅故不覺率爾一言

與邵厚庵太守論杜茶村文書

詩文之道寧苟作毋苟許不知而作烏知其不後有進也非所許而許焉將慼於是矣是不可不辨也枚嘗核詩寬而核文嚴何則詩言志勞人思婦都可以

言三百篇不盡學者作也後之人雖有句無篇尙可采錄若夫始爲古文者聖人也聖人之文而輕許人是誣聖也六經文之始也降而三傳而兩漢而六朝而唐宋奇正駢散體製相詭要其歸宿無他曰顧名思義而已名之爲文故不可俚也名之爲古故不可時也古人懼焉以昌黎之學之才而猶自言其迎而距之之苦未有絕學揖書而可以操觚率爾者枚前席聞貶茶村文太守色不許我以見彼文絕少未敢爭之固辨之疾今賜變雅堂集讀之文之未是又安論其古不古也然茶村至今尙不至於草亡木卒者亦有故焉當鼎革時諸名士流離江湖結社羣居足己而不學其諸老先生多晚節不臧欿然病乎己遇勝國士人爭羅致爍咻之冀免其淸議而其時冒稱逸民者遂乘其虛而劫焉往往躧破履登高座居之不疑以爲李杜韓蘇搖筆便是既無𠜊怵之苦心又無畏友之礱切借國家危亡盜竊名字蓋不止茶村然也使生今日文教覃敷之時荆楚一傖技止此乎久沒沒矣孔北海曰今之後生喜謗前輩所以然者爭名故耳枚雖不肖必不爭名於茶村顧公且置茶村之得失而先考古文之

源流久後見覆何如

答友人某論文書

人必有所不能也而後有所能世之無所不能者世之一無所能者也和之弓垂之矢非古之能者乎垂非不能爲弓和非不能爲矢也然而可傳者一人一物而已也伯夷典禮則棄樂孔子學射則舍御分爲四科判爲六藝不以其所能者傲人不以其所不能者病己秦學不兼方漢亦然宋以後人心不古喜多爲之沿其流而不溯其源夫是故雖能之而與夫不能者亦無以異也僕不敢自知天性所長而頗自知天性所短若箋註若曆律若星經地志若詞曲家言非吾能者決意絕之猶恨其多愛而少棄也學杜韓亦爲元白好韓柳亦爲徐庾汲汲顧影如恐不及方欲捐兩騖以求其精而不謂足下之就其病而深之也足下來教曰詩不如文文不如著書人必兼數者而後傳此誤也夫藝苟精雖承蜩畫筴亦傳藝苟不精雖兵農禮樂亦不傳傳不傳以實求不以名取安在其兼不兼也然僕意以爲專則精精則傳兼則不精不精則不傳與足下異

矣若謂詩文不如著書僕更不謂然周秦以來作詩文者無萬數誠如尊言矣著書者亦無萬數足下獨未知之乎攟藝文志未必文集俱亡而著書獨在也僕疑足下於詩文之甘苦尚未深歷故覺與我爭名者在在皆是而獨震於考訂家瑣屑斑駁以爲其傳較可必耶又疑詩文之格調氣韻可一望而知而著書之利病非搜輯萬卷不能得其癥結故足下渺視乎其所已知者而震驚乎其所未知者耶要知爲詩人爲文人談何容易入文苑入儒林足下亦宜早自擇寧從一而深造毋泛涉而兩失也嗟乎士君子意見不宜落第二義足下好著書僕好詩文此豈第一義哉古之人其傳也非能爲傳也乃不能爲不傳也何也使人謀傳我則易而我自謀其傳則難也僕與足下生盛世不能爲國家立萬里功活百姓又不能伏丹墀侃侃論天下事并不能爲游徼嗇夫使鄉里敬之信之而乃欲爭名於蠹簡中狹矣然僕竊喜自負者王荆公云徒說經而已者必不能說經僕固非徒爲詩文者也或與夫足下所引終身著書諸人其容有間乎

答友人論文第二書

客冬蒙寄古文七篇讀畢思有所獻替忽忽少暇入春來歸妹於揚州筮日賓搢勞不可支比來稍閒敢白所懷以諍足下竊謂足下之為古文是也足下之論古文非也足下之言曰古文之途甚廣不得不貪多務博以求之此未為知古文也夫古文者途之至狹者也唐以前無古文之名自韓柳諸公出懼文之不古而古文始名是古文者別今文而言之也劃今之界不嚴則學古之詞不類韓則曰非三代兩漢之書不觀柳則曰懼其昧沒而雜也廉之欲其節二公者當漢晉之後其百家諸子未甚放紛猶且懼染於時今百家回冗又復作時藝弋科名如康崑崙彈琵琶久染淫俗非數十年不近樂器不能得正聲也深思而愼取之猶慮勿暇而乃狃於庬雜以自溷過矣蓋嘗論之古書愈少文愈古後書愈多文愈不古商書渾渾爾夏書噩噩爾作詩者不知有易作易者不知有詩下此左穀以序事勝屈宋以詞賦勝莊列以論辨勝賈董以對策勝就一古文之中猶不肯合數家為一家以累其樸茂之氣專精之神此豈其才力

有所不足而歲月有所偏短哉荀子曰不獨則不誠不誠則不形天下事不徒文章然也鄭康成以禮解詩故其說拘元次山好子書故其文碎蘇長公通禪理故其文蕩之數公者皆抱萬夫之稟者也偶有所雜其弊立見而況其下焉者乎今將登騷壇樹旗幟召海內方聞綴學之徒而談論角逐以震耀乎口耳此非煩稱博引不可也邯鄲淳之見東阿王李鍇之遇梁武帝是也若夫傳一篇之工成一集之美閉戸覃思不蹈襲前人一字而卓然爲行遠計此其道誠不在是矣足下擅鹽筴名居淮南之四衝四方之士于于焉來請謁者或經或史或詩或文或性理或經濟或蟲魚箋註或陰陽星曆醫卜日呈其伎於左右足下不涉獵而遍覽焉幾憒乎爲酬應而又以好賢之心好勝之氣日習於諸往來者之咻染不覺耳目心胸常欲觀五都而遊武庫然藉此多聞多見使人一談論一晉接驚而詫於四方曰名士名士則可也竟從此以求古文之真而拒專門者之諫則不可也足下之答綿莊曰散文多適用駢體多無用文選不足學此又誤也夫高文典冊用相如飛書羽檄用枚皋文章家各適其用若以

經世而論則紙上陳言均爲無用古之文不知所謂散與駢也尚書曰欽明文思安安此散也而賓於四門納於大麓非其駢焉者乎易曰潛龍勿用此散也而體仁足以長人嘉會足以合禮非其駢焉者乎安得以其散者爲有用而駢者爲無用也足下云云蓋震於昌黎起八代之衰一語而不知八代固未嘗衰也何也文章之道如夏殷周之立法窮則變變則通西京渾古至東京而漸瀉一二文人不得不以奇數之窮通偶數之變及其靡曼已甚豪傑代雄則又不屑雷同而必挽氣運以中興之徐庾韓柳亦如禹稷顏子易地則皆然者也然韓柳亦自知其難故鏤肝鉥腎爲奧博無涯涘或一兩字爲句或數十字爲句拗之練之錯落之以求合乎古人但知其戛戛獨造而不知其功苦其勢危也誤於不善學者而一瀉無餘蓋其詞駢則徵典隸事勢難不讀書其詞散則言之無物亦足支持句讀吾嘗謂韓柳爲文中五霸者此也然韓柳琢句時有六朝餘習皆宋人之所不屑爲也惟其不屑爲亦復不能爲而古文之道終焉且賢者之大患在乎有意立功名而文人之大患在乎有心爲關係古之聖人兵

農禮樂工虞水火以至贊周易修春秋豈皆沾沾自喜哉時至者爲之耳若欲冒天下難成之功必將爲深源之北征安石之新法欲著古今不朽之書必將召崔浩刊史之災熙寧僞學之禁今天下文明久已聖道昌而異端息矣而於此有人焉褒衣大袑猶以孟軻韓愈自居世之人有不怪而嗤之者乎夫物相雜謂之文布帛菽粟文也珠玉錦繡亦文也其他濃雲震雷奇木怪石皆文也足下必以適用爲貴將使天地之大化工之巧其專生布帛菽粟乎抑能使有用之布帛菽粟貴於無用之珠玉錦繡乎人之一身耳目有用鬚眉無用足下其能存耳目而去鬚眉乎是亦不達於理矣韓退之晚列朝參朝廷有大著作多出其手如淮西碑順宗實錄等書以爲有絕大關係故傳之不衰而何以柳州一老窮兀困悴僅形容一石之奇一壑之幽偶作天說諸篇又多譎詭悖傲而不與經合然其名卒與韓峙而韓且推之畏之者何哉文之佳惡實不係乎有用與無用也即足下論文如射之有志可謂識所取舍者矣而何以每見足下於莊屈之荒唐則愛之而誦之於程朱之語錄則尊之而遠之豈足下之行

與言違哉蓋以理論則語錄爲精以文論則莊屈爲妙足下所愛在文而不在理則持論雖正有時而嗒然自忘若夫比事之科條薪米之雜記其有用更百倍於古文矣而足下不一肄業及之者何也三代後聖人不生文之與道離也久矣然文人學士必有所挾持以占地步故一則曰明道再則曰明道直是文章家習氣如此而推究作者之心都是道其所道未必果文王周公孔子之道也夫道若大路然亦非待文章而后明者也仁義之人其言藹如則又不求合而合者若矜矜然認門面語爲真諦而時時作學究塾師之狀則持論必庸而下筆多滯將終其身得人之得而不自得其得矣竊爲足下憂之綿莊文多說經絕不類選體而以之勗足下者彼見足下筆氣近弱不宜散文故以六朝綿麗之體進非得已也足下不善用其短而拒之過堅僕愛足下過於綿莊安得不再爲忠告

答友人論文第二書

初一日接手書所論駢體已是不復置辨論古文與博學猶有曩之見存安得

不再申之夫古文之宜博非足下之所謂博也韓子稱其書滿家而六經外不過子雲相如屈原太史而已柳自矜旁推交通而六經外不過穀梁孟荀莊老而已此外非所博也足下之言曰昌黎以陰陽土地星辰方藥未通爲愧故將通之以合乎昌黎之說不知昌黎果通之而後爲古文乎抑終於未通而所以爲古文者固自有在乎其詞曰未有不通此而爲大賢君子非曰必通此而後爲古文也僕所論者古文非論大賢君子也足下能爲大賢君子而又能爲古文僕豈不更敬且畏然而有以知足下之不能也何也足下之博不博未可知而足下文之古不古則可見也求其不古之故而不可得則不得不咎其所務之駁所貪之多譬如侍病者見其沉疴之未痊必疑某藥眩耶某食哽耶若果平善必聽其放飯流歠而不問矣僕苦勸足下勿務雜學足下亦宜深自反而猶執前說爲斷斷是何不相悉之甚也古徐之才裴子野僧贊寧能通雜家而古文無有韓柳歐曾不能通雜家而古文實傳僕知足下二十年知足下之能爲裴徐爾能爲韓歐爾必謂足下能裴徐又兼韓歐則未敢也張平子學窮造

化而其言曰官無二業事不並濟晝長則宵短天且不能兼而況於人乎傅武仲身列文苑而其言曰二志靡成聿勞我心如彼兼聽則溷於音陸士龍文患才多而其言曰夸目者尚奢愜心者貴當荀子曰藝之精者不兩能大戴禮曰君子知不務多而務審其所知尸子曰同能不如獨勝管子曰雜物不爲犧雜學不爲儒足下方務博以爲古文而於諸君子之言如尚未見者又奚以博爲

與薛壽魚書

談何容易天生一不朽之人而其子若孫必欲推而納之於必朽之處此吾所爲悁悁而悲也夫所謂不朽者非必周孔而后不朽也羿之射秋之弈俞跗之醫皆可以不朽也使必待周孔而后可以不朽則宇宙間安得有此紛紛之周孔哉子之大父一瓢先生醫之不朽者也高年不祿僕方思輯其梗概以永其人而不意寄來墓志無一字及醫反託於與陳文恭公講學云云嗚呼自是而一瓢先生不傳矣朽矣夫學在躬行不在講也聖學莫如仁先生能以術仁其民使無夭札是卽孔子老安少懷之學也素位而行學孰大於是而何必捨之

以他求陽明勳業爛然胡世寧笑其多一講學文恭公亦復爲之於余心猶以爲非然而文恭相公也子之大父布衣也相公借布衣以自重則名高而布衣挾相公以自尊則甚陋今執途之人而問之曰一瓢先生非名醫乎雖子之仇無異詞也又問之曰一瓢先生其理學乎雖子之戚有異詞也子不以人所共信者傳先人而以人所共疑者傳先人得毋以藝成而下之說爲斤斤乎不知藝即道之有形者也精求之何藝非道貌襲之道藝兩失燕噲子之何嘗不託堯舜以鳴高而卒爲梓匠輪輿所笑醫之爲藝尤非易言神農始之黃帝昌之周公使冢宰領之其道通於神聖今天下醫絶矣惟講學一流轉未絶者何也醫之效立見故名醫百無一人學之講無稽故村儒舉目皆是子不尊先人於百無一人之上而反賤之於舉目皆是之中過矣即或衰年無俚有此附會則亦當牽連書之而不可盡沒其所由來僕昔疾病性命危篤爾時雖十周程張朱何益而先生獨能以一刀圭活之僕所以心折而信以爲不朽之人也慮此外必有異案良方可以拯人可以壽世者輯而傳焉當高出語錄陳言萬萬而

乃諱而不宣甘捨神奇以就臭腐在理學中未必增一爲席而方伎中轉失一
真人矣豈不悖哉豈不惜哉

答某生書

春間寄所鐫雕蟲樂府來僕至今未答隨接手書至於再至於三不知僕所以
不答之故而以前書未到爲疑然則僕敢再不答以陷足下終身不知之過哉
古之人無自鐫其文者今所傳諸集皆當時之門生故吏尊師其人而代爲鐫
傳之非夫人之所自爲也晉相和凝鏤集百卷人多非之足下齒猶未也不必
爲和相之所爲然既已不求益而欲速成矣則必使字帖句妥可幾於成而后
卽安不可使人聞其集名而先啞然笑也夫使人笑其命集之名則將不復觀
其集而束之高閣求名失名爲計已左雕蟲二字見考工記樂府二字見霍光
傳足下合而名之於義何當若曰謙詞云爾則將來足下之詩日多謙日甚名
樂府曰雕蟲五古七古五律七律又曰雕蟲乎莊子蟲天之道何太紛紛也
是謗也僕久已墨之尊集矣足下不以爲然亦宜往復辨難使僕噤無所答而

後仍其原名固未晚也今一無商榷而即鐫傳之又寄以曉示之疏耶愎耶揭吾前言以爲大愚耶半閑堂一首去後二句味較深亦曾墨之尊集矣足下又不以爲然而仍鐫其舊則是僕所獻替於左右者竟一無可也夫人心之不同各如其面孔子雖聖而子路不悅以鄭康成之名之學而邴原終不以爲師此固兩無所妨乃足下既不遠千里而來師僕矣凡所褒揚語全鐫之以耀於人師其所是而不師其所非將毋足下之取師在於標榜阿諛而不在於聞道祛惑也古之師人者不如是古之爲人師者不如是學問之道若涉大海其無津涯僕老矣不復求名然文字間苟有一字之商雖幼子童孫必虛己師之而不敢自恃足下拒吾言果別有意義可以佐晚聞而啓老瞶者幸其未死時早教之俾得返束脩改名紙趨門外以俟焉文中子年十四王孝逸白首北面僕之師安知不在足下

與朱竹君學士書

枚不才不能迂其身小留館閣與當代之賢人君子黼黻隆盛又早乞歸不復

策箠長安望見名公卿履舃每頊頊不得意然聞聲而遙相思者若動於天焉亦不自知其所以然也公昆季以文學卓行同翔天衢爲海內所讋服公又束修其躬志古人之所志學古人之所學士林中靡不齊其口異音同歎江南高才生爲校所目色者不北行則已苟北行試京兆禮部必一一被公羅取校聞之讙譟起舞以爲文章之公論果如是其有定也文章之主持果如是其有人也雖然校當知公公不當知校何也天之卿雲朝陽之鳴鳳雖山澤之癯仰而窺所共見者也若夫江湖間老物散材要惟耦居者知之其高而麗於天者未必降階越境以存之也不意秀才陳熙來道公問校甚悉進士程沅來又道公爲護持校故挺身說人嘻校之與公名紙未嘗通也謦欬未嘗接也縱左右之人妄有稱引又安知非阿所好以誑公而胡乃眷私若是然則使校竟幸而得近顏行布露所畜抱三十年著述拜獻於中衢之車下不知公之矜寵而教督之者又將何似也昔孔北海爲楊彪緩頰裴監州爲傅蘭碩通兩家之好皆卓卓史冊間然皆先狎交之後覆露之較公之未見其人而爲之道地者果孰賢

也枚年逾五十齫然而齒墮矣當事風稜言言亦無所於加委化任天百事頹廢惟敬賢感知己之意老而不衰恐旦暮溝壑死抱受恩不知之憾又恐公挂念猿鶴未審誣諉效否仁心拳拳故通一函告平安而抒報謝願見無日我懷如何

答朱竹君學士書

仲夏讀執事書錯落奧衍愛執事之文之古苦言至意敬執事之心之古道枚冠長纓試京兆時曾早目之正如執事之仁風枚亦早耳之也三十年來兩相思兩不知天若欲兩人者相見而使執事持節來又若欲兩人者不輕相見而使見訪時枚又避宅他適毋乃故鬱其心支閡其意見以誘其所欲言者而俾之兩相益乎書中以隱目枚似非知枚者當今天下有道枚何敢隱卽或希蹤巢由而巢由者聖世之惰民非枚所喜枚鮮兄弟母老以是辭官非隱也若㝡以韜晦使人不知其美云云斯言也得毋有繩息嬀以該楚子者乎枚聞之赧然不覺汗之竟趾也枚伏荒山中樸蒙孤陋與村氓居如女子然既未嘗搔頭

弄姿招塗之人而曰余美勢亦不能漆身毀形赫塗之人而曰余不美也而鄰母見愛猶寄聲閨中而訓之曰汝何故冶容汝得毋誨淫彼姝者子將顰蹙而何所謝過耶枚犬馬齒載月食斗米不盡夫何爲哉亦安居以適性覃思以卒業而已矣若夫避傷之說枚不謂然傷非周孔之所能避也枚何人能避傷乎夫被甲者所以防矢之至也未登矢石之場而家居被甲固不可也古今來叔夜儆而傷韋元恭而亦傷安仁富而傷摯虞貧而亦傷宇宙間皆傷機也聖人知其如此故以未濟終篇而於乾之文言則曰知進退存亡而不失其正者其惟聖人乎言雖聖人不能不退不能不亡但能不失其正而已宋明帝戒王景文云有心於避禍不若無心以任運但人生自應卑愼行己用心務思謹惜斯言也枚終身誦之執事無憂焉雖然枚亦何足當執事注存哉傷一匹夫與世何損王者之民皞皞如也聽其自存自沒可矣執事官清要負萬夫之望正須隆赫彰施使天下人共仰其美沾其美而後可以酬　主知不負所學倘亦匿美避傷而欽欽作自全謀則盛業叢脞人望休矣豈所期於長者大人哉枚聞

嘗我貸者願與我市刺我行者願與我交枚感執事願交之義而愈引其願交執事之心故借執事規我者以規執事

附來書

戊午之秋八月十日先生冠長纓立貢院牌坊下自誦其試文時常熟趙先生貴彤自龍門出就先生語時筠年甫十齡一望見識之後長大相聞不復見二十五六獲爲館中後進先生方出官江之南聞其風采所至治聲既聞抽手板引去卜築於古金陵以金石圖書豪於江山之閒自謂循吏儒林隱逸三者兼之筠心慕其意趣以爲近今未嘗有也筠自問無所知識然聞志乎古不逐逐於流俗者身雖不能未嘗不心敬之而流俗之人猶薰不同反輾轉與之爲難身雖無權與勇未嘗不欲毅然起而辨且正之此筠之天性北方之愚出於同然不知先生何所聞而曲獎之也筠比來得聞先生梗概於魚門略詳竊願有所進者君子之處世不可示人隱而示人尤未可也雉塲之鸖集於林而人或傷其羽縱其未傷知其羽之美而傷之者至若夫鶖

鵬鴛鶵人孰從而知其美耶鍔竊願先生之使人不能知其美也昨冬過訪隨園不得見投刺悵悵而去如有所失大著固願見尤願得侍坐於左右一談其累年之未得見也辱再賜手書奉學士所寄者鍔出都始獲讀之孟陬所寄又未遑卽答往來於心欲一致其區區而言之不知其起止頃將往徽歙聞不能已於言輒敢陳之餘再以書奉

答尹似村書

書來怪僕背宋儒解論語若欲關其口而奪之氣者僕頗不謂然孔子之道大而博當時不違如愚者顏氏子而已有若宰我智足以知聖人終有得失趨庭如子思私淑如孟軻博雅如馬鄭俱有得失豈有千載後奉一宋儒而遽謂孔子之道盡是哉易曰仁者見之謂之仁知者見之謂之知孟子曰夫道若大路然豈難知哉苟其得雖滄浪之童子歌之而心通苟其失雖亞聖之顏回瞻之而在後宋儒雖賢終在顏曾以下僕雖不肖或較童子有餘安見宋儒盡是而僕盡非也西漢傳經各有師承各自講解以相授受最爲近古東漢好名何休

鄭元趙岐之流始爲箋註門戶僨興然猶在名物象數間耳未有空談心性而不許後人參一議者也中庸曰博學之審問之書曰好問則裕自用則小使宋儒而果賢也有不審問者乎有肯自用者乎若一聞異己者而卽怒是婞佷未強者耳烏乎賢今有將鬻貨至長安者雖五尺之童適市聽其擇價取庸而問路可也有賤丈夫焉壟斷而把持之以爲非出乎己不可淸明之吏必嚴禁之今之仁義道德貨也聖賢長安也周孔之書路之昭昭者也漢唐晉宋諸儒皆可以擇價取庸而問路者也必欲抹摋一切而惟宋儒是歸是亦田壟市儈之把持者而已矣古之人往往有始願不及此而後人報之已過者關忠武忠於漢室此其志也豈料後之隆以帝稱哉宋儒闡宣周孔此其志也豈料後之垂爲令甲哉且安知其著書時不望後世賢人君子爲之補過拾遺去其非存其是以求合聖人之道乎自時文與制科立大全頒遵之者貴悖之者賤然後束縛天下之耳目聰明使如僧誦經伶度曲而後止此非宋儒過尊宋儒者之過也今天下有二病焉庸庸者習常隸舊猶且不暇何能別有發明其長才秀民

又多苟且涉獵而不肯冒不韙以深造凡此者皆非尊宋儒也尊功令也功令之與宋儒則亦有分矣僕幼時墨守宋學聞講義略有異同輒掩耳而走及長讀書漸多入理漸深方悔爲古人所囿足下亦宜早自省毋徑抱宋儒作狹見護聞之迂士弇毋若僕聞道太晚致索解人不得

再答似村書

覆書道爲後學者不宜排前儒此又誤也夫排之云者擠而奪之之詞也將立說而先懷擠奪之心則其心術已傎而其說必悖僕雖貪月食斗米不盡尙何羨於兩廡特豚之饋而爲是喋喋哉所以然者是非之心人皆有之周公大聖召公大賢尙不相悅孔融執子孫之禮事康成而於麟鼓郊天之說則直斥其臆造君子和而不同理宜如此非所謂排也足下又問似村背宋儒將何以應試弋科名則更誤矣科名者出身之末也學問者立身之本也三代後立身之與出身分也久矣學校廢言揚行舉廢辟召徵聘又廢士君子出身舍科目其奚從求科目舍功令其奚從今孔孟復生其務科目而尊宋儒無疑也況似村

乎要其胸中之黑白必有昭昭然不同於俗學者矣韓昌黎唐進士也其言曰爲今進士文章下筆大慚昌黎肯慚所以爲昌黎雖慚肯下筆所以成進士似村且慚且下筆法昌黎可也而何指南之問焉宋儒之學首嚴義利之辨講學義也決科利也宋儒當時早知後世以其學爲干祿之書則下筆時必恥爲之似村乃因科第而尊宋儒豈善尊宋儒者乎竊以爲今之善尊宋儒者莫僕若耳夫善交友者忠告善道有過必規善事君者繩愆糾謬納之於堯舜僕讀宋儒集註決科名得有今日常慮無以報古之賢人故有一知半解必標出之爲宋儒補偏救弊以俟後之君子子產曰從政有所反之以取媚也孟子曰齊人莫如我敬王也果起宋儒於九原必以僕爲諍臣畏友感謝不暇而似村乃訾其好勦人過以爲名高不已誤乎總而論之漢唐晉宋諸儒俱有功於孔子俱爲僕所敬畏宋儒立身亦卓卓可師然僕於漢唐諸儒無所辨而於宋儒有微詞者何也譬如易牙烹調之味其不強余食者亦淡而置之矣若朝饔夕飧非此不可則不能震其名以爲彼治味者易牙也惟有縮額猛吞而不敢一加擩

嚌僕之不能不擩嚌道味僕之過也若夫以決科之私心作衞道之公論非僕之所敢出也願似村尊宋儒可不尊宋儒亦可尊宋儒而不善尊宋儒則大不可幸三思毋忽

與程蕺園書

綿莊寄足下與彼之札來道顏李講學有異宋儒者足下以爲獲罪於天僕頗不謂然宋儒非天也宋儒爲天將置堯舜周孔於何地過敬鄰叟而忘其祖父之在前可乎夫尊古人者非尊其名也其所以當尊之故必有昭昭然不能已於心者矣若曰人尊之吾亦尊之云爾是鄉曲之氓逢廟必拜者之爲也非真知所尊者也足下尊宋儒尊其名乎尊其實乎尊其名非僕所敢知也尊其實則必求其所以可尊之故與人所以不尊之故兩者參合而慎思之然後聖道日明不宜一聞異詞如聞父母之名便掩耳而走也黃氏日抄稱呂希哲習靜其僕夫溺死不知張魏公自言有心學符離之敗殺人三十萬而夜臥甚酣宋學流弊一至於此恐周孔有靈必歎息發憤於地下而不意我　朝有顏李者

已侃侃然議之顏李文不雅馴論均田封建太泥其論學性處能於朱陸外別開一徑足下不詳其本末不判其精粗不指其某也是某也非而一言以蔽之曰詆宋儒如詆天吾以爲足下非善尊宋儒者也孟子曰子路人告之以有過則喜宋儒而子路也聞顏李之告必喜而足下代爲之怒者何也且足下弁非善尊天者也中庸曰天地之大人猶有所憾人憾天地而子思許之人憾宋儒而足下不許又何也足下之言曰無宋儒吾輩禽獸而木石矣尤誤也足下亦思漢魏晉唐無宋儒其間千餘年皆禽獸木石乎亦思以孔子之聖不能挽戰國之末流而以宋儒之賢乃能救後世之習俗乎足下懼獲罪於宋儒而甘心獲罪於漢魏晉唐之儒弁甘心獲罪於孔子者又何也夫至獲罪於孔子乃幾幾獲罪於天然而豪傑之士無文王猶興足下無宋儒乃自比於禽獸木石僕能決足下之必非禽獸木石猶之能決宋儒之必非天也恭而無禮悖莫甚焉足下與綿莊辨僕過而有言者非助鬬也僕以爲聽訟者必使兩造畢其詞而後斷焉若抽戈結繩勢若將訟聽者便關其口而奪之氣雖父子相訟亦不必

若是之袒且遽也足下守宋儒太狹詆顏李太遽竊以爲不可故布其區區黃東發親傳朱子緒餘而日抄中頗有微詞其他門人朋友各有異同劉靜庵大不喜中庸注自爲論以駁其師曰天地之性人爲貴混人物而一之者非知性者也慈湖楊氏疑大學誠意註悖論語毋意之說陳止齋以爲千百年女史之彤管與三代之學校而一概以爲淫奔偷期之所竊所未安南軒以註費隱爲牽強伯恭以任道統爲吝驕宋金華尤恪遵朱子而深不取劾唐仲友一事以爲唐乃台之循吏特爲補傳以補元史之缺此皆於一門戶中和而不同者也況門戶以外者乎顏淵曰舜何人也予何人也有爲者亦若是大賢於堯舜且然而況宋儒乎善尊宋儒者宜知之枚再白

再與蕺園書

第二書論宋儒得失論正而氣和方知前札未盡招人之疑然朋友切磋不嫌往復僕以爲後之貶宋儒者皆講學而欲爭其席者也僕非講學者於宋儒乎何爭然胸中之是非不尊宋儒宜辨尊宋儒尤宜辨事父母事君且幾諫矣而

況古之人乎足下所引宋儒謬誤者數端皆昔人陳言不必再摘吾以此知足下之心得者少也就中所稱格物宜兼窒欲一語僕又非足下而是宋儒夫聖賢學問自有條次所貴乎格致者如人行路必先問程途郵驛當問路時雖至愎者有何成見雖至貪者有何越思而何欲之可窒乎窒欲卽正心誠意也若格物之功已兼窒欲則誠意正心爲贅語矣要知聖賢格致之時未嘗非誠意正心時也亦未嘗非修身齊家時也恐其誤誠誤正誤修誤齊故格物以致其知耳若必待其理窮知致而始正心誠意修身齊家也固已晚矣天下有心不正意不誠家不齊身不修而囂囂然曰吾方格物吾方致知之人哉然則大學曰而后曰必先者其行文之道如是讀者不可泥也王文成格庭前竹七日不悟生疾遂求良知而詆宋儒不知物有本末大學已明言之文成不格其本而格其末於宋儒乎何尤若謂有宋儒而死節者多則與孩童之見無異史冊所載死難之人或出於武夫悍卒或出於匹夫匹婦其人皆耳不聞宋儒名目不覩宋儒書者也而何得以爲宋儒功也人動稱六朝爲放達不知說禮家如賀

循袁準范平摯虞輩精深該博劉超鍾雅於蘇峻上殿時猶授孝經論語劉阿稱不束帶不敢答兄之呼其實學如彼其實行如此乃不能與宋儒一較伯仲吾之所不解者一也六朝尊蔣帝至於南郊晉魏尊康成至於王弼一詆而死今蔣侯無廟學者不知康成爲何人而其鬼亦不靈此僕之所不解者二也古無詩韻毛詩周易靡不含嚼宮商周顒陸慈偶創一家之韻數傳失真唐人班爲功令以一天下之音而宋儒竟遵之以叶文王周公之詩此僕之所不解者三也時會所趨氣運所關功令所束習俗所囿但順其當然而不必叩其所以然則僕與吾子之辨息矣

答洪華峯書

頃接手書讀古文及詩嘆足下才健氣猛抱萬夫之稟而又新學箚河學士之學一點一畫不從今書駁駁落落如得斷碣於蒼崖石壁間僕初不能識徐測以意考之書方始得其音義足下真古之人歟雖然僕與足下皆今之人非古之人也生今反古聖人所戒然而古有當反者有不當反者假作篆籀寧不溯

所由來此古字之當反者也既作行楷何忽變其面目此古字之不當反者也足下作楷法而以從爲緃以夏爲戛此在今唐人碑中容或見之而在歐虞諸大家所必無者也韓昌黎云欲作文必先識字所謂識者正識其宜古宜今之義非謂捃摭一二忍富不禁而亟亟暴章之今南海碑尚存昌黎書法班班可考三代上重文不重字保氏所掌原無異同自秦失其道斯邈之徒紛然造作漢儒寫經竟有賄蘭臺令史以偷合其私文者故叔重進說文伯喈刊石經垂爲令甲原非得已卒之篆變隸隸變楷楷變行行變草風氣所趨日就簡便許蔡生於今日亦難執所刊定以相拘閡孔子曰麻冕禮也今也純儉吾從衆以聖人之尊冠冕之重尚且從時足下爲唐宋以後之文而作唐宋以前之字是猶短衣楚製而猶席地摶飯捧魯人之梡嶡不已悖乎且夫古字之與今字固有分而古俗之與今俗亦宜辨如寫雙爲雙今俗也誤也若以娭爲嬉則古俗矣庸何傷乎寫裏爲裡今俗也誤也若以迻爲移則古俗矣庸何傷乎足下厭故喜新必欲泥古以相侗喝勢必讀穆天子傳寫長寶爲兂瓕讀詛楚文寫

親戚爲敎戒讀書愈多矜奇愈甚他日對策　王廷諸衡文官必無好古如筍河者少見多怪徒遭駁放顏元孫最辨字體而干祿字書首言說文難據宋子京最精小學亦嘗笑楊備模倣古文尙書釋文人呼怪物足下之病得毋相類且足下文果傳耶雖字畫小差而後之人必有爲之考据字書校正重刊者足下文果不傳耶雖筆筆古法而後之人必無因此相欽肯當作字書讀者足下不古其文而徒古其字抑末也上筍河學士一百十韻搜盡僻字僕尤不以爲然詩重性情不重該博古之訓也然而如足下詩不足以爲博何也古無類書志書韻書故三都兩京各矜繁富今三書備矣登時闌入無所不可過後自讀亦不省識卽識之亦復何用韓魏公稱王荊公頗識難字荊公終身以爲恨中庸曰人之爲道而遠人不可以爲道然則人之爲詩而遠人獨可以爲詩乎要知五味六和十二食非不多也而工於爲易牙者不盡調也本草九千九百種非不備也而精於爲俞跗者不盡用也畫鬼魅易畫人物難足下能思其故而有得焉則於道也進矣

答彭尺木進士書

來書教以禪學引文文山詩語云云似乎文山不遇楚黃道人便不能了生死者僕不以爲然古豪傑視死如歸不勝屈指倘必待禪悟而後能死節則佛未入中國時當無龍逢比干居士之意以爲必通禪而后能了生死耳殊不知從古來不能了生死者莫如禪夫有生有死天之道也養生送死人之道也今捨其人道之可知而求諸天道之不可知以爲生本無生死本無死又以爲生有所來死有所往此皆由於貪生畏死之一念縈結於胸而不釋夫然後畫餅指梅故反其詞以自解此洪鑪躍冶莊子所謂不祥之金也其於生死之道了乎否乎子路問死子曰未知生焉知死當時聖人若逆知後之人必有借生死以惑世者故於子路之問萌芽初發而逆折之來書云生死去來不可置之度外尤謬天下事有不可不置之度內者德之不修學之不講是也有不可不置之度外者死生有命富貴在天是也若以度外之事而度內求之是即出位之思妄之至也雖然富而可求也雖執鞭之士吾亦爲之使佛果能出死入生僕亦

何妨援儒入墨而無如二千年來凡所謂佛者率皆支離誕幻如捕風然視之而不見聽之而不聞禱之而不應如來釋迦與夏畦之庸鬼同一虛無有異端之虛名無異端之實效以故智者不爲也試思居士參稽二十年自謂深於彼法者矣然而知生之所由來能不生乎知死之所由去能不死乎如僕者自暴自棄甘心爲門外人矣然而不知生之所由來便不生乎不知死之所由去便速死乎生死去來知之者與不知者無以異也盍亦聽其自生自死自去自來而已矣易曰乾坤毀則無以見易言乾坤有時而生死也詩曰高岸爲谷深谷爲陵言陵谷有時而來去也生死去來天地不能自主而況於人居士寧靜寡欲有作聖基惜於生死之際未免有己之見存致爲禪氏所誘有所慕於彼者無所得於此故也獨不見孟子之論生死乎曰夭壽不貳修身以俟之陶潛之論生死乎曰浮沉大化中不戀亦不懼士君子縱不能學孟子亦當法淵明名教中境本廓然奚必叛而他適昔曹操聘虞翻翻笑曰孟德欲以盜賊餘贓污人耶居士招我之意有類孟德故敢誦仲翔之語以奉謝

附來札

拙詩承不鄙棄爲正其得失仰見先生接引後輩惓惓無已之盛心敢不拜受經世出世趣各有在昔文信公在燕獄時遇楚黃道人受出世法始得脫然於生死之際故其詩云誰知真患難忽遇大光明又云莫笑道人空打坐英雄斂手卽神仙其語具集中可覆按也先生英雄根性所未留意者獨此一着耳生從何來死從何去其可以人生一大事而置之度外乎願先生之更有以教之也

再答彭尺木進士書

前書言一身之生死覆書變而爲一念之生死如被追者捕東竄西急則推墮洸洋中佛書伎倆大概爾爾所云生死者一念之積也今之徵聲逐色者是也必窮極之至於無思無爲而聖人之下學上達卽在於是是尤惑之大者不可不辨夫生之所以異於死者以其有聲有色也人之所以異於木石者以其有思有爲也孔子曰非禮勿視非禮勿聽其所視所聽可知也又曰學而不思則

罔見義不爲無勇其有思有爲又可知也居士必欲屏聲色絕思爲是生也而以死自居人也而以木石自待也雖然居士其果能未死而死非木石而木石乎夫槁木死灰不自知其爲槁爲死也以其爲灰爲木故也人則何能哉自覺其爲死灰便非死灰矣自覺其爲槁木便非槁木矣而其似死非死求槁不槁之心終日湮鬱強制而不能自禁則方寸中乍冰乍火天之僇民莫大於是周孔之教出則事公卿入則事父兄學射御習絃歌不一日放廢其心是以多學而識下學也一以貫之則上達矣強恕而行下學也從心所欲則上達矣下學上達未有捨倫常日用而高談玄妙者宋儒先學佛後學儒乃有教人瞑目靜坐認喜怒哀樂未發時氣象此皆陰染禪宗不可爲典要居士道僕未能寡欲未能立大體且緩爲儒釋之爭嘻過矣夫論天下之是非者不計其人之賢否也孔子曰攻乎異端斯害也已孟子曰能言距楊墨者聖人之徒也孔孟此言專爲中人說法大爲之防猶之春秋之義亂臣賊子人人得而誅之若必待孔子而後絕異端必待孟子而後距楊墨則一聖一賢孤鳴嘐嘐無父無君之教

將充衢塞路而人無是非之心亦不得謂之人矣今有禁人食野葛者或且訾之曰汝未啖八珍而何禁我爲有笑人衣棘刺者或且訾之曰汝未衣狐貉而何笑我爲夫八珍非不當食狐貉非不當衣也而野葛之不當食與棘刺之不當衣更有甚於八珍狐貉之當食當衣也則盍聽其忠言而且緩其反擊也且寡欲之說亦難泥論孔子食不厭精膾不厭細未嘗非飲食之欲也而不得謂孔子爲飲食之人也文王悠哉悠哉展轉反側未嘗非男女之欲也而不得謂文王爲不養大體之人也何也人欲當處卽是天理素其位而行如其分而止聖賢教人不過如是若夫想西方之樂希釋梵之位居功德之名免三塗之苦是則欲之大者較之飲食男女尤爲貪妄僕願居士之寡之也居士又以死生之際不戀不懼諄諄相勉所見尤非張楚金唐之逆賊也臨斬謳歌趙鼎宋之忠臣也貶嶺南淒然出涕子之所愼齋戰疾曾子臨深履薄懼莫甚焉前誦陶潛之語奉答者因居士借生死相恫喝故引而破之而非敢以爲理之至足者也鴻鵠高飛而羅者猶視於藪澤悲夫至於由求實在曾點之上有論語解四

篇他日寄覽

附來札

儒佛之相爭久矣儒之不能援佛而歸儒猶佛之不能援儒而歸佛也則亦各行其志可也然來諭所云實有未盡鄙懷者敢復粗陳其說前所進生死之說非謂生前死後云爾也乃謂現前一念生死之心耳生死者一念之積也一念者生死之本也何者是現前一念生死心卽今之徵色逐聲種種分別乍起乍滅者是也所謂了生死者非謂其不生不死也乃窮極現前一念生死以至於功積力久一旦豁然起滅情盡則無思無爲之體可得而復也在昔聖賢所爲下學者學此而已矣所爲上達者達此而已矣先生於佛所不喜聞請言儒者之道儒者之道以寡欲爲基先生已能寡欲否先立乎其大者則其小者不能奪也先生已能立乎其大者否若猶未也且可勿論儒佛之是非而姑先究吾心之是非可也郭李功名豈必無補於世然而君子所性不存焉不然顏氏劣於管晏由求過於曾點矣了此則文山之語又何

疑乎承示孟陶兩言誠能實而體之於生死之故亦思過半矣雖然不以寡欲爲基而立乎其大者其遂能殀壽不貳乎其遂能不喜不懼乎先生旣以言之惟先生始之終之紹升不敏願執鞭以從

答洪稚存書

明吳中行劾座主江陵僕心不喜道師有過當諫諫而不聽當避位斯言也下筆後頗知其非位受之於君非受之於師不得以孟子論異姓之卿之禮援爲事師之則繼而思之位雖受之於君而所以能受之於君者未嘗非師之力飲水知源不爲無理以故仍而不改昨接手書果招足下之規夫復何辨然足下尚有未悉者書中道座主輕於舉主說良是也舉主知其人其恩重座主知其文其恩殺然唐宋以後科目盛辟舉衰士大夫舍座主無由進身則座主之恩不得不同於舉主東漢舉主有喪門生衰麻避位亦何嘗不以君臣之義行之師弟之間若曰座主取士彼自奉功令耳於士無與也然則父母生子彼自感情欲耳亦與子無與也忘本之言伊於胡底衞庚公之斯以學射孺子之徒之

故叩輪而反孟子與之夫追寇君命也學射小伎也學於其徒非學於孺子也然卒不忍以夫子之道反害夫子孟子以爲端人且引以證逢蒙之惡然則使孔孟爲人門生必不劾座主以爲名也可知唐蕭遘扶王鐸上殿昭宗見之甚喜曰卿待座主如此待朕可知李夷簡劾楊憑楊遠貶其門客徐晦送之夷簡表晦爲御史曰君不負楊公肯負國乎古明君賢臣往往觀過知仁十不爽一而足下乃慮禁劾座主將有植黨之虞則尤與僕言相背何也僕言事師之道有過則諫諫而不聽則避位果如僕言則門生多諫者愈多避位者愈多大臣不善朝廷且爲之一空矣彼座主者獨無所懾於心而不改絃易轍乎又安見植黨滿朝而不可動搖也所引楚棄疾李懷光事尤爲不倫楚王將殺子南三泣其子王之心豈不欲其子之諫父耶然而棄疾之諫與不諫傳無明文卒與父同死或其間必有委曲難全之故遙遙千秋難以臆斷至於懷光謀反李璀大義滅親自無兩全之術使當日江陵果謀反則中行劾之當也足下書中所謂緩不及待是也乃江陵並非謀反所劾者不過奪情一節則是江陵一身之

私罪與宗社安危毫無關閡有何緩不及待之有而況中行上疏之明日趙疏入矣又明日艾疏入矣又明日沈疏入矣明目張膽攻江陵者如雲而起何勞門下士急急爭先古名臣如漢之趙熹耿恭唐之房杜褚遂良張九齡俱有奪情之事彼諸君子者豈無門生故吏略知大義之人而何以史冊寂然不聞有彈之者何耶史稱江陵相萬曆二十餘年四夷賓服海內充實有霍子孟李贊皇之遺風然則中行果有愛國之心方宜留護江陵爲賢者諱過可矣中行本傳稱中行既上疏以副封白江陵江陵大驚曰已上耶曰不上不敢白也審是則中行不但不諫其師幷欺蔽之使不知過而突出其不意以相攻擊其心術尚可問乎左氏曰人之欲善誰不如我中行好名江陵亦好名觀其驚問疏上否頗有悔過掩覆之思使中行不廷爭之而私執門生之義愛人以德造膝婉陳未必不動其天良而自行求去也及聞疏已上則大名已裂狀如被逐剛愎之性遂至倒行而逆施程子所謂吾黨激成之禍儒行所謂賢者之過可微辨不可面數正謂此也且中行爲他人父爲他人母忍使自己父母之遺體毀傷

廷杖尤爲可嗤而此後臺臣閣臣水火債與互相排詆無一日休必至國亡而後已如庸醫治病專務鬬藥爭方而不顧其人之元氣命脈也揚其波者中行與有罪焉僕山居老矣未必有爲座主之日而足下高才少年爲門生爲座主之日正長言之者無私聞之者有益故不覺其傾盡云

小倉山房文集卷十九

公生明論

錢唐袁枚子才

或問公生明荀子之言非歟庸醫之治人也覃精竭思公矣而人不治庸相之治國也引經法古公矣而國不治以是觀之公安能生明歟袁子曰子亦知夫荀子之所謂公非今之所謂公乎夫公者對乎私而言之也必先知何者謂之私然後知何者謂之公所謂私者非貨利而已也自賢自智強不知以爲知私矣矯俗矜廉避嫌好勝私矣喜功名之己出懼他人之我先私矣氣質之麤學術之偏私矣私卽不公不公則不明貨利之私知其不可而犯之者也其害於明也淺意見之私不知其不可而犯之者也其害於明也深彼無私者非聖人耶然而聖人不自知其無私故邇言必察昌言則拜舍己從人以求其明其求明之心卽公也既公矣焉得不明彼有私者非庸人耶然而庸人不自知其有私故不咨於人不詢於衆悻悻然惟所欲爲其自以爲無私之心卽私也既私

矣又焉得明天下林林而生總總而羣先王所以設君相而治焉者慮其父子
不相親兄弟不相愛故也他人之父子兄弟私也與先王何與而爲之立政設
教以求其親愛則先王之公也周官論刑曰議親議貴孔子於賢曰舉爾所知
於親曰父爲子隱詩曰遷其私人曰言私其豵古之聖人不自諱其私又惴惴
焉若懼人之忘其私而爲之代遂其私嗚呼何其公也惟其無有己之見存而
萬事萬物無不文理密察以措之於至當公之所至明自生焉或曰子之言公
是矣今之明者多流於刻何歟曰刻非明也卽昏也夫明者明乎其所當明也
刻者明乎其所不當明也當明與不當明亦了然易曉矣而尚且懵焉非昏而
何日月之明容光必照然容其光則照不容其光則不照也若夫螢火鬼燐糞
溷中猶營營然照之爾大學曰在止於至善明乎所當止之處故曰明彼貿貿
然抉摘不已者是不如止於邱隅之黃鳥也固禽獸之不若也而得謂之明乎
人不小慧者不大愚不小忠者不大詐故憒憒之昏淺而察察之昏深見於一
偏之明小而攬其全局之明大仁而不明者有矣未有明而不仁者也可以寬

可以嚴可以生可以殺惟其當耳當斯公矣然則謂明生公也可

佛者九流之一家論

韓子闢佛太迂白傅佞佛大愚折衷者其北朝高謙之乎謙之之言曰佛者九流之一家耳夫九流者君子之所不得已而存焉者也三代下四民不足以盡天下之民於是陰陽星巫佛老諸家與焉如人身之有胼指贅疣如人家之有羸僕有惰遊子弟亦皆不得已而存焉者也倘必欲灸除而攻去之奚能哉奚必哉然予以爲佛之非佛自知之不待人攻也惟其自知故所以備攻者無所不至而所以自衞與誘人者亦無所不周天下有非其力而可以美食者乎佛知之故茹素有非其財而可以厚葬者乎佛知之故火化有僇民而可以留種者乎佛知之故不娶此皆佛之本意也然其說則託之於慈悲矣示寂矣不姪矣且慮其坐而食則病乃禮拜以勞之死而焚則熄乃塔廟以神之無子孫則絕乃招徒衆以續之取於人而自利則術破乃爲祈爲禱以利益之城市居則褻乃踞名山勝境以崇耀之曼衍其書一波窮一波又起故聰明者悅焉含宏

其教元惡大憝立可殲免故下愚者悅焉嘻使佛而果自信其說則飲食男女可也旌別淑慝可也直指其理以示人可也又何必左支右絀廣招濫受而爲是汶汶者哉彼九流者其誕與佛同而不自知其非故且肉食矣婚葬矣取人之財以自奉矣宜其教之行於世者不如佛也然不如佛而能與佛常存者何也則以無業之民非此不養與佛同故也且以吉凶禍福之說動人亦與佛同故也夫吉凶禍福無人而不動心者也因人所易動者動之乘其虛匄其餘裒多益寡以暗輔井田封建之窮以補周官閭民之職此天地之所以爲大也周孔復生必不信九流而何肯信佛必不去九流而何獨去佛若夫吉凶禍福命也不因吉凶禍福而爲善者知命者也孔子知命自言年且五十矣孟子夭壽不貳修身以俟之之說是何造詣而謂常人能之乎韓子以知命之君子望天下之常人而自傳又甘以常人自待吾以爲所見皆出高謙之下矣

劉後主可比齊桓論

李密謂後主可比齊桓人疑其阿舊君余謂非阿也人君之道無他用人而已

用人之道無他勿疑而已孔明之賢足用後主之用孔明不疑然則用伊尹卽爲湯用太公卽爲文王矣何區區之齊桓而震之先主歿後不聞後主下一詔行一事一則曰丞相再則曰丞相以爲形迹無可疑乎則全蜀之兵孔明主之在朝之臣孔明黜陟之鞅鞅非少主臣漢宣之芒刺此其時也以爲時事不足疑乎則街亭一敗陳倉再遁魏之君臣豈無反間之縱廉頗之失亡此其時也居可疑之時操獨信之識雖先主家法孔明忠誠有以致之而要非後主之賢不及此且吾以爲後主不特比齊桓且勝齊桓齊桓多內寵管仲不能裁後主妃嬪之數董允能裁之管仲死勸除易牙豎刁開方桓公不能從孔明死勸用蔣琬費禕董允後主能從之其不顛覆典型也賢於太甲其不惑流言也賢於成王其不改父之臣與父之政也賢同孟莊子嗚呼使後主生守文之世臣如孔明者輔之致太平與禮樂未可量也丞相先亡而諸賢短命獨勸降之譙周老而不死豈非天哉且世之稱孔明者亦非知孔明者也稱孔明者疑若聰強廉悍目無朋輩者矣不知孔明之賢卽後主之賢也其賢奈何曰用人而已其

用人奈何曰勿疑而已夫馬謖一用而敗似乎孔明非能用人者不知此正孔明之能用人也帝堯不以一鯀之故而疑舜禹孔明不以一謖之故而疑諸賢觀其推雲長獎馬超拜許靖之虛名用秦宓之利口恕簡雍之倨牀聽子龍之還絹縱法正之報恩怨泣楊顒之諫辛勤交元直而求啓誨平交州而問得失勤勤懇懇樂取於人孟子所謂好善優於天下者是也秦誓所謂斷斷兮無他技者是也後之人誤褒孔明而妄譏後主宜其不知爲政歟

荆軻書盜論

綱目荆軻書盜倣春秋之書齊豹也誤矣豹爲衞司寇艱難其身以險危大人故曰盜荆軻非秦臣也爲天下除虎狼其見大處遠過豫讓非豹比也夫周之亡天下非若桀紂之亡天下也亡桀紂亡獨夫也爲獨夫報仇者頑民也周積德累仁千有餘年子孫衰弱無暴虐之迹不過尾大不掉以亡於強秦而秦反有桀紂之暴以滅文王周公召公之社稷以大義論之凡爲周之臣民者復仇而義爲六國之臣民者復仇而義彼荆軻者獨非周之遺民乎雖無燕太子軻

誠勇士亦宜行也嗚呼軻之刺秦王豈眞以燕太子飲食供奉之美而遽以身試哉軻雖下愚自待如螻蟻亦不應以區區之恩爲之死也蓋天下之苦秦久矣其憐六國而思周也更久矣如姬之嬖侯生之老仲連之達張良之智田光之深沉樊將軍之慷慨高漸離之窮且瞽皆不能一日忘秦者也彼俱欲刺秦王蹈東海而甘心者也軻與田光樊將軍高漸離交最善其蓄此志也久矣不過少督亢圖與匕首耳彼太子者亦人豪也刺亦亡不刺亦亡與其坐而待亡不如刺之所謂順正以行其義也當六國盡亡秦兵旦暮渡易水之時而責以行仁義張三軍此凶年勸食肉糜之說也假使藥囊不至武陽不驚殿柱不中刺死秦王軻一身當之扶蘇尚幼秦大將擅兵於外其時張良田橫魏豹之徒必有環視而起者秦燕之存亡未可知也天之曆數必歸於秦而召公之血食終於就斬豈軻與丹之心哉且軻固非暴虎馮河者也待客與俱何嘗非臨事而懼之意而丹臨孤城待盡之時勞心焦思皇皇促行者亦人情也國勢倉皇既少同心又懼漏洩故軻不能將己意達之於丹丹又危且怯計無再復而遂

爲白衣冠之送君臣上下出萬死不顧生之計圖存社稷君子讀史至此將涕泣哀傷之不暇而反加以盜賊之名此又丹與軻所不料於千秋萬世之後者也或曰然則張良之擊與軻同乎曰張良之擊報於事後也軻之刺救於事前也軻事成而燕且不亡是軻更賢於良也宋儒以良遇高祖義而尊之見軻敗丹斬賤而貶之論成敗不論是非穴隙之見可謂之春秋法耶

駁侯朝宗于謙論

侯氏曰于謙非社稷臣也故不諫易儲袁子曰于謙社稷臣也故不諫易儲侯氏欲論于謙先讀孟子孟子曰民爲貴社稷次之君爲輕又曰大臣者以安社稷爲容悅者也宣宗以社稷人民付正統正統不能守付景泰景泰能守之然則彼正統者固得罪於社稷人民而孟子之所謂甚輕者也其君輕則君之子更輕當其時正統既棄其天子之位而北狩矣譬如吏棄城將棄軍遺敵之擒而僥倖返國幸矣復欲償其官蔭其子孫此何理也晉惠公曰孤雖歸辱社稷矣光武曰使成帝復生天下不可復得唐肅宗即位靈武明皇西歸唐賢如顏

平原郭汾陽無請上皇復位者何也至尊之位非如弈棋可朝暮易也若論太子之當廢不當廢先當論景泰之當讓不當讓景泰不當讓則太子非天子之子廢可也景泰當讓則羣臣當爭之於上皇返蹕之年不當爭之於景泰易儲之日景泰非周公比也周公抱成王未嘗踐天子位而景泰固已建元改號矣就使衞叔武有迎兄之美宋穆公有立兄子之文春秋責備賢者以之責景泰可也責于謙不可也夫謙固社稷臣也以安社稷爲容悅者也但願其君有治世之大功不願其君有謙讓之小節金英婦寺之忠爭太子生日景泰默然知其諷諫亦不加罪在謙固聞之矣就使博一諫名未必遽干帝怒謙誠迂儒宜諫謙誠巧士亦宜諫以謙之才卒不出此者其所見者大而用心純故也謙見殺時徐珵等誣其迎立襄王世子王文力爭謙不辨人以爲于公必無此事故笑而不辨予謂尤不足以知公之心也景泰廢太子見深立太子見濟未逾年見濟亦亡當是時儲位未定上躬不豫外寇猶存謙之心又恐社稷之危也必有密啓景泰爲社稷計者或仍迎上皇或仍立上皇之子或擇藩王之賢者而

立之君臣魚水所論事祕外人不得知也故景泰聞鐘鼓聲疑曰是于謙耶以謙之忠帝豈疑其篡哉帝必深知謙之心惓惓於社稷之不可無人故疑其有所迎立耳然則景泰無子襄王世子果賢於上皇果賢於上皇之子則迎立之謀弁不必爲謙諱也謙但知有社稷而已遑知其他吾又嘗讀宋史而歎明之不亡非謙之賢實景泰之賢也宋南渡時有相如李綱將如宗岳而不能用終於二聖不歸景泰用一于謙遂使社稷人民危而復安而上皇亦得生入國門及再竊大位而反戮其勳臣革其年號嗚呼寃矣然而公論卒難泯沒故成化爲上皇之子而特旨褒公之忠王弇州亦當時臣子而深不以易儲爲非𠋣朝宗隔二百年始生異議魏叔子從而附和之此非持論之苛由其學識之小故歟

書後

或難曰子以社稷爲重然則死建文者非與曰一則社稷有人而奪之篡也一則社稷無人而守之禮也景泰得國豈永樂比哉　本朝王山史方望溪

俱謂公之不諫以身握兵權恐諫則景泰將忌公而轉戕太子故也所見亦高然鄙意以爲委曲以取大臣之心不如直捷以論大臣之道

魏徵論

魏徵者才智士也非賢臣也徵以諫得名而所諫不得與古諫臣比古之諫臣婉諫與直諫不同受賞與受誅又不同要在問其心而已其心純雖好貨好色孟子親勸其君而爲君子其心雜雖攻擊上身谷永日諫其君而爲小人魏徵之諫魏徵之心何如乎太宗銳意太平頗事粉飾名言讜論史不絕書縱囚吞蝗之事靡所不爲其不肯殺諫臣以自累也明矣當其諫也太宗有故縱魏徵之心魏徵有挾制太宗之意太宗示其意以引誘徵而博納諫之名徵反其迹以迎合太宗而彰能諫之直是君臣之交相籠絡以成名也曷足貴也使太宗有納諫之實徵有忠諫之心則太宗不應貳過徵諫而不聽亦當去矣何君臣之喋喋不憚煩乎徵臨卒以諫草付史官太宗大怒踣其碑停其子之尚主蓋至此而君臣爭名之心彼此露矣不然諫草何與於史官而付諫草又何損於

太宗哉太宗退朝怒甚曰會須殺此田舍翁長孫皇后具簪珥以賀乃免夫太宗者英主也果欲殺徵殺可也何必退而詛咒如兒女子然蓋不如此不足以彰皇后之賢此太宗詐魏徵以取名也太宗引徵望昭陵曰臣以爲獻陵耳太宗臂鷂徵奏事故遲鷂死懷中夫魏徵者直臣也果人主不當念亡后玩禽鳥諫可也何必佯爲不知而刻薄其趣不可施於友者而竟施於君以爲不如此不足以動人之傳聞此魏徵詐太宗以取名也太宗納元吉妃殺張蘊古盧祖尚較望陵臂鷂二事過孰重焉而徵既無諫章又不去位其故何哉蓋徵固才智士也知其說之可以行卽不行亦無害則諫知其說之必不能行而又犯上之所忌則不諫其事太子建成時屢勸殺太宗建成不能用夫高祖之天下太宗之天下也以徵之才智豈不知以吳泰伯勸建成亦豈不知以修身睦弟勸建成而忍爲此羽父華督之計者徵蓋深知建成昏暴不可以正言諫故也其諫太宗之心卽其諫建成之心而已矣徵曾爲李密官爲竇建德官再爲建成官終乃爲太宗官女之四醮而以克家稱者也謚之曰貞愧矣

魯肅論

孫權以荆州資劉備肅勸之荆州不還權深爲肅病或曰肅心不忘漢故資蛟龍以雲雨或曰是肅之失計公瑾在必不爲此是二說者皆不明天下之大計而熟籌夫當日之形勢者也肅果忠於漢則去孫歸劉可矣何必懷二心以事君若以爲失計則當日之深於爲吳而得計者莫如肅淺於爲吳而失計者莫如呂蒙陸遜惜乎孫權之智短量小而不能用也三國時最強者操耳赤壁之戰權能獨力以破曹乎抑合力於劉以共破曹乎荆州得矣權能兼取蜀以獨立乎抑終不免於依草附木以自立乎孔明之謀蜀也先結孫權而後攻魏魯肅之謀吳也先結劉備而後攻魏魏可滅操可誅天下事未可量也魏未可滅操未可誅而唇齒已固外難不侵大丈夫將三分鼎足南面而稱帝耳安肯受人封拜屈節一朝局促如轅下駒哉英雄所見大抵同也惟孫權見不及此然後襲取荆州通和於魏而從此稱臣質子無虛日矣亦惟昭烈見不及此然後因荆州之故而白帝稱兵一敗嘔血矣不特此也曹操據形勝之地擁百萬之

衆又得孫權爲之外應宜若無所却顧者然趙儼襄陽之役不肯窮追關公勸留之爲權害操深然其說權請擒關自效操發露其奏射以示關而使之走夫以操之強猶欲學戰國兩利而俱存之說使自樹其敵而以區區之吳乃欲外絕蜀援孤軍當操不已悖乎力不能當操勢不得不稱臣既稱臣勢不得不納貢而受封爵心有所不甘又不得不詭詞阿諛而陰爲反覆邢貞一匹夫耳敢於稱詔倨傲坐車自若而權以江東兩世之王業至於俯首都亭羣臣流涕此皆伯符父子之所傷心於地下而魯肅之所逆料者也得十荊州足償其辱否肅之言曰宜相輔協與之同仇曰總括九州先成帝業權雖有負此言然黃初以後魏好不繼蜀使仍通事到無可奈何終不出肅之所料而徒然挂叛名於魏國竊尊號於暮年先王之姊妹不終合肥之號令不遠自埋自搰形同狐鼠不用良謀秖取辱焉古者虞假道而偕號亡韓魏肘而智伯滅陳涉不聞張耳陳餘立六國後以敗馬超受曹公反間離韓遂以敗權不能效韓魏張陳之謀而甘心於虞公陳涉馬超之下誤矣且權絕蜀好之後其不亡於魏者幸也蜀

修關公之怨伐吳吳求救於魏劉曄勸襲之賴魏主不從以免出兵後魏僞助討備仍欲襲之賴陸遜收兵以免及至鍾會伐蜀吳不力救遂致兩亡此皆曰後之明驗也然則知此者孔明子敬而外無人乎曰史稱曹操方作書聞權以荆州資劉備不覺筆落於手夫荆州已非曹有矣以一家物與一家與操何與而乃駭然震驚者正恐魯肅之計行兩雄相倚而天下難爭故也嗚呼操之才所以終出孫劉上哉

高帝論

用天下之兵不如用天下之鋒鋒卽兵也合時與勢而鋒出焉敗國之氣累世不復勝國之兵所向無敵兵之勝敗鋒之利鈍實使之項羽以輕用其鋒而計失於高祖高祖以早藏其鋒而計失於匈奴均失也人皆知項羽之失而不知高祖之失者誤於史稱規模宏遠而不熟計夫當日之時勢也時莫利於相戹平將彭韓勢莫利於誅秦滅項平城置酒高會自取敗耳何至一蹶不振祖宗弱於前而欲子孫振於後吾知其難也嘗謂高祖之得天下也晚故其爲子孫

謀也太早而其除功臣也太速高鳥盡良弓藏狡兔死走狗烹匈奴尚在而功臣已盡何也當是時使高祖下詔曰朕有積怨深怒於匈奴諸公輔朕平天下共安輯之與諸公約王齊王楚世世享之遣韓信數千出酒泉彭越數千出上黨黥布數千出張掖其士馬皆百練之餘其器械皆摧堅之舊其父老習聞兵而不爲怪其將校玩於兵而無所苦冒頓雖強不如項籍其將雖強不如龍且諸將或分或合或擊或守逞其誅秦滅項之餘威不數年而坐見匈奴之弱矣說者謂冒頓狡獪難與爭鋒夫楚漢方拒滎陽中原無帝彼以精騎長驅而進誰敢禁之徒恣睢於外地其無能爲可知或謂匈奴地遠阨塞非秦項比不知武帝時衛青霍去病才出韓彭下尚能浮西河絶大漠封狼居胥以還其不難深入又可知且夫功臣之不善終亦高祖有以啓之耳諸臣既已列土爲王精兵奇策無所復用血氣方剛人人皆欲帝制自爲使當日者英雄疲老消磨於沙漠之場遣腹心如良平者監其軍高祖擁全兵而坐制關中諸臣既欲立功且釋疑懼誰敢結黨而西向此一役也匈奴服而功臣亦全即使弓以彈鳥折

狗以逐兔死其與殺之醢之亦迥殊矣服強胡而開國東夷南越莫不震恐稽首於漢其爲子孫計不遠且大哉文帝之卑辭厚幣武帝之黷武窮兵皆高祖不用其鋒之過也晉郭欽請及平吳之威徙邊郡內戎於雜地晉主不從啓五胡之亂劉裕克關中急圖篡事旋卽棄歸致子孫受索虜之害唐太宗定天下擒突厥伐高麗厥後回紇且來助順宋藝祖欲復幽燕有志未成子孫寖弱此皆後世開國之明驗也天生五材民並用之誰能去兵高祖縱欲與天下休息亦宜使猛士守邊待其至而與之戰何至聽齊虜之言以女乞和爲天子不能庇一兒女以付虎狼又乞兒女之靈以安天下何其悲也使單于據天下豈少乃女乎且項王得太公不能爲質匈奴應聞之矣則又何有於公主始則談笑而棄父於鼎鑊終則涕泣而棄女於絕域失天性之恩納外夷之侮暮氣至矣悖莫甚焉厥後匈奴貽書呂后備極醜詆蓋已視高祖爲齊景公也然則季布諫伐之言非乎曰今有遠行者足疲勿輟數十里尚可致息以坐則肉騰筋顫難舉趾矣不于高祖用兵之日一勞永逸乃於惠帝息兵之日死灰復然觀釁

而動布誠老將言也唯十萬橫行之說不斬樊噲而斬婁敬庶可以謝天下哉

此與郭巨論同作年甫十四受知於楊文叔先生雖於事理未協而筆情頗肆存之以志今昔之感自記

宋論

宋之病不病於小人而病於君子不病於君子之少而病於君子之多不病於君子之私而病於君子之公易曰君子道長小人道消孔子曰道二仁與不仁而已矣三代漢唐惟有君子爲朋專攻小人常懼不勝未有君子與君子自相攻而置小人於度外者也有之者自宋始宋君子太多故意見雜出而各自以爲是其自信太堅故躬自薄而厚責於人其居心太公故厚於責君子而薄於責小人夫國事蘩蘩然非一人所治也一人孑孑然非獨力所支也古之君子知其如此故人之有技若己有之人之彥聖其心好之非其類者鋤而去之推其心非以便乎己也期有濟於吾君吾百姓而便己之形迹亦受之而不辭當其時豈無意見學術與吾爲異者乎要在審其大略其小降心以相從耳又豈

無仇怨之積怙權之譏側目於其側者乎要在除君之惡惟力是視而不顧其後焉耳此古大臣道也宋之君子則不然以相爭爲公以乞退爲高以責備賢者爲春秋法以釋有罪爲犯而不校是故歐公攻狄青唐介攻彥博伊川東坡互相攻所攻者君子也攻君子之人亦君子也王曾欲誅丁謂楊億救之太后欲竄蔡確范純仁救之所救者小人也救小人之人則非小人也嗟乎君子小人昭昭然判若冰炭猶慮人主狃而不察況自相淆混反眼如不相識而欲人主能識之乎孔子曰吾未見好仁者惡不仁者蓋不於惡之之嚴不足以見好之之切劉向曰日月雖暗明於星之光君子雖非賢於小人之是宋之君子皆汶汶而不察也且刻覈太至必有不肖之心應之富公欲誅高仲謀希文曰恐朝廷手滑日後吾輩亦不免富公自河北歸中夜旁皇歎曰希文真聖人也夫希文爲宰相刑賞天下惟其當耳不應爲日後吾輩計富公識深力定亦不應怵於利害而悔持前日之法當宣仁時司馬當國熙豐小人眈眈虎視乘間欲發形迹已露諸君子不以此時聯同人之歡行夬之決而乃洛蜀互爭代人自攻

過矣其進調停之說者又知調停小人而不知調停君子何也今有鄉民掩廬盜賊環伺其家不磨刃外向而惟聞夫妻反目父子責善盜賊聞之寧不大快古者召公求去周公留之廉頗不悅藺相如下之蕭曹不同道而相和丙魏不同術而相薦唐玄宗將幸洛陽太廟災宋璟奏天災宜停巡幸姚崇曰太廟乃苻堅舊材故壞無害於行璟遂無言以璟之剛知崇之諛而不復爭者不肯以小妨大而傷賢者之心爲國故也宋則不然臣爭於朝而洛蜀分儒爭於野而朱陸分欲國無亡得乎

郭巨論

吾聞養體之謂孝養志之謂孝百行不虧之謂孝巨孝人也即慈父也即廉士也兒可埋金可取耶不能養何生兒既生兒何殺兒以兒奪母食故埋似母愛兒也以愛及愛見請所與者矣見撫杯棬者矣殺所愛以食之是以犬馬養也母投箸泣矣奈何抑以埋聞母弗禁似母勿愛兒也以惡名懟母而以孝自名大罪也是兒者寧非乃母之血食嗣乎其絕之也殺子則逆取金則貪以金飾

名則詐爲乎孝雖然僅折其理未發其術也爲之奈何曰知某所有金僞攜兒掘骸於衆曰金也金也天哀予孝故余畀云爾蚩蚩者見其金則驚臨以天則又驚相與傳其孝不衰不然禁兒食可也棄若兒可也鬻之以濟母食可也殺之亦無不可也而埋則何說設當日者巨不生兒無可埋巨多兒不勝其埋則奈何使巨見金揮鋤不顧如管寧然則奈何或掩其處別掘之以卜天心則又奈何韓愈書鄠人對以其剔股欲腰諸市若巨者其尤出鄠人上哉

張巡殺妾論

張巡可謂忠矣然括城中老幼食之非訓也殺妾非訓也孟子曰獸相食且人惡之又曰民爲重社稷次之子貢曰必不得已而去於斯二者何先子曰去食自古皆有死民無信不立孔孟之言以爲有民而後有社稷民秉三綱五常之性寧使之死而安不使之苟免以生如禽獸也睢陽危急是去食時也食去民死率其妾而死之禮也縱百姓食人已失信矣幷食其妾是朱粲趙思綰之爲非忠臣訓也臣事君猶子事父也父餓且死殺子孫以奉之非孝也或謂巡之

殺妾激軍心也然軍人食之不足濟一日之窮敵人聞之適足爲急攻之計或謂巡之殺妾望成功也然巡有功則爵爲上公妾無罪而形同犬彘於心不安請於朝而旌之於事無濟樂羊食子吳起殺妻其所以忍者殊而忍則一也孟子曰殺一不辜而得天下不爲也殺一不辜而號忠臣君子爲之乎然則鄧攸之拋從子而棄子亦非歟曰子與姪天性也濟則並生不濟則並死廢一不可理之經也至於兩盡事之窮也吳吾粲與魏戰遇水人攀其船船重將覆船人以戈撞擊粲止之曰我求生彼亦求生俱生不得俱死可也嘻此言也足以證巡與攸之過矣

殺妾饗軍按三國志臧洪已爲之不自巡始也巡得重名故論之後見池北偶談載巡妾報寃事撫青雜志載巡顯靈見何兼資解說妾係自縊非殺云云稗史言雖不經然足證人心之所同自記

徐有功論

生人仁也殺人勇也然生人之勇甚於殺人何哉殺人者侃侃類公縱乖於理

君上無所疑焉生人者迹類徇私往往人未援而已先不免非勇過賁育其孰能之余讀唐書至徐有功傳而不覺涕之淫淫也當武后朝酷吏儹興獨有功能持平法人皆稱有功寬厚長者而不知非以知有功也有功上與武后爭下與酷吏擠屢瀕於死而不懼者其中有所守也所守惟何曰法而已矣法者聖人制之祖宗定之原非徒爲天下臣民設也誠恐後世爲人君者寬則弛嚴則濫惟予言而莫違故設一定章程以平天下之罪以制一人之喜怒而又付之廷尉司寇俾抱此以與天子爭奈天下之爲廷尉司寇者多而如有功者少也則亦有法如無法而已矣孔子曰吾未見剛者曰守死善道如有功者不愧其言雖然有功豈果縱朝廷法以失出爲名譽哉昔徐邈在魏武時人稱爲通及在涼州人稱爲介或以問毛玠玠曰當魏武時人皆毀車服以崇儉而徐公不改其常故名爲通今士大夫風流相尚而徐公不改其常故名爲介是世人之無常而徐公之有常也當武后時賢如魏元忠薛季㬇俱以嚴見憚而有功獨多平反然則史稱其多失出也非眞失出也舉世失入則有功以失出聞矣猶

之舉世尙通則徐公以介稱矣有功但知奉法而已不知其出與入也且夫君子之救時也不可守其經而不達其變也孔明當劉璋後治尙嚴有功當武后時治尙寬此因時而變者也崔鄲治鄂則寬治陝則嚴此因地而變者也古之君子以矯時救俗爲達變後之君子以隨時徇俗爲達變使有功生於梁武之朝以麪爲犧牲殺人不抵罪吾知涕泣好生迎合上意者周興來俊臣輩俱能轉而爲之而此時之引律固爭必以殺人爲事者安知非有功耶雖然使有功稍有畏葸之見爲后所挾持必不能霽威屈己屢躓屢起惟其殺之不憂赦之不喜后雖鷙毒天性感動而不得不重其人不得不從其請向之所喜酷吏誅殺殆盡而有功三坐大辟卒能晏然以官壽終其初心必不自意至此而卒其所以至此者其中又有天在故也嗚呼世之爲大臣而司法律者可以鑒矣

錢唐袁枚子才

高歡宇文泰論

取天下者馬上也治天下者非馬上也開國者必使其治天下之心勝其取天下之心而后可以固本而垂基予觀高歡宇文泰之廢興而愈信古人之不我欺也歡與泰出處相若才相若勝敗相若鄴下關中之形勢亦相若乃歡死齊無一令主而齊卒滅於周者何哉蓋歡知所以取不知所以治泰知所以取兼知所以治故也夫取天下者武也治天下者文也取天下者將也治天下者儒也歡有十庫狄干不能抵一蘇綽泰得劉璠比之陸機擬人其倫歡得陳元康稱爲孔子令人嗢噱歡父子奪妃啓文宣武成之亂泰明經講學啓武帝之好儒夫當兩雄相角時譬如艾旃爲防其旁伺以千鈞之弩稍有間則破且入之矣以父子兄弟淫虐之朝而當數世重道崇儒之主其能無敗乎雖然泰非知道者也泰親酖其君較歡尤逆其所行均田府兵大誥學校亦不過附會古方

於萬一而已然爲田於大旱之時畢竟有桔槔一日之功者其苗後枯若鹵莽而種之則亦鹵莽而報之理固然矣或謂高洋虐過梟獍殊難化誨然其爲世子時見射堋畫人形責高隆之曰堋土習射作獸形可也何爲終日射人是其初心未嘗不愛人也使歡善教之因其不忍之心而推廣之安知非令主也縱之不教而瞿瞿然以侯景爲憂不以家法爲念可謂不知本矣隋文帝亦曰常恨高歡不能教其兒子當時早有此論然文帝知教兒子而不知其所以教故其視宇文也亦愧焉嗚呼宇文且足尙而況乎真能行聖人之道者哉

張良有儒者氣象論

伊川稱良有儒者氣象余甚惑焉若良者范蠡范睢之徒耳何儒之有謂其能報仇與則荊軻聶政皆儒謂其能決勝與則蕭何陳平皆儒在良豈忠於韓哉酈生勸立六國時良果爲韓正當成人之美使韓有後矣發八難以阻之則韓絶且良亦豈忠於漢哉良見高帝春秋高恩自託於呂氏故詭爲太子樹羽翼其子辟彊年纔十五童子何知而說丞相授諸呂以兵非良之貽謀而何倘太

尉不得入北軍則劉氏又絶儒者絶兩國可乎或謂艮善藏其用明哲保身類儒不知艮之用久已盡矣其中無所藏也艮教高祖誅降背約智囊已竭此外不聞有久安長治之道告高祖而高祖不用者叔孫制朝儀陸賈作新語旁人紛紛自附於儒艮居其間漫無可否其所藏者果何用耶若僥倖免禍則爾時不將兵者俱善終不獨艮也然則伊川最重儒而偏許艮何與豈以其狀貌恂恂類婦人女子之故與

駁唐鑑李德裕論

報恩類喜報怨類怒喜怒者皆性情之所必不容已者也然喜怒以類者鮮矣故聖人不禁人之報怨而但教之以直若曰怨其所當怨亦報其所當報可耳若必矯其情而姝姝然曰我但恩報不怨報也則淆黑白而蔽天良其所謂報恩者亦僞也唐鑑稱李德裕裴度俱爲賢相而李以報怨故致竄死海上不能如裴之善終又曰李之黨多君子牛之黨多小人李報牛是以燕伐燕陋哉范氏之說也孔子曰未見好仁者惡不仁者李既爲君子牛既爲小人以君子攻

小人所謂惡不仁也非報怨也若不問其何以怨何以報而但以爲有怨無報
是文王聞崇侯譖己不當伐崇周公聞管蔡流言不當誅管蔡也漢蓋勳救正
和曰我爲梁使君謀非爲蘇正和也怨之如初設蘇有當死之罪勳必殺之穆
宗用裴度不專故度不得行其志度果大用則李宗閔皇甫鎛輩度亦必殺之
何也不惡不仁不足以爲仁也夫刀鋸者聖人之所不能已也虎豹者造父之
所不能馴也純臣愛君之國甚於愛己之名故除小人如農夫之除草惟力是
視苟有避嫌之心調停之說與寬一分爲將來餘步恐朝廷手滑吾輩亦不免
凡此者皆私心也皆中人以下語也宋之天下所以不振者正坐當朝大臣少
一德裕耳温公作通鑑以德裕受維州爲非故棄米脂四郡以與西夏范氏作
唐鑑以德裕報怨爲非故於熙豐小人不勸誅戮兩賢之意自謂薄德裕而不
爲宜若國安身安俱如裴度之善終矣卒之國不安至淪沙漠身不安幾至剖
棺較德裕之禍只一身罪止一竄者反較酷烈豈非識力不純斤斤於禍福論
人之故哉若夫黨又不可概論焉洛黨蜀黨朔黨皆賢人也其道宜散宜解而

不宜結牛李二黨一君子一小人也爲君子者宜報宜殺而不宜寬宣宗居藩受武宗狎侮故登極後復僧寺貶石雄專改舊章不用毛髮淅灑之李太尉自有汗透重裘之令狐綯至矣然一則威服三鎮一乃郊迎龐勛捨騏驥而策駑駘其效不彰彰可覩乎厥後周墀入相韋奧戒曰願相公無權蓋亦有戒於德裕而爲此言不知門生天子之日權終不在相公也善乎宋尹源之答客問曰人臣不忠孰大曰無過爲大嗟乎若德裕者固人臣之有過者歟

姚崇宋璟論

唐姚宋並稱而議者多優宋而劣姚余謂不然夫佗佗矜矜萬仞壁立立於朝使百辟消其邪心此臣道之如山者也宋璟是也靜深有謀涵蓋一切惟幾也能成天下之務此臣道之如海者也姚崇是也然而山雖高蛟龍不居海雖渾變化不測余故曰崇勝也夫人主之愎諫而暱小人者情也所貴爲大臣者不逆其情而善誘之以歸於道不必有排斥小人之迹而能使之與人主日疎崇之對幸東都與其黜姜皎罷魏知古者皆璟之所不屑爲而亦璟之所不能爲

者也吾嘗謂天寶之禍宋璟在猶可憂而姚崇在則無慮何也彼明皇者英主也其畏璟而愛崇也素矣源乾曜奏事稱旨必曰姚崇之謀不合則曰何不與姚崇議之自崇死而天下無如崇者李林甫始得以才見用然臨軒之禮卒不相假者終知林甫之非崇也知其非崇而必用之者太平日久而樂用才臣以自暇自逸則姑任之爲快而張九齡者宋璟儔也有其道無其術道不合則爭爭不得則去九齡去而天下無爭之者李林甫始得以才見用使其時有若崇者爲之內娛主意於所甚安而陰以計擠小人於外則終元宗之世林甫不得專政而祿山不得入宮矣且人但知爲璟難不知爲崇難但知用璟難不知用崇尤難張易之譖魏元忠使張說爲證說許諾宋璟要之卒以敗悔崇告謁十餘日諸事委積盧懷慎不能決惶恐入謝夫以張說之反覆而一旦效璟卒爲正人以懷慎之忠清而終身效崇不能決事豈非德易及而才難強者乎人主雖非甚聰皆能涉獵書史審察邪正若璟之犯顏諫諍公罪也中才之主雖重違其意而心固識其忠若崇之細行不矜所使者以賄敗此私罪也苟非大度

之主又安能用之而不疑今有棟梁之材而不免贅疣之形此固衆人之所棄而大匠之所取也嗟乎從來君子之自爲往往多疎小人之防身往往多密以姚宋之賢開元之治兩人皆以微罪行不久於其位李林甫獨專相二十餘年君臣魚水彼其罪過必十倍姚宋萬萬矣然而明皇甘以天下付之至於高力士諫而猶不悟豈其工於防君子而拙於防小人哉要知姚宋之過易於見聞而林甫之惡難於發露故也讀史至此不能不掩卷而深感慨焉

此己未館課題也時習翻譯不與課溧陽相公嫌諸翰林多優宋而劣姚特授意命作似亦未乖於正姑存之自記

宋儒論

古今來尊之而不虞其過者孔子一人而已其他則尊之者略溢其分則攻之者必損其真過尊者迂過攻者妄此吾宋儒之論之所以作也今有飛隼集於高墉天下之善射者皆操弓挾矢而至非射隼也射其集於高墉也不知隼果高射之亦何傷於隼然必以高墉爲惟隼所居而不敢一窺其巔則又誤矣夫

宋儒之講學而談心性者際其時也氣運爲之也今之尊宋儒者亦際其時也氣運爲之也是何也漢後儒者有兩家一箋註一文章爲箋註者非無考据之功而附會不已爲文章者非無潤色之功而靡曼不已於是宋之儒舍其器而求諸道以異乎漢儒舍其華而求諸實以異乎魏晉隋唐之儒又目擊夫佛老家講張幽渺而聖人之精旨微言反有所闕而未宣於是入虎穴探虎子闖二氏之室儀神易貌而心性之學出焉夫創天下之所無者未有不爲天下之所尊者也古無箋註故鄭馬尊古無詞賦策論故鄒枚鼂董尊古無圖太極而談心性者則宋儒安得不尊然而箋註帖括明經之科變矣詞賦策論進士之科變矣元仁宗以經義取士以程朱爲式則至今猶未變也明祖開國又首聘婺之四先生勸頒朱註以取士而宋學從此大昌易所謂窮則變變則通正此之謂吾故曰宋儒之講學人之尊宋儒者皆際其時也氣運爲之也雖然講學在宋儒可在今不可尊宋儒可尊宋儒而薄漢唐之儒則不可不尊宋儒可毀宋儒則不可又何也曰孔子之道若大海然萬壑之所朝宗也漢晉唐宋諸儒皆

觀海赴海者也其註疏家海中之舟楫桅篷也其文章家海中之雲煙草樹也其講學家赴海者之郵驛路程也路程至宋定矣盡矣但少一行者耳未之能行惟恐有聞何暇再爲之貌其迹而拾其瀋乎有源而無流溝井之水也有本而無末槁暴之木也安得不考名物象數於漢儒不討論潤色於晉唐之儒乎若夫仁者見之謂之仁智者見之謂之智豪傑之士雖無文王猶興學者果能望道有見殊途同歸當亦宋儒所深望又何必乘間抵隙摘其過沒其功耽耽然妬其兩廡之餐而思攫之也然則宋儒之於聖道其果至矣乎曰難言也觀高堅前後仰鑽之歎則知顏淵之於孔子有間矣觀性命誠明迂遠之說則知思孟之於顏閔又有間矣此無他生知學知困知之次第終不可泯而可語上不可語上之說夫子已明言之宋儒雖賢其能在顏閔上哉其能符聖心而毫釐不失哉後世學者未必能勝宋儒亦未必不如宋儒要惟是其言而不必迂拘墨守非其言而不必非薄詆訶則所以論宋儒者定矣所以論漢唐魏晉諸儒者亦定矣

駁公羊氏宋宣公議

宋宣公知其子之不賢立穆公穆公感宣公之義立殤公二君能行古人之道足以風世公羊曰宋之禍宣公爲之東萊氏比之燕噲此悖理傷教惑之大者也不可不辨宋殷後也兄終弟及殷之先王有行之者矣傳曰宋殤公立十年十一戰民不堪命是殤公非令主也華督殺孔父淫其妻殤公平日之政刑可知矣使宣公居正而立之其禍尤速也華督先有無君之心而後動於惡非先有立公子馮之心而後弑殤公也督既懼誅必有所弑督既弑君必有所立是時雖無穆公殤公不免於禍雖無公子馮殤公亦不免於禍宋之禍華督爲之殤公自爲之而謂宣公爲之乎使穆公在督必不敢爲惡殤公亦得終其天年矣宋之禍謂宣公弭之可也謂宣公爲之不可也穆公之立殤公非宣公意也督之立公子馮非穆公意也督之弑殤公亦非公子馮意也惟馮立而不正討賊之義且寵其位以督爲宰則馮之不賢又可見矣與其立不賢之子以墮社稷不若立兄之子以成先君之義穆公可謂賢矣宣公可謂知賢矣春秋時弑

君三十有六彼皆父子相傳公羊所謂大居正者也其禍又誰爲之乎後世宋太宗殺德昭立其子爲萬世誚君子曰執居正之說以濟其不仁之心太宗之禍公羊爲之也

駁蘇子屈到嗜芰議

屈到嗜芰臨卒命薦芰子木不從國語是之柳子非之蘇子作論陋柳子袁子曰是蘇子之陋非柳子之陋也蘇子之言曰父子平日可以恩掩義死生之際不可以私害公謬矣父子之間有私而無公禮曰子不私其父則不成其子孟子曰父子之間不責善果芰非禮萬不可薦當父彌留諄囑之際子木早宜涕泗而諫不欺其父於地下矣不幾諫於生前而責善於死後是欺其將盡之魂而餒其求食之鬼也蘇子曰恐其父以飲食之名聞於諸侯則更謬矣夫籩豆之事其昭告於鄰國者古未有也即儀禮所載膮膷鼎俎雖有定數然考之三傳徵之史冊未聞有列國之諸侯大夫爲增一果減一牲而受美惡名惟屈建之煩稱博引以禮奪情然後其父嗜芰傳於人間其子撤芰又傳於人間揚其

父爲飲食之人而顯其身爲守禮之士致千百世後有蘇子者猶嘵嘵然陋其父而孝其子是皆子木之使之聞之也使屈到嗜之子木薦之則家庭常事人間比比然矣民不及知而書亦必不載也且先王已立廟矣復爲之立寢者原以伸人子之私使之思其所嗜思其所欲也中庸曰設其裳衣薦其時食裳衣豈有一定之衣而時食寧有一定之食哉月令以含桃羞寢廟南朝以筍臛薦帝后猶能倣而行之使子木抑其禮於廟而申其情於寢未爲不可也蠻夷大夫楚氛甚惡原不足責而邱明蘇子身爲文人不知孝並不知禮何也然則魏武子陳子車之索殉其亦從之歟曰殺人以成孝吾未之前聞彼則所謂亂命也然則何以不諫曰諫則其父必命殉者先死矣是又宜將順以幹其蠱也君子之於孝也審其大小輕重而已矣

書院議

民之秀者已升之學矣民之尤秀者又升之書院升之學者歲有餼升之書院者月有餼此育才者甚盛意也然士貧者多富者少於是求名賖而謀食殿上

之人探其然也則又挾區區之稾假以震動黜陟之而自謂能教士嘻過矣夫儒者首先義利之辨又曰不爲戚惕不爲利疚聖人訓也今疚之以至微之利而惕之以至苛之法其謀入焉者半苟賤不廉者也苟賤不廉之人養之教之何所用之夫養士與養兵不同兵非民之秀者也然今養兵者習騎射擊刺不過月有考歲有稽而已固未嘗闌其出入禁其居處也教士者加苛焉是視士不如兵也然則書院宜如何曰民之秀者已升之學矣民之尤秀者升之書院民之尤秀者一郡中不數人吾寧浮取之以備教則亦不過郡二三十人而已以餼數百人之費餼二三十人既可贍其家絶其旁騖而此二三十人者師師友友絃歌先王之道以自樂則又安得有害羣之馬倂張佻險於其閒耶爲之師者無多弟子博習相親以故憤易啓悱易發經義易傳治事易治　國家他日用人捨書院其焉取之中庸曰忠信重祿所以勸士孟子曰堯舜之仁而不偏愛急親賢也卽此意也漢州郡貢士戸二十萬以上才舉一孝廉以京師之大而太常弟子不過五十人以吳公之賢洛陽之盛而所舉秀才僅賈誼一人

其慎重何如然則彼之舊隸書院而藉以養者將汰之歟曰養士與養孤寡不同彼哀其終而收之此謹其始而擇之也而云何不汰也然則何以知其尤秀者而擇之曰取人以身擇士者秀則所擇者亦秀所謂規有摹而水有波也嗟乎今之寬於養士者既視之如無告之窮民而嚴焉者又視之出兵以下且不知己先求知人此予之所以嘆也不然書院在在有也而不聞受其益者何也

小倉山房文集卷二十一

西元二〇二二年一月一日重製一版

小倉山房詩文集 冊三（清袁枚撰）

平裝四冊基本定價參仟元正
（郵運匯費另加）

發行人 張 敏 君
發行處 中 華 書 局
臺北市內湖區舊宗路二段一八一巷
八號五樓（5FL., No. 8, Lane 181,
JIOU-TZUNG Rd., Sec 2, NEI HU,
TAIPEI, 11494, TAIWAN)
客服電話：886-8797-8396
公司傳真：886-8797-8909
匯款帳戶：華南商業銀行西湖分行
179100026931
印 刷：維中科技有限公司
海瑞印刷品有限公司

No. N3063-3

國家圖書館出版品預行編目(CIP)資料

小倉山房詩文集/(清)袁枚撰. -- 重製一版. -- 臺北市 :
中華書局, 2022.01
冊 ; 公分
ISBN 978-986-5512-74-3(全套 : 平裝)

847.5 110021468